Ki-Ela

Liebe nicht inbegriffen

Montlake Romance

Das Buch

Die Illusion der Liebe ist ihr Geschäft. Schließlich ist Anna Callgirl und verkauft Momente des Glücks an wohlhabende Männer. Mal ist sie verführerisch, mal sexy und verrucht, aber eigentlich macht sie den Job nur, um überleben zu können. Als der charmante Geschäftsmann Chris in die Stadt kommt und Anna bucht, fühlt sie plötzlich mehr, als ihr Job erlaubt. Die aufkeimenden Gefühle scheinen ihr den Weg in ein anderes Leben zu zeigen. Doch eine tragische Entscheidung von Chris stürzt Anna letztlich in eine tiefe Krise.

»Liebe nicht inbegriffen« ist die Geschichte einer dramatischen Liebe. Leidenschaftlich erzählt und mitreißend geschrieben nimmt sie den Leser mit in die Abgründe des Lebens, um am Ende zu zeigen, welche Kraft Hoffnung und Liebe entfalten können.

Die Autorin

Ki-Ela schreibt seit einigen Jahren Geschichten, die sie zuerst in kleinen Internetforen veröffentlicht hat. Angeregt durch die positive Resonanz, entschloss sie sich, die Geschichten als E-Book anzubieten.

2014 erschien bereits »Mias Schatten« in einer überarbeiteten Ausgabe bei Amazon Publishing, gefolgt von den Neuerscheinungen »Körpertreffer« im Mai 2015 und »Nellys Lächeln« im Oktober 2015.

Hier erfahren Sie mehr über die Autorin: www.facebook.com/Ki.Ela.Stories oder ki-ela-stories.de

KI-ELA

Liebe nicht inbegriffen

Roman

Montlake Romance

Deutsche Erstveröffentlichung bei
Montlake Romance, Amazon Media EU S.à r.l.
5 Rue Plaetis, L-2338 Luxembourg
Dezember 2016

Umschlaggestaltung: bürosüd[0] München, www.buerosued.de
Umschlagmotiv: © Picture Press / Getty; © RODINA OLENA / Shutterstock
Lektorat: Media-Agentur Gaby Hoffmann, www.profi-lektorat.com
Printed in Germany
By Amazon Distribution GmbH
Amazonstraße 1
04347 Leipzig, Germany

ISBN: 978-1-503-94303-2

www.amazon.de/montlakeromance

1

Es wurde spürbar wärmer. Obwohl ihre Augenlider noch geschlossen waren, realisierte sie, dass es bereits taghell war. Anna blinzelte etwas, die Sonne schien ihr direkt ins Gesicht, und sie schloss genervt die Augen.

Du hast vergessen, die Vorhänge zuzuziehen!

Sie tastete nach ihrer Schlafmaske, die schien wohl in der Nacht abhandengekommen zu sein. Tatsächlich lag sie neben ihr auf dem Kissen.

Anna zog sie sich über und versuchte, wieder einzuschlafen, doch es gelang ihr nur kurz. Die Mieter unter ihr drehten gerade die Musik voll auf; jetzt war Anna wirklich wach. Mit einer trägen Bewegung nahm sie die Maske ab und hielt sich die Hand vor die Augen, um sie vor der Helligkeit zu schützen. Sie rappelte sich mühsam hoch und schlug die Bettdecke zurück, dann schlurfte sie ans Fenster ihres Schlafzimmers.

Sie erhaschte einen Blick auf ihren Wecker, es war erst 12 Uhr mittags. Anna streckte sich, sie hatte gerade mal fünf Stunden geschlafen – und das nach dieser Nacht!

Sie ging ins Bad und stellte die Dusche an, das warme Wasser belebte sie ein wenig. Anna dachte an die Nacht zurück, sie war viel unterwegs gewesen, von einem Club in den anderen gezogen, gegen sechs war sie schließlich wieder hier angekommen.

Doch es war ganz amüsant gewesen, ihr Begleiter war nett und zuvorkommend, überhaupt nicht aufdringlich oder plump. Sie hatten sich gut verstanden, die Chemie stimmte. Er hatte erzählt, dass er die Stadt heute verlassen und nach Hause fliegen würde. Anna wünschte ihm in Gedanken eine gute Heimreise.

Sie tapste in ihre Küche und machte sich einen Kaffee, dann setzte sie sich mit der Tasse auf den Balkon in die Sonne. Es sollte ein schöner Sommertag werden, immerhin hatten die Meteorologen sich da nicht getäuscht.

Anna ließ das Frühstück ausfallen und beschloss, für eine Stunde ins Fitnessstudio zu gehen. Auf dem Weg dorthin fuhr sie an einer Reinigung vorbei und gab ihr Kleid von letzter Nacht ab. Jemand hatte ein Getränk darüber verschüttet. Anna hatte sich insgeheim sehr geärgert, denn es war neu gewesen und hatte ein kleines Vermögen gekostet.

Im Fitnesscenter wurde sie freudig begrüßt, man kannte sie hier schon. Wenn es ihre Zeit zuließ, war sie bis zu viermal in der Woche hier. Anschließend stieg sie in ihr Auto und fuhr bei der Agentur vorbei. Sie war gespannt, welche neuen Aufträge auf sie warteten.

»Hallo Gina«, begrüßte sie fröhlich die Empfangsdame.

»Hallo Anna. Wie war die Verabredung gestern?«, erkundigte sich diese freundlich.

»Es war okay. Der Mann war sehr angenehm, ich hoffe, er kommt noch mal auf unsere Agentur zurück.«

»Alles klar, ich notiere es mir.« Gina machte einen Vermerk in einer Kundendatei. »Du kannst zu Sophie rein, es ist niemand bei ihr.«

Anna betrat das großzügig geschnittene Büro ihrer Chefin. Sie residierte in der obersten Etage eines schicken neuen Bürokomplexes. Sophie Reinhard sah erfreut auf, als Anna eintrat.

»Herein, meine Liebe«, strahlte sie. »Wie war die Verabredung mit Dr. Köhler?«

»Ich habe es Gina schon erzählt. Es ist gut gelaufen. Dr. Köhler ist nett und aufmerksam.«

»Ist er zudringlich geworden?«, hakte Sophie nach.

»Nein, gar nicht. Wir sind ausgegangen und durch mehrere Clubs gezogen. Er war charmant, ein richtiger Gentleman.«

»Das freut mich.«

Anna nahm auf einem Sessel Platz.

»Ich habe hier zwei neue Termine für dich. Einer ist morgen, der andere am Sonntagabend.« Ihre Chefin reichte ihr die Unterlagen hinüber.

»Sind es Stammkunden?«

»Nein. Es sind jeweils Geschäftsleute, die zur Messe hier sind.«

»Okay.« Anna verstaute die Terminzettel in ihrer Handtasche. »Muss ich irgendwas beachten? Gibt es einen Kleiderwunsch?«

»Elegant bis verführerisch«, zwinkerte ihre Chefin ihr zu.

»Wie originell!«, kicherte Anna. Das waren stets die Wünsche der Kunden. »Wenn für Samstag noch was reinkommt, ich hätte Zeit.« Sie erhob sich und nickte Sophie zu.

»Keine privaten Dates?«

»Nein«, lachte Anna und verabschiedete sich.

Sie freute sich, dass sie heute Abend frei hatte. So konnte sie den ganzen Nachmittag und Abend damit verbringen zu lernen. Mit viel Glück hatte sie bald den Realschulabschluss in der Tasche, und sie hatte auch den Ehrgeiz, noch das Abitur zu machen.

Dann wäre sie zwar schon Mitte zwanzig, aber sie wollte das unbedingt schaffen. Es war ihr persönliches Ziel. Da sie abends oft Kunden hatte, konnte sie keine Abendschule besuchen und erledigte alles per Fernstudium. Den Hauptschulabschluss hatte sie auch auf diesem Wege nachgeholt.

Anna stoppte vor einer ihrer Stammboutiquen. Ihr stach ein rotes elegantes Kleid ins Auge; sie konnte einfach nicht vorbeifahren. Im Geschäft wurde sie von den Verkäuferinnen freundlich begrüßt, denn sie war eine gute Kundin.

Anna ließ sich das Kleid zeigen und probierte es an. Es endete etwas oberhalb der Knie und hatte kleine Spaghettiträger. Ihr gefiel es ausgesprochen gut, auch wenn der Preis von dreihundertfünfzig Euro recht happig war. Sie seufzte auf, doch sie entschied sich dafür.

»Ich nehme es«, lächelte sie der Verkäuferin zu.

»Eine gute Wahl. Und bei Ihrer Figur können Sie das ja fantastisch tragen.«

Anna bedankte sich für das Kompliment und verschwand wieder in der Umkleidekabine. Sie zog sich das Kleid über den Kopf und musterte sich kritisch im Spiegel.

Ja, ihre Figur war makellos, aber das musste sie auch sein. Ihr Aussehen war schließlich für ihren Job ungemein wichtig, und sie tat auch viel dafür, dass es so blieb. Ihre langen braunen Haare waren ebenfalls ein Hingucker, die meisten Männer hatten gerne etwas, wo sie hineinfassen konnten.

Anna schlüpfte wieder in ihre Jeans und ihr T-Shirt. Privat lief sie am liebsten in diesen Sachen herum, auch wenn sie es mochte, sich schön anzuziehen.

Mit ihrer Neuerwerbung fuhr sie zurück in ihre Wohnung. Im Treppenhaus begegnete sie ihrer Nachbarin, einer älteren Dame. Anna grüßte freundlich, doch die Frau rümpfte lediglich die Nase, als sie sie ansah.

Dann eben nicht, dachte Anna wieder einmal. Sie war es gewohnt, dass Frau Kramer sie nicht grüßte, mittlerweile machte Anna sich aber einen Spaß daraus, zu der alten Dame trotzdem nett zu sein.

Anna kramte ihre Unterlagen hervor, setzte sich an ihren Schreibtisch und lernte. Gott sei Dank fiel ihr das leicht. Es lenkte sehr angenehm von ihrem Job ab und dem, was sie dort manchmal erlebte.

Lernen verlieh ihr die Illusion, sie würde ein ganz normales Leben führen – wie jede andere junge Frau mit Anfang zwanzig. Auch wenn sie nicht wusste, ob sie jemals so etwas wie ein normales Leben führen würde. Passte das überhaupt zu ihr?

Wie oft hatte sie darüber schon nachgedacht?

Eine Antwort hatte sie nie darauf gefunden. Ihr Lebenslauf entsprach auch nicht dem, was man wohl unter ›normal‹ verstand. Jedenfalls nicht für die meisten Menschen.

Anna schüttelte die Gedanken ab und vertiefte sich in das Mathebuch. Sie zwang sich, nicht zu viel zu grübeln. Sie hatte sich für diesen Weg entschieden, zuerst nicht freiwillig, aber mittlerweile hatte sie sich arrangiert. Und sie lebte ganz gut davon.

Sie verfügte über eine schöne Wohnung und ein Auto, konnte sich einiges erlauben und lernte interessante Menschen kennen.

Lerne, befahl sie sich selbst.

***

Anna überprüfte noch einmal die Daten, die auf dem Auftragszettel von Sophie vermerkt waren. Sie sollte Peter Klein in der Lobby des Hotels treffen.

Anna verzog missmutig das Gesicht. Hotellobbys mochte sie nicht, manche Hoteldirektoren sahen dies nicht gerne. Zwar hatte sie selbst bis jetzt immer Glück gehabt, doch einige ihrer Kolleginnen waren schon mehr oder weniger freundlich gebeten worden zu gehen.

Anna nahm ein Taxi, das sie vor dem City-Hotel absetzte.

Gespannt betrat sie die große Eingangshalle, hier war eine Menge los, wie immer zu Messezeiten. Anna atmete insgeheim auf: Die Lobby war gut besucht, und sie erkannte sogar eine ihrer Kolleginnen.

Sie zwinkerten sich unmerklich zu. Anna setzte sich in einen freien Sessel und betrachtete aufmerksam die vielen Menschen, die hier ein- und ausgingen.

Sie fragte sich natürlich insgeheim, ob einer von ihnen ihr Kunde war, aber noch blickte sich keiner der Männer suchend um. Alles, was sie wusste, war, dass der Mann Anfang vierzig war, aber diese Beschreibung passte auf einige hier.

Manchmal kam es auch vor, dass der Kunde nicht erschien. Der Abend war dann für sie verloren; das war ärgerlich, aber das stand den Männern natürlich frei. Und Anna würde sich nie auf die Suche nach dem betreffenden Mann machen, das war ein Tabu.

In dem Moment fiel ihr ein kleiner, graumelierter Herr auf, der sich intensiv umschaute. Als er sie erblickte, begann er zu strahlen. Er steuerte auf sie zu und machte eine Verbeugung vor ihr. »Sind Sie Marie?«, fragte er sie höflich.

»Ja, die bin ich.«

»Mein Name ist Peter Klein.« Er reichte ihr die Hand und zog Anna vom Sessel hoch. Sie fragte sich – wie bei jedem Mann – ob das sein richtiger Name sei. Wahrscheinlich nicht, Diskretion war schließlich alles.

»Sie sind sehr schön.« Sein Blick glitt prüfend über ihren Körper. »Noch viel schöner als auf dem Foto.«

»Danke, das ist aber nett.« Anna setzte ihr professionellstes Lächeln auf. »Haben Sie besondere Vorstellungen von dem Abend?«

»Zunächst etwas essen.« Peter Klein reichte ihr den Arm, und sie hakte sich unter. »Und dann mal sehen.« Er guckte ihr tief in die Augen.

Anna brauchte nicht viel Fantasie, um zu erahnen, was ihm noch so vorschwebte.

»Genau, dann sehen wir mal«, wiederholte sie freundlich seine Worte.

2

Nach zwei weiteren Stunden war Anna klar, dass dieser Abend einer der anstrengenderen werden würde. Peter Klein hatte seine Hände überall, selbst beim Essen in dem Nobelrestaurant ging er ständig auf Tuchfühlung. Ihr war das etwas unangenehm. Sie wusste zwar, dass sie wohl die weiteren Stunden mit ihm im Bett verbringen würde, aber das Vorspiel musste ja nicht direkt im Lokal anfangen.

»Du kannst es wohl gar nicht erwarten«, raunte sie ihm zu und schenkte ihm einen verheißungsvollen Blick.

»Und du? Wie sieht es mit dir aus?«, grinste er anzüglich.

»Vielleicht sollten wir noch was für später aufheben. Wir wollen doch nicht auffallen, oder?«

»Dann iss schneller!« Er deutete auf ihren Teller.

Anna dachte etwas wehmütig an ihre letzte Verabredung. Dr. Köhler hatte um einiges mehr Stil gehabt als dieser Herr hier, aber es nützte auch nichts, ihm hinterher zu trauern, das wusste sie nur zu gut. Und sie war erfahren genug, um mit der Situation umgehen zu können. Nicht zuletzt bekam sie für ihre Dienste schließlich eine schöne Stange Geld.

»Wir können gehen«, lächelte Anna.

Ihr Begleiter rief den Kellner zu sich, gab ein fürstliches Trinkgeld und half Anna in den Mantel. Sie hakte sich bei ihm unter, als sie vor dem Restaurant standen. »Und? Wollen wir noch etwas trinken gehen?«

»Nein!« Er zog sie fordernd an sich und presste seine Lippen auf ihre. »Ich habe lange genug gewartet. Jetzt zeig mal, was du draufhast.«

Seine Hand glitt in ihren Mantel und legte sich grob auf ihre Brust.

»Okay«, lächelte sie in seinen Kuss hinein.

»Warte!« Anna konnte ihn gerade noch davon abhalten, ihr Kleid zu zerreißen, sanft schob sie ihn aufs Hotelbett und legte eine Packung Kondome unters Kopfkissen.

Peter Klein schluckte hart. Sie zog sich aufreizend langsam vor ihm aus, dann kniete sie sich vor ihn hin und knöpfte sein Hemd auf.

»Mach schneller!«, keuchte er atemlos, er betastete fordernd ihre nackten Brüste.

Annas Blick fiel auf seinen Ehering, sie fragte sich, ob er wohl zu Hause nicht auf seine Kosten kam, denn er wirkte richtig ausgehungert.

»Leg dich hin«, wies sie ihn sanft an. Sie setzte sich auf ihn und entkleidete ihn jetzt ganz. Er war schon vollständig erregt.

Anna schaltete ihren Kopf ab und spulte ihr Programm ab.

Er presste sie hart auf den Rücken und drückte gewaltsam ihre Beine auseinander. Bevor er in sie eindringen konnte, schob ihn Anna aber rasch hinunter.

»Warte …« Sie hauchte ihm einen Kuss auf die Lippen und tastete unter dem Kopfkissen nach den Kondomen.

»Was kostet es, wenn wir ohne die Dinger vögeln?«, fragte er sie mürrisch.

»Ohne geht gar nichts!« Anna entwand sich ihm und sah ihn ernst an. »Entweder mit oder ich gehe.«

»Sag mir deinen Preis!«

»Mit oder gar nicht!«, wiederholte Anna. Sie stand auf und griff nach ihrer Unterwäsche.

»Ach komm …«, grinste er sie an. »Egal, ob Flittchen vom Straßenstrich oder Edel-Callgirl – ihr habt doch alle euren Preis.«

»Du bist verheiratet. Denk an deine Frau!«, erinnerte sie ihn. »Du solltest sie und dich schützen.«

»Okay, zieh dich wieder aus«, brummte er, dann deutete er auf sein Glied. »Geil mich wieder auf. Los jetzt!«

Anna spähte immer wieder auf die Uhr. Er war eindeutig einer der Kunden, bei dem die abgesprochene Zeit nicht verstreichen wollte. Sie hoffte inständig, dass er nicht noch auf die Idee kam zu verlängern.

Peter Klein war ganz offenbar der typische brave Ehemann, der zu Hause nicht seine sexuellen Fantasien ausleben durfte. Der Sex mit ihm forderte Anna einiges ab, nicht nur, dass er nicht gerade ein attraktiver Mann war, sondern er war rücksichtslos und brutal. Vielleicht musste er bei seiner Frau den zahmen Kater spielen, hier bei Anna schien er sich austoben zu wollen.

Anna würde ihrer Chefin mitteilen, dass sie ihn nicht wieder annehmen wollte. Ganz sicher konnte sie sich da natürlich nie sein, denn falls er sie unter einem anderen Namen buchte, würde sie dies erst beim Treffen merken. Aber in dem Fall hatte sie die Sicherheit, dass sie das Date absagen durfte.

Peter Klein war schließlich eingeschlafen. Anna wartete ab, bis die von ihm gebuchten sechs Stunden vorbei waren, danach zählte sie das Geld ab, es waren die vereinbarten neunhundert Euro. Leise zog sie sich an und verließ das Hotelzimmer.

Als sie in ihrer Wohnung angekommen war, ließ sie sich ein Bad ein, um ihren wunden Körper ein wenig zu verwöhnen. Sie hoffte, dass sie nicht zu viele blaue Flecken abbekommen hatte, übermorgen hatte sie schließlich wieder einen Termin, und der Kunde hatte ein Recht auf einen makellosen Frauenkörper. Notfalls musste sie halt die Blessuren mit Make-up überdecken.

Müde ging sie ins Bett, doch so richtig Ruhe finden konnte sie nicht.

Peter Klein, oder wie auch immer sein Name sein mochte, spukte ihr noch im Kopf herum. Schon seit Längerem war ihr nicht mehr so ein unangenehmer Mann untergekommen. So wie er sich aufgeführt hatte, hätte es auch ein Besuch im Bordell getan. Warum gab er so viel Geld für eine Escort-Agentur aus, wenn er bloß Sex wollte? Das hätte er preisgünstiger haben können.

Hastig schüttelte sie den Gedanken an ihn ab. Es war ja ihr Glück, dass manche Männer mehr wollten und auch noch wert auf gepflegte Unterhaltung legten. Sonst könnte ihre Chefin den Laden direkt zumachen.

Zu ihrem Glück konnte sie diesmal auch ausschlafen. Erst nachmittags gegen drei wachte sie wieder auf. Kritisch musterte sie sich im Spiegel, ein paar Kratzer waren noch zu sehen, aber gottlob hatte sie keine weiteren Läsionen davongetragen.

Anna joggte eine Runde, danach rief sie ihre Chefin an und berichtete von dem Abend mit Peter Klein.

»Das ist ja unerfreulich«, urteilte Sophie. »Ich mache einen Vermerk in der Kartei und hoffe mal, er meldet sich nicht wieder.«

»Na ja, er schien zufrieden gewesen zu sein. Aber er war nicht aus dieser Stadt.«

»Ich wünsche dir für deinen morgigen Kunden mehr Glück.«

»Danke«, verabschiedete sich Anna.

Heute Abend sollte sie direkt zur Messe kommen. Es gab dort einen VIP-Bereich, in dem sie um 19 Uhr erwartet wurde.

Anna war etwas nervös, als sie den falschen Namen ›Marie Wagner‹ am Eingang angab, doch sie war dort aufgelistet und wurde freundlich lächelnd hineingebeten.

Und wer ist es nun, fragte sie sich. Sie wusste lediglich, dass sie der Kunde unter dem Namen Max Keller gebucht hatte, wie er aussah, war ihr natürlich nicht bekannt.

Anna beschloss, zur Bar zu gehen, von dort aus hatte man einen guten Überblick über den Bereich.

Ein Mann stand ebenfalls an der Bar; er musterte sie kurz von oben bis unten, doch an seiner Miene konnte sie nicht erkennen, ob es der Kunde war.

Anna ließ sich nichts anmerken, offenbar war er es nicht; sie schaute ebenso offensiv an seinem Körper entlang. Sie war es zwar gewohnt, taxiert zu werden, das bedeutete aber noch lange nicht, dass sie es mochte.

Der Mann grinste sie überheblich an. Doch auch wenn der Ausdruck in seinem Gesicht arrogant war, Anna musste sich eingestehen, dass er sehr gut aussah. Sie mochte dunkelhaarige Typen am liebsten, dieses Exemplar hier hatte schwarze Haare und tiefbraune Augen. Ihr Blick fiel auf seine Hände, sie achtete immer auf die Hände: Er hatte feine, langgliedrige Finger.

Chirurgenhände, schoss es ihr durch den Kopf. *Oder ein Pianist?*

Dann schalt sie sich aber selbst. Was sollte so jemand auf einer Fachmesse für Architektur?

Der Mann schlenderte davon.

Anna schaute wieder in die Runde. Noch immer hatte sich keiner der Männer zu erkennen gegeben. Ob ihr Date wohl platzte?

Sie wartete standardmäßig eine Dreiviertelstunde, bevor sie wieder gehen durfte. Es wäre schade, wenn die Verabredung ins

Wasser fallen würde, denn der Kunde hatte sie für zwölf Stunden gebucht.

Sie wurde etwas unruhiger und nippte an dem Champagnerglas, das man ihr am Eingang in die Hand gedrückt hatte. Ihr Blick fiel wieder auf den gutaussehenden Mann von eben, er stand in einer Gruppe mit anderen Geschäftsmännern zusammen, dann deutete er zu ihr hin.

Einer der Männer löste sich von der Gruppe und steuerte mit dem Dunkelhaarigen auf Anna zu. Sie war gespannt, was jetzt wohl passieren würde.

»Marie Wagner?«, fragte der andere Mann.

»Ja«, lächelte Anna ihn an.

»Max Keller. Entschuldigen Sie, wenn Sie warten mussten. Ich habe Sie nicht sofort bemerkt, weil ich mit Kunden in einem Gespräch war.« Auch er sah ganz nett aus, aber Anna wusste, dass sie sich davon nicht täuschen lassen durfte.

»Das macht doch nichts«, entgegnete sie freundlich.

»Natürlich macht es ihr nichts«, mischte sich der Freund von Max Keller ein. »Es ist ja schließlich dein Geld, was du verschleuderst!«, spottete er und warf Anna einen abfälligen Blick zu.

»Eben – es ist meines. Also braucht es dich nicht zu interessieren«, meckerte Max Keller zurück. Er drehte sich zu Anna um. »Wir können gehen. Haben Sie einen Vorschlag, wo wir essen gehen könnten? Ich bin das erste Mal in der Stadt.«

Anna mochte ihn auf Anhieb. Er hatte eine angenehme Stimme und machte einen höflichen Eindruck. Sie hoffte, dass dies so bleiben würde. »Oh, da gibt es viele Möglichkeiten. Auf was haben Sie denn Lust? Haute Cuisine oder lieber ein Italiener? Oder etwas Asiatisches?«

»Auf was er Lust hat, werden Sie schon noch erfahren«, gluckste der Freund und grinste hämisch.

»Haute Cuisine – bitte nicht«, stöhnte Max Keller. »Macht es Ihnen was aus, wenn wir ganz deftig essen gehen?«

»Nein, natürlich nicht.«

»Dann nichts wie weg hier!« Max Keller legte einen Arm um ihre Schultern und führte sie hinaus zu den Taxiständen.

Anna war irritiert, dass sein unangenehmer Begleiter sich ebenfalls mit ins Taxi setzte. »Kommt er mit?«, fragte sie unsicher. »Das war nicht abgesprochen!« Anna bereitete sich innerlich schon darauf vor, den Abend vorzeitig zu beenden.

»Nein, keine Sorge!« Max Keller hauchte ihr einen Kuss aufs Ohr. »Beim entscheidenden Teil des Abends werden wir alleine sein.«

»Okay.« Anna entspannte sich wieder ein bisschen.

Er zog sie dicht an sich, seine Hand legte sich auf ihr Knie, und seine Finger wanderten ein kleines Stück unter ihr Kleid, dabei beließ er es aber.

Anna atmete auf. Sie hatte zwar keine Berührungsängste, scheute sich aber davor, mehr als harmlose Zärtlichkeiten in der Öffentlichkeit auszutauschen. Sie wollte nicht unnötig auffallen.

Sie landeten in einem rustikalen Restaurant. Anna fand es sehr gemütlich hier, und auch er schien ganz angetan davon zu sein.

»Sind Sie öfter hier? Ach was, ich duze dich jetzt einfach, du bist das ja gewohnt von deinen Freiern, was?«, ätzte der Freund von Max Keller.

Anna nickte. »Na klar«, antwortete sie mit einem freundlichen Lächeln. Was sie wirklich von ihm hielt, sollte er ihr nicht an ihrem Gesicht ablesen können.

»Schalt mal einen Gang runter, Chris!«, zischte Max Keller ihm zu.

Dieser Chris antwortete nicht, sondern marschierte auf einen Tisch zu. »Ist es der Dame hier genehm?«, fragte er Anna mit einer spöttischen Verbeugung.

»Es ist sehr schön hier.« Anna beschloss, seinen Tonfall einfach zu überhören, obwohl es schon an ihr nagte, dass er sie so behandelte. Sie hoffte, dass die anderen Gäste nichts davon mitbekamen.

Anna bestellte einen Salat und ein Glas Wein, die Männer langten richtig zu.

»Max braucht noch seine Kräfte«, lachte Chris hämisch. »Ich hoffe, du bist gut in Form.«

»Kannst du es nicht einfach mal lassen? Du kannst dich auch gerne verpissen«, wies Max Keller ihn an.

»Ich versteh einfach nicht, was du mit einer Professionellen willst. Als ob wir nicht auch so zwei Bräute aufgerissen hätten!«, maulte dieser Chris.

Wenigstens spricht er leise, dachte Anna zerknirscht.

Sie betrachtete ihn wieder und fragte sich, warum er so gehässig war. An ihr prallte das weitestgehend ab, solange es niemand sonst hörte, konnte es ihr egal sein. Nach dieser Nacht würde sie die beiden Kerle vermutlich eh nicht wiedersehen.

»Ich habe keine Lust, meine Zeit mit Rumbaggern zu verschwenden«, winkte Max Keller ab. »Bei ihr weiß ich, was ich bekomme.«

»Und zahlst 1.200 Euro – unglaublich!«, schüttelte Chris den Kopf.

»Qualität hat seinen Preis«, grinste Max Keller Anna jetzt zu. »Nicht wahr, Marie?«

Sie lächelte ihm verführerisch zu. »Natürlich.«

»Was hast du denn so drauf, Mäuschen?« Chris beugte sich zu ihr hinüber. Er schaute ihr lange in die Augen, was sie etwas verwirrte, schnell senkte sie den Blick.

»Auf deinem Profil stand ja nicht so viel … Außer, dass du überall rasiert bist und ein bisschen mehr als Blümchensex magst.« Er fuhr ihr mit dem Finger über die Lippen und lehnte sich wieder zurück.

»Das ist eine Sache der Absprache.« Anna nippte an ihrem Wein. »Aber bei Fetisch-Sachen bin ich nicht die Richtige.«

»Und wie sieht es aus mit einem Dreier?«

»Vergiss es!«, schnaubte Max Keller. »Such dir eine Andere für diese Nacht!«

Anna atmete auf, sie hatte schon befürchtet, eine Diskussion führen zu müssen, warum sie auf einen Mann mehr im Bett keinen Wert legte. Vielen ihrer Kolleginnen machte das nichts aus, aber Anna dachte noch mit Schrecken an jene Nacht im Oktober zurück, nach der sie wochenlang im Krankenhaus gelegen hatte.

Natürlich war es auch mit einem Mann alleine gefährlich. Aber mit Zweien war das Risiko ungleich größer. Sie würde nur zustimmen, wenn noch eine Kollegin mit dabei wäre.

»Das werde ich auch tun«, antwortete dieser Chris selbstgefällig.

»Viel Erfolg«, lächelte Anna ihm zuckersüß zu. Doch sie hatte keinen Zweifel daran, dass er genug willige Frauen finden würde, so attraktiv wie er war.

Aber so schnell, wie Anna gehofft hatte, wurden sie den Freund von Max Keller nicht los. Nach dem Essen folgte er ihnen noch in einen Club. Max und Anna tanzten ein paarmal, ihr Begleiter wurde ihr immer sympathischer, er hatte einen angenehmen Humor; auch wenn er sehr offensiv flirtete, war er nicht plump.

Sein Freund Chris hatte erwartungsgemäß Erfolg und bald schon eine junge Frau an seiner Seite. »Ich bin dann mal weg«, verabschiedete er sich. »Viel Spaß euch beiden. Ich werde bestimmt auf meine Kosten kommen – und das ganz umsonst.«

»Dann hau mal ab!« Sein Freund verdrehte genervt die Augen und guckte Anna entschuldigend an. »Tut mir leid, eigentlich ist er nicht so ein Arsch.«

»Macht nichts.« Anna legte die Arme um seinen Hals. »Aber zu zweit ist es doch viel schöner.« Sie küsste ihn leicht.

Max ging sofort darauf ein. »Ich würde gerne jetzt gehen.«

»Dann tu es doch«, lächelte Anna.

Im Hotelzimmer entpuppte sich Max als richtig schüchtern. Anna fand das sehr niedlich, die meisten ihrer Kunden wollten ihr dauernd beweisen, was für tolle Kerle sie doch waren, aber er schaute sie scheu an. »Möchtest du etwas trinken?«, erkundigte er sich nervös.

»Gerne.«

Max bestellte eine Flasche Champagner beim Service, als der Wagen im Zimmer stand, drückte Anna ihn aufs Bett. »Ich mach das schon, entspann dich.«

Sie öffnete die Flasche und goss etwas in die Gläser. Anschließend setzte sie sich zu ihm. Er prostete ihr zu, Anna suchte den Blickkontakt zu ihm, doch er sah immer wieder weg. Sie beugte sich zu ihm und hauchte ihm viele kleine Küsse aufs Gesicht, danach stellte sie die Gläser weg.

Er erwiderte zaghaft ihre Küsse, vorsichtig legte sie ihre Lippen auf seine und stupste ihn mit ihrer Zunge an.

Max ging schließlich zögernd auf ihr Werben ein, er wurde mutiger und zog Anna heftig in seine Arme.

Geschickt öffnete sie die Knöpfe seines Hemdes und ließ ihre Hände über seinen nackten Oberkörper wandern.

Max stöhnte heiser auf, offenbar legte er seine Bedenken immer mehr ab.

Anna hörte nicht auf, ihn zu küssen, sie nestelte am Gürtel seiner Hose und zog den Reißverschluss auf.

Max wollte ihr helfen, streifte hastig sein Hemd ab und schob seine Hose hinunter.

Anna musste sich ein Grinsen verkneifen, weil er es plötzlich so eilig hatte.

»Leg dich ganz aufs Bett«, raunte sie ihm zu.

Er schaute erst etwas verstört, dann tat er aber, um was sie ihn gebeten hatte.

Langsam zog sie ihn aus, bedeckte seinen Körper mit Küssen, aber nach wie vor war er wohl zu nervös, um sich ganz fallen zu lassen. Seine Männlichkeit sah noch etwas lustlos aus.

Anna schob sich die Träger ihres Kleides hinunter.

Max schluckte hart, als sie in Dessous vor ihm stand.

»Du … du siehst fantastisch aus«, stammelte er heiser.

Anna lächelte nur, dann krabbelte sie zu ihm aufs Bett. Die hochhackigen Schuhe ließ sie an, sie wusste, dass manche Männer auf diese Reize ansprangen, und wollte testen, ob es etwas bei ihm bewirken würde.

Anna setzte sich auf ihn und beugte sich zu ihm hinunter. Wieder begann sie, ihn zärtlich zu küssen, ihre Hand glitt dabei seinen Körper hinab.

Sie massierte ihn sanft.

Max stöhnte jetzt laut auf, da fuhr sie mit ihrer Zunge an ihm hinab.

Behutsam nahm sie sein Glied in den Mund, unter ihren Liebkosungen schwoll es rasch zu seiner vollen Größe an. Sie hatte es schon erwartet, es dauerte nicht lange, und es pulsierte kraftvoll aus ihm heraus.

»Oh … das … das tut mir leid«, stammelte er mit hochrotem Kopf.

»Max …« Anna lachte leise auf. »Es tut dir leid? Wirklich?« Sie schmiegte sich dicht an ihn heran.

»Also du … ich meine …«

Sie legte ihm einen Zeigefinger auf die Lippen. »Sch…«, flüsterte sie und küsste ihn erneut.

Anna ließ sich viel Zeit. Sie kniete sich im Bett hin und löste den Verschluss ihres BHs.

Max betrachtete sie mit großen Augen. »Du bist wunderschön, Marie.«

»Möchtest du mich ausziehen?«

»Wenn ich darf?«

»Na klar.« Ihr machte das hier langsam Spaß. Sie würde ihn nach Strich und Faden verführen. So, wie er sich anstellte, hatte er noch nicht viel Erfahrung mit Frauen. Eigentlich erstaunlich, er sah ganz passabel aus, und mit schätzungsweise Mitte zwanzig sollte er doch schon mal die eine oder andere Freundin gehabt haben. Aber ganz offensichtlich stand ihm da seine Schüchternheit im Weg. Vielleicht wollte er sich auch deswegen nicht in irgendeiner Bar einen One-Night-Stand aufgabeln, so wie sein Freund Chris.

Anna legte sich aufs Bett und wartete gespannt ab. Sollte er sich zu ungeschickt anstellen, würde sie ihm helfen.

Max zog ihr behutsam die Schuhe aus, danach rollte er vorsichtig ihre halterlosen Strümpfe hinunter. Als sie nur noch im Slip vor ihm lag, betrachtete er sie andächtig. Seine Hand fuhr langsam über ihren Bauch, zögernd zog er ihr schließlich den Slip hinunter.

Anna spreizte leicht ihre Beine für ihn, aber er reagierte nicht. Sie bedeutete ihm, sich neben sie zu legen. »Mit wie vielen Frauen hattest du schon Sex?«

»Mit zweien.« Er wurde prompt wieder rot.

»Und war es schön?«

»Ja, aber … also … tut mir leid, wenn ich mich so dumm anstelle. Du bist sicherlich was anderes gewöhnt.«

Ach, daher weht der Wind! Offenbar hat er Versagensängste!

»Wir tun hier, was du möchtest. Keine Angst, es wird für uns beide schön«, beruhigte sie ihn.

»Ich möchte, dass du auch kommst.« Er nickte heftig mit dem Kopf.

Anna fand ihn richtig niedlich. »Dann streichele mich.« Sie nahm seine Hand und führte sie zwischen ihre Beine. »So …«, deutete sie ihm an.

Max gab sich große Mühe; er erwies sich als sehr gelehrig.

Anna genoss es, ihm zu zeigen, was sie mochte, und als er sich schließlich auf sie legte und in sie eindrang, kam sie sogar zu ihrem Höhepunkt, etwas, was nur sehr selten geschah.

»Das war schön«, versicherte sie ihm hinterher. Sie stand auf und holte noch etwas Champagner.

»Bei so einer tollen Frau ist das auch nicht schwierig.«

»Und du bist ein toller Mann.«

Sie legte sich wieder hin und goss sich etwas Champagner auf den Bauch. Lachend leckte Max ihn auf, das Spielchen wiederholte sich so lange, bis er voll erregt war.

Irgendwann schlief er in ihren Armen ein.

Anna streichelte ihn weiter, sie selbst gestattete es sich nicht zu schlafen, das tat sie nie, es war zu riskant.

Gegen sieben Uhr morgens waren die zwölf Stunden vorbei, für die sie gebucht war. Leise weckte sie Max, der sie verschlafen anschaute. »Ich gehe jetzt.«

»Was? Schon?« Er starrte sie zerknirscht an. »Darf ich dich noch zu einem Frühstück einladen?«

Anna überlegte kurz. Sie hatte Hunger. Ihr Magen machte sich auch so langsam bemerkbar. Die Nacht hatte es in sich gehabt. Auch wenn es mit ihm Spaß gemacht hatte, so hatte sie doch hauptsächlich die Initiative ergriffen, und das war anstrengend gewesen.

»Okay«, stimmte sie schließlich zu.

Anna zog sich an und ging mit ihm hinab in den Frühstücksraum. Sie stöhnte innerlich auf, als sie diesen Chris bereits an einem Tisch sitzen sah.

Er grinste breit, als er Anna und Max entdeckte, und winkte sie zu sich.

»Wie? Schon fertig? Hast du kein Geld mehr nachgeworfen?«, frotzelte er spöttisch. Sein Blick glitt abschätzend über Annas Körper. »Marie? Richtig?«

»Ja, Marie.«

»Musstest du viel ackern?«, lachte Chris.

Anna antwortete darauf natürlich nicht. Max hatte dem Kellner Bescheid gegeben, und sie orderte ein Croissant und einen Cappuccino. Eigentlich hatte sie keine Lust mehr, hierzubleiben, dieser Chris war ihr unangenehm.

»Und was ist mit dir? Wo ist denn deine Begleitung?«, wollte Max wissen.

»Natürlich zu Hause«, schüttelte Chris den Kopf. »Ich suche ja schließlich nicht die Frau fürs Leben. Wie war's denn?«

»Danke, sehr, sehr aufregend«, zwinkerte Max Anna zu. Er beugte sich zu ihr hinüber und küsste sie auf die Wange.

Anna wollte ihn eigentlich abwehren, schließlich war ihr Job getan, aber weil er so nett war, ließ sie ihn gewähren.

»Kommt immer auf die Ansprüche an«, ätzte Chris.

Max wurde jetzt wütend. »Für mich hat es gereicht!«

»Ich meine, für das Geld muss es ja schon was Besonderes sein.« Chris fixierte Anna mit seinen dunklen Augen. »Ich weiß immer noch nicht, was du so Tolles kannst. Jonglierst du währenddessen?«

Anna nippte genervt an ihrem Cappuccino. »Ich muss jetzt los!« Sie schenkte Max ein warmes Lächeln und stand auf. »Es war sehr schön. Vielleicht sieht man sich ja mal wieder.«

»Du hast noch gar nichts gegessen!«, protestierte er.

»Ich gehe lieber.« Anna streichelte ihm zärtlich über die Wange und verließ das Restaurant.

Sie fiel müde in ihr Bett und schlief augenblicklich ein. Erst ihr Handy riss sie am frühen Nachmittag aus dem Schlaf.

»Anna, hier ist Sophie«, meldete sich ihre Chefin.

»Hallo.« Sie versuchte, ein Gähnen zu unterdrücken.

»Hör mal, Liebes. Dieser Max Keller, der dich gestern gebucht hatte, hat dich heute wieder angefragt. Ist das okay? Er wartet auf meinen Rückruf.«

Anna freute sich insgeheim. »Ja, das ist okay. Er ist wirklich nett.« Da fiel Anna aber sein blöder Freund ein. »Hat er nur für sich angefragt?«

»Ja, so, wie ich das verstanden habe. Warum fragst du?«

»Er hatte einen unangenehmen Freund dabei«, knurrte Anna.

»Nein, hier steht nichts von einer Anfrage für Gruppensex.«

»Gut, dann sag ihm bitte zu.«

Eine Viertelstunde später kam die Bestätigung von ihrer Chefin mit dem genauen Treffpunkt. Offenbar war Max kein Freund von großen Veränderungen, denn sie sollte wieder im gleichen Restaurant wie gestern erscheinen.

Anna wählte etwas gewagtere Dessous und ein schwarzes Kleid, das nicht zu aufreizend wirkte.

Als sie das Lokal betrat, rauschte ihre Laune schlagartig in den Keller. Neben Max saß wieder dieser Chris.

»Hallo Marie«, begrüßte Max sie freudestrahlend.

»Hallo Max.« Sie gab ihm ein Küsschen auf die Wange. »Chris …« Sie nickte ihm zu.

»Du hast wieder dieselbe gebucht?« Erstaunt starrte dieser seinen Freund Max an. »Warum hast du denn nicht eine andere genommen? Da sahen doch noch mehr rattenscharf aus.«

»Geht dich nichts an, oder?«

»Du musst ja echt eine Granate sein.« Chris guckte ihr lange in die Augen. »Dann viel Spaß euch beiden!« Zu Annas Erleichterung erhob er sich und verschwand.

»Er wollte nur wissen, wie die Dame aussieht«, rollte Max mit den Augen.

»Und? Wie sieht sie aus?«

»Umwerfend«, strahlte Max.

Es war angenehm, mit Max zu plaudern. Er erzählte über seinen Beruf. Wie Anna schon vermutet hatte, war er Architekt wie sein Kollege Chris.

Max ging mit ihr anschließend noch in eine Bar, wo sie engumschlungen tanzten. Nach zwei Stunden blickte Anna auf die Uhr. »Du hast vier Stunden Private Time mit mir gebucht. Sollen wir nicht gehen?«

»Ich wollte nicht, dass es so aussieht, als wäre ich total ausgehungert nach dir«, erklärte er schüchtern.

»Max, das ist völlig okay«, beruhigte sie ihn.

»Dann lass uns gehen«, raunte er ihr zu.

Im Hotelzimmer überreichte er Anna einen Umschlag mit dem Geld. Sie zählte nach und bedankte sich bei ihm. Sie bemerkte, dass er wieder sehr nervös war, und zog ihn mit zum Bett. »Ich weiß, weswegen wir hier sind. Entspann dich …«

Langsam zog sie ihn aus, verwöhnte seinen Körper dabei mit kleinen Küssen.

Dann stand sie auf und bat ihn, den Reißverschluss ihres Kleides zu öffnen. Sie ließ es an ihrem Körper hinab langsam zu Boden gleiten.

Anna konnte hören, wie er den Atem anhielt, offenbar verfehlten die Dessous nicht ihre Wirkung. Seine Hände legten sich auf ihre Hüften, und er zog sie zwischen seine Beine. Anna spürte, wie er ihren Po liebkoste und langsam ihren String hinunterzog.

»Dreh dich bitte um«, bat er sie, als er ihr ihn ausgezogen hatte.

Max hauchte viele Küsse auf ihren Bauch, dann sah er zu ihr hoch. »Den BH auch!« Er hatte ein Funkeln in den Augen. Anna löste den Verschluss und ließ ihn auf den Boden fallen.

»Ich kann es immer noch nicht glauben, wie schön du bist«, flüsterte er.

Anna schenkte ihm ein strahlendes Lächeln, danach drückte sie ihn sanft auf den Rücken. »Du bist ein Charmeur«, raunte sie ihm zu.

»Ich will dich jetzt«, murmelte er an ihren Lippen.

Anna tastete nach den Kondomen und streifte ihm eines über. Sie setzte sich auf ihn, begann, sich aufreizend langsam zu bewegen.

Es dauerte nicht lange, und Max kam laut stöhnend zu seinem Höhepunkt.

Anna legte sich neben ihn und nahm ihn in die Arme.

»War es besser als gestern?«, fragte Max sie atemlos.

»Es war atemberaubend.« Sie grinste in sich hinein. Irgendwie tickten doch alle Männer gleich …

Max schien die knapp bemessene Zeit ausgiebig nutzen zu wollen, nachdem sie sich das dritte Mal geliebt hatten, wirkte er aber etwas träge. Anna lag auf dem Bauch neben ihm und genoss die kleinen Küsse, die er ihr auf den Rücken hauchte.

»Kannst du nicht länger bleiben?«

Anna sah zu ihm auf. »Natürlich kann ich das. Du kennst mein Honorar?«

»Ich meine … also kannst du nicht einfach so bleiben?« Er legte sich neben sie und guckte sie treu an. »Freiwillig?«

Anna streichelte sein Gesicht. »Ich bin hier, weil du mich gebucht hast, Max. Und ich werde nach der vereinbarten Zeit auch wieder gehen.«

»Aber vielleicht könnten wir uns mal so treffen? Bis morgen Abend bin ich noch hier. Nachmittags habe ich bestimmt schon frei«, versuchte er es weiter. »Ich möchte dich so gerne wiedersehen – aber auf Dauer kann ich mir die Honorare nicht leisten.«

Anna seufzte auf. Sie war kein hartherziger Typ, aber sie wusste auch, dass das zu nichts führen würde. Sie setzte sich auf und blickte ihm ernst in die Augen. »Max – ich bin hier, weil du mich dafür bezahlst. Wir haben eine fantastische Zeit zusammen – und dann gehe ich wieder. Sieh es wie einen Besuch in einem Vergnügungspark. Man bezahlt, hat viel Spaß, danach geht man wieder nach Hause. Und irgendwann, wenn man wieder Lust hat, geht man wieder hin. Aber der Eintritt ist leider nicht frei.«

Er guckte sie enttäuscht an, und Anna tat es auch leid für ihn. Aber es kam öfter vor, dass Männer sie privat treffen wollten. Das war zwar einerseits schmeichelhaft, aber andererseits konnte sie dem nicht nachgeben.

Außerdem wollte sie die schöne Illusion einer verfügbaren Geliebten nicht zerstören, und die Privatperson Anna ging auch niemanden etwas an.

»Schade«, bedauerte er leise.

Anna legte sich auf ihn und küsste ihn zärtlich. »Aber noch haben wir ja Zeit«, schnurrte sie an seinen Lippen.

»Ja, zum Glück.«

Sie blieb ihm zuliebe eine halbe Stunde länger als geplant, aber mehr Zugeständnisse wollte sie nicht machen. »Hab eine gute Heimreise. Vielleicht sieht man sich ja mal wieder.«

»Ganz bestimmt!« Max nickte heftig mit dem Kopf. »Sobald ich wieder in der Stadt bin, melde ich mich.«

»Ich freue mich drauf.« Anna gab ihm zum Abschied noch einen Kuss und ging dann hinunter in die Hotellobby.

Sie ignorierte den etwas abfälligen Blick des Rezeptionisten und rief sich ein Taxi.

3

»Professor Gunter hat dich für nächstes Wochenende gebucht.« Sophie schaute Anna zufrieden an. »Fürs ganze Wochenende.«

»Wie bitte?« Anna horchte erstaunt auf. Professor Gunter war einer ihrer Stammkunden, aber für mehr als ein paar Stunden war sie nie mit ihm zusammen gewesen.

»Ja. Freu dich doch.«

»Das tue ich auch«, strahlte Anna.

Der ältere Herr war ein angenehmer Kunde. Er war Archäologe, und Anna liebte es, ihm zuzuhören, wenn er von seinen Reisen erzählte. Er hatte ihr sogar mal einen Bildband über Ägypten geschenkt, und Anna träumte davon, einmal dorthin zu reisen.

Genug Geld hatte sie eigentlich gespart, aber daran ging sie nur im Notfall.

Sie wusste, dass der Professor reich war, doch ein ganzes Wochenende würde ihn fast dreitausend Euro kosten, knapp über die Hälfte davon bekam Anna. Das schien ein sehr erfolgreicher Monat für sie zu werden.

Für das Wochenende bei dem älteren Herrn studierte Anna ein paar Fachmagazine und surfte durchs Internet. So ganz dämlich wollte sie nicht dastehen. Sie las zwar täglich die Tageszeitungen, um sich mit den Kunden auch über aktuelle Ereignisse unterhalten zu können, aber für das kommende Wochenende wollte sie sich besser vorbereiten.

Sie packte ein paar Kleider ein und einen schicken Hosenanzug, da sie nicht wusste, was sie erwarten würde. Und natürlich schöne Unterwäsche. Denn letztendlich ging es ihm wie allen Männern um Sex.

Professor Gunter ließ ihr am Samstagvormittag sogar einen Wagen schicken, der sie an der Agentur abholte, da sie grundsätzlich nicht wollte, dass jemand ihre Privatadresse erfuhr.

Anna staunte nicht schlecht, als der Wagen vor einer imposanten Villa anhielt. Ein Hausmädchen öffnete ihr die Tür. Anna konnte an deren missbilligendem Blick erkennen, dass diese wusste, wer Anna war und was sie tat.

Doch sie hatte sich schon an so ein Verhalten gewöhnt, es kränkte sie nicht mehr. Und da Anna womöglich am Ende des Monats mehr Geld auf ihrem Konto haben würde als das Dienstmädchen auf ihrem, konnte sie ihr sogar mit einem strahlenden Lächeln entgegentreten.

Die Frau führte Anna in einen Salon. Anna kam sich vor wie in einer Filmkulisse aus dem vorherigen Jahrhundert, aber dieses Ambiente passte zu Professor Gunter.

»Meine liebste Marie. Schön, dass du da bist«, begrüßte er sie herzlich. »Und schön wie immer.«

»Danke sehr, Herbert. Ich freue mich sehr, dass du mich zu dir gebeten hast.« Sie hauchte ihm Küsschen auf die Wange.

»Lass dich ansehen. Sehr elegant siehst du aus!« Er schaute prüfend an ihr hinunter. Anna hatte sich für ein cremefarbenes Kostüm entschieden, ihre langen braunen Haare waren zu einem Knoten geschlungen. »Wie wäre es, wenn wir gleich etwas zu Mittag essen?«, schlug er ihr vor.

»Ganz wie du willst.«

»Für heute Abend habe ich Opernkarten«, erklärte er ihr. »Hast du etwas Passendes zum Anziehen, meine Teure?«

»Natürlich.« Sie beglückwünschte sich für ihren Gedanken, das lange Abendkleid eingepackt zu haben.

Herbert Gunter führte sie in sein Schlafzimmer, wo Anna ihren Koffer abstellen konnte. Er trat hinter ihr ein und schloss die Tür.

»Darf ich sehen, was mich später erwartet?« Das Funkeln in seinen Augen blieb Anna nicht verborgen.

»Selbstverständlich.« Sie knöpfte die Kostümjacke auf und fragte sich, ob er jetzt schon Sex haben wollte. Das entsprach eigentlich so gar nicht seinem bisherigen Verhalten, aber vielleicht hatte er sich für dieses Wochenende ganz besonders viel vorgenommen. Er hatte ihr einmal anvertraut, dass er sich mit Viagra bestens auskannte – und sie hatte das selbst schon ein paar Male erleben können.

Sie legte die Jacke aufs Bett und warf ihm einen verheißungsvollen Blick zu. Dann öffnete sie den Rock und stieg aus ihm heraus.

»Sehr schön. Sehr, sehr schön.« Herbert Gunter kam auf sie zu und streichelte ihren Körper hinab. »Du bist eine aufregende Frau, Marie. Ich kann es kaum erwarten, dich zu besitzen.«

Anna hauchte ihm einen Kuss auf den Mund. »Ich denke, wir werden ein wundervolles Wochenende haben.«

»Darauf wette ich.« Er seufzte und reichte ihr ihren Rock. »Zieh dich bitte wieder an. Auch wenn du die pure Versuchung bist, ich habe heute einiges mit dir vor.«

Anna schlüpfte in ihre Sachen. Sie war ein bisschen erleichtert, dass er noch keinen Sex wollte. Auch wenn er theoretisch das ganze Wochenende mit ihr im Bett bleiben könnte, so war es für sie nun einmal ein Job. Und er war in seinem Alter körperlich zwar gut in Schuss, aber eben kein junger Mann mehr. Mit ihm zu schlafen, war Arbeit, kein Vergnügen, so, wie es mit Max der Fall gewesen war.

Herbert Gunter führte sie in ein schickes Lokal, dann fuhr er mit ihr in ein Museum für ägyptische Geschichte. Anna war begeistert davon, und offenbar schien es ihm auch Spaß zu machen, ihr diese Dinge und die Geschichte näherzubringen.

Sie war ihm dankbar dafür, sie mochte alles, was ihren Horizont erweiterte. Anna sog seine Ausführungen in sich auf und versuchte, sich so viel wie möglich zu merken.

Am späten Nachmittag aßen sie noch eine Kleinigkeit, dann zog sie sich für die Oper um.

Herbert war begeistert von ihrem Outfit.

Anna freute sich auf den Abend. Sie war noch nie in einer Oper gewesen. Zweimal war sie in ein Theater ausgeführt worden, das waren aber schon die Highlights in ihrem Job gewesen.

Ganz berauscht von der Vorstellung, fuhren sie dann nach Hause. Herbert ging mit ihr sofort nach oben ins Schlafzimmer.

»Endlich bekomme ich meinen Nachtisch!« Er presste sie an sich und zog ihr hastig das Kleid aus.

Am Montagmorgen verabschiedete sich Anna von Herbert Gunter. Es war ein schönes Wochenende gewesen, auch wenn es für sie körperlich anstrengend gewesen war. Doch sie durfte sich nicht beschweren, so waren nun mal die Gegebenheiten, und sie bekam viel Geld dafür. Nur das zählte.

Sophie erkundigte sich nach dem Wochenende, fragte, ob alles okay gewesen wäre. Anna konnte dies nur bestätigen. Da Herbert Gunter angekündigt hatte, dies bald zu wiederholen, schien auch er zufrieden gewesen zu sein.

Anna hatte jetzt drei Tage am Stück frei, sie verbrachte viel Zeit im Fitnessstudio und paukte Lernstoff.

Sophie hatte ihr telefonisch durchgegeben, dass sie einen Auftrag am Donnerstag hätte. Sie sollte zu einem kleinen Hotel in der Königsstraße kommen, was Anna sehr wunderte. Das Hotel gehörte eher zum niedrigen Preissegment, meist bevorzugten ihre Kunden Luxusherbergen.

Argwöhnisch stieg sie aus dem Auto. Der Kunde hatte seinen Namen nicht genannt und nur Private Time gebucht, hatte also nicht vor, mit ihr essen zu gehen oder sie sonst wohin mitzunehmen. Mit anderen Worten: Er wollte nur Sex und keine anders geartete Unterhaltung. Anna war gespannt, was sie in den nächsten zwei Stunden erwarten würde.

Als sie vor dem Zimmer stand, klopfte sie nervös an die Tür. Sie hoffte, dass dies kein Trick war und nicht gleich mehrere Männer auf sie warten würden. Irgendwie hatte sie ein komisches Gefühl.

Ihre Geduld wurde nicht lange strapaziert. Als sie realisierte, wer sie da erwartete, stockte ihr der Atem.

»Hallo Mäuschen.« Ein breites Grinsen hatte sich auf sein Gesicht gelegt.

»Du?« Sie starrte ihn verblüfft an, dann überlegte sie, ob sie nicht lieber direkt wieder gehen sollte.

»Bist du überrascht? Warum?« Er trat zur Seite und bat sie hinein.

Anna zögerte, er zog fragend die Augenbrauen hoch, unsicher kam sie seiner Aufforderung nach. Sie sah sich hastig im Zimmer um, er war allein, und sie atmete auf. »Es wundert mich schon, dass du mich bestellt hast. Wieso willst du so viel Geld ausgeben für etwas, was du doch umsonst haben kannst?«

Chris lachte laut. »Das ist eine gute Frage. Sagen wir mal, ich bin ein neugieriger Kerl. Mich interessiert einfach, warum mein Kollege so scharf auf dich war. Das muss ja einen Grund haben.«

Er gab ihr einen Umschlag, Anna zählte nach und nickte ihm zu.

Er setzte sich aufs Bett, sein Blick wanderte an Annas Körper hinab. »Zieh dich aus!«, befahl er knapp.

Anna ließ ihre Jacke von ihren Schultern gleiten und legte sie über einen Stuhl. Dann sah sie ihm fest in die Augen und öffnete den Reißverschluss ihres Kleides. Mit einer fließenden Bewegung fiel es hinab auf den Boden. Anna stieg heraus und bückte sich, um es aufzuheben, dabei gewährte sie ihm einen tiefen Einblick in ihr Dekolleté. Sie schaute zu ihm hin, sein Gesicht war völlig regungslos, für einen Moment verharrte sie.

»Was ist los? Weiter – du kostest mich schließlich eine Menge Geld!«, kommandierte er mit eisiger Stimme.

Anna löste den Verschluss ihres BHs und legte ihn ebenfalls über den Stuhl. Als Nächstes zog sie sich den Slip hinunter.

»Noch mehr?«, fragte sie ihn, als sie nur noch in Strümpfen und hochhackigen Schuhen vor ihm stand.

»Nein – das reicht. Komm her!«

Anna ging auf ihn zu und stellte sich dicht vor ihn.

»Na, los, du weißt doch, was du zu tun hast, oder?« Seine Stimme klang barsch.

Anna fragte sich, warum er so feindselig ihr gegenüber war.

Oder machte ihn das an? War er so gestrickt, dass es ihn antörnte, wenn er die Macht hatte?

Anna kniete sich vor ihn, sie öffnete rasch die Knöpfe seines Hemdes, schob es ihm über die Schultern und ließ ihre Hände an seinem Oberkörper hinabgleiten.

Er hatte eine tolle Figur, offenbar war er sportlich. Vom Aussehen gefiel er ihr sehr gut – nur sein Benehmen ließ zu wünschen übrig.

»Lass die Streicheleinheiten! Komm zur Sache, ich bin nicht zum Kuscheln hier!«

Anna öffnete jetzt energischer seine Hose und konnte deutlich spüren, dass ihn das nicht so kalt gelassen hatte, wie er gerade tat.

Er ist auch nur ein ganz normaler Mann, dachte sie zufrieden.

Anna zerrte an seiner Hose, er stand kurz auf, damit sie sie ihm abstreifen konnte, die Shorts schob sie gleich mit hinunter. Sie beugte sich vor, umfasste sein Glied zart mit einer Hand und küsste dann die empfindliche Spitze.

Chris zog sie ruppig zu sich heran, mit der ganzen Länge seines Glieds drang er in sie ein.

Anna rang nach Luft, kurz musste sie würgen, dann zwang sie sich zur Konzentration. Das hier war Routine, sie brauchte sie nur abzurufen und auszuführen.

Es dauerte nicht lange, und er kam zu einem gewaltigen Höhepunkt. In mehreren Schüben entlud er sich in ihr, dann ließ er sich zurück aufs Bett fallen.

»Also das kannst du, das muss man dir lassen«, keuchte er.

Anna setzte sich auf die Bettkante und lächelte still.

»Sorg dafür, dass wir weitermachen können!«, fuhr er sie wieder an.

Anna kniete sich neben ihn und begann, sich seinen Körper hinab zu küssen. »Ich hab gesagt, du sollst diese Schmusereien sein lassen«, knurrte er. »Mach das Wesentliche!«

Anna stöhnte innerlich auf, dieser Kerl war wirklich ein ungehobelter Klotz. Sie fragte sich, ob er mit allen Frauen so umging, oder ob er nur sie so behandelte, weil sie ein Callgirl war. Ärgerlich wischte sie diese Gedanken fort, sie war hier, um ihn zu befriedigen, und das würde sie jetzt auch mit allen ihr zur Verfügung stehenden Mitteln tun.

Schnell hatte sie ihn wieder erregt, er schien mächtig unter Strom zu stehen, sie sah es mal als Beweis dafür an, dass sie ihr Handwerk verstand. Mit einer raschen Bewegung hatte er sie auf den Rücken gedreht, grob schob er ihre Beine auseinander und legte sich auf sie.

»Halt! Nur mit Gummi!«, protestierte sie energisch.

»Scheiße, ja, warte«, murmelte er und stand noch einmal auf.

»Nein, wir nehmen meine!«, beharrte sie.

Er kniete sich aufs Bett; sie holte das Päckchen aus ihrer Tasche. Geschickt streifte sie ihm ein Kondom über, sie war gerade fertig, da packte er sie auch schon und presste sie auf den Bauch.

»Knie dich hin«, kam es knapp von ihm.

Anna rappelte sich hoch, er umfasste ihre Hüften und drang so heftig in sie ein, dass sie laut aufschrie.

Die nächsten Minuten wurden zu einer Tortur. Er war brutal. Sie fühlte schon, dass sie morgen sehr wund sein würde.

Bevor er kam, fasste er sie in die Haare und zog ihren Kopf weit zurück. Immer wieder schlug er sie auf ihren Po, das war zwar nicht weiter schlimm, das machten viele, aber nicht mit so einer Wucht wie er.

Als er endlich das letzte Mal in sie stieß und dann verharrte, atmete Anna auf.

Erschöpft ließ er sich aufs Bett fallen.

Anna rollte sich zusammen und zog ihre Beine fest an ihren Körper. Sie brauchte ein paar Minuten, um sich zu erholen, und war erleichtert, als die leichten Schmerzen nachließen.

Verstohlen schielte sie auf die Uhr, aber es war erst eine halbe Stunde vergangen, sie hoffte, dass es jetzt nicht so weitergehen würde.

Doch da täuschte sie sich. Chris erholte sich sehr schnell und rollte sich kurze Zeit später erneut auf sie. Wieder nahm er sie mit aller Wucht, seine Hände krallten sich in ihre Haare und zogen daran, dann legte er eine Hand um ihren Hals.

Annas Herzschlag beschleunigte sich schlagartig. Angst setzte ein, panische Angst, sie musste was tun, bevor er so weitermachte. Sie stieß ihn hart von sich, er war zu verdutzt, um direkt zu reagieren. Anna nutzte dies aus, sprang aus dem Bett und holte ein Pfefferspray aus ihrer Tasche. »Bist du wahnsinnig? Willst du mich vergewaltigen?«

»Kann man denn eine Nutte vergewaltigen?«, entgegnete er abfällig.

»Willst du es auf eine Anzeige ankommen lassen?« Immer noch hielt sie das Spray auf ihn gerichtet, jetzt spürte sie aber, dass sie mächtig zitterte. »Ich muss mir nicht alles gefallen lassen«, schluckte sie. »Für derlei Spielchen gibt es andere Frauen. Ich bin dafür nicht zu haben.«

Sie ärgerte sich, dass sie nicht so souverän klang, wie sie gerne wollte.

»Hey, okay – es tut mir leid …« Chris fuhr sich mit den Fingern durch die Haare. »Ich tu dir nicht mehr weh, mir sind die Gäule durchgegangen.«

Er lächelte ihr zu, wirkte längst nicht mehr so hart wie eben. »Kommt nicht wieder vor.«

Anna hielt noch einen Moment das Spray vor ihren Körper, dann ließ sie es sinken.

Immer noch zitterte sie, sie verfluchte sich dafür, aber die Situation hatte ihr Angst eingejagt. Sie war sich so hilflos vorgekommen und musste an jene Nacht denken, die so schrecklich gewesen war, dass schon der Gedanke daran ihr Herz rasen ließ.

»Komm mal her«, bat Chris sie. Seine Stimme klang jetzt ganz sanft.

Anna steckte das Spray zurück in ihre Tasche, war aber nicht in der Lage, einen Schritt auf ihn zuzugehen.

Chris stand vom Bett auf und kam auf sie zu. »Hey, Marie, es tut mir wirklich leid.«

Es klang ehrlich, doch Anna betrachtete ihn immer noch misstrauisch, rechnete jeden Moment wieder damit, dass er brutal werden würde.

Chris setzte sich auf den Rand des Bettes, dann nahm er ihre Hand und zog sie auf seinen Schoß.

Anna ließ es mit sich geschehen und wartete angespannt ab, was er vorhatte.

Seine Hand glitt ganz leicht über ihren Rücken und streichelte sie zärtlich, die Finger der anderen Hand berührten ihr Gesicht. »Du bist sehr schön, Marie.« Er drückte ihren Kopf zu sich hinunter, zu ihrer Verblüffung küsste er sie ganz sanft.

Er machte das gut, er machte das wirklich sehr, sehr gut.

Seine Zunge umfuhr die Konturen ihrer Lippen, schlüpfte dann vorwitzig in ihren Mund. Anna ließ ihn gewähren, sie war mehr überrascht als alles andere über diese Wandlung von ihm. Ganz vorsichtig erwiderte sie seinen Kuss, es war schön, ihn zu küssen, wie sie verwundert feststellte.

Sie spürte seine Hand auf ihrem Rücken, immer noch streichelte er sie; ein leichtes Kribbeln machte sich in ihr breit. Seine Finger wanderten ihren Hals hinab, glitten über ihr Schlüsselbein und fuhren an ihrem Körper hinab.

Ganz zart umschlossen sie ihre Brust, neckten ihre Brustwarze, die sich unter diesen Berührungen verhärtete. Chris lächelte in den Kuss hinein, mit einer sanften Bewegung legte er sie aufs Bett.

Er glitt mit seinem Mund ihren Hals hinab, hauchte viele kleine Küsse auf ihre Haut.

Anna seufzte wohlig auf, es war schön, was er da tat. Ihre Angst war verflogen, sie wusste nicht, was ihn bewogen hatte, jetzt so anders zu ihr zu sein, aber es gefiel ihr auf jeden Fall.

Ihre Hände glitten in seine Haare, streichelten seinen Nacken.

Chris erreichte ihre Brust, seine Zunge umfuhr sie zärtlich, dann schlossen sich seine Lippen um ihre Warze und saugten kräftig an ihr.

Ein lustvolles Ziehen durchzuckte ihren Unterleib. Anna spürte, wie ihr Körper auf seine Liebkosungen reagierte und sich Nässe zwischen ihren Beinen sammelte. Ihr eigenes Verlangen überkam sie mit aller Macht, wie von selbst spreizte sie ihre Schenkel für ihn.

Chris küsste sich qualvoll langsam ihren Körper hinab, schließlich legte er sich zwischen ihre Beine und umfasste sie. Er hielt ihre Schenkel fest umklammert und presste seinen Mund auf ihre Scham. Anna schrie leise auf, eine heiße Woge rollte durch ihren Körper, als sie spürte, wie sich seine Zunge den Weg in ihr Innerstes bahnte.

Ihr Atem ging stoßweise. »Komm!«, bat sie ihn heiser.

Chris sah auf und schenkte ihr ein umwerfendes Lächeln.

Sie konnte ihn nur noch wie durch einen Schleier sehen, hörte, dass er sich ein Kondom überstreifte, dann war er über ihr und sah ihr in die Augen. »Ich werde dich jetzt nehmen, Marie. Okay?« Seine Stimme klang ganz rau.

»Ja«, flüsterte sie.

Er beugte sich über sie und küsste sie wieder.

Und dann drang er in sie ein, ganz langsam und vorsichtig. Sie fühlte, wie er sich immer tiefer in sie schob. Anna kam ihm mit ihrem Becken entgegen, bot sich ihm an, wollte von ihm genommen werden.

Chris' Stöße wurden härter, doch das war Anna jetzt egal. Sie schlang die Beine um seine Hüften, damit er noch tiefer in sie dringen konnte. Er stöhnte laut auf, als er ganz in ihr war. Sie schloss die Augen, gestattete sich, sich treiben zu lassen. Es passierte, was sie sich sonst strikt verbat – sie verlor die Kontrolle und gab sich ihm völlig hin.

Ein wahnsinniger Höhepunkt baute sich in ihr auf. Sie krallte sich mit ihren Fingernägeln in seinen Rücken.

Chris stöhnte auf, Anna glaubte, dass ihr Körper weggerissen wurde, kurz wurde ihr schwarz vor Augen, dann überkam es sie immer wieder. Noch zweimal stieß er in sie, dann ließ er sich erschöpft auf sie sinken, sein heißer Atem kitzelte ihren Hals. Er ging genauso schnell wie ihrer.

Anna legte die Arme um ihn, auch er hatte die Augen geschlossen, und beide genossen sie, immer noch miteinander verbunden, die süßen Nachbeben.

4

Es dauerte eine kleine Weile, bis Anna wieder richtig da war.

Meine Güte, bist du wahnsinnig, schimpfte sie mit sich.

Das war ihr bei einem Kunden noch nie passiert, dass sie so völlig die Macht über sich aus den Händen gegeben hatte. Sie hatte zwar schon mal den ein oder anderen Höhepunkt erlebt, aber mit so einer Heftigkeit war sie noch nie gekommen. Ihr schoss die Röte ins Gesicht, sie hoffte, dass dieser Chris nicht gemerkt hatte, wie sehr sie sich hatte gehen lassen.

Er schien langsam auch wieder zu Atem zu kommen, denn er stützte sich mit den Armen ab und entlastete sie etwas von seinem Gewicht. Dann sah er sie mit diesen dunklen Augen an, sein Blick faszinierte Anna auf eigenartige Weise, doch sie zwang sich zur Kontrolle.

»Hey«, lächelte er. Er rollte sich von ihr hinunter und legte sich seitlich neben sie.

»Es tut mir wirklich leid wegen eben.« Seine Hand glitt über ihren Oberkörper, umschloss ganz sanft eine Brust von ihr.

»Ist okay. Schon vergessen«, krächzte Anna und räusperte sich schnell.

»Möchtest du etwas trinken? Ich habe dir noch nichts angeboten.« Er schlug sich mit der Hand vor die Stirn. »Du musst denken, dass ich der letzte ungehobelte Klotz bin.«

Anna streichelte ihm übers Gesicht. »Was ich denke, ist nicht wichtig. Du bist es, der hier zählt.«

»Warum machst du das?« Sein Blick schien sie zu durchbohren. »Gibt es für dich keine andere Alternative, um Geld zu verdienen?«

Anna setzte sich im Bett auf. Sie mochte es nicht, Fragen über sich zu beantworten. »Ich möchte dazu nichts sagen.«

»Hoffen du und deine Kolleginnen, dass ihr mal einen reichen Typen abkriegt? Diese Pretty-Woman-Nummer?«

»Ob du es glaubst oder nicht – so naiv sind nur die wenigsten«, antwortete Anna ausweichend, dann drehte sie sich wieder zu ihm und lächelte ihn an. »Aber ich bin hier nicht das Thema.«

»Aber es interessiert mich!«, beharrte Chris. »Wie kann man sich selbst so erniedrigen und mit jedem Typen ins Bett steigen? Hast du keinen Stolz? Keinerlei Würde?«

Anna schüttelte den Kopf. Sie wollte darauf nicht antworten und hoffte, dass er diese Fragestunde beenden würde.

»Ist es das Geld? Wie viel bleibt dir denn von den vierhundert Euro, die ich bezahle?«

»Sollten wir die Zeit nicht sinnvoller nutzen?«, wich Anna ihm aus.

»Wir haben es zweimal miteinander getrieben, und ich bin insgesamt dreimal gekommen. Das war schon sinnvoll genug für mich. Ich kann dir bescheinigen, dass du etwas von deinem Job verstehst«, sagte er mit kalter Stimme.

Jetzt war er wieder der Chris, den sie schon vorher kennengelernt hatte. Sie fragte sich, warum er zwischenzeitlich so zärtlich zu ihr gewesen war. War es das schlechte Gewissen, weil er sie grob behandelt hatte?

»Es freut mich, dass du das so siehst.«

»Soll ich dich weiterempfehlen?« Seine Stimme triefte vor Hohn.

»Warum nicht?« Sie guckte ihm nicht in die Augen, es störte sie ungemein, wie abfällig er sie jetzt wieder fixierte.

Chris lachte laut auf, dann sah er auf die Uhr. »Wir hätten noch eine halbe Stunde. Aber die erlasse ich dir.«

»Okay.« Anna stand auf und zog sich ihre Unterwäsche und das Kleid wieder an. Im nächsten Augenblick nahm sie das Geld und steckte es in ihre Handtasche. »Mach's gut.«

»Wenn ich dir neue Freier beschaffe, bekomme ich dann Provision von dir?«, fragte er sie hämisch.

»Erwartest du darauf eine Antwort?« Sie zwang sich, immer noch freundlich zu ihm zu sein.

»Ach nein, du bist ja schon bei dieser ›Agentur‹!« Er setzte das Wort mit seinen Fingern in Anführungszeichen, dann lachte er wieder. »Verschwinde!«

Anna tat ihm nur zu gerne diesen Gefallen. Erleichtert zog sie die Hoteltür hinter sich zu.

Auf dem Weg nach draußen dachte sie über ihn nach. Was war das nur für ein merkwürdiger Mann?

Er hatte eine sehr respektlose Art. Wie er sie ansah und mit ihr sprach, war alles andere als nett. Doch ganz offenbar konnte er auch anders sein. Als er sie das zweite Mal geliebt hatte, war er so zärtlich und fast schon liebevoll gewesen – wie konnte er sich nur so unterschiedlich verhalten?

Anna trat nach draußen und sog die frische Luft ein. Sie ging zu ihrem Auto und ließ sich auf den Sitz plumpsen. Sie drehte das Radio laut auf, sie brauchte jetzt Ablenkung – doch die wollte sich nicht so recht einstellen.

Dieser Chris – wenn er denn so hieß – spukte ihr im Kopf herum. Und ihr kam immer wieder der zärtliche Sex mit ihm in den Sinn. Genauso sollte es sein, wenn man mit jemandem schläft, der einem wirklich etwas bedeutete. Es war perfekt gewesen, wie sie sich eingestehen musste.

Sie bildete sich ein, professionell genug zu sein, um ihre Gefühle jederzeit unter Kontrolle haben zu können – dass es dieses eine Mal nicht so gewesen war, schockierte sie ein wenig.

Du warst einfach nur rollig, versuchte sie, es sich selbst zu erklären.

Auch am nächsten Tag blieb sie weiterhin aufgewühlt. Eigentlich hatte sie die Zeit nutzen wollen, um in ihre Bücher zu schauen, aber das ging irgendwie nicht. Unentwegt kreisten ihre Gedanken um diesen Mann.

Wieso war er überhaupt in der Stadt gewesen? Sein Freund Max hatte doch erzählt, dass sie aus einer anderen Stadt kämen. Oder galt das nur für ihn?

Aber vielleicht hatte er hier einen Job?

Sie seufzte auf, legte ihr Lehrmaterial zur Seite und wählte stattdessen die Nummer von Karen, einer Kollegin aus der Agentur. Sie musste mit jemandem reden, und sie war die einzige richtige Freundin, die sie hatte.

Bekanntschaften außerhalb ihres Jobs zu ›normalen‹ Leuten aufzubauen, war sehr schwierig. Die meisten Menschen hatten kein Verständnis für Annas Tätigkeit. Es tat immer gut, sich mit jemandem austauschen zu können, der nachvollziehen konnte, wie es war, in dieser Branche zu arbeiten.

Anna hatte Glück, Karen hatte keinen Kunden, und sie verabredeten sich in einer kleinen Bar am Stadtrand.

»Hallo Süße«, empfing Karen sie fröhlich. »Auch keine Kundschaft heute?«

»Doch, ich hatte jemanden, aber der hatte nur zwei Stunden Private Time gebucht«, erklärte Anna ihr, als sie an einem kleinen Tisch Platz gefunden hatten.

»Und du?«

»Morgen wieder. Nächste Woche beginnt die Fotomesse, da wird wohl wieder mehr los sein«, spekulierte Karen. »Wie war denn dein Date gestern?«

»Merkwürdig.« Anna runzelte die Stirn. »Ich kannte den Mann schon vorher. Er war der Freund eines Kunden, und wir waren mal alle zusammen essen. Eigentlich hatte er sich immer sehr abfällig über mich ausgelassen, und ich habe mich total gewundert, dass er mich gebucht hatte.«

»Offenbar hast du Eindruck auf ihn gemacht. Du bist ja auch die Schönste von uns«, zwinkerte Karen ihr zu.

»Das stimmt nicht!«, protestierte Anna. »Wir sind alle verschieden, man kann uns nicht vergleichen.«

»Du weißt, dass es stimmt«, lachte Karen. »Und wie war er denn so? Immer noch gemein?«

»Zuerst ja. Er hat mir befohlen, mich auszuziehen, wollte einen Blowjob, anschließend hat er mich sehr hart von hinten genommen. Als er dann wieder bei Kräften war, war er so grob, dass ich ihn von mir gestoßen und das Pfefferspray gezückt habe …«

»Was?« Karen starrte sie entsetzt an. »Scheißkerl!«

»Und dann wurde es komisch. Er hat sich entschuldigt und wurde ganz zärtlich. Es … es war schön mit ihm, verstehst du?« Anna sah Karen durchdringend an, sie verstand sofort.

»Sei doch froh, dann hast du wenigstens auch was davon gehabt. Kommt ja leider zu selten vor«, seufzte sie.

»Ja.« Anna schaute aus dem Fenster. Wieder kamen ihr die zärtlichen Momente mit Chris in den Sinn. Prompt bekam sie eine Gänsehaut.

»Anna?«

Karens Stimme holte sie wieder ins Hier und Jetzt zurück. »Träumst du? Von ihm?«

»Er beschäftigt mich«, gab Anna zu. »Anschließend wollte er mich ausfragen, dann wurde er wieder so herablassend.«

»Manche Kerle haben halt zwei Gesichter. Vielleicht wollte er bloß austesten, was er mit dir machen kann.« Karen zuckte mit den Schultern.

»Das wird es wohl sein. Hoffentlich bucht er mich nie wieder.«

»Wieso? Wenn es doch schön war?«

»Nein. Ich will ihn nicht wiedersehen«, bestimmte Anna entschieden.

»Hast du Angst, dich zu verknallen?«

»Das nicht.« Anna schüttelte den Kopf. Das konnte sie ausschließen. An so etwas wie Liebe glaubte sie schon lange nicht mehr. Auch wenn sie erst Anfang zwanzig war, diesen romantischen Kram hatte sie sich aus dem Kopf geschlagen.

Wie viele verheiratete Männer suchten schließlich ihre Kolleginnen oder sie auf? Wie viele Typen, die in festen Beziehungen steckten?

Anna bekam einiges mit, manche Männer redeten ausufernd über ihre Partnerinnen und über ihre Probleme. Auch sehr viele bekannte Männer aus der Wirtschaft oder dem Showbusiness waren darunter. Und wenn man sie dann in Zeitungen sah, spielten sie immer die heile glückliche Familienwelt vor. War das so erstrebenswert?

Anna konnte diese Frage jedenfalls ganz klar für sich beantworten: Nein danke!

Sex war allenfalls ein Mittel zum Zweck und hatte nichts mit Liebe zu tun. Mit Sex konnte man Menschen manipulieren, ihnen etwas vormachen, sie täuschen – weiter nichts.

»Du weißt selbst, dass niemand mit jemandem wie mir zusammen sein möchte«, lächelte Anna. »Es lohnt sich also nicht, Gefühle zu investieren.«

»Das stimmt so nicht. Denk mal an Sophie! Sie ist jetzt verheiratet und hat einen netten Mann«, wandte Karen ein.

Anna dachte an ihre Chefin. Es stimmte, sie hatte den Absprung geschafft und war glücklich verheiratet. »Ausnahmen bestätigen die Regel«, winkte Anna nur ab.

»Ich habe noch die Hoffnung, dass ich mal einen Mann treffe, der das akzeptiert, was ich mache«, antwortete Karen trotzig.

»Ich wünsch dir jedenfalls Glück dabei«, zwinkerte Anna ihr zu.

»Wahrscheinlich bist du irgendwann vor mir verheiratet.«

»Ganz bestimmt nicht!« Aber Anna wollte auch nicht weiter schlecht darüber reden. Es war ja legitim, dass Karen sich ein solides Leben wünschte. Auch wenn Anna sich darunter nichts vorstellen konnte, weil sie es selbst nie kennengelernt hatte.

Was bedeutet es, eine Familie zu haben?

Sie kannte nur Heime und Pflegefamilien, besonders herzlich ging es dort jedenfalls nicht zu. Aber vielleicht war es ja etwas anderes, wenn man mit seinen Eltern groß geworden war.

Karen machte diesen Job, weil sie Schulden hatte, die ihr eine unvorsichtige Bürgschaft für ihren Exfreund eingebrockt hatte. Sie hatte eine Berufsausbildung, für die Anna sie glühend beneidete. Aber mit dem Geld, das Karen in ihrem ursprünglichen Job verdiente, würde sie ewig brauchen, um den Schuldenberg abzutragen, also arbeitete sie jetzt in dieser Branche.

Zwei Männer kamen auf Karen und Anna zu, sie fragten, ob sie sich zu ihnen setzen dürften. Anna schüttelte unmerklich den Kopf, auch Karen schien kein Interesse zu haben. Anders als Anna hatte sie aber nichts gegen One-Night-Stands, Karen flirtete gerne und spielte mit ihren Reizen.

»Nicht mein Geschmack«, grinste Karen, als die beiden abgezogen waren. »Der eine erinnerte mich an einen Kunden von neulich«, erzählte sie kichernd.

Anna musste ein paarmal herzhaft lachen, als Karen ihr lebhaft davon berichtete, und ihre ernsten Gedanken verflogen.

Als sie abends in ihrem Bett lag, ließ sie die letzten Tage noch einmal Revue passieren. Chris' Verhalten, Karens Worte und deren Sehnsucht nach der großen Liebe …

Nein, Liebe ist nur eine Illusion. Mit dieser Erkenntnis fiel Anna schließlich in den Schlaf.

5

»Ich habe hier einiges auf dem Tisch«, erklärte Sophie sofort, als Anna am nächsten Tag in der Agentur vorbeischaute. »Die Fotomesse beginnt in einer Woche, und ich habe mehr Anfragen für dich, als du wirst abarbeiten können.«

»Oh, das hört sich ja gut an«, freute sich Anna.

Sophie schob ihr die Aufträge hinüber, Anna las sich die Namen durch, aber keiner kam ihr bis jetzt bekannt vor.

Doch da stutzte sie. *Christopher Morgan: Zwei Stunden Private Time.*

Sie überlegte, ob sich dahinter *der* Chris verbergen könnte, und legte den Zettel beiseite. Anna entschied sich gegen ihn. Sie hatte für den betreffenden Abend viel lukrativere Anfragen, die über mehrere Stunden gingen und ihren Verdienst erheblich aufbessern würden.

Sie nahm drei Herren an, die sie für ›Dinner Dates‹ mit anschließender ›Private Time‹ gebucht hatten. Das würden zwar anstrengende Abende werden, aber für sie würden an diesem Wochenende um die zweitausend Euro herausspringen, das war mehr als verlockend.

Anna unterschrieb die drei Anfragen und reichte sie an Sophie zurück.

»In Ordnung, dann sage ich den anderen Herren ab. Ich melde mich bei dir, wenn ich die genauen Uhrzeiten habe.«

Am Freitagabend war Anna schon sehr gespannt, was die drei kommenden Dates ihr bringen würden. Für diesen Abend war sie in ein nobles Restaurant bestellt worden, der Tisch war auf den Namen ›Kramer‹ reserviert, und der Kellner führte sie dorthin.

»Marie?« Ein gutaussehender junger Mann erwartete sie bereits.

»Ja. Reiner Kramer, nehme ich an?«, fragte Anna ihn.

»Der bin ich. Bitte.« Er rückte Anna den Stuhl zurecht und setzte sich ihr gegenüber hin.

»Sind Sie zur Fotomesse hier?«, erkundigte sie sich freundlich bei ihm.

»Ja, genau. Ich bin neu in der Branche, und dies ist meine erste große Messe«, erklärte er ihr. »Und ich dachte, ich leiste mir eine nette Begleitung, um mir die Nervosität zu vertreiben.«

»Ich denke, das werden wir schon schaffen«, erwiderte Anna.

Zu ihrem großen Glück wurde es ein sehr netter Abend. Nach dem Essen gingen sie noch in einen Club. Reiner Kramer war ein charmanter Begleiter, der sehr dezent mit ihr flirtete, aber nie zudringlich wurde. Auch die darauffolgenden Stunden in seinem Hotelzimmer waren angenehm verlaufen. Anna konnte nur hoffen, dass sich die nächsten Dates auch so gestalteten, dann war es an diesem Wochenende leicht verdientes Geld.

Doch die Hoffnungen erfüllten sich leider nicht. Am Samstag- und Sonntagabend musste sie mit sehr unangenehmen Männern die Zeit verbringen, die sie schlecht behandelten.

Mit wunden Stellen am Körper kehrte sie schließlich am frühen Montagmorgen in ihre Wohnung zurück. Sie würde jetzt erst mal ein paar Tage pausieren müssen, um sich zu erholen, und die blauen Flecke, die sie davongetragen hatte, auszukurieren.

Als sie am Montagnachmittag in der Agentur Sophie davon berichtete, war diese dann auch sehr betroffen. »Das tut mir leid, Anna. Dabei hatte ich ein gutes Gefühl bei den beiden Herren. Immerhin ist der eine im Vorstand eines großen Medienkonzerns.«

»Bei mir wollte er sich dann offensichtlich austoben«, sagte Anna bitter.

»Ich werde es mir notieren. Übrigens dieser Christopher Morgan war sehr ungehalten, dass ich ihm absagen musste. Er möchte heute ein Date mit dir haben.«

Anna runzelte die Stirn. Wieder kam ihr in den Sinn, dass es sich dabei vielleicht um Chris handeln könnte. Dass er ungehalten war, könnte ihre Vermutung zumindest bestätigen.

»Ich kann heute nicht. Ich muss mich erst mal ein bisschen erholen, und mit den blauen Flecken kann ich mich nicht zeigen«, erklärte Anna Sophie.

»Ich werde es ihm ausrichten. Falls er so hartnäckig bleibt: Ab wann wärst du denn wieder einsatzbereit?«

»Ich denke, am Donnerstag müsste es gehen.« Anna stand auf und nahm ihre Tasche. Sie musste sich eingestehen, dass ihre Neugier doch geweckt war, was diesen Christopher betraf. Aber so wie sie im Moment aussah, wollte sie sich keinem Kunden präsentieren.

Sie war kaum in ihrer Wohnung angekommen, da rief Sophie direkt wieder an. »Also, dieser Christopher Morgan ist ein hartnäckiger Bursche. Er sagte, er sei nur noch heute in der Stadt, und er würde sogar noch einen Hunderter drauflegen, wenn du dich mit ihm triffst.«

»Es geht wirklich nicht!« Anna stöhnte innerlich auf, schon der Gedanke an Sex bereitete ihr Schmerzen.

»Alles klar. Ich richte es ihm aus. Er wird nicht glücklich sein«, seufzte ihre Chefin.

»Darauf kann ich leider keine Rücksicht nehmen.«

Sie vertiefte sich in ihre Bücher, doch sie kam nicht umhin, sich selbst einzugestehen, dass das Interesse dieses Christophers ihrem Ego schmeichelte. Auch wenn es nicht *der* Chris war, so musste dieser Mann sie doch kennen, warum sonst sollte er so auf ihrer Person bestehen?

***

In den nächsten Wochen rückten die Gedanken an Chris oder Christopher Morgan jedoch in den Hintergrund. Es gab keine Anfragen mehr von ihm; sowohl Anna wie auch ihre Kolleginnen hatten viel zu tun, da jetzt eine Messe auf die nächste folgte und auch unter der Woche Events anstanden, zu denen sie gebucht wurden.

Gott sei Dank waren die Männer nicht mehr so unangenehm, auch wenn keiner dabei war, mit dem sie die Zeit wirklich genießen konnte.

Sie war erstaunt, als Sophie ihr wieder eine Buchungsanfrage unter die Nase hielt, die den Namen ›Christopher Morgan‹ trug. Diesmal sagte Anna zu. Da er zwei Stunden ›Private Time‹ wollte, war ihr klar, auf was das hinauslaufen würde, zumal er sie auch wieder in das kleine Hotel bestellt hatte.

Anna zog sich verführerische Dessous an und schlüpfte in ein hochgeschlossenes Kleid. Mit gemischten Gefühlen steuerte sie schließlich auf die Hoteltür zu, sie fragte sich, was sie erwarten würde und – wenn es tatsächlich ein und derselbe Chris war – wie er sich ihr gegenüber verhalten würde. Würde er sie wieder abfällig behandeln oder zärtlich sein?

Sie war mehr als gespannt, als sie schließlich zaghaft an die Tür klopfte.

Sie hörte Schritte, dann wurde ihr geöffnet. Er war es. Er war es also tatsächlich.

»Hallo Mäuschen«, grinste Chris sie an. »Lange nicht gesehen.«

»Das stimmt.« Anna war bemüht, ihm möglichst selbstbewusst entgegenzutreten. Auch wenn sie innerlich angespannt war.

»Bitte sehr.« Er machte einen Diener, und sie ging an ihm vorbei ins Hotelzimmer. Wie immer vergewisserte sie sich, dass er alleine war.

»Darf ich?« Er war hinter sie getreten und zupfte an ihrem Mantel.

»Ja.«

»Möchtest du etwas trinken?«

Anna drehte sich zu ihm herum, sie entdeckte, dass er eine Flasche Champagner kaltgestellt hatte. »Gerne.«

Chris befüllte zwei Gläser und reichte ihr eines. Sie prosteten sich zu. »Ich hatte schon einmal versucht, dich zu buchen. Aber du hattest keine Zeit?« Er fixierte sie mit diesen faszinierenden braunen Augen.

»Genau.« Anna erwiderte seinen Blick, versuchte, sich nicht dadurch aus dem Konzept bringen zu lassen.

»Dann laufen die Geschäfte also gut?« Er bemerkte es mit einem eisigen Unterton, Anna seufzte innerlich auf. Würde das jetzt die ganze Zeit wieder so weitergehen?

»Ich kann nicht klagen.« Sie reckte ihre Nase nach oben. Sie würde sich nicht einschüchtern lassen, ihm nicht gestatten, sie zu verwirren.

Er wusste, was sie tat und womit sie ihr Geld verdiente. Und schließlich nutzte er ihre Dienste ja auch, also gab es keinen Grund für abfällige Bemerkungen.

»Freut mich für dich.« Diesmal war es Chris, der den Blickkontakt als Erster abbrechen ließ.

»Und du? Hast du geschäftlich hier zu tun?«

Chris nickte. »Ich betreue ein Wohnungsbauprojekt. Deswegen bin ich länger in der Stadt.« Er trat einen Schritt auf sie zu und deutete fragend auf ihr Glas.

Anna reichte es ihm, und er stellte es auf einem Tisch ab.

»Ich hätte nicht gedacht, dass du mich noch einmal sehen möchtest«, ergriff sie wieder das Wort.

Chris lächelte, dann nahm er ihr Gesicht ganz sanft zwischen seine Hände. »Das wollte ich auch zuerst nicht. Aber bei dir weiß ich, was ich bekomme.« Seine Daumen streichelten über ihre Wange. »Und das hat mir gefallen.«

Er schob sie Richtung Bett, dann blieben sie davor stehen. »Ich möchte dich ausziehen«, flüsterte er mit rauer Stimme.

»Dann tu es.« Sie drehte sich herum, damit er den Reißverschluss ihres Kleides öffnen konnte.

Langsam schob er den Stoff von ihren Schultern und ließ es auf den Boden gleiten. »Wow«, entfuhr es ihm heiser. »Du siehst heiß aus.«

Anna lächelte in sich hinein, sie kannte die Wirkung von Dessous auf Männer ja nun zur Genüge, aber es machte ihr immer wieder Spaß, die Reaktion darauf zu erleben. Sie wandte sich ihm zu.

Chris ließ langsam seinen Blick über ihren Körper wandern. »Ich will dich. Jetzt sofort«, stieß er hervor.

Anna hob ihre Hände und schob sein Shirt nach oben. »Dann sollten wir nicht länger warten«, wisperte sie.

»Das kann ich auch nicht!« Chris schubste sie aufs Bett und entledigte sich seiner Kleidung.

Anna konnte ihn gerade noch bitten, eines ihrer Kondome zu benutzen, da war er auch schon in ihr.

Er kam sehr schnell zum Höhepunkt, aber er war nicht so grob wie beim ersten Mal, als sie zusammen gewesen waren. Anna atmete auf. Wenn der erste Druck weg war, würde es im Verlauf des Abends vielleicht ein bisschen sanfter zugehen.

Zumindest hoffte sie das.

Als er sich beruhigt hatte, zog er sie in seine Arme. »War ich zu grob?«

»Nein, das war okay.«

»Du verstehst es, die Männer verrückt zu machen.« Er griff nach einer Strähne ihres Haares und wickelte sie sich um den Finger.

»Das ist mein Job.« Sie hätte sich am liebsten direkt auf die Zunge gebissen. Kamen jetzt wieder abfällige Bemerkungen?

»Ja, das ist dein Job.« Chris sah sie mit undefinierbarem Blick an. »Ich kann mir aber nicht vorstellen, dass du das gerne tust.«

Anna seufzte. Sie wollte nicht über sich reden, das würde zu nichts führen. »Belassen wir es doch einfach dabei, dass es mein Job ist, okay?«

»Macht er dir denn Spaß? Macht es dir wirklich Spaß, dass jeder über dich drüberrutschen darf?«

Anna setzte sich im Bett auf. »Macht dir denn dein Job immer Spaß? Es gibt doch immer Dinge, die man gerne und weniger gerne tut, oder?«

»Aber ich verkaufe mich nicht dafür.«

»Ich verkaufe nur meinen Körper.« Anna blickte ihm nicht in die Augen, sondern starrte auf die Bettdecke.

»Was heißt denn *nur*?« Jetzt lachte er auf. »Das ist doch entwürdigend genug.«

»Vielleicht siehst du das so. Aber ich habe durchaus noch meinen Stolz.« Anna versuchte, ihm in die Augen zu schauen, doch seinem bohrenden Blick konnte sie nicht standhalten.

»Dann scheint dein Stolz aber nicht besonders hoch angesiedelt zu sein, wenn du für jeden die Beine breitmachst und das noch okay findest.«

»Sei doch froh, dass ich es mache. Dir gefällt es doch auch«, entgegnete sie mit heiserer Stimme. »Oder warum bin ich jetzt schon das zweite Mal bei dir?«

»Natürlich gefällt es mir. Wem würde es nicht gefallen, eine derart schöne Frau im Bett zu haben, die einem auch noch auf so wunderbare Weise Lust verschaffen kann. Aber was ist mit dir? Bleibst du dabei nicht auf der Strecke?«

Chris hatte sich ebenfalls aufgesetzt, er fixierte sie mit seinen Augen.

»Ich bekomme viel Geld für das, was ich hier tue.« Anna schüttelte den Kopf.

»Das ist keine Antwort.«

»Das ist aber die einzige Antwort, die du bekommst.« Sie versuchte, ihrer Stimme einen festen Klang zu geben.

»Du weißt doch hoffentlich, dass kein normaler Mann sich eine Frau suchen würde, die mal diesem Gewerbe nachgegangen ist, oder?«

»Wer sagt denn, dass ich einen Mann suche?« Sie wich seinem Blick aus.

»Okay, meine wunderschöne Marie. Dann mache mal das, wofür ich dich bezahle!« Er legte sich wieder hin und schaute sie erwartungsvoll an.

Anna nickte und setzte sich auf ihn. Sie bedeckte seinen Körper mit vielen kleinen Küssen, mit ihren Fingernägeln fuhr sie über seine Brust. Chris hatte die Augen geschlossen und überließ ihr die Führung. Sie küsste sich an ihm hinab, erreichte schließlich seine Lenden und verwöhnte ihn zärtlich mit dem Mund. Es dauerte nicht lange, dann war er wieder vollständig erregt.

»Ich will dich von hinten«, befahl Chris.

Anna griff nach den Kondomen und streifte ihm geschickt eins über.

Chris nahm sie mit kraftvollen Stößen, Anna musste sich wieder eingestehen, dass er ihr doch sehr gut gefiel, und in den letzten Wochen war sie mit gutaussehenden Männern nicht gerade verwöhnt gewesen.

Es gibt viel Schlimmeres, als mit einem attraktiven Mann das Bett zu teilen und dafür auch noch Geld zu bekommen, sagte sie sich trotzig, als er schließlich befriedigt von ihr abließ.

Anna betrachtete ihn eine Weile; er hatte die Augen geschlossen, doch trotzdem griff er auf einmal nach ihr und zog sie zu sich hinunter. Sie wartete, bis sein Atem sich beruhigt hatte, dann drehte er sich zu ihr und schaute sie wieder aus diesen faszinierenden dunklen Augen an. »Ich werde es wohl nie verstehen, warum du das machst, Marie.« Es klang sogar richtig bedauernd.

»Das musst du auch nicht«, lächelte sie ihm zu. »Was ist das für ein Wohnungsbauprojekt, an dem du arbeitest?«, erkundigte sie sich. Sie hoffte, ihn auf andere Gedanken zu bringen, wollte nicht schon wieder ein Gespräch über sich führen.

»Kennst du die alte Brauerei an der Bachstraße?«

»Ja, die kenne ich. Ich habe gelesen, dass dort Mehrfamilienhäuser gebaut werden. Die Pläne sehen sehr schick aus.«

»Die werden auch sehr schick«, grinste Chris. »Die Wohnungen werden ein kleines Vermögen kosten, aber dafür sind sie auch wirklich besonders.«

»Inwiefern besonders?«, hakte Anna nach. »Was kann so besonders an Wohnungen sein? Sie werden Fenster, Türen und Wände haben«, gluckste sie.

Chris lachte auf, dann biss er sie sanft in die Nase. »Ja, das werden sie, aber die Badezimmer werden zum Beispiel durch eine gläserne Tür mit dem Schlafzimmer verbunden sein. Außerdem wird es versteckte Schränke geben – willst du das wirklich alles wissen?«

»Versteckte Schränke?«, fragte Anna ihn ungläubig.

»Komisch, dass ihr Frauen da immer so drauf steht. Warte …«

Er stand auf und holte etwas aus einer Tasche. Zu Annas Überraschung kehrte er mit Bauplänen zurück. »Schau …«, begann er, und sie setzte sich im Bett auf.

Chris erklärte, was für die einzelnen Wohnungen geplant war.

Anna staunte immer mehr. »Man kann vom Schlafzimmer aus über die Stadt sehen?«

»Ja, sogar vom Bett aus. Das ist für die vier oberen Wohnungen so angedacht.«

»Das muss wunderschön sein«, lächelte Anna ihm zu. »Im Bett liegen und auf die Stadt schauen. Und in den Himmel …«

Chris sah sie ernst an. »In den Himmel? Nun ja, also das …« Plötzlich stutzte er und sprang noch einmal aus dem Bett. Mit einem Stift in der Hand kritzelte er auf den Skizzen herum. »Wenn man die Fenster im Obergeschoss wie ein Wintergartendach konstruiert, könnte man sogar noch mehr vom Himmel sehen«, dachte er laut nach. »Danke, Marie! Das ist eine tolle Idee, ich werde das ins Angebot für die Wohnungen aufnehmen. Wahrscheinlich wird das vor allem den Damen gefallen. Jedenfalls hoffe ich das, denn das ist ein Prestigeobjekt für unser Architekturbüro.«

»Nichts zu danken.« Anna freute sich über sein Lob. Er schien seinen Beruf zu lieben, denn als er gezeichnet hatte, war er eifrig bei der Sache gewesen und schien sie für einen Moment völlig vergessen zu haben.

»Du und Max Keller – arbeitet ihr zusammen? Oder woher kennt ihr euch?«

»Ja, er ist ein Kollege von mir«, bestätigte Chris ihre Vermutung.

Er erzählte ihr noch weiter von den Projekten, die sie zusammen betreut hatten, und deren Besonderheiten. Anna faszinierte die Art, wie er redete, und sie hörte interessiert zu.

Sie warf einen Blick auf die Uhr, die zwei Stunden waren in einer Viertelstunde vorbei. Sie war überrascht, wie schnell die Zeit mit ihm vergangen war.

Chris war ihrem Blick gefolgt. »Du musst los?«

»Ja, gleich.«

»Komm mal her.« Chris nahm ihre Hand und zog sie wieder hinunter. Er drückte sie sanft auf den Rücken und tupfte ihr kleine Küsse aufs Gesicht.

»Es war wieder sehr schön mit dir, Marie.« Seine Lippen streiften hauchzart über ihren Mund.

Anna war erneut über diese Sanftheit von ihm verwundert.

Er verstärkte etwas den Druck auf ihren Mund, Anna fand es schön, wenn er das tat, und sie ging auf seine Aufforderung nur zu gerne ein. Sie öffnete ihren Mund und gewährte ihm Einlass.

Chris küsste sie ganz behutsam und fast schon schüchtern.

Ein leichtes Kribbeln durchzog ihren Körper, sie war verwundert, wie er das schaffte, indem er sie nur küsste.

Seine Hand wanderte zärtlich an ihrem Hals entlang, zog die Linie ihrer Schlüsselbeine nach und legte sich auf ihre Brust.

Anna seufzte leise auf, ein wohliges Gefühl durchströmte sie.

Chris schien das als Bestätigung aufzufassen und neckte ihre Brustwarze. »Du bist eine aufregende Frau«, murmelte er an ihren Lippen, mit seinem Mund folgte er dem Weg seiner Hand.

Anna wand sich unter ihm, als er ihre Brust mit seiner Zunge umspielte und ganz leicht an ihrer Warze saugte. Ihre Lust steigerte sich immer mehr und vernebelte ganz allmählich ihre Sinne.

Warum war es so besonders, wenn er das tat? Dieser Gedanke schoss durch ihren Kopf, aber sie drängte ihn beiseite, sie wollte genießen, ihn genießen, und gab sich immer mehr seinen Berührungen hin.

Chris' Mund glitt tiefer, vorsichtig schob er ihre Beine auseinander, sie konnte seinen heißen Atem schon zwischen ihren Schenkeln fühlen.

Er hauchte kleine Küsse auf ihre Perle, doch plötzlich stoppte er und krabbelte wieder an ihr hoch.

»Was ist?«, fragte sie mit heiserer Stimme.

»Du hast Feierabend.«

»Oh …« Anna schob ihn weg und setzte sich im Bett auf. Sie spürte, wie sie errötete, sie hatte tatsächlich die Zeit vergessen. Sie ärgerte sich über sich selbst, und doch konnte sie ein leichtes Zittern nicht verbergen. Ihr Körper hatte wieder einmal übersensibel auf ihn reagiert, und das musste ihm aufgefallen sein.

Chris kniete sich hinter sie, seine Arme umschlangen sie; er küsste zärtlich ihren Nacken. »Bleib doch noch …«, flüsterte er mit einschmeichelnder Stimme. »Dir hat es doch auch gefallen.«

»Ich sollte aber gehen.« Sie schüttelte den Kopf, doch seine Hände, die sich sanft auf ihre Brüste legten, jagten wieder einen Schauer durch ihren Körper.

»Du wirst es nicht bereuen.« Seine Stimme klang rau und verheißungsvoll.

Ganz behutsam drückte er Anna auf den Rücken, sie wollte protestieren, doch sie brachte keinen Ton heraus.

Er küsste sie so zärtlich, dass sie nicht anders konnte, als ihre Arme um seinen Hals zu legen und ihn enger zu sich zu ziehen.

Sie sehnte sich nach seinen Berührungen, die jetzt so ganz anders als in den zwei Stunden zuvor waren. Was sprach dagegen, wenn sie sich die Zeit mit ihm jetzt einfach stahl?

Es war ihre Entscheidung, länger zu bleiben, und seine Küsse waren ein süßes Versprechen.

Nein, es tat ihr nicht leid. Auch wenn das hier über die normale geschäftliche Abmachung hinausging.

Chris verwöhnte sie nach allen Regeln der Kunst; er schien intuitiv zu spüren, was sie gerne mochte, und als er letztendlich in sie eindrang, war es fast so, als ob sie ein tatsächliches Paar wären.

Er küsste sie während des Liebesaktes immer wieder, sah ihr lächelnd in die Augen, und als sie ihren Höhepunkt erreichte, schloss er sie zärtlich in die Arme.

Kurz darauf erklomm auch er den Gipfel, er zog sie danach sofort zu sich und bedeckte ihr Gesicht mit kleinen Küssen.

»Du bist eine sehr sinnliche Frau, Marie«, raunte er ihr schließlich zu. »Danke, dass du geblieben bist.«

»Es war wunderschön«, flüsterte sie, dann holte sie aber die Wirklichkeit wieder ein. »Aber jetzt muss ich gehen.«

»Das hatte ich schon befürchtet.« Noch einmal küsste er sie sanft. »Wir werden uns wiedersehen.«

»Das hoffe ich.« Sie erwiderte seinen Kuss, dann löste sie sich aus seinen Armen.

6

»Soll ich dich nach Hause bringen?«, bot Chris ihr an.

»Nein danke.« Anna schüttelte den Kopf. »Ich bin mit meinem Auto da.«

Und selbst wenn sie das nicht wäre, würde sie das Angebot auf jeden Fall ablehnen. Keiner der Kunden sollte wissen, wo sie wohnte. Das konnte sonst Verwicklungen geben, und vor ungebetenen Besuchen galt es, sich zu schützen.

»Können wir mal essen gehen?«, fragte Chris sie.

»Klar. Ruf einfach an!« Anna schlüpfte in ihre hochhackigen Schuhe.

»Ich meine damit nicht, dass ich dich buche. Sondern einfach so – ohne dass ich dafür bezahle«, sagte er ernst.

Anna blickte ihn überrascht an. Hatte er nicht eben angedeutet, dass sich ›normale‹ Männer nicht mit Frauen wie ihr abgeben würden?

»Nein, das geht nicht.«

»Warum nicht? Bin ich dir so zuwider? Das kann ich mir kaum vorstellen.«

»Nein, natürlich bist du mir nicht zuwider. Aber ich verabrede mich nicht privat mit Kunden.«

»Okay, ich buche dich nicht mehr.«

»Auch nicht mit Ex-Kunden«, lächelte sie ihm zu und griff nach ihrem Mantel. »Mach's gut.«

»Du auch, Marie.« Chris schickte ihr vom Bett aus einen Luftkuss.

Eilig verließ Anna das Hotelzimmer.

Natürlich beschäftigte Chris wieder ihre Gedanken, als sie nach Hause fuhr. Doch sie wollte jetzt nicht mehr hinterfragen, warum der Sex mit ihm so besonders war oder warum sie in diesem Maße auf ihn ansprang. Offenbar wusste er, welche Knöpfe er bei den Frauen zu drücken hatte, und er war kein unerfahrener Mann.

Viel mehr grübelte sie über seine Frage nach einem Date nach. Warum wollte er mit ihr essen gehen, sich privat mit ihr treffen?

Er ließ keine Zweifel darüber offen, dass er ›Frauen wie sie‹ nicht gerade besonders schätzte. Im selben Moment fiel ihr aber ein, dass sein Kollege Max sie auch um ein privates Treffen gebeten hatte. War dies die Antwort?

Wollte er seinem Freund beweisen, dass er sie zu einem Date überreden konnte?

Oder war das zu weit gedacht?

Sie fragte sich, ob die beiden sich über sie austauschten, vielleicht lief sogar eine Wette?

Das musste es sein! Es wäre ja nicht untypisch für männliche Denkstrukturen. Sie hatte schon viel erlebt und mitbekommen, sie fand die Erklärung am plausibelsten.

Aber so lange die beiden sie buchten, konnte ihr dies nur recht sein.

In den nächsten Tagen hatte sie keine Termine, doch sie ertappte sich ständig dabei, dass sie sich fragte, was Chris wohl gerade machte. Ob er die ganze Zeit in der Stadt war, solange er das Bauprojekt betreute? Oder kam er nur für ein paar Stunden hierher?

Gott sei Dank wurde sie dann aber von den Grübeleien abgelenkt. Sophie hatte sie zu sich bestellt und empfing sie gewohnt strahlend.

»Meine Liebe, du wirst staunen«, begann sie. »Ich habe mehrere kleinere Aufträge und einen ganz großen. Dieser Professor Gunter will dich für vier Tage buchen. Es geht wohl für ein verlängertes Wochenende nach Ibiza. Ist das nicht wunderbar?«

Anna war sprachlos. »Das ist … das ist wirklich eine Überraschung!«, rief sie verblüfft. Sie nahm den Auftragszettel entgegen: Professor Gunter würde der Spaß rund 5.000 Euro kosten.

»Und nach Ibiza. Das ist doch herrlich, oder?«, freute sich Sophie. »Warst du schon einmal dort?«

»Nein.« Anna schüttelte den Kopf. Sie war noch nie im Ausland gewesen und auch nur einmal eine kurze Strecke innerhalb Deutschlands geflogen, weil ein Kunde sie in eine andere Stadt bestellt hatte.

»Du scheinst es ihm angetan zu haben. Solche Männer muss man sich warmhalten.«

»Ja.« Anna fasste sich wieder. »Natürlich nehme ich an.«

»Ich habe nichts anderes vermutet.«

»Und darf ich die anderen Aufträge auch mal sehen?«, bat Anna ihre Chefin. Sie war schon neugierig, wie sie sich selbst eingestehen musste. Vor allem interessierte es sie, ob sich Chris wieder gemeldet hatte.

»Na klar.« Sophie reichte ihr die Unterlagen herüber. »Du könntest an diesem Wochenende viel Geld verdienen. Schade, dass man dich nicht klonen kann.«

Anna studierte die Anfragen – und stutzte. Nicht nur Christopher Morgan hatte angefragt, sondern auch Max Keller, beide für den Samstagabend.

Wieder fragte sie sich, ob die beiden wohl voneinander wussten, und wenn ja, ob das eine Art Wettbewerb zwischen ihnen war. Umso besser war es wohl, wenn beiden eine Absage erteilt wurde.

»Danke.« Anna reichte die Unterlagen an Sophie zurück. »Bitte informiere Professor Gunter.«

»Alles klar. Ich rufe dich wegen des genauen Termins an.«

***

Anna war richtig aufgeregt. Das erste Mal in ihrem Leben würde sie ins Ausland fliegen, und auch wenn der Job harte Arbeit war – Herbert Gunter würde doch wohl nicht die ganze Zeit mit ihr im Bett verbringen wollen. Dafür bräuchte er sie ja nicht mit nach Ibiza zu nehmen.

Der ältere Herr holte sie mit einem Taxi an der Agentur ab, das beide zum Flughafen bringen würde. »Meine liebste Marie«, empfing er sie wie immer freundlich. »Schön, dass du die Zeit für mich aufbringen kannst.«

»Für dich doch jederzeit.« Sie hauchte ihm einen Kuss auf die Wange.

Sie bat ihn, etwas später als sie einzuchecken, damit er ihren richtigen Namen nicht mitbekommen würde. Zu ihrer Erleichterung nahm er ihr das aber nicht übel, sondern hatte Verständnis für dieses Geheimnis.

Im Flugzeug hielt er die ganze Zeit ihre Hand; als sie auf der Insel landeten, hatte er ihr viel zu erzählen.

Er berichtete ihr von seinem Ferienhaus und dass er früher mit seiner Frau ein paarmal im Jahr hergekommen sei.

Nach ihrem Tod hatte er es für zwei Jahre gar nicht mehr besucht. »Ich hatte überlegt, es zu verkaufen. Meine Heidi hat dieses Haus sehr geliebt, hier erinnert mich mehr an sie als in unserer Villa daheim. Aber das Leben geht auch für mich weiter – und mit so einer reizenden Begleiterin wird mich die Sehnsucht schon nicht zu sehr einholen«, sagte er wehmütig.

Er tat Anna leid, sie wusste, dass er sehr an seiner Frau gehangen hatte. Sie beugte sich zu ihm hinüber und gab ihm einen Kuss auf die Wange. »Du hast recht. Das Leben geht weiter. Und ich bin sehr dankbar, dass ich die Zeit mit dir hier verbringen darf.«

Sie hielt den Atem an, als sie das Ferienhaus sah. Es war eine Finca, die einen fantastischen Ausblick aufs Meer bot. Der türkisfarbene Pool wirkte ebenfalls sehr einladend.

»Der Pool ist beheizt. Du kannst sofort hineinspringen«, erklärte Herbert ihr.

»Wenn wir Zeit hätten, würde ich das gerne tun!« Anna zog sich rasch um.

Herbert bewunderte ihren Anblick in dem knappen Bikini.

Anna war keine gute Schwimmerin, sie hatte es erst spät in der Schule gelernt, aber trotzdem genoss sie es, ein paar Bahnen im Pool zu ziehen.

»Das reicht wohl. Nicht, dass du dich erkältest!« Nach zehn Minuten stand Herbert Gunter mit einem Bademantel am Rand.

Anna wäre gerne länger im Wasser geblieben, aber natürlich fügte sie sich seinen Wünschen. Er half ihr in den Bademantel; an seinem Blick konnte sie erkennen, nach was ihm jetzt der Sinn stand.

Er machte auch keine großen Worte und führte sie ins Innere der Finca, sofort zog er sie mit ins Schlafzimmer.

Anna kannte nur zu gut seine Vorlieben, und so schaffte sie es mühelos, ihn zu befriedigen.

»Wir schauen uns gleich die Insel in Ruhe an«, sagte er, als er wieder zu Atem gekommen war.

»Sehr gerne.« Anna lag in seinen Armen und streichelte über seine graubehaarte Brust.

Anna genoss es, sich von ihm Ibiza zeigen zu lassen. Wie stets hörte sie begierig seinen Ausführungen zu, versuchte, sich so viel wie möglich zu merken.

Abends gingen sie in einem gemütlichen Restaurant essen. Herbert Gunter sprach perfekt Spanisch, und Anna beneidete ihn um diese Sprachkenntnisse.

Wenn sie es tatsächlich schaffen würde und nach dem Realschulabschluss weitermachen wollte, musste sie noch eine weitere Fremdsprache lernen. Und sie überlegte schon, ob sie Spanisch wählen sollte. Vielleicht konnte sie ja dann mit Herbert Gunter üben?

Doch sofort schimpfte Anna mit sich. Das alles lag noch in weiter Ferne.

Weder konnte sie wissen, ob sie die mittlere Reife schaffte, noch, ob Herbert Gunter nicht irgendwann das Interesse an ihr verlor und sich eine andere Begleiterin suchte.

Sie musste sich immer wieder zwingen, nicht zu sehr für die Zukunft zu planen, das brachte alles nichts. Und wie oft hatte sie selbst schon erleben müssen, wie schnell sich alles ändern konnte.

Die Tage mit Professor Gunter verstrichen viel zu schnell. Ihr Begleiter war dank der blauen Pillen sehr gut in Schuss; sie hatten oft Sex miteinander, doch blieb auch noch genug Zeit, um sich einiges anzusehen oder einfach nur die Frühlingssonne zu genießen.

Anna war etwas wehmütig, als sie wieder ins Flugzeug stiegen. Gerne wäre sie noch geblieben, auch wenn es auf Dauer mühsam für sie war, mit ihm zu schlafen und ihm so etwas wie Leidenschaft vorzuspielen.

Für einen kurzen Moment schoss ihr der Sex mit Chris durch den Kopf, doch es war natürlich unfair, die beiden miteinander zu vergleichen.

Herbert Gunter war ein treuer, angenehmer Kunde.

Mit Chris würde das alles über kurz oder lang ein Ende nehmen. Sie konnte sich nicht vorstellen, dass er sie über längere Zeit buchen würde.

Zuhause angekommen, staunte sie deshalb nicht schlecht, als Sophie ihr wieder Buchungen von Max und Chris vorlegte.

»Du hast immer mehr Stammkunden«, freute Sophie sich für sie. »Das ist schön, nicht wahr?«

»Ja, das ist gut«, pflichtete Anna ihr bei. Es war gut, zu wissen, was einen erwartete. Auch wenn das bei Chris Morgan vielleicht nicht unbedingt der Fall war.

Anna entschied sich aber für Max Keller. Er hatte sie gleich für eine Nacht gebucht, und das versprach mehr Geld. Auch wenn sie sich insgeheim lieber anders entschieden hätte, aber das hätte sie ihrer Chefin wohl kaum erklären können. Sophie würde ihr zwar niemals reinreden, aber es ging schließlich auch um ihren Gewinn, wenn Anna den lukrativeren Auftrag annahm.

Annas Herz klopfte ihr bis zum Hals, als sie das Restaurant betrat, in das Max sie bestellt hatte. Sie hoffte, dass er alleine dort war und Chris nicht in der Nähe war. Ihr wäre es unangenehm, ihm zu begegnen, wo sie seine Anfrage doch abgelehnt hatte. Auch wenn es ihm klar sein dürfte, dass sie mit Max mehr verdienen würde.

»Hallo Marie!« Max strahlte sie breit an. »Schön, dass es heute geklappt hat. Ich bin fürs Wochenende hier in der Stadt, um nach einem Bauprojekt zu sehen, das unsere Firma betreut«, plapperte er aufgeregt los.

»Das habe ich mir schon gedacht.« Sie gab ihm einen Kuss zur Begrüßung und schaute sich verstohlen um.

Dann zuckte sie zusammen. Christopher Morgan saß mit einem Mann an einem Nebentisch und schickte ihr einen eisigen Blick.

Anna starrte ihn geschockt an. Hastig zwang sie sich, sich auf Max zu konzentrieren. Sie setzte sich so an den Tisch, dass sie mit dem Rücken zu Chris saß und ihn nicht ständig sehen musste.

Anhand seines Blickes konnte sie erahnen, dass es ihm wohl nicht unbedingt gefiel, dass sie jetzt mit Max hier war.

»Wie ist es dir ergangen?«, erkundigte sich Anna. Sie hoffte, dass er jetzt viel erzählen würde und sie dadurch abgelenkt werden würde.

»Oh, ganz gut. Wie gesagt, unsere Firma betreut ein großes Projekt in dieser Stadt. Mein Kollege Chris – den du ja inzwischen auch gut kennst, wie ich erfahren habe – ist die ganze Zeit vor Ort. Ich bin fürs Wochenende dazugebeten worden.« Er zwinkerte Anna zu.

Also doch, dachte sie. *Die beiden haben sich ausgetauscht!*

Wieso wunderte sie sich darüber nicht?

»Das ist ja schön für mich, dass du jetzt hier bist.« Sie versuchte, sich nichts über seine Bemerkung wegen Chris anmerken zu lassen.

»Chris berichtete mir, er hätte dich auch für heute buchen wollen«, grinste Max. »Da bin ich ja froh, dass ich den Zuschlag bekommen habe.«

Anna lag es auf der Zunge, dass sie sich nur für ihn entschieden hatte, weil er ihr mehr Verdienst einbringen würde, aber das verbat sie sich natürlich. Sie wollte ihn nicht in seinem männlichen Ego kränken, das wäre nicht gut fürs Geschäft. »Ich kann mich ja nicht zerteilen«, erwiderte sie deswegen nur.

»Na ja – eigentlich könntest du das ja schon«, lachte Max. »Ein paar deiner Kolleginnen machen das wohl. Aber ich möchte das auch nicht«, fügte er eilig hinzu.

»Du kannst es dir noch überlegen. Wenn du eine Kollegin buchen möchtest, die mit dir und Chris gemeinsam die Nacht verbringt, dann ist das noch möglich«, klärte sie ihn auf.

»Was? Nein!« Max griff schnell nach ihrer Hand. »Um Gottes willen!« Er errötete sogar leicht.

Jetzt musste Anna sich ein Grinsen verkneifen. So schüchtern, wie sie ihn kennengelernt hatte, hätte sie sich auch gewundert, wenn Max einem Dreier zugestimmt hätte.

Sie lenkte ihn schnell auf ein anderes Thema, fragte ihn auch nach dem Bauprojekt aus. Max war bester Laune und erzählte ihr ausufernd davon.

Anna hörte ihm aufmerksam zu, aber sie konnte nicht verhindern, dass sie auch immer Fetzen von dem Gespräch aufschnappte, das Chris am Nebentisch führte. Es ging hauptsächlich um berufliche Dinge, aber schon seine Stimme zu hören, versetzte sie in Unruhe.

Max drängte zum Aufbruch, Anna entschuldigte sich kurz, weil sie noch auf die Toilette wollte, und machte sich auf den Weg zu den Örtlichkeiten. Als sie die Waschräume wieder verließ, blieb ihr fast das Herz stehen.

Chris stand da, lässig an die Wand gelehnt, und schien auf sie zu warten. Sein Blick hätte sie eigentlich schockfrosten müssen.

»Hallo Chris«, stammelte Anna nur, dann wollte sie rasch an ihm vorbeigehen, doch er hielt sie am Arm fest und drückte sie mit seinem Körper gegen die Wand. Ihre Hände hatte er fest umklammert.

»Und du bist doch nichts Weiteres als eine billige Schlampe!«, raunte er ihr kalt zu. »Gefällt es dir so gut mit Max oder warum hast du dich für ihn entschieden?« Sein Atem streifte ihr Gesicht, so nahe war er ihr gekommen.

»Du kennst meinen Job. Und du weißt sicher auch, dass Max mich für einen längeren Zeitraum gebucht hat«, schluckte sie.

Seine Gegenwart brachte sie ganz schön aus dem Konzept. Obwohl er ihr alles andere als freundlich gesonnen war, fand sie seine Nähe erregend. Er strahlte eine Dominanz und Männlichkeit aus, die ihr sehr gut gefiel.

»Na klar! Die Kohle muss ja stimmen. Du bist ja ein Profi«, spuckte er verächtlich aus.

»Bitte lass mich jetzt gehen.«

»Kannst es sicher kaum erwarten, mit ihm zu vögeln, was?« Chris wich vor ihr zurück. »Gehst du bei ihm auch so ab wie bei mir?«

Anna nutzte die Gelegenheit und lief rasch von ihm weg.

»Marie – warte!«, hörte sie ihn rufen.

Es tat ihr leid, dass er jetzt gekränkt war, doch sie konnte ihm nicht weiterhelfen. Er wusste, was sie war und was sie tat – wenn er damit nicht klarkam, dann war das nicht ihr Problem. Obwohl sie es nicht wollte, drehte sie sich noch einmal zu ihm um. Er stand nach wie vor am gleichen Fleck und sah ihr nach.

»Du kennst doch die Spielregeln, oder?«, rief sie ihm zu.

Chris nickte nur, dann ging er in die Herrenwaschräume.

»Alles klar?«, fragte Max sie, als sie zurückkam.

»Ja, natürlich.« Sie gab ihm einen Kuss auf die Wange und ließ sich in den Mantel helfen. »Wir können los.«

Max nahm sie direkt mit in sein Hotelzimmer.

Anna wusste natürlich, was das zu bedeuten hatte. Insgeheim wäre sie lieber noch in eine Bar gegangen, um sich etwas von dem Vorfall mit Chris zu erholen, denn der hatte mehr Eindruck bei ihr hinterlassen, als es eigentlich gut für sie war.

»Ich habe mich schon sehr auf dich gefreut«, riss Max sie aus seinen Grübeleien. »Vor allem, nachdem mir Chris ein paar sehr heiße Dinge über dich erzählt hat.«

»So – hat er das?« Anna rang sich ein Lächeln ab.

Männer sind eben doch größere Klatschtanten als Frauen, dachte sie, und versuchte, ein Gefühl der Bitterkeit von sich zu schieben. Sie wusste doch, wie gerne die Herren mit ihren Sex-Abenteuern prahlten.

»Ja, hat er.« Max zog sie in seine Arme und küsste sie leidenschaftlich. Seine Hände zerrten ungeduldig am Saum ihres Kleides, schnell schob er es ihr nach oben über die Hüften, mit einer Hand griff er in ihren Slip. »Aber jetzt bist du hier bei mir«, stöhnte er in ihren Mund, als er mit einem Finger in sie eingedrungen war.

Als die gebuchte Zeit vorbei war, schlief Max schon längst. Anna zog sich an und verließ leise das Hotelzimmer. Die Nacht mit ihm war anstrengend gewesen, irgendwie war er ihr sehr gierig vorgekommen. Sie fragte sich, was er davon seinem Freund Chris verraten würde. Gleichzeitig zuckte sie aber mit den Schultern. Es musste ihr einfach egal sein, was die beiden sich erzählten. Nur so ganz abstellen konnte sie es nicht.

Als sie am nächsten Tag bei Sophie vorbeischaute, grinste diese sie schon an. »Na, meine Liebe. Wie war die Nacht?«

»Gut, danke. Ich kenne Max Keller ja schon ein wenig. Er ist ein angenehmer Mann«, berichtete Anna ihr.

Auf Sophies Schreibtisch stand ein riesiger Blumenstrauß aus rosafarbenen Rosen. »Der ist ja hübsch. Von deinem Mann?«

»Nein, der ist nicht für mich. Der ist für dich!« Sophie reichte ihr eine Karte. »Der ist heute Morgen für dich abgegeben worden.«

»Ah, wie nett!«, freute Anna sich. Das war keine Seltenheit, aber sie fand es immer wieder rührend, wenn ein Mann sich auf diese Weise bei ihr bedankte.

Sie öffnete die Karte und schaute verblüfft auf die handgeschriebenen Worte.

Liebe Marie,

es tut mir leid, wie ich mich gestern Abend aufgeführt habe. Ich hatte kein Recht dazu. Natürlich kenne ich die Spielregeln … Können wir uns sehen? Ich habe deine Chefin schon wegen heute Abend kontaktiert.

Chris

»Und? Nimmst du den Strauß mit?«, fragte Sophie.

»Ja, den nehme ich mit«, lächelte Anna ihr zu. Eigentlich tat sie das nie, weil die Blumen zu ihrem Job gehörten, und sie wollte zu Hause nicht mehr als nötig über die Männer nachdenken. Aber das hier war etwas anderes.

»Also ein sehr spezieller Kunde?«, bohrte Sophie vorsichtig nach.

»Ja, ein sehr spezieller Kunde. Aber nicht auf die Weise, wie du vielleicht denkst. Er ist ein sehr interessanter Mann«, verteidigte Anna sich. Nicht, dass ihre Chefin noch dachte, sie hätte sich verliebt. »Es müsste auch eine Buchungsanfrage von ihm vorliegen. Christopher Morgan.«

»Das tut es. Hier …« Sophie reichte ihr die Unterlagen herüber.

Anna musste lächeln, als sie registrierte, dass er für die ganze Nacht gebucht hatte.

Ob er Angst hat, dass Max ihm wieder zuvorkommt?

»Ist auch eine Anfrage von Max Keller dabei?«, erkundigte sie sich.

»Nein.«

»Gut.« Anna nahm den Strauß und verließ gut gelaunt die Agentur.

Sie las sich die Notizen von Sophie durch. Chris erwartete sie in einem sehr vornehmen Restaurant. Schon wieder war Anna überrascht, sie hatte zwar gesehen, dass er mit ihr essen gehen wollte, aber dass er sich das so viel kosten lassen wollte, verblüffte sie dann doch. Sie huschte extra noch einmal in ihre Lieblingsboutique und wählte ein smaragdfarbenes Kleid aus, das gut mit ihrer Augenfarbe harmonierte. Sie gönnte sich auch neue Dessous, sie hatte das ungeheure Bedürfnis, sich für heute Abend besonders schick zu machen.

Auch wenn Chris' Meinung über sie nicht die beste war – ihm sollten trotzdem die Augen rausfallen, wenn er sie sah. Das war das Einzige, was sie an Bestätigung von ihm bekommen würde. Und das würde sie genießen.

Er wartete schon vor dem Restaurant auf sie. Anna ging lächelnd auf ihn zu.

»Marie!« Er strahlte sie förmlich an. »Schön, dass du gekommen bist. Ich habe mich gestern wie ein Idiot aufgeführt – nimmst du meine Entschuldigung an?«, fragte er direkt.

Anna hauchte ihm einen Kuss auf die Lippen. »Ja, natürlich.«

»Mein Glück.« Sanft zog er sie in seine Arme, er vertiefte den Kuss noch einmal. »Wie geht es dir?«

»Gut.«

»Ich habe Hunger. Sollen wir reingehen?«

»Wenn du wirklich Hunger hast, meinst du dann, dass dieses Lokal das Richtige ist?«, kicherte sie.

»Ich wollte dich beeindrucken«, zwinkerte er ihr zu.

Sie zwickte ihn zärtlich in die Nase. »Das kannst du auch, wenn wir zu einem Italiener gehen.«

»Okay. Würde es dir etwas ausmachen, wenn wir dann umplanen würden?«, lachte er.

»Nein – überhaupt nicht«, stimmte sie in sein Lachen mit ein.

Während sie im Restaurant saßen, hielt Chris die ganze Zeit ihre Hand. Anna verwunderte diese Geste, immerhin konnte sie hier jeder sehen, und sie konnte nicht abschätzen, wer von den Gästen sie kannte und wusste, was sie tat.

Aber hier kennt ihn ja keiner, rief sie sich wieder ins Gedächtnis.

Anschließend führte er sie in eine kleine Bar, auch damit hatte Anna niemals gerechnet.

Er war sehr zuvorkommend, ihre Anspannung wich, und sie genoss es, wie er um sie warb. Auch wenn er den Sex auf jeden Fall bekommen würde, es war schön, dass er sich bemühte. Nach und nach suchte er immer mehr den Körperkontakt zu ihr, und das war ein berauschendes Gefühl. Als langsamere Lieder gespielt wurden, nahm er ihre Hand.

»Tanzt du mit mir?«, bat er sie und sah ihr lange in die Augen.

»Sehr gerne.«

Chris zog sie ganz eng an sich, als sie die Tanzfläche betraten.

Anna bekam eine Gänsehaut, sie spürte seinen festen Körper nur zu überdeutlich an ihrem.

Wie oft hatte sie schon mit Männern getanzt? Wie oft wurde sie berührt und geküsst?

Doch noch nie hatte sie das so beeindruckt wie bei Chris. Er war etwas Besonderes, auch wenn er so undurchschaubar für sie war.

Seine Lippen streiften ihren Hals, dabei glitten seine Hände über ihren Rücken. Anna schloss die Augen und beschloss, diese Stunden mit ihm einfach nur zu genießen. Als »The blowers daughter« gespielt wurde, bekam Anna eine Gänsehaut nach der anderen.

Nachdem das Lied zu Ende war, hatte Anna Tränen in den Augen.

7

»Hey – ist alles klar?« Chris hatte sie sanft von sich geschoben und sah sie besorgt an.

»Ja, alles klar. Das ist nur so ein schönes Lied gewesen.« Sie hatte ihre Fassung wiedererlangt.

»Das stimmt.« Chris nahm ihre Hand und führte sie zurück zu der kleinen Sitzbank. Er legte einen Arm um sie und zog sie ganz dicht zu sich heran.

Anna lehnte den Kopf an seine Schulter.

»Sollen wir gehen?«, raunte er ihr zu.

Sie sah zu ihm auf. »Das liegt an dir.«

Chris schaute ihr lange in die Augen, Anna konnte sich von diesem tiefen Braun kaum lösen. »Dann lass uns gehen«, entschied er schließlich mit rauer Stimme.

Chris öffnete ihr die Autotür, sein Wagen schien noch ganz neu zu sein. Sie erhaschte einen Blick auf das Kennzeichen; er wohnte ein ganzes Stück von ihrer Stadt hier entfernt. Er fuhr mit ihr zu einem Appartementhaus und blieb davor stehen. Anna hatte eigentlich erwartet, dass sie wieder zu dem kleinen Hotel fahren würden, und schaute ihn dementsprechend überrascht an.

»Ich habe ein möbliertes Appartement bezogen. Schließlich bin ich noch eine Weile hier«, erklärte er ihr auf ihre unausgesprochene Frage. »Und Hotels sind mir auf Dauer zu unpersönlich, auch wenn es meine Firma bezahlen würde.«

Anna folgte ihm zur Haustür. Er wohnte im obersten Stock, sie war überrascht, wie geschmackvoll die kleine Wohnung eingerichtet war. »Es ist schön hier.«

»Ja, finde ich auch. Ist zwar nicht so ganz mein Geschmack, aber es ist auf jeden Fall gemütlicher als ein Hotel.« Er nahm ihr den Mantel ab und deutete auf das Wohnzimmer. »Geh schon mal hinein, ich hole etwas zu trinken.«

Anna ging zur Balkontür und guckte hinaus. Von hier aus war es gar nicht so weit zu ihrer Wohnung, sie überlegte, ob sie morgen dorthin zu Fuß gehen sollte. Aber das würde sie davon abhängig machen, wie anstrengend die Nacht werden würde.

Chris trat hinter sie und reichte ihr ein Glas mit Champagner. »Auf dich«, sagte er leise und hauchte ihr einen Kuss auf die nackte Schulter. »Hab ich dir schon gesagt, wie umwerfend schön du heute aussiehst?«

»Danke.« Anna schloss für einen Moment die Augen, wieder spürte sie dieses leichte Kribbeln, wie immer, wenn er sie berührte.

Sie trank einen Schluck, dann deutete Chris auf das Glas. »Darf ich?«

»Ja.« Sie gab es ihm, und er brachte die Gläser weg.

Wieder stellte er sich hinter sie, seine Arme schlangen sich um ihre Taille. »Ich begehre dich so sehr«, flüsterte er ihr zu und küsste ihren Hals. »Ich konnte es eben schon kaum erwarten, mit dir alleine zu sein.«

»Wir hätten früher gehen können.« Annas Stimme wurde immer rauer.

»Ich wollte, dass du den Abend genießt. Und ich hatte was gutzumachen nach meinem Auftritt gestern im Restaurant.«

»Bereits vergessen.« Sie seufzte auf, Chris hatte seine Hände auf Wanderschaft geschickt, und sie hörte das leise Surren des Reißverschlusses, als er ihr Kleid öffnete. Seine Finger strichen hauchzart über ihre nackte Haut, folgten dem Verlauf ihrer Wirbelsäule.

Dann spürte sie, wie er kleine Küsse auf ihren Rücken hauchte. Anna hatte das Gefühl, als ob sämtliche Körperhärchen sich aufstellten, und bekam eine Gänsehaut. »Komm mit«, bat er leise, er nahm ihre Hand und führte sie ins Schlafzimmer.

Was dann folgte, war einfach unbeschreiblich. Anna hätte es im Nachhinein nicht in Worte fassen können, Chris liebte sie mit so einer Sanftheit, die ihr die Sinne vernebelte und sie gänzlich in eine andere Welt katapultierte.

Völlig außer Atem ruhte sie schließlich an seiner Brust und genoss sein zärtliches Streicheln.

»Hey, meine Schöne«, lächelte er ihr zu, sie bedankte sich mit einem leidenschaftlichen Kuss bei ihm.

Anna fuhr mit ihren Fingern seinen Körper hinab, malte kleine Kreise auf seinen festen Bauch. Immer noch küsste sie ihn, als sie dann tiefer hinabglitt und ihre Hand sich um seine steinharte Männlichkeit schloss, stöhnte er heiser in ihren Mund.

Anna richtete sich etwas auf. Sie küsste sich seinen Körper hinab; als sie seine Erektion erreichte, sog er scharf die Luft ein.

Langsam verwöhnte sie ihn mit dem Mund; sie bemerkte, dass sich seine Bauchmuskeln immer mehr anspannten, und erwartete seinen Höhepunkt.

Doch Chris zog sie wieder zu sich hinauf. »Setz dich auf mich. Ich möchte in dir sein, wenn ich komme.«

Anna nestelte ein Kondom aus ihrer Tasche und rollte es ihm über, dann nahm sie ihn langsam in sich auf. Sie schloss die Augen, als er tiefer in sie glitt, genoss das Gefühl, wie er sie allmählich immer weiter aufdehnte.

Chris setzte sich auf und umschlang sie mit seinen Armen. Während sie sich auf ihm bewegte, küssten sie sich immer fordernder. Irgendwie waren seine Hände überall.

Anna spürte, wie sich erneut eine heiße Welle in ihr ausbreitete. Sie hinterfragte nicht mehr, wie er das anstellte, dass sie den Sex mit ihm so dermaßen gigantisch empfand, sondern ließ sich einfach treiben.

Als ein weiterer Höhepunkt über sie hinwegfegte, schrie sie leise auf, fast gleichzeitig kam auch Chris. Er hielt sie ganz fest umklammert und atmete schwer, dann ließ er sich, immer noch mit ihr verbunden, zurück in die Kissen sinken.

»Du bist unglaublich«, seufzte er auf, als sein Atem sich etwas normalisierte.

Anna streichelte zärtlich sein Gesicht. »Das kann ich nur zurückgeben«, flüsterte sie.

Chris stand auf, mit den beiden Gläsern und dem Champagnerkübel kehrte er schließlich zurück ins Schafzimmer.

Anna musste kichern, weil er umständlich damit balancierte.

»Hey, was gibt es da zu lachen?«

Weiterhin prustend nahm Anna ihr Glas entgegen. »Entschuldige, aber das sah zu lustig aus.«

»So, so.« Er guckte sie brummig an, aber an dem Blitzen in seinen Augen konnte Anna erkennen, dass es ihn auch amüsierte. »Weißt du, dass dies das erste Mal gewesen ist, dass ich dich richtig laut lachen gehört habe?«, sagte Chris, als er sich im Bett zurückgelehnt hatte und sie in seine Arme zog. »Das steht dir gut, das solltest du öfters tun.«

»Ich werde mich bemühen«, versprach sie ihm und wurde sofort wieder ernst.

»In deinem Job hast du wahrscheinlich nicht viel zu lachen, oder?«

Anna stöhnte innerlich auf. Würde ihre Tätigkeit jetzt wieder Thema werden?

Gerade war es so schön gewesen, jetzt rutschte sie wieder in die Defensive. »Na ja, das wird wohl in jedem Job so sein. Oder lachst du den ganzen Tag?«

»Nein, aber ich muss mich auch nicht verstellen und so tun, als würde ich jeden Menschen, der mir begegnet, nett finden. Und ich bin auch nicht gezwungen, mit ihnen ins Bett zu gehen.« Chris fixierte sie mit seinen Augen.

Anna konnte dem Blick nicht standhalten. »Gezwungen bin ich ja auch nicht«, murmelte sie nur.

»Du machst das also total freiwillig?«

»Ja … also, na klar«, schluckte sie. Sie fragte sich, was er jetzt von ihr denken würde – dann schob sie diese Grübeleien aber von sich. Das war doch eigentlich ganz egal!

Und doch stimmte das nicht. Es war ihr nicht egal, nicht mehr, was er von ihr hielt. Sie wollte ihm gefallen, es war einfach zu schön mit ihm, wenn er so zärtlich zu ihr war. Und sie hatte Angst, dass er ihr jetzt wieder mit mehr Verachtung gegenübertreten würde.

»Wie lange machst du das schon?« Chris legte einen Finger unter ihr Kinn und zwang sie mit sanfter Gewalt, ihn anzuschauen.

»Ein paar Jahre«, antwortete sie leise.

»Wie viele Jahre?«

Anna stutzte kurz. Er wusste ja nicht, wie alt sie war, also konnte sie wohl die Wahrheit sagen. »Sechs Jahre.«

»So lange schon?« Er zog seine Augenbrauen überrascht nach oben.

»Nicht immer bei der gleichen Agentur«, räusperte Anna sich. »Ich bin seit zwei Jahren bei ›Exclusive Escort‹.«

»Und vorher?« Chris schaute ihr immer noch tief in die Augen. Doch diesmal wirkte sein Blick nicht abfällig, sondern eher interessiert.

»Woanders halt«, wich Anna ihm aus. Sie löste sich von ihm und griff hastig nach ihrem Glas. »Ich möchte nicht mehr über mich sprechen, bitte.«

»Entschuldige, wenn ich so neugierig bin, aber … aber ich verstehe nicht, warum eine so bildschöne Frau so etwas machen muss. Hast du eine Lehre? Und wenn nicht, warum hast du keine gemacht? So schlecht kannst du doch in der Schule unmöglich gewesen sein, oder?« Er ließ nicht locker.

Anna wurde immer unruhiger. Sie überlegte fieberhaft, wie sie sich aus dieser Situation retten konnte, ohne ihn zu verärgern. Denn das wollte sie ganz bestimmt nicht, schon gar nicht, nachdem dieser Abend so wundervoll gelaufen war. »Bitte Chris …« Sie schaute ihn beinahe flehend an.

»Schon gut.« Er schüttelte den Kopf, nahm dann ebenfalls einen Schluck. »Komm her, du süße Maus.« Er zog sie behutsam wieder zu sich. »Es ist schön, dass du hier bist … in meinem Bett«, lächelte er und küsste sie erneut. »Du machst süchtig …«

Chris war schon eine ganze Weile eingeschlafen. Anna wurde nicht müde, ihn zu betrachten. Sie würde zu gerne über sein ebenmäßiges Gesicht streicheln, das jetzt so entspannt wirkte, doch sie hatte Angst, ihn aufzuwecken.

Die letzten Stunden hatten es in sich gehabt. Anna konnte sich nicht erinnern, wann ein Kunde sie mal so oft genommen hatte. Aber es war einfach schön gewesen, sie war selbst jedes Mal zu ihrem Höhepunkt gekommen, und das war definitiv noch nie zuvor geschehen.

Auch sie fühlte sich angenehm erschöpft, aber sie durfte nicht einschlafen. Zwar hatte sie bei ihm nicht die Angst, dass er etwas tun würde, was ihr vielleicht nicht gefallen würde, aber sie war lieber die ganze Zeit wach.

Anna kramte vorsichtig nach ihrem Handy, es war jetzt drei Uhr morgens, bis sieben Uhr hatte er sie gebucht. Sie dachte an ihre Schulunterlagen, die sie morgen bearbeiten wollte, hoffte, so wach zu bleiben.

Chris bewegte sich leicht, sein Arm umschlang sie fest und – ob bewusst oder unbewusst – zog sie noch näher an sich.

Anna schmiegte sich dicht an ihn heran, ein sehr angenehmes, warmes Gefühl breitete sich in ihr aus. So musste sich Geborgenheit anfühlen oder völliges Vertrauen.

Sie lauschte seinen gleichmäßigen Atemzügen, genoss den Duft seiner Haut. Er roch so gut, nicht wie andere Männer. Bei manchen wurde ihr sogar übel, dabei konnten die betreffenden Herren gar nichts dafür, die meisten waren sehr gepflegt.

Karen hatte ihr das auch schon mal erzählt, dass sie manche Kunden einfach ›nicht riechen‹ konnte.

Anna kuschelte sich noch enger an Chris heran. *Noch vier Stunden wach bleiben …*

»Hey …«

Von irgendwoher hörte sie eine angenehme, sanfte Stimme. Anna versuchte zu erkennen, woher sie kam, aber dafür müsste sie die Augen öffnen, nur dafür war sie einfach noch zu müde.

»Marie?«

Marie? Anna wunderte sich im ersten Moment über ihren Agentur-Namen. Hastig riss sie die Augen auf und fuhr geschockt hoch. Sie war in Chris' Schlafzimmer, und er saß angezogen auf der Kante des Bettes – und sie war immer noch nackt.

»Was ist?«, schluckte sie angsterfüllt. Sie war doch nicht eingeschlafen, oder? Das konnte doch gar nicht sein!

»Entschuldige, dass ich dich wecke«, lächelte er sie an. »Aber ich weiß nicht, ob du heute noch etwas vorhast.«

Anna schaute sich panisch um, griff nach ihrem Handy und sah geschockt darauf.

Es war 11 Uhr vormittags.

»Warum ist es schon so spät?«, flüsterte sie panisch.

»Weil du so lange geschlafen hast«, lachte Chris leise.

»Das kann nicht sein, ich schlafe NIE woanders ein!«, krächzte sie entsetzt.

»Ach nein?« Chris musterte sie amüsiert. »Dann kannst du das aber sehr gut vortäuschen.«

Anna spürte, wie sie errötete. Das war ihr mehr als unangenehm, so etwas war noch nie geschehen. »Das … das tut mir so leid«, flüsterte sie mit belegter Stimme.

»Warum, Marie?« Chris beugte sich zu ihr und gab ihr einen Kuss. »Was ist daran denn so schlimm?« Er streichelte ihr eine Haarsträhne aus dem Gesicht.

»Du hast mich für zwölf Stunden bezahlt, und in dieser Zeit habe ich dir zur Verfügung zu stehen! Ich … ich gebe dir das Geld natürlich zurück, also du kannst natürlich die Hälfte ersetzt haben, ich weiß auch nicht, wie das passieren konnte«, stammelte sie entsetzt.

Sie wollte sich gar nicht ausmalen, was in der Zeit hätte geschehen können, aber dann riss sie sich wieder zusammen. Chris hätte bestimmt nichts gemacht, was sie nicht gewollt hätte, und er hatte sie auch ganz sicher nicht mit irgendetwas betäubt.

Die Erinnerung kehrte langsam zurück, sie hatte das letzte Mal gegen drei auf die Uhr geschaut, da hatte Chris schon längst geschlafen.

»Hör auf, Marie, das ist doch Blödsinn!«

»Jetzt hab ich dich bestimmt aufgehalten, ich hoffe, du hattest keine Unannehmlichkeiten meinetwegen. Ich ziehe mich nur schnell an und bin sofort verschwunden.« Anna schlug die Decke weg und wollte einen Satz aus dem Bett machen, doch Chris hielt ihre Hand fest.

»Ich habe Frühstück gemacht, Marie. Bitte bleib doch noch«, bat er sie mit einschmeichelnder Stimme. »Sei mein Gast.«

»Ich weiß nicht«, schluckte Anna. »Ich möchte dir nicht deine Zeit stehlen.«

»Es ist Sonntag.« Wieder küsste er sie zärtlich. »Und ich kenne außer dir kaum jemanden hier in der Stadt. Wäre es so schlimm, wenn wir den Tag gemeinsam verbringen würden? Es wäre schön, wenn ich eine hübsche Stadtführerin hätte – tust du mir den Gefallen? So ganz privat und nicht dienstlich?«

Annas erster Impuls war, abzulehnen. Doch sie fühlte sich ihm gegenüber schuldig, schließlich hatte sie vier Stunden der gebuchten Zeit verschlafen und darüber hinaus auch noch länger – sie wollte etwas gutmachen.

Und ganz, ganz tief in sich drin freute sie sich sogar über seine Frage. Wenn er Zeit mit ihr verbringen wollte, dann konnte er doch keine so schlechte Meinung mehr von ihr haben, oder?

»Bist du sicher, dass du das möchtest?«, hakte sie ein wenig ungläubig nach. »Ich … also … ich meine, vielleicht bist du enttäuscht, wenn du mehr Zeit mit mir verbringst. Ich bin vielleicht nicht diejenige, die du dir vorgestellt hast.«

»Ich glaube kaum, dass ich enttäuscht wäre«, widersprach er mit zärtlicher Stimme.

Anna schoss es durch den Kopf, dass er damit etwas seinem Kollegen Max voraushätte – vielleicht war auch das seine Motivation: seinen Kollegen zu übertrumpfen.

Aber selbst wenn dem so wäre – und je länger Anna darüber nachdachte, desto sicherer wurde sie, dass das der eigentliche Grund für seine Frage war: Wäre das so schlimm?

Sie konnte nicht leugnen, dass sie ihn mochte. Es gab Schlimmeres, als den Tag mit einem attraktiven Mann zu verbringen. Und was war schon dabei? Es war ja nicht so, dass sie schon so viel Tolles heute vorgehabt hätte.

Gib dir einen Ruck – los jetzt, machte sie sich selbst Mut.

»Okay«, lächelte sie ihm scheu zu. »Aber ich möchte vorher nach Hause und unter die Dusche.«

»Eine Dusche hab ich hier auch, und du willst doch bestimmt nicht ohne Frühstück gehen, oder?«

Anna kicherte wegen seiner Hartnäckigkeit. »Frühstück wäre schön. Aber nach Hause muss ich trotzdem.«

»Abgemacht.« Chris reichte ihr ein T-Shirt von sich und ihren Slip. »Dann komm mal mit, meine Schöne.«

Er hatte im Wohnzimmer einen Esstisch stehen, die Küche war nur durch eine Theke getrennt. Anna staunte, als sie sah, dass der Tisch schön gedeckt war und sogar ein kleiner Strauß Blumen darauf stand.

»Das ist hübsch.«

»Ich habe gehofft, dass es dir gefällt.« Er wischte sich imaginären Schweiß von der Stirn.

Anna setzte sich auf einen Stuhl und nahm sich dankend ein Brötchen. Immer noch war es ihr sehr peinlich, dass sie einfach so eingeschlafen war, aber Chris verwickelte sie in ein Gespräch über die Stadt.

Anna entspannte sich etwas.

»Wann sehen wir uns?«, fragte er sie, als sie sich schließlich angezogen hatte. »Und soll ich dich abholen?«

»Wir könnten uns im Park an der Warnowstraße treffen. Am Haupteingang. Vielleicht um zwei?«, schlug sie ihm vor.

»Ich werde da sein.«

Bevor sie gehen konnte, zog er sie noch einmal an sich. »Die Nacht war fantastisch«, raunte er ihr zu.

Bist du sicher, dass das kein Fehler ist?

Die Gedanken purzelten durch ihren Kopf, als sie unter ihrer Dusche stand. Sie vermied es, sich mit Kunden zu treffen, das war ein Tabu für sie. Eigentlich.

Aber sie konnte auch nicht leugnen, dass Chris sie interessierte, und er war einfach etwas Besonderes. Auch wenn sie nicht einschätzen konnte, warum er sie wiedersehen wollte, ob es nur wegen Max Keller war oder ob er sich kostenlosen Sex mit ihr versprach, es zog sie zu ihm hin.

Ratlos stand sie vor ihrem Kleiderschrank. Was sollte sie bloß anziehen?

Sollte sie als ›Marie‹ gehen oder als Anna?

Wenn er sie in ihrem normalen Outfit sehen würde, würde es ihn vielleicht erschrecken, denn sie schminkte sich normalerweise kaum und trug am liebsten Jeans und T-Shirts.

War es denn für sie ein Treffen mit einem Kunden?

Sie gab sich selbst die Antwort: Nein, das war es nicht.

Womöglich würde er das Weite suchen, wenn er sie so sah, wie sie wirklich ausschaute. Aber das Risiko wollte Anna eingehen.

Sie tuschte sich nur die Wimpern, band sich einen Pferdeschwanz, wählte eine Jeans und ein körperbetontes T-Shirt, dann schlüpfte sie in bequeme Schuhe. Da es draußen zwar sonnig, aber noch nicht richtig warm war, nahm sie noch eine Strickjacke mit.

Doch auf dem Weg zum Park wurde sie spürbar nervöser. Vielleicht hätte sie doch als ›Marie‹ erscheinen sollen? Hinter der Fassade der Escort-Dame ließ es sich gut verstecken, jetzt fühlte sie sich schon fast nackt.

Christopher Morgan saß auf einer Bank und beschäftigte sich mit seinem Handy, als Anna ihn entdeckte. Auf wackeligen

Knien ging sie auf ihn zu, er sah immer noch nicht auf, scheinbar las er gerade etwas Interessantes.

Anna räusperte sich, dann nahm sie ihren Mut zusammen. »Hallo Chris«, presste sie hervor.

Chris sah sofort auf, im ersten Moment schien er nicht zu wissen, wer sie war, endlich lächelte er sie an. »Marie … Ich … ich hab dich zuerst gar nicht erkannt«, lachend stand er auf. Er beugte sich zu ihr hinunter, um ihr einen Kuss zu geben, doch Anna drehte den Kopf zur Seite, sodass er nur ihre Wange erwischte.

Chris trat einen Schritt zurück und musterte sie kurz. »Du siehst so jung aus«, stellte er fest. »Was Kleidung und Make-up doch so alles ausmachen.«

»Bist du enttäuscht?«, fragte sie ihn direkt. Sie hatte ein bisschen Angst vor der Antwort.

»Enttäuscht? Nein, was für ein Quatsch. Du bist immer noch die hübsche junge Frau, die ich erwartet habe«, erwiderte er zu ihrer Erleichterung. »Was schlägst du also für heute Nachmittag vor, meine süße Marie?«

»Ich heiße Anna«, flüsterte sie mit heiserer Stimme, dann streckte sie ihm ihre Hand hin, bemerkte selbst, dass sie dabei zitterte. »Anna Wagner.«

»Hallo Anna.« Chris ergriff ihre Hand und schaute sie lieb an. »Schön, dass du da bist!«

Anna atmete tief durch, dann huschte auch ein Lächeln über ihr Gesicht. »Wir könnten etwas am Fluss lang spazieren. Von dort aus kommt man zu einer Brücke, über die man in die Altstadt bummeln kann«, schlug sie ihm vor.

»Dann mal los, ich bin dabei!«

Anna war ziemlich aufgeregt, als sie neben Chris herlief. Sie hielt den größtmöglichen Abstand zu ihm ein, sie wollte ihm keine

Hoffnungen auf Sex machen. Aber sie stellte sich auch darauf ein, dass er so schnell das Interesse an ihr verlieren würde, doch das musste sie in Kauf nehmen.

Chris fragte sie nach der Stadtgeschichte aus. Anna war erleichtert, dass sie sich gut damit auskannte. Sophie legte bei all ihren Mädchen Wert darauf, dass sie Zeitung lasen und ihre Allgemeinbildung verbesserten. Aber auch ohne die Order von ihrer Chefin hätte Anna sich diesbezüglich weitergebildet.

Sie klärte Chris über die Stadtentwicklung auf, er hörte ihr interessiert zu. Ihr entging nicht, dass er sie immer wieder musterte, und fragte sich, was er wohl von ihr dachte.

»Du weißt wirklich viel«, bemerkte er, als sie mit ihrem Vortrag fertig war.

Ein Strahlen huschte über Annas Gesicht, sein Lob war ihr wichtig. »Danke. Hast du noch Fragen?«

»Zur Stadtgeschichte: Nein. Zu Anna: Jede Menge!«

»Anna ist aber längst nicht so interessant.«

»Da täuschst du dich aber. Darf ich fragen, wie alt du bist?« Chris schaute sie offen an.

»Sowas fragt man aber eine Frau nicht.« Anna versuchte, sich um eine Antwort zu drücken.

»Junge Frauen darf man so etwas fragen. Ich verrate dir dann auch, dass ich sechsundzwanzig bin.«

»Darauf habe ich dich auch ungefähr geschätzt.«

»Und? Wie alt bist du jetzt?«, bohrte Chris weiter.

»Verrate ich nicht«, gluckste Anna.

»Ach komm – ich hab dir mein Alter auch verraten!« Chris stemmte empört die Hände in die Hüften.

»Da kann ich ja nichts für.« Anna musste jetzt richtig lachen.

Er machte eine Schnute und sah aus wie ein trotziger kleiner Junge. »Das ist ja wohl nicht fair, oder?«, protestierte Chris, es blitzte in seinen Augen auf.

»Nö! Na und?«

»Na warte!« Chris machte eine schnelle Bewegung und schnappte nach Annas Beinen. Sie schrie überrascht auf, aber war viel zu perplex, um sich zu wehren.

Chris legte sie über seine Schulter und schlug ihr auf den Po. »Freches Luder«, schimpfte er lachend mit ihr.

»Lass mich runter!« Anna trommelte mit ihren Fäusten auf seinen Rücken, aber vor lauter Lachen fehlte ihr die Kraft.

Chris setzte sie behutsam ab, doch hielt sie fest mit seinen Armen umschlungen. »Verrätst du mir jetzt dein Alter? Oder willst du wieder über meine Schulter gelegt werden? Ich könnte dich auch durchkitzeln – ich bin da sehr gnadenlos.«

»Ich bin aber nicht kitzelig«, log Anna ihm ins Gesicht.

»Nicht?« Er zog überheblich die Augenbrauen hoch, da waren seine Finger schon an ihrer Taille, und Anna quietschte auf.

»Nicht!«, schrie sie laut lachend. Ihr knickten die Beine weg, sie sank zu Boden, was Chris ausnutzte und sich schließlich auf ihren Bauch setzte.

»Bitte hör auf«, wand sie sich unter ihm, ihr liefen schon die Tränen übers Gesicht, und sie bekam kaum noch Luft vor Lachen.

»Okay – wie alt bist du?«

»21«, japste Anna atemlos.

Chris grinste sie breit an. »Na, geht doch!«

Auf einmal wurde er ganz blass. Er ließ sie so plötzlich los, als hätte er sich an ihr verbrannt, und sprang schnell auf.

Anna rappelte sich vom Boden hoch und sah ihn verständnislos an. »Was … was ist denn?« Sie konnte seine Reaktion nicht einordnen und bekam Angst, dass etwas nicht stimmte.

»21? Du … du hast mir erzählst, dass du deinen Job schon seit sechs Jahren machst …«, stammelte er. »Das … das kann doch gar nicht sein, Anna.«

Anna wurde eiskalt. »Ähm, also … es … es stimmt aber«, gestand sie leise.

Chris' Augen weiteten sich entsetzt. »Du warst fünfzehn?«, krächzte er heiser.

Anna starrte auf den Boden, sie konnte seinem Blick nicht mehr standhalten.

Was musste er jetzt von ihr denken? Hielt er sie nun für durch und durch verdorben?

Sie schimpfte mit sich, dass sie das Date hier angenommen hatte, hätte sie doch bloß abgesagt und wäre zu Hause geblieben bei ihren Büchern.

»Wie bist du dazu gekommen, Anna?« Chris' Stimme riss sie wieder aus den Gedanken.

»Ich möchte nicht darüber reden.«

»Bitte, Anna – ich möchte es aber wissen! Du kannst mir doch nicht sagen, dass ein fünfzehnjähriges Mädchen von sich aus diesen Weg einschlägt!« Sein Tonfall klang jetzt viel sanfter, doch immer noch wagte es Anna nicht, ihn anzuschauen.

»Komm mal her.« Er nahm ihre Hand und führte sie zum Flussufer. Behutsam drückte er sie ins weiche Gras und setzte sich daneben. »Erzähl es mir … bitte, Anna.«

»Das … das ist nicht sonderlich interessant. Ich bin da reingerutscht«, wich sie ihm aus.

»Niemand rutscht in dieses Milieu einfach so rein«, widersprach er ihr.

»Woher willst du das denn beurteilen können?« Sie vermied immer noch den Blickkontakt mit ihm.

»Weil ich auch schon mal fünfzehn war – und logischerweise auch fünfzehnjährige Mädchen kannte«, erläuterte er ernst. »Jeder macht mal Blödsinn, wenn er in der Pubertät ist. Aber das ist eine ganz andere Sache.«

Anna überlegte fieberhaft, was sie jetzt tun sollte. Einfach gehen und ihn bitten, sie nie wieder zu kontaktieren? Das war jedenfalls ihr erster Impuls, aber der Gedanke daran verursachte ihr einen Stich ins Herz.

Doch ihm alles zu erzählen, widerstrebte ihr genauso. Vielleicht würde er sich ekeln? Oder lediglich aus Mitleid oder Höflichkeit in ihrer Nähe bleiben?

Doch in ihr keimte das Bedürfnis auf, ihm ihre Geschichte zu erzählen, was er dann damit machte, musste sie ihm selbst überlassen. Und es gab ja auch immer noch die Möglichkeit, dass er sie mochte, zumindest ein bisschen …

»Ich … ich bin mit drei Jahren von meiner Mutter weggeholt worden, weil sie sich nicht mehr um mich kümmern konnte. Sie war drogenabhängig. Nachbarn haben das Jugendamt verständigt, die haben alles in die Wege geleitet. Ich kam in eine Pflegefamilie, aber da ich in meiner Entwicklung weit zurück war, sind sie nicht mit mir zurechtgekommen. Also hat man mich in einem Heim untergebracht«, begann Anna zu erzählen. Sie sprach ganz mechanisch, wollte bloß nicht den Eindruck erwecken, dass sie Mitleid erregen wollte.

»Oh«, antwortete Chris. »Was ist mit deinem Vater?«

Anna zuckte mit den Schultern. »Unbekannt.«

»Es war schwierig im Heim. Weil ich nicht so gut reden konnte wie die anderen, wurde ich gehänselt. Da ich mich nicht mit Worten wehren konnte, habe ich immer öfter Gewalt angewendet. Na ja, ich bin in ein paar Einrichtungen gewesen, zuletzt in einer für schwererziehbare Jugendliche. Ich bin einige Male ausgebüchst und habe mich auf der Straße rumgetrieben, dort habe ich Pico kennengelernt, er war sehr nett zu mir gewesen …« Anna stockte kurz. Schon lange hatte sie nicht mehr an Pico gedacht.

»Ich war verknallt in ihn. Er hat mich ermuntert, ganz dem Heim fern zu bleiben, das habe ich dann auch getan. Pico hat mich einem Bekannten vorgestellt, der war auch zuerst ganz nett. Er hat mir neue Klamotten gekauft und mir angeboten, bei sich zu wohnen. Es war praktisch, ich hatte immer was zu essen und ein Dach über dem Kopf. Nach zwei Wochen musste ich das erste Mal für ihn anschaffen. Das war der Einstieg«, erklärte sie knapp.

Sie guckte vorsichtig hinüber zu Chris.

Der starrte sie mit geschocktem Gesichtsausdruck an. »Das … das ist furchtbar.«

»So schlimm ist es auch wieder nicht«, wehrte Anna schnell ab. »Man gewöhnt sich an alles.«

»Das glaube ich dir nicht.«

»Ist aber so«, beharrte Anna. »Ich habe zwei Jahre für den Kerl angeschafft, danach hat er mich abgegeben an einen anderen Zuhälter. Dort war ich auch knapp zwei Jahre, dann ist … also … dann ist etwas geschehen. Ich wurde überfallen und war für ein paar Wochen im Krankenhaus. Dort hat mich Sophie aufgesucht, die von der Sache gehört hatte, und sie hat mir einen Job bei sich angeboten.«

»Moment, Moment …«, fuhr Chris atemlos dazwischen. »Was für ein Überfall? Was ist passiert?«

Anna schluckte, darüber zu sprechen, war ihr fast unmöglich. »Ich wurde zu einem Freier geschickt, in ein Hotel. Dort warteten aber mehrere Männer auf mich. Ich konnte nicht fliehen, es … es … war zu viel für mich. Also sie haben …« Anna krampfte ihre Hände ineinander.

»Ich versteh schon.« Chris nahm ihre Hände in seine und hauchte einen Kuss auf ihre Fingerspitzen. »Wie hatte Sophie denn von der Sache erfahren?«

»Man kennt sich im Milieu. Irgendwer hat ihr wohl von mir erzählt. Vielleicht sogar ein Kunde, der sich auch auf dem Straßenstrich bedient hatte.« Anna zuckte mit den Schultern. »Jedenfalls ist der Job bei Sophie das Beste, war mir passieren konnte. Ich verdiene viel Geld und kann mir einiges erlauben.«

»Das Beste, was dir passieren konnte? Das stimmt wohl kaum. Es ist vielleicht besser, als für einen kriminellen Zuhälter zu arbeiten – aber das ist es dann auch schon«, wandte Chris ein.

Anna entzog ihm ihre Hände, sie starrte angestrengt auf den Fluss.

»Hast du denn überhaupt einen Schulabschluss?«, bohrte er weiter. »Wenn du mit fünfzehn schon zur Prostitution gezwungen wurdest, kannst du ja maximal einen Hauptschulabschluss haben, oder?«

Anna nickte stumm, sie schaute ihn kurz an, an seinem Gesicht konnte sie nichts ablesen. Sie ärgerte sich, dass sie ihm das erzählt hatte, die ganze schöne Stimmung war dahin. Es wäre wohl besser, wenn sie das Treffen beenden würden.

»Ein Hauptschulabschluss ist heutzutage gar nichts«, knurrte Chris.

Anna senkte getroffen den Blick, seine Worte kränkten sie, obwohl sie natürlich wusste, dass er recht hatte. »Ich … ich habe den Abschluss nachgeholt. Und jetzt bin ich dabei, den Realschulabschluss zu machen.«

»Wie denn?« Chris runzelte die Stirn.

»Per Fernstudium. Das geht schon.«

»Wird so was denn überhaupt anerkannt? Ich kann mir nicht vorstellen, dass Firmen so einem Abschluss den gleichen Stellenwert beimessen, wie wenn man eine geregelte Schulausbildung absolviert hat.«

»Das weiß ich natürlich nicht«, gestand sie ihm. Seine Worte nahmen ihr ein bisschen von ihrer Zuversicht, aber das wollte sie sich nicht anmerken lassen. »Aber eine andere Möglichkeit bleibt mir ja nicht.«

»Was willst du denn überhaupt mit einem Schulabschluss? In deinem Job braucht man den ja nicht.«

Anna war es klar, dass er es provokativ meinte, aber dennoch entmutigte er sie immer mehr. Sie war stolz auf das, was sie sich selbst erarbeitet hatte. Dass man damit keine Chancen auf dem Arbeitsmarkt hatte, hatte sie nicht geahnt.

»Ich … ich möchte vielleicht noch das Abitur machen. Das ist zumindest ein großer Traum von mir. Wenn ich mich anstrenge, dann habe ich es mit Mitte zwanzig. Und von dem Geld, was ich verdiene, kann ich mir vielleicht auch ein Studium erlauben.« Ihre Stimme wurde immer leiser.

Eigentlich wollte sie ihm das nicht erzählen, aber vielleicht würde sie ja doch etwas in seiner Achtung steigen, das würde ihr einiges bedeuten.

»Du hast große Ziele«, bestätigte Chris, seine Stimme klang jetzt etwas sanfter. »Ich wünsche dir viel Glück dabei.«

»Danke. Zumindest sind das meine Pläne. Wenn nichts dazwischenkommt«, fügte sie leise hinzu.

»Wenn nichts dazwischenkommt? Du meinst wieder so ein Vorfall wie mit den Männern? Um da sicherzugehen, musst du den Job wechseln. Aber das wirst du ja selbst wissen.«

»Würdest du mich denn einstellen? Mit einem Hauptschulabschluss und meiner Vorgeschichte? Ich kann nicht ein gutes Schulzeugnis vorweisen.«

»Nein«, kam es auch prompt. »Nein, ich würde dich nicht einstellen.« Er lachte bitter auf. »Du bist ganz unten in der gesellschaftlichen Rangfolge, und da wirst du wohl auch bleiben. Falls nicht doch ein Richard Gere kommt und dich erlöst.«

Anna nickte. »Du hast recht.«

»Schöne Scheiße!«, fluchte Chris laut.

»Ich komme mit meinem Leben klar. Schockt dich das?«

»Ja, um ehrlich zu sein. Weil ich so etwas nicht nachvollziehen kann!«, sagte er scharf. »Nicht die Art, wie du dahin gekommen bist – das ist alles einfach grausam gelaufen. Aber wie du dich damit arrangierst – das verstehe ich nicht. Ich könnte es nicht ertragen, mich so zu entwürdigen.« Er warf ihr einen fast schon bösen Blick zu.

»Ich kann es aber. Menschen sind verschieden.« Anna stand auf und klopfte sich das Gras von der Jeans. »Ich kann nicht den ganzen Tag in meiner Wohnung hocken, vom Sozialamt leben und mich bedauern. Vielleicht habe ich noch die Möglichkeit, etwas aus mir zu machen.«

»Deine Vergangenheit wird dir ewig anhängen, Anna.« Er sah sie an, jetzt mit einem Lächeln auf den Lippen. »Irgendein Kerl wird dich immer wieder erkennen und quatschen.«

»Vielleicht – vielleicht auch nicht.« Sie schüttelte den Kopf. »Ein bisschen Hoffnung hab ich noch«, sagte sie tapfer.

»Du solltest nicht zu viel davon haben. Es ist sicherlich hart, das zu hören, aber so ist es eben mal.«

»Die Gesellschaft ist toleranter geworden«, erwiderte Anna hoffnungsvoll.

»Ein bisschen vielleicht.« Chris zuckte mit den Schultern. »Jedenfalls wird es für dich schwierig werden, einen guten Job zu bekommen. Oder einen Mann.«

»Ich will gar keinen Mann.«

»Das ist gut, dann bist du um eine Illusion ärmer. Denn ich kann mir nicht vorstellen, dass es jemanden gibt, der deine Vergangenheit akzeptieren wird. Ich für meinen Teil könnte das jedenfalls nicht.« Er stand ebenfalls auf. »Dabei bist du die süßeste Frau, die mir in der letzten Zeit über den Weg gelaufen ist«, fügte er mit samtweicher Stimme hinzu.

»Man kann es sich eben nicht aussuchen.« Anna versuchte ein Lächeln. »Was machen wir jetzt? Sollen wir noch in die Stadt gehen? Oder habe ich dir die Laune verdorben?«

»Natürlich gehen wir noch, falls ich dir nicht jegliche Träume zerstört habe.« Er nahm ihre Hände und drückte sie leicht. »Aber ich wollte nur ehrlich sein, Anna.«

»Ich weiß das zu schätzen. Und keine Sorge, ich bin harte Worte gewöhnt.« Sie legte eine Hand an seine Wange. Er griff danach und hauchte einen Kuss hinein.

Er schaute sie traurig an. »Das bist du zweifellos. Leider.«

»Tust du mir einen Gefallen und behältst das für dich, was ich dir gerade erzählt habe?«

»Ich verspreche es dir. Darf ich Max erzählen, dass wir uns privat getroffen haben? Er würde platzen vor Neid«, grinste er verlegen.

»Ich hab mir schon gedacht, dass du es tun würdest.« Anna verdrehte die Augen. »Wenn es für dich so wichtig ist, dann erzähle es ihm. War das der Grund für unser Treffen heute Nachmittag? Dass du ihm davon berichten kannst?«

»Nein, das war es nicht. Tut mir leid, ich werde nichts sagen, das ist wirklich albern, jetzt, wo du es sagst …« Er machte ein schuldbewusstes Gesicht.

»Es ist typisch männlich. Mach dir keine Gedanken!«, winkte sie ab.

»Schuldig in allen Punkten! Aber ich sage wirklich nichts. Ganz großes Ehrenwort.«

Anna musste jetzt lachen, weil er so betont ernsthaft guckte. »Sollen wir weitergehen?«

»Auf jeden Fall«, nickte Chris und folgte ihr.

8

Sie bummelten weiter am Fluss entlang, eine Weile sagte niemand etwas. Dann fasste sich Anna ein Herz. »Darf ich dich auch etwas fragen?«

»Na klar. Du warst ja auch ehrlich, jetzt komme ich wohl nicht drumherum.«

»Du hast über die gesellschaftliche Rangfolge gesprochen. Meinen Platz kenne ich nur zur Genüge. Aber wo stehst du?« Sie hielt den Atem an, hoffte, jetzt nicht zu weit gegangen zu sein.

»Eine berechtigte Frage.« Er wurde ernst. »Also, lass mal überlegen: Mein Vater ist ein renommierter Architekt mit einer gut gehenden Firma …«

»Dann arbeitest du für ihn?«

»Nein.« Chris schüttelte den Kopf. »Noch nicht. Mein Vater meinte, ich solle erst mal woanders tätig sein, neue Stile kennenlernen. Ich bin auch dankbar dafür, mein alter Herr ist mächtig streng.«

Anna hörte gespannt zu.

»Aber ich möchte natürlich seine Arbeit weiterführen. Mein Bruder ist Chirurg geworden und legt gerade eine steile Karriere hin. Von daher habe ich in der Familie keine Konkurrenz auf meinem Gebiet.«

»Wow«, stammelte Anna.

Zwei Architekten, ein Arzt … Was für eine Familie, dachte sie anerkennend.

»Ich war in der Schule ganz gut, mir ist das immer leichtgefallen. Meinem Bruder ging es genauso«, sprach Chris weiter. Er hatte einen Plauderton aufgelegt, es wirkte nicht überheblich, wie er das erzählte. »Mit dem Studium lief es ebenfalls gut.«

»Das ist schön, du musst sehr stolz auf dich sein. Und deine Familie erst.«

»Ich kann nicht klagen. Aber vieles ist einfach bloß Glück. Wenn man in eine wohlhabende und fürsorgliche Familie hineingeboren wird, hat man es nun mal leichter«, fuhr er nachdenklich fort.

Klingt ein ›bisschen‹ anders als deine Biografie, sagte Anna zu sich. Doch sie war noch nicht einmal neidisch, sondern freute sich einfach für Chris.

»Ja, das stimmt wohl«, pflichtete Anna ihm bei.

Chris blieb stehen; mit einer schnellen Bewegung riss er Anna an sich.

Sie war viel zu überrascht, als dass sie sich wehren konnte.

Er presste sie an seinen Körper, hielt sie fest in seinen Armen, sein Gesicht vergrub er an ihrem Hals. »Ich würde dir sehr gerne etwas von meinem Leben abgeben, Anna. Aber das geht leider nicht. Und das ist einfach nicht fair«, flüsterte er, sein heißer Atem streifte ihre Haut.

Anna streichelte mit ihren Händen über seinen Rücken. »Das ist schon okay. Es ist doch schön, was du bisher erlebt hast. Stell das bloß nicht in Frage!« Sie schob ihn sanft von sich. »Ich komme klar.«

»Du solltest aber nicht klarkommen! Nicht auf diese Weise!« Es klang fast ein wenig trotzig, wie er das aussprach.

»Soll ich es dir beweisen? Ich kann es mir sogar leisten, einen reichen Schnösel wie dich zum Eis einzuladen!« Sie kniff ihm in die Nase und deutete mit dem Kopf auf die Brücke, die über den Fluss zur Altstadt führte. »Dort drüben ist eine sehr gute Eisdiele.«

Chris sah ihr lange in die Augen, es war ein trauriger Blick.

»Na komm!« Anna griff nach seiner Hand und zog ihn hinter sich her, sie hatte das Gefühl, ihn aufmuntern zu müssen.

Chris folgte ihr, er schien sich wieder gefasst zu haben und fragte sie nach dem Baujahr der eleganten alten Brücke. Auch darauf wusste Anna eine Antwort, strahlend gab sie ihm Auskunft.

Sie ergatterten einen schönen Platz in der Sonne.

Anna gönnte sich ein Eis. Sie achtete normalerweise streng auf ihre Ernährung, aber heute hatte sie schon so viele ihrer guten Vorsätze über Bord geworfen, da machte das auch nichts mehr aus.

»Ui, schaffst du denn das alles? Ich kann mir nicht vorstellen, dass der Rieseneisbecher in deinen kleinen Bauch reinpasst!«, lachte Chris.

»Spekulierst du darauf, dass du etwas abbekommst?«, grinste Anna frech.

»Wer weiß?« Er zwinkerte ihr zu, und die unbefangene Stimmung war wieder da.

Anna atmete auf.

Chris' Mutmaßung schien sich zu bewahrheiten, denn der Eisbecher war wirklich mächtig. Nach der Hälfte musste Anna kapitulieren und bot Chris an, ihn weiterzuessen.

»Hab ich es mir doch gedacht«, freute er sich, dann betrachtete er ihr Gesicht. »Warte.« Er nahm ihren Kopf sanft zwischen seine Hände und beugte sich zu ihr.

Anna wollte ihm ausweichen, aber der Blick, mit dem er sie ansah, hypnotisierte sie für den Moment. Er näherte sich mit seinem Mund ihrem, vorsichtig hauchte er kleine Küsse auf ihre Lippen, sie spürte auch seine Zunge, die sie sanft antupfte. »Du hast Schokolade am Mund, Süße.«

Anna war immer noch in einer Starre, in einer sehr schönen Starre, denn seine Küsse hatten für mächtig viel Wirbel in ihrem Körper gesorgt. »Da… danke«, stammelte sie heiser. »Ich geh mal kurz auf die Toilette«, murmelte sie und sprang schnell vom Stuhl auf.

Sie ließ sich kaltes Wasser über ihre Pulsadern laufen, ihr Herz schlug weiterhin in einem ungesunden Tempo.

Lass nicht zu, dass er dir so nahekommt! Du musst das nicht tun, du arbeitest nicht! Sie wollte nicht, dass er ihr Leben noch mehr durcheinanderwirbelte, als er es sowieso schon tat. Auch wenn er so nett und lieb zu ihr war, konnte sie das Misstrauen gegen ihn nicht einfach ablegen. Sie fragte sich, was er von ihr wollte.

Er hatte ihr versichert, dass er Max nichts von dem Treffen mit ihr verraten würde. Also schied die normale Prahlerei unter Männern aus. Aber vielleicht wollte er eine Affäre mit ihr beginnen für die Zeit, die er in der Stadt war?

Das war ein ganz plausibler Grund, denn schließlich könnte er sie so umsonst haben. Doch das wollte Anna auf gar keinen Fall.

Auch wenn es noch so schön war mit ihm, sie wollte ihm nicht als kleine Geliebte zur Verfügung stehen. Sie war sich zudem sicher, dass er sich lediglich mit ihr in der Öffentlichkeit zeigte, weil ihn hier niemand kannte. In seiner Stadt würde er das niemals wagen, das hatte er ihr ja indirekt auch gesagt, als er erklärte, er käme mit einer Frau wie ihr und ihrer Vergangenheit niemals klar.

Und er hatte ja auch recht mit dieser Einstellung. Mit seinem Status und dem seiner Familie wäre das wirklich ein Skandal. Mal abgesehen davon, dass er sich niemals in sie verlieben würde, rannten ihm die hübschen Frauen mit Sicherheit die Bude ein.

Anna seufzte, trocknete sich die Hände ab und ging wieder hinaus.

»Ah, da bist du ja«, lächelte er ihr zu. »So perfekt und schokofrei wie eh und je.«

»Wenn du fertig bist, könnten wir durch die Altstadt spazieren. Also wenn du noch Lust hast, meine ich«, fügte sie hastig hinzu.

»Natürlich habe ich das. Wer kann schon von sich behaupten, eine so schöne Stadtführerin zu haben?«

Sie zeigte ihm ihre liebsten Ecken in der Stadt.

Chris nahm sich sehr viel Zeit, um sich die Bauwerke anzuschauen. Er erklärte Anna die Vorzüge mancher Häuser; sie lauschte ihm interessiert. »Kann ich dich heute Abend noch zum Essen einladen? Quasi als Dankeschön für das Sightseeing?«, fragte er, als sie wirklich jeden Winkel der Altstadt ausgiebig betrachtet hatten.

»Ich weiß nicht.« Anna biss sich auf die Unterlippe. Sie sollte es nicht tun, das sagte ihr Kopf.

Ich möchte aber schon gerne! Das sagte ihr Bauch. *Was ist schon dabei?*

»Bitte tu mir den Gefallen? Oder hast du … ich meine … musst du arbeiten?«

»Nein, das nicht.«

»Ich richte mich auch nach dir. Anna – bitte …« Er streichelte ihr zärtlich durchs Gesicht, sie war versucht, ihre Wange in seine Hand zu schmiegen, aber das verbat sie sich.

»Okay«, stimmte sie schließlich zaghaft zu.

Anna führte ihn in ein kleines chinesisches Restaurant, das sie ganz besonders liebte. Hinter einem großen Aquarium fanden sie einen schönen Tisch.

»Es ist hübsch hier«, meinte Chris anerkennend.

»Ja, ich mag es auch richtig gerne. Die Preise sind nicht hoch, und das Essen schmeckt sehr gut. Also, finde ich jedenfalls«, schob sie schnell hinterher.

Jetzt, wo sie wusste, dass er aus einer wohlhabenden Familie stammte, kam ihr das blöd vor, ihn auf die Kosten hinzuweisen.

»Ich bin sicher, dass es mir auch schmeckt.« Chris griff nach ihrer Hand. »Und du bist natürlich eingeladen.«

»Das musst du aber nicht!« Anna schüttelte den Kopf. »Du gibst ja schon genug Geld für mich aus.«

»Ich kann nicht sagen, dass es nicht jeden Euro wert gewesen wäre.« Seine dunklen Augen drohten, sie wieder in ihren Bann zu ziehen.

Anna entzog ihm ihre Hand und starrte ins Aquarium, um sich zu beruhigen.

Als sie die Bestellung aufgegeben hatte, hatte sie sich so weit beruhigt, dass sie Mut fasste und ihn weiter ausfragte. »Wie hast du dir denn dein weiteres Leben vorgestellt? Gibt es schon konkrete Pläne, wann du in die Firma deines Vaters einsteigen möchtest?«

»Nein.« Chris schüttelte den Kopf. »Mein Vater ist noch sehr aktiv; im Moment würden wir uns wahrscheinlich ständig in den Haaren liegen. Er ist eher konservativ, ich stehe mehr auf moderne, ausgefallene Designs. Dort, wo ich jetzt arbeite, sind fast alle in meinem Alter und auf einer Wellenlänge. Das gefällt mir sehr gut. Bei meinem Vater würde jeder Balken zur Grundsatzdiskussion werden, denn er ist nicht bereit für so einen ›modernen Kram‹.«

Anna hakte interessiert nach, er erklärte ihre seine Vorstellung von Architektur und was sein Vater darunter verstehen würde. Sie ließ ihn reden, seine Augen funkelten richtig dabei, und man konnte ihm anmerken, dass er seinen Job mit Leib und Seele liebte.

Jetzt wurde sie schon ein bisschen neidisch auf ihn. Sie würde auch gerne einen Job haben, der sie so ausfüllte und bei dem nicht permanent die Angst mitschwang, dass ihr jemand wehtun würde.

Hektisch schob sie diese Gedanken aber weit weg. Gott sei Dank kam auch das Essen und lenkte sie von den Grübeleien ab.

»Und später einmal: Möchtest du eine Familie gründen?«, fragte sie ihn mutig weiter.

»Ja, klar. Auf jeden Fall. Ich könnte mir vorstellen, in einem schönen Haus zu wohnen, mit ein paar Kindern um mich rum, eventuell noch ein Hund … Dieser ganze Kram eben. Aber dafür muss ich erst mal die richtige Frau kennenlernen.«

»Wie sollte sie denn sein? Die richtige Frau?« Anna runzelte die Stirn. Gab es so was überhaupt?

»Hm …« Er tat so, als ob er angestrengt nachdenken würde. »Also sie muss auf jeden Fall etwas im Köpfchen haben, eine gute Schulbildung wäre schon wichtig, vielleicht ein Studium. Und sie muss Humor haben und kinderlieb sein. Außerdem sollte sie nicht irgendwie verkorkst oder zickig sein. Und top aussehen natürlich. Ich denke, das war's erst mal im Groben.«

»Ich denke, du wirst bestimmt so jemanden finden«, bemerkte Anna leise. Sie versuchte, die kleinen Stiche, die ihr seine Beschreibung gegeben hatte, zu ignorieren.

»Und wie ist es bei dir? Wie sollte dein Traumprinz sein?«

»Ich will keinen Mann, hab ich doch schon gesagt.«

»Nur mal so herumgesponnen – sag doch mal!«, drängte Chris weiter.

»Zärtlich«, flüsterte sie, und ein Kloß setzte sich in ihrem Hals fest. »Er sollte zärtlich sein.«

Chris sah sie für einen Moment betroffen an, dann schien er sich wieder zu fassen. »Das ist sicherlich wichtig, da hast du recht.«

»Aber auch ganz überflüssig zu erwähnen, weil es keine feste Beziehung in meinem Leben geben wird«, sagte sie energisch.

Chris nickte. »Du kennst meine Einschätzung, was dich betrifft. Es würde sowieso schwierig werden.«

»Ich weiß, und ich möchte darüber auch jetzt nicht mehr reden!« Anna schob ihren Teller weg, sie hatte keinen Appetit mehr.

»Es würde schwierig werden, bedeutet nicht, dass es unmöglich ist«, wandte Chris ein. Für ihn war das Thema offenbar noch nicht vom Tisch. »Du bist unglaublich schön, und es gibt bestimmt Männer, die das mit deinem Job nicht so eng sehen oder denen das egal ist. Und eben habe ich ja auch in erster Linie von mir gesprochen.«

»Es ist okay! Lassen wir das Thema einfach! Es ist überflüssig, was mich angeht.«

»Ich hör schon auf.« Man konnte ihm ansehen, dass es ihm peinlich war, sie darauf angesprochen zu haben.

Ihr Handy rettete Anna aus dieser unangenehmen Situation. Erleichtert kramte sie in ihrer Tasche. Es war das Handy, das sie für ihren Job benötigte. Dankbar für die Ablenkung, nahm sie das Gespräch an.

»Hallo«, meldete sie sich. Sie spähte kurz zu Chris, er brauchte ja nicht direkt mitzubekommen, dass Sophie sie anrief.

»Anna, meine Liebe«, flötete ihre Chefin. »Professor Gunter lässt anfragen, ob du ihn morgen für drei Tage auf eine Vortragsreise begleitest. Ist das nicht schön?«

»Hört sich gut an«, freute Anna sich.

»Dachte ich mir schon. Ich habe vorsichtshalber auch schon einmal zugesagt. Du sollst dich morgen gegen acht Uhr bereithalten. Der Fahrer holt dich an der Agentur ab. Und es wäre gut, wenn du auch etwas Elegantes für den Abend einpacken würdest. Es gibt wohl einen Empfang in der Universität, da sollst du ihn begleiten.«

»Perfekt. Danke.« Anna drückte das Gespräch weg.

»Ein Kunde?«, fragte Chris mürrisch.

»Ja. Ein sehr netter Kunde.«

»Und? Freust du dich?«

Anna konnte den Zynismus in seiner Stimme heraushören. Sie hatte Angst, dass die Stimmung wieder kippen würde, aber sah auch nicht ein, sich für irgendetwas zu rechtfertigen. »Ja, es ist angenehm mit ihm. Und ich werde ihn für drei Tage begleiten, das ist für mich eine schöne Abwechslung.« Sie reckte die Nase nach oben, wollte sich nicht noch kleiner machen, als sie sich sowieso schon in seiner Gegenwart fühlte.

»Für drei Tage?« Chris riss überrascht die Augen auf. »Das ist aber lange.«

Anna zuckte mit den Schultern.

»Bei euren Preisen muss er ja ein kleines Vermögen bezahlen. Um die viertausend, oder?«

»Du hast die Tarife ja gut im Kopf.« Jetzt klang sie bissig.

»Ja, das habe ich in der Tat«, stimmte Chris ihr zu. »Und dann bist du also rund um die Uhr bei ihm.«

»Ja.« Anna rutschte auf dem Stuhl herum. Das schien hier wieder ein Verhör zu werden, darauf hatte sie überhaupt keine Lust.

Seine Miene hatte sich verfinstert. »Was will der Kerl denn so von dir?«

»Das werde ich dann sehen.«

»Du kennst ihn doch – da musst du doch wissen, was dich erwartet!« Chris schaute sie böse an.

»Kann schon sein, dass ich das weiß. Aber ich werde nicht drüber sprechen!«, zischte sie.

»Ach so – ihr habt ja Schweigepflicht!«, spottete Chris abfällig.

»Ja, haben wir. Oder wäre es dir so recht, wenn ich ausplaudern würde, was du am liebsten magst?«, fragte sie ihn provokativ.

»Natürlich nicht.«

»Dann wäre das ja geklärt.«

Sie schwiegen eine Weile, Anna betrachtete die Fische im Aquarium. Sie fragte sich, warum er unentwegt auf ihrem Job herumritt. Er wusste doch, was sie tat, und wenn er damit nicht klarkam, was machten sie dann hier?

»Anna?«

Sie sah zu ihm. Er hatte so einen treuen Blick drauf, dass sie fast lachen musste. »Bist du jetzt sauer?«

Anna guckte ihn überrascht an, dann gluckste sie. »Nein, aber bitte verstehe doch, dass ich nicht so gerne über meinen Job rede.« Sie streckte vorsichtig die Hand nach seiner aus.

Chris ergriff sie sofort und küsste zart ihre Fingerspitzen. »Ich beneide ihn. Ich hätte dich auch gerne mal drei Tage exklusiv«, flüsterte er mit glühendem Blick. »Aber leider bin ich nicht bereit, dafür so viel auszugeben. Nicht deinetwegen, Anna, aber ich sehe nicht ein, dass deine Agenturchefin noch mehr an mir verdient.«

»Das verstehe ich.«

»Hast du noch Lust, mit mir in einen Club zu gehen?«

»Nein, ich muss noch ein paar Sachen bügeln, ich werde gleich nach Hause gehen.«

Die Enttäuschung war ihm deutlich ins Gesicht geschrieben. »Sehen wir uns wieder?« Er sah sie so lieb an, dass Anna am liebsten laut ›Ja‹ geschrien hätte. Aber sie war sich nicht darüber im Klaren, ob das wirklich so gut wäre.

»Ich … ich weiß es nicht, Chris«, erklärte sie ihm ehrlich.

»Dann müsste ich dich also doch buchen?«

»Würde es dir denn reichen, dich wieder so wie heute mit mir zu treffen? Ohne … ohne ›Private Time‹?« Sie sagte es so leise, dass sie hoffte, er konnte das überhaupt hören. Sie wollte auf jeden Fall vermeiden, dass einer der anderen Gäste etwas von dem Gespräch mitbekam. Denn hierher ging sie immer nur in ihrer Freizeit, und da musste nicht jeder wissen, was sie machte.

»Ja. Es war schön heute. Ich kann allerdings nicht leugnen, dass mir unsere anderen Treffen nicht auch gefallen hätten.«

»Ich kann mich ja bei dir melden«, schlug sie vor. So ganz sicher war sie sich nämlich noch nicht.

»Soll ich dir meine Handynummer geben? Oder liegt die in der Agentur vor?«

»Nein, gib sie mir bitte.« Sophie musste ja nicht mitbekommen, dass sie sich mit einem Kunden privat verabredete.

Sie bestand darauf, ihr Essen selbst zu bezahlen, was Chris nur unter lautem Protest zur Kenntnis nahm.

»Ich bringe dich nach Hause, okay?« Er legte einen Arm um ihre Schulter. Anna wollte ihn abwehren, doch es war ein schönes Gefühl, so vertraut. Er strahlte so eine Sicherheit aus, Anna wollte das genießen.

»Okay«, stimmte sie zu.

Toll, dann weiß er auch, wo du wohnst! So etwas wolltest du doch immer vermeiden!

Doch Chris kannte jetzt schon so viele Geheimnisse von ihr, was machte es da noch, wenn er auch ihre Adresse wusste?

Sie spazierten den Weg zurück, gingen dabei auch durch den Park. Auf den Bänken saßen einige verliebte Paare und küssten sich innig.

Wenn man uns so sieht, könnte man auch denken, dass wir ein Liebespaar wären, dachte Anna. Für einen kurzen Moment machte sich eine ungeheure Traurigkeit in ihr breit, die schob sie aber ärgerlich zur Seite. Mit solch einem sentimentalen Quatsch wollte sie sich nicht beschäftigen. Lieber nicht.

Chris schien ihrem Blick gefolgt zu sein. »Der Park scheint ein beliebter Ort für Paare zu sein«, schmunzelte er.

»Na ja, es ist halt romantisch hier bei Sonnenuntergang«, erwiderte Anna scheu.

»Das stimmt.« Chris blieb stehen und sah ihr lange in die Augen. »Ich würde dich auch gerne küssen, Anna.«

Sie senkte den Kopf. »Ich … ich denke, wir sollten weitergehen«, stotterte sie heiser. Anna löste sich von ihm und setzte den Weg fort.

Chris sagte erst mal nichts mehr und legte auch nicht den Arm um sie herum.

Ist besser so, redete sie sich selbst ein, aber das war eher halbherzig. Vielmehr hätte sie es schön gefunden, wenn sie sich geküsst hätten, wie die Liebespaare …

Anna – du bist doch nicht gerade dabei, dich in den Kerl zu verknallen, oder, giftete es in ihr. *Bin ich das*, hinterfragte sie sich mutig.

Sie schluckte hastig. Das war nicht gut, das war überhaupt nicht gut. Sie sollte über so was nicht nachdenken. Das brachte nichts.

Wenn man verliebt war, dachte man nicht mehr rational. Einmal war ihr das schon zum Verhängnis geworden, zwar war sie jetzt reifer als mit fünfzehn, aber das sollte ihr trotzdem nicht mehr passieren.

Sie beschleunigte ihre Schritte, war froh, als sie die Straße erreichten, in der sie wohnte. Erleichtert blieb sie vor ihrem Haus stehen. »Hier wohne ich.«

Chris ließ seinen Blick an der Fassade hochgleiten. »Schön hier.«

»Na ja, es wird keine architektonische Glanzleistung sein.«

»Aber es wirkt sehr gepflegt.« Chris blickte ihr wieder in die Augen. »Kriege ich denn zum Abschied einen Kuss? Wenigstens einen kleinen?«

Er faltete die Hände zusammen und sank theatralisch vor ihr auf die Knie.

Anna riss erschrocken die Augen auf. »Was machst du da?«, rief sie entsetzt, schnell schaute sie sich um, ob sie jemand beobachtete.

»Bitte – nur einen kleinen Kuss!« Er krallte seine Hände in ihre Jacke und schaute sie so verzweifelt wie ein Ertrinkender an. »Bitte!«

Seine Stimme wurde immer lauter. Anna sah von Weitem ein paar Leute die Straße entlangkommen. »Du hättest auch Schauspieler werden können!«, sagte sie empört.

»Einen Kuss … bitte nur einen …«, flehte er theatralisch weiter. An dem Blitzen in seinen Augen konnte sie erkennen, dass es ihm einen Heidenspaß zu machen schien, sie in Verlegenheit zu bringen.

»Jetzt steh endlich auf!« Anna packte ihn an den Armen und wollte ihn hochziehen, doch Chris machte sich extra schwer.

»Also gut, bitte, steh auf …« Sie konnte sich nur mit Mühe das Lachen verkneifen.

»Krieg ich dann meinen Kuss?«, bettelte er weiter.

Mittlerweile waren die Leute bei ihnen und sahen interessiert zu Chris und Anna hin.

»Sie will mich einfach nicht küssen!«, rief er in ihre Richtung.

Anna wäre am liebsten im Boden versunken.

»Am Ball bleiben!«, riet einer der Männer ihm und reckte seinen Daumen nach oben.

»Danke – das werde ich tun!«, nickte Chris ihm ergeben zu, dann sah er wieder treu zu ihr hinauf.

»Kuss?«

»Ja – okay, aber jetzt steh endlich auf«, bat sie ihn.

Als er breit grinsend vor ihr stand, knuffte sie ihn erst mal in die Schulter. »Du bist so albern wie ein Teenie!«

»Na und? Manchmal muss man das sein«, lachte er. »Der Zweck heiligt die Mittel.«

Anna biss sich auf die Lippe, dann prustete sie aber doch los. »Du Spinner!«

»Auch diese Beschimpfung nehme ich gerne in Kauf.«

Anna stellte sich auf die Zehenspitzen und legte ihre Hände auf seine Schulter. »Dann komm mal her!«, raunte sie ihm zu.

Chris umschlang sie mit seinen Armen und zog sie an sich.

Sie hauchte ihm einen kleinen Kuss auf die Lippen, verharrte einen Moment an seinem Mund, danach löste sie sich von ihm.

Chris lehnte seine Stirn an ihre. »Versprich mir, dass du anrufst, Anna«, bat er sie mit heiserer Stimme.

»Okay«, lächelte sie ihm zu und verschwand schnell im Hauseingang.

9

Als sie ihren Koffer für die Reise mit Herbert Gunter packte, ließ Anna den Tag mit Chris noch einmal Revue passieren. Obwohl sie ernst miteinander geredet hatten und manche Erkenntnis schmerzhaft für Anna gewesen war, konnte sie sich nicht erinnern, wann sie das letzte Mal so viel gelacht hatte. In den vergangenen sechs Jahren mit Sicherheit nicht. Das musste irgendwann davor gewesen sein. Schon alleine deswegen wollte sie den Tag in guter Erinnerung behalten.

Das Taxi holte sie am nächsten Morgen pünktlich ab und brachte Professor Gunter und sie zum Bahnhof. Er hatte zwei Fahrkarten für den ICE gebucht, mit dem sie in eine dreihundert Kilometer entfernte, renommierte Universitätsstadt fahren würden.

Fasziniert guckte Anna aus dem Fenster, erst als Herbert Gunter ihre Hand nahm, wurde sie sich wieder bewusst, weswegen sie überhaupt hier war.

»Marie, meine Liebe. Ich halte in den nächsten drei Tagen Vorlesungen in der Uni. Wenn du möchtest, kannst du mich begleiten. Es sind interessante Vorträge.«

»In die Uni?« Sie riss die Augen auf. Anna war überrascht von seinem Angebot. Die Verlockung war groß, aber würde man nicht sofort merken, dass sie keine Bildung hatte?

»Warum nicht? Du scheinst doch interessiert an dem zu sein, was ich dir bisher erzählt habe? Oder hast du keine Lust? Willst du lieber shoppen gehen?«, fragte er sie amüsiert.

»Nein, aber … also jeder wird doch merken, wie dumm ich bin«, flüsterte sie verlegen.

»Meine liebste Marie. Du bist nicht dumm! Du hast nur keine ausreichende Bildung genossen. Das ist ein Unterschied.«

»Also … also … wenn das geht«, stammelte sie, dann strahlte sie ihn freudig an. »Das wäre schön.«

»Also begleitest du mich«, nickte er zufrieden. »Und es muss ja keiner wissen, dass du nicht studierst, so was sieht man niemandem an.«

Sie checkten in einem sehr vornehmen Hotel ein. Anna war begeistert von dem Luxus um sie herum. Hier bedachten die Angestellten sie auch nicht mit argwöhnischen Blicken, weil niemand sie kannte und ahnte, was sie tat.

»Die erste Vorlesung ist heute Nachmittag«, wandte sich Herbert Gunter an sie. Sanft nahm er ihre Hand. »Verschaffe mir vorher etwas Entspannung …«

Bevor sie aufbrachen, duschte Anna noch einmal ausgiebig, danach inspizierte sie ratlos ihren Koffer. In einem Kostümchen wollte sie dort nicht unbedingt auftauchen, da würde sie wohl nur unnötig Aufsehen erregen. Sie hatte eine schwarze Hose und eine blaue Tunika mit, das waren die unauffälligsten Sachen. Sie waren ebenfalls teure Designerstücke, aber das fiel nicht sofort auf. Anna entschied sich für flache Schuhe und frisierte die Haare zu einem Pferdeschwanz.

»Du siehst wirklich wie eine junge Studentin aus«, schmunzelte Herbert Gunter und gab ihr noch einen Kuss. »Lass uns gehen!«

Er stellte sie den anderen Professoren von der Uni als eine Bekannte vor.

Anna fragte sich, ob sie ihm das glaubten. Sie hatte immer die Befürchtung, dass jeder sofort bemerkte, in was für einer Funktion sie ihn begleitete.

Ihre Sorgen waren zu ihrem Glück unbegründet. Man begrüßte sie freundlich, als ein Professor ihr die Frage stellte, in welchem Semester sie studieren würde, rettete sie Herbert Gunter mit den Worten, dass sie sich erst noch orientieren wolle, welcher Studiengang der richtige für sie sei.

Anna warf ihm darauf einen dankbaren Blick zu. Sie suchte sich einen Platz ganz hinten im Hörsaal.

Die Studenten hatten alle ihre Unterlagen dabei, sie kam sich dämlich vor, weil sie an so etwas nicht gedacht hatte.

»Hey, dich hab ich hier ja noch nie gesehen.« Ein junger Mann sprach sie an und setzte sich freundlich lächelnd neben sie. »Wo kommst du denn her?«

»Ich begleite jemanden«, erklärte sie ihm ausweichend.

»Ah, okay. Welchen Schwerpunkt hast du?«, bohrte er weiter. »Ich heiße übrigens Tom.«

»Hallo, Tom, ich bin Marie«, antwortete sie schüchtern. »Ich weiß noch nicht, ob das hier überhaupt das Richtige für mich ist. Professor Gunter ist ein Bekannter von mir und hat mich eingeladen.«

»Hey, du kennst ihn? Er ist absolut anerkannt auf seinem Gebiet. Seine Bücher sind hochprämiert, aber wem sag ich das! Wenn du hier studieren willst, dann kann ich dir gerne helfen, dich zurechtzufinden.«

»Oh danke, das ist lieb. Wie gesagt, ich überlege es mir noch.« Anna war es richtig unangenehm, den netten Tom anzulügen, aber mit der Wahrheit konnte sie ja kaum rausrücken.

Die Vorlesung begann, und auch wenn Anna längst nicht alles verstand, war sie von der Art Herbert Gunters begeistert.

Er verstand es, alle Zuhörer schlagartig in den Bann zu ziehen. Es wunderte sie nicht, dass seine Vorlesungen so begehrt waren.

Als er geendet hatte, sprach Tom Anna noch einmal an.

»Sollen wir einen Kaffee trinken gehen? Hier in der Nähe ist ein schönes Café.« Sein Lächeln war umwerfend.

Anna kam in den Sinn, dass er bestimmt vielen seiner Kommilitoninnen schon den Kopf verdreht hatte.

»Tut mir leid, ich habe keine Zeit«, lehnte sie bedauernd ab. Und es tat ihr wirklich leid, sie hätte sich gerne mit ihm unterhalten. Er gab ihr das Gefühl, eine ganz normale junge Frau zu sein und nicht die käufliche Marie von der Escort-Agentur.

»Schade. Aber vielleicht sieht man sich ja noch.«

»Ja, vielleicht.«

Sie wartete, bis der Hörsaal leer war, und ging dann zu Herbert Gunter. Er unterhielt sich angeregt mit einer Gruppe Studenten, sie stellte sich etwas abseits, um nicht zu stören.

»Ah, Marie, komm doch zu uns.« Herbert streckte seine Hand nach ihr aus, zögernd schritt Anna auf ihn zu. »Das ist Marie Wagner, eine gute Bekannte von mir«, stellte er sie kurz vor. Herbert beantwortete noch einige Fragen, dann verabschiedete er sich von der Gruppe.

»Und? Hast du etwas verstanden von meinem Thema heute?«, erkundigte er sich, als sie in dem Taxi saßen, das sie zurück zum Hotel brachte.

»Ja, habe ich. Natürlich nicht alles, aber das, was ich verstanden habe, war sehr interessant.«

»Das freut mich, meine Liebe. Ich habe Hunger, sollen wir gleich essen gehen? Und bitte zieh dir etwas anderes an, ich mag dich nicht in Hosen.«

»Natürlich.«

***

Anna sog die Atmosphäre der Uni in den kommenden zwei Tagen förmlich in sich auf. Es war so eine ganz andere fremde Welt, aber sie fühlte sich dort unter den jungen Leuten sehr wohl.

Auf der Rückfahrt dachte sie daran, dass sie vielleicht auch mal studieren würde. Dann wäre sie schon ein Stück älter als die meisten Studenten, sie war ein wenig frustriert deswegen, bemühte sich aber darum, sich Herbert gegenüber nichts anmerken zu lassen.

Es waren drei angenehme Tage, zwar körperlich anstrengend für sie, weil er sich im Bett nicht um sie bemühte, sondern alles ihr überließ und dank seiner geliebten Pillen auch noch recht ausdauernd war, aber mit ihm lernte sie immer ein bisschen mehr von der Welt kennen. Und sie war dankbar für diese Erfahrungen.

Als sie am nächsten Tag zu Sophie in die Agentur kam, wartete diese schon gespannt auf sie. »Na, meine Liebe. Wie war es mit deinem Stammkunden?«

»Gut. Hast du etwas für mich?«

»Ja, ein paar Anfragen fürs Wochenende. Freitag- und Samstagabend.« Sie reichte ihr die Unterlagen. »Und hier ist noch ein Brief für dich.«

Verwundert nahm Anna ihn entgegen. Es kam zwar schon mal vor, dass Kunden sich schriftlich bedankten, aber das war doch eher die Seltenheit.

Anna bestätigte zwei Anfragen und war gespannt, von wem der Brief stammte.

Zuhause öffnete sie ihn, da er keinen Absender trug, war ihre Neugierde riesengroß. Ihr Herzschlag beschleunigte sich, als sie entdeckte, dass er von Chris war. Er bedauerte, dass er ihre Handynummer nicht hatte, und fragte sie, ob sie sich mit ihm treffen würde.

Anna lächelte in sich hinein. Wenn sie vor ein paar Tagen noch Zweifel gehabt hatte, waren diese jetzt verflogen. Sie wollte ihn gerne wiedersehen, sie hatte schon während der Zeit mit Herbert an ihn gedacht. Besonders dann, wenn sie mit dem Professor Sex hatte.

»Ja?«, meldete er sich. Seine Stimme klang gehetzt.

Anna bekam ein schlechtes Gewissen, er war bestimmt im Stress. »Ich bin's, Anna. Ich störe dich gerade, oder?«

»Oh, Anna!« Er klang jetzt erfreut. »Schön, dass du anrufst! Ich wollte dich fragen, ob wir uns am Wochenende sehen können. Unter der Woche habe ich hier eine Menge zu tun, da geht es leider nicht.«

»Wie wäre es am Sonntagnachmittag?«, schlug sie ihm vor. Ihr Herz klopfte laut, als sie auf seine Antwort wartete.

»Sonntag erst? So spät? Geht es nicht eher? Wir könnten Freitag- oder Samstagabend etwas essen gehen oder ins Kino?«, kam es enttäuscht.

»Das geht nicht, ich habe Termine.«

»Ah, verstehe. Kundschaft«, brummte er.

»Ja«, bestätigte sie mit heiserer Stimme. Sie hoffte, dass es jetzt nicht wieder zu Verstimmungen kam.

»Okay, dann … dann geht es wohl nicht anders. Wann denn am Sonntag?«

»So gegen 14 Uhr? Wieder im Park? Oder lieber in der Altstadt?«

»Der Park ist okay. Ich hab jetzt leider keine Zeit, ich muss auf den Bau. Wenn du magst, dann ruf mich doch mal an, gegen zehn bin ich meistens fertig.«

»Okay. Bis dann.«

»Bis dann, Schönheit.«

Anna rief ihn tatsächlich an; sie freute sich auf ein Gespräch mit ihm. Chris war auch gleich dran und versicherte ihr, dass sie ihn nicht störe. »Wie waren deine Tage?«, erkundigte er sich, bei Anna schrillten sofort wieder die Alarmglocken.

»Es war nett. Und bei dir? Wie kommt ihr voran?«, versuchte sie schnell, das Thema umzulenken.

»Oh, frag nicht!« Er stöhnte auf. »Es ist ein einziges Chaos. Du willst gar nicht wissen, wie viele Fehler schon eingebaut wurden …«

»Wirklich? Das tut mir leid.«

Anna fragte ihn weiter aus, zum Glück kamen sie nicht mehr auf ihren Job zu sprechen. Chris erzählte ihr ein paar lustige Geschichten aus der Baubranche und brachte Anna einige Male zum Lachen. Zu ihrer Verwunderung war es fast Mitternacht, als sie das Gespräch beendeten.

Am Freitag stand ein Termin bei einem Fotografen an, der für die Internetseite der Escort-Agentur neue Bilder anfertigen sollte. Anna war voller Vorfreude, denn die Fotos, die er machte, waren sehr erotisch, aber keinesfalls anzüglich. Die Gesichter der Mädchen wurden später auf der Internetseite verpixelt, aber ihre Körper waren gut zu erkennen.

Anna und ihre Kolleginnen durften die schönsten Abzüge behalten; sie war gespannt, wie die Bilder werden würden.

Am Freitag- und Samstagabend würde Anna nicht mit Chris telefonieren können, weil sie Kunden hatte, umso mehr freute sie sich auf das Treffen mit ihm am Sonntag.

Das Freitagsdate war sehr angenehm, einer der wenigen Männer, die keinen Sex wollten, sondern wirklich nur eine Begleitung für den Abend.

Der Kunde, der sie am Samstag gebucht hatte, bestellte sie in eine elegante Wohngegend. Anna war bereits einmal in der Nähe gewesen, hier wohnten nur gut betuchte Bürger. Er hatte ›Private Time‹ mit ihr gebucht, wollte also Sex. Als Anna den

Klingelknopf betätigte, sah sie ein fröhliches Namensschild, das verriet, dass eine Familie mit Kindern hier lebte.

Der Mann öffnete ihr, er wirkte sympathisch, und Anna trat ein.

Nach einem Glas Champagner bat er sie ins Schlafzimmer, dort wurde es dann etwas ruppiger.

»Hast du nichts dabei?«, fragte er sie nur knapp.

»Dabei? Außer Kondomen – nein.« Anna runzelte die Stirn.

Er fragte nicht weiter nach, sondern begann sie unsanft auszuziehen. Sie bat darum, es selbst tun zu dürfen, denn sie wollte nicht, dass ihr Kleid dabei kaputtging.

Er entkleidete sich ebenso rasch, sie stellte sich schon auf harten, schnellen Sex ein, als sie sah, wie erregt er bereits war.

Sie sollte sich nicht täuschen, er kam direkt zur Sache und presste sie aufs Bett. Er war hart, zog sie an den Haaren und schlug ihr immer wieder auf den Po. Anna bat ihn ein paarmal, es nicht zu übertreiben, da spürte sie auf einmal einen stechenden Schmerz auf dem Rücken.

Sie schrie laut auf, er wollte ihr den Mund zuhalten, doch Anna gelang es, ihn zu beißen, und kam von ihm los. Mit einem Satz war sie aus dem Bett, sie sah, dass er einen Ledergürtel in der Hand hatte. Ihr wurde fast übel bei dem Anblick, der Striemen auf ihrem Rücken pochte schmerzhaft.

»Was soll das?«, schrie sie ihn an. »Bist du ein Sadist? Dann bin ich die Falsche!«

»Stell dich nicht so an!«, knurrte er abfällig. »Kriegst doch genug Kohle dafür.«

»Ich mache so was nicht. Und wenn du mich nicht gehen lässt, zeige ich dich an«, sagte sie mit zitternder Stimme. Ihr Herz schlug ihr bis zum Hals, sie hoffte, dass sie damit durchkam, denn er war kräftig und ihr körperlich haushoch überlegen.

»Stand aber in deinem Profil«, meckerte er los. »Was soll das? Warum schreibst du so was rein und zickst dann herum?«

»Bei mir steht das nicht!« Anna wurde jetzt stutzig. War es eine Verwechslung? Es gab ein paar Mädchen, die für SM-Spielchen zur Verfügung standen.

»Annabelle – oder nicht?«, zischte er ihr zu.

»Das bin ich nicht.« Anna schüttelte ärgerlich den Kopf. »Das ist eine Verwechslung.«

»So eine Scheiße!« Der Mann schmiss ihr ihre Sachen zu. »Dann verpiss dich, du blöde Schlampe!«

»Es war ein Versehen.« Anna griff sich ihre Kleidung und zog sie sich über. Als sie an ihm vorbeigehen wollte, holte er aus und gab ihr noch eine kräftige Ohrfeige. Anna war viel zu überrascht, um sie abzuwehren, mit ihrem Gesicht prallte sie gegen den Rahmen eines Bildes und schrie leise auf.

»Sag deiner Chefin, ich lasse mich nicht verarschen!«

Anna rannte so schnell sie konnte aus dem Haus. Auf dem Weg zur Tür stolperte sie beinahe über ein Bobbycar, dann erreichte sie das Freie.

Sie wusste nicht mehr, wie sie nach Hause gekommen war, später erinnerte sie sich noch an den Taxifahrer, der sie zu einem Arzt fahren wollte, doch Anna hatte nur mit dem Kopf geschüttelt.

Sie rief Sophie an, die entsetzt war und sich wortreich bei Anna entschuldigte. Sie versprach ihr eine größere Summe als Entschädigung.

Sie schaffte es gerade so, sich zu duschen, das Wasser brannte auf ihrem lädierten Rücken. Dann nahm sie sich ein Coolpack und drückte es auf die pochende Stelle in ihrem Gesicht. Sie ahnte schon, dass sie morgen ein schönes Veilchen haben würde.

Sie öffnete eine Flasche Rotwein, normalerweise trank sie nie alleine, sondern nur, wenn Karen mal zu Besuch kam oder mit Kunden, und legte sich ins Bett. Dann nahm sie noch zusätzlich ein paar Schmerztabletten und hoffte, damit den Abend schnellstmöglich vergessen zu können.

Sie wurde von der Türklingel geweckt. Jemand läutete Sturm. Genervt schlug Anna die Augen auf. Ihr Kopf dröhnte, als sie die Beine aus dem Bett hob, entdeckte sie eine leere Flasche Rotwein. Mit einem Mal setzte auch die Erinnerung an den gestrigen Abend wieder ein. Ihr Gesicht fühlte sich etwas geschwollen an, und ihr Rücken schmerzte bei der kleinsten Bewegung.

»Scheiße«, fluchte sie leise, dann tapste sie zur Haustür. Sie drückte auf den Knopf der Sprechanlage, in diesem Zustand konnte sie jedenfalls niemanden empfangen.

Doch statt einer Antwort hämmerte jemand an ihre Wohnungstür, scheinbar war der Besucher schon auf ihrer Etage.

»Anna – mach auf, ich bin's, Chris. Ist etwas mit dir? Wir waren verabredet«, hörte sie seine aufgeregte Stimme.

Anna erschrak heftig, siedend heiß fiel ihr ihre Verabredung ein. Sie starrte auf die Uhr im Flur, es war schon fast drei.

»Ich … es tut mir leid, ich bin krank, ich hab bis eben geschlafen«, rief sie durch die geschlossene Tür.

»Lass mich nur sehen, wie es dir geht, ich verschwinde dann sofort wieder«, beharrte er.

»Das … das geht nicht!«, antwortete sie panisch.

»Anna – ich will dich bloß mal anschauen und mich vergewissern, dass du soweit okay bist, dann bin ich auch weg.« Seine Stimme klang besorgt und energisch zugleich.

Anna seufzte und griff hastig nach ihrer Sonnenbrille. Vorsichtig öffnete sie die Wohnungstür. »Hallo«, grüßte sie zaghaft.

»Du trägst eine Sonnenbrille in der Wohnung«, kam es trocken. »Was ist passiert?«

»Nichts. Meine Augen sind manchmal etwas empfindlich«, rechtfertigte sie sich.

»Blödsinn!« Chris schob sie schnell in ihre Wohnung.

»Hey!«, protestierte Anna wütend. »Was fällt dir ein?«

»Was ist los, Anna?«, fragte er sie mit sanfter Stimme.

»Nichts.«

»Dann nimm die Brille ab!«

»Chris, bitte geh!«, bat sie ihn inständig, doch er verschränkte die Arme vor seiner Brust und betrachtete sie mit entschlossener Miene.

»Du … du hast doch gesehen, dass es mir gut geht«, versuchte Anna es erneut.

»Ich sehe nur, dass du eine Sonnenbrille trägst und das in geschlossenen Räumen. Ich verspreche dir, dass ich sofort gehe, wenn ich mich davon überzeugt habe, dass du okay bist.«

»Das bin ich.«

»Dann nimm endlich die Brille ab. Ich gehe nicht eher.«

»Das ist meine Wohnung!«, empörte sie sich.

»Stimmt. Und ich mache mir Sorgen. Was willst du tun? Die Polizei rufen und mich rausschmeißen lassen? In dem Fall werde ich die mal darauf hinweisen, was du machst und wie du jetzt aussiehst!«

Anna senkte den Kopf. Sie konnte das unmöglich tun, das würde nur wieder Ärger heraufbeschwören. Es gab doch immer Probleme, wenn sie auf ihren Job zu sprechen kamen. Aber ärgerlich war Chris jetzt auch schon – hatte sie noch eine Wahl?

Mit zitternden Händen nahm sie die Sonnenbrille hinunter, ihre Haare fielen ihr übers Gesicht, weil sie immer noch auf den Boden schaute.

»Es … es war ein Unfall. Ich … ich bin gefallen«, flüsterte sie.

Chris trat auf sie zu, er legte einen Finger unter ihr Kinn und zwang sie auf sanfte Weise, den Kopf anzuheben. Er streifte ihr die Haare aus dem Gesicht, als er die Schwellung sah, spannten sich seine Gesichtsmuskeln an. »Wer war das?«

»Das war ein Unfall …«

»Hör auf mit dem Scheiß, Anna!«, wies er sie barsch an. »Hast du den Kerl angezeigt? Oder lässt du dir so etwas jetzt doch gefallen?«

»Nein, das war … es war eine Verwechslung, er hat mich für eine Kollegin gehalten, die SM praktiziert und … und …« Anna schossen die Tränen in die Augen, aber nicht wegen der Sache an sich, sondern weil sie nicht wollte, dass Chris sie verachtete. »Das Mädchen heißt Annabelle. Meine Chefin hat wohl etwas verwechselt. Annabelle ist auch brünett, und auf den Fotos im Internet sind ja unsere Gesichter nicht zu sehen; da dachte der Kunde wohl, ich wäre sie und war etwas grober. Ich wollte das nicht und wollte gehen, aber er war so wütend auf meine Chefin und …«

»Hey …« Chris unterbrach ihren Wortschwall. Es war so aus ihr herausgesprudelt, Anna hatte kaum Luft geholt. »Komm, wir setzen uns!« Er legte einen Arm um ihre Schultern.

Anna zuckte heftig zusammen, weil er den Striemen auf ihrem Rücken dabei streifte.

»Was ist?«, fragte er sie verblüfft. »Stimmt etwas mit deinem Rücken nicht?« Er drehte sich kurz zu ihrer Rückenpartie um.

»Scheiße – was ist das?«, schrie er auf. »Dein Shirt ist blutig, verdammter Mist, was ist das, Anna?«

Er stellte sich vor sie. »Was hat der Kerl mit dir gemacht?« Chris wirkte verzweifelt. Behutsam streichelte er über ihr Gesicht. »Rede mit mir …«

»Er hat mich mit einem Gürtel geschlagen, aber ich konnte noch weg, zum Glück«, schluckte Anna. Schnell blinzelte sie die Tränen wieder weg. »Er dachte doch, ich sei …«

»Ich weiß, Annabelle«, knurrte Chris.

Er nahm Anna an die Hand. »Wo ist dein Bad? Hast du etwas, um die Wunde zu reinigen?«

»Ja, aber ich komme nicht dran.«

»Das hab ich mir schon gedacht, du wirst staunen.« Jetzt grinste er ein wenig und hauchte ihr einen Kuss auf die Nasenspitze. »Ich mache das, wenn ich darf.«

Sie nickte nur und führte ihn ins Bad.

»Am besten ziehst du das Shirt aus«, wies er sie an. Sie setzten sich auf den Rand der Badewanne. Anna zupfte vorsichtig an dem Stoff. An einigen Stellen war er mit dem Striemen verklebt, sie sog scharf die Luft ein, als sie ihn losriss.

»Ich könnte ihn umbringen«, stieß Chris hervor. »Was für ein perverses Arschloch!«, schimpfte er. »Das brennt jetzt ein bisschen, meine Schöne«, warnte er sie.

»Ist schon okay.«

Ein bisschen ist gut, stöhnte sie innerlich auf. Aber sie biss die Zähne zusammen und ertrug geduldig die Prozedur.

Chris versorgte sie noch mit einigen Pflastern. Anschließend stand er auf und hockte sich vor sie hin. »Fertig. Du möchtest bestimmt ein frisches Shirt anziehen.«

»Ja.« Anna stand vom Rand der Wanne auf, ihr blutiges Shirt hatte sie vor ihre Brüste gepresst, dabei war es eigentlich albern, er kannte sie schließlich nackt.

Anna ging ins Schlafzimmer, um sich etwas überzuziehen, dann huschte sie ins Bad und wusch sich. Als sie ins Wohnzimmer kam, stand Chris an der Balkontür und starrte mit unergründlicher Miene hinaus.

»Kann ich dir was anbieten?«, fragte sie ihn unsicher.

Er drehte sich zu ihr um. »Ein Glas Wasser wäre prima.«

Anna nahm in der Küche eine Tablette gegen die Kopfschmerzen, danach kehrte sie mit einer Flasche Wasser und zwei Gläsern zurück.

»Wenn du Hunger hast, ich könnte etwas zu essen machen.«

»Nein, danke. Ich hab keinen Appetit.« Chris schaute sie nicht an, sondern fixierte nur sein Wasserglas. »Wirst du den Kerl anzeigen?«

»Es war doch eine Verwechslung. Der Kunde hat jemand anderen erwartet und konnte nicht wissen, dass ich die Falsche bin.«

Chris lachte bitter auf. »Also ist deine Chefin schuld? Kann ja mal passieren, oder was? Betriebsunfall?«

Anna antwortete nicht darauf, sie wusste ja, dass er dafür kein Verständnis hatte.

Chris lehnte sich im Sessel zurück und raufte sich die Haare. »Und wenn dich der nächste Kunde totschlägt? Was ist dann, Anna?«, fragte er mit heiserer Stimme.

»Das wird schon nicht passieren«, schluckte sie. »Dieser Job ist eben nicht ohne Risiken.«

Chris sprang auf, kam zu ihr und hockte sich vor sie hin. »Wie lange willst du das noch machen?«

»Nicht schon wieder, Chris«, bat sie ihn.

»Kannst du denn keinen anderen Job machen?«, beharrte er weiter. Er sah ihr tief in die Augen.

Anna musste sich zwingen zu antworten und ihn nicht einfach nur anzustarren. »Das Thema hatten wir doch schon. Mit meinem Abschluss, meiner Biografie und meinen schlechten Schulzeugnissen würde mich niemand nehmen.« Sie streichelte zärtlich über sein Gesicht,

Chris hielt ihre Hand fest und schmiegte sein Gesicht hinein.

»Aber es gibt bestimmt auch Jobs, wo man kein Zeugnis braucht«, wandte er ein.

»Ja, das stimmt. Aber ich verdiene dann viel weniger und müsste die Wohnung hier aufgeben. Wenn ich das Geld, was ich im Escort verdiene, spare, kann ich mir ein paar Dinge leisten, die sonst nicht drin wären.«

»Ist das so wichtig? Das Geld?«

»Wenn man wenig davon hat, schon.« Sie wuschelte ihm durch die Haare. »Danke, dass du dich um mich gekümmert und dir Sorgen gemacht hast. Du musst aber nicht deine kostbare Freizeit verplempern. Das Wetter ist so schön, genieße es lieber.«

»Schickst du mich weg?« Chris hockte sich neben sie aufs Sofa.

»Du kannst auch gerne bleiben. Aber ich bin heute keine gute Gesellschafterin«, gestand sie ihm zerknirscht.

Und das war keine Lüge. Ihr Kopf dröhnte, was sowohl eine Folge des Schlages als auch des Alkohols sein konnte. Und so richtig gut bewegen konnte sie sich wegen des Rückens auch nicht.

»Das macht nichts.« Er zog sie ganz vorsichtig in seinen Arm.

Anna ließ es geschehen. Sie lehnte mit dem Kopf an seiner Brust und konnte seinen Herzschlag hören. Es beruhigte sie auf eine angenehme Weise. Anna genoss Chris' Gegenwart. Er strahlte eine Sicherheit aus, nach der sie sich im Moment sehr sehnte.

»Wenn du Hunger hast, kann ich nachher etwas für uns kochen, falls du was im Haus hast. Oder wir bestellen einfach was«, schlug Chris ihr vor.

»Du kannst kochen?«, staunte Anna.

»Natürlich kann ich das! Okay, ich bin kein Sternekoch, aber ein paar Nudeln mit Sauce krieg ich schon hin.«

»Hört sich gut an.« Anna lächelte in sich hinein. Plötzlich spürte sie, wie ihre Augen immer schwerer wurden. Sie kämpfte dagegen an, wollte nicht so unhöflich sein und in seiner Gesellschaft einschlafen, aber schließlich verlor sie den Kampf doch.

Anna wurde durch einen köstlichen Duft wieder wach; sie schlug verwundert die Augen auf. Sie realisierte, dass sie auf ihrem Sofa lag, in eine Decke gehüllt. Aus der Küche hörte sie geschäftiges Klappern. Schlagartig fiel ihr wieder ein, dass Chris da war. Sie war peinlich berührt, dass sie eingeschlafen war. Mühsam rappelte sie sich hoch, die Wunde auf ihrem Rücken zog ganz schön, aber die Versuchung nachzuschauen, was Chris dort so trieb, war einfach zu groß.

»Hallo«, sagte sie scheu.

Er schien sie gar nicht zu bemerken und stand mit dem Rücken zu ihr.

»Hey, Schönheit.« Chris musterte sie lächelnd. »Alles klar? Konntest du gut schlafen?«

»Ja. Es tut mir leid, das war total unhöflich von mir«, erwiderte sie zerknirscht.

»Jetzt hör aber auf!« Er trat zu ihr und legte seine Hände auf ihre Hüften. Sanft zog er sie an sich und hauchte ihr einen Kuss auf die Lippen.

»Du bist verletzt und musst dich erholen. Ich habe ein bisschen auf deinem Balkon gesessen, du hast eine schöne Aussicht.«

»Ja, wenn man sich reckt, kann man sogar den Fluss sehen.«

»Ich muss mich ja nicht recken«, entgegnete er überheblich.

»Stimmt.«

»Wie fühlst du dich? Hast du Schmerzen?«

»Nein, das ist zu ertragen. Vielen Dank nochmals für deine Hilfe.«

»Das ist doch klar. Hast du Hunger?«

»Ja, ein bisschen. Was hast du denn gekocht?« Neugierig schlenderte sie zum Herd.

»Ich habe Spaghetti gemacht und alles in die Tomatensauce geworfen, was ich in deinem Kühlschrank gefunden habe. Bist du ein Gemüsejunkie?«

»Na ja. Ein bisschen«, gestand sie ihm kichernd.

»Das merkt man!«, stöhnte Chris auf. »Also: Es gibt Nudeln mit irgendeiner Gemüsesauce. Und einen Salat dazu.«

»Hört sich perfekt an.«

Sie deckte den Tisch und öffnete noch eine Flasche Wein. Anna selbst hielt sich da aber zurück. »Das schmeckt gut«, stellte sie fest.

»Jetzt sei nicht so überrascht, du kränkst mich in meiner Ehre als Koch«, maulte Chris.

Anna gluckste und lobte ihn weiter in den höchsten Tönen.

Chris ging auf ihre Neckereien ein; vor lauter Lachen kamen sie kaum noch zum Essen.

Erst Annas Handy unterbrach die fröhliche Stimmung.

Sie sah auf dem Display, dass es Sophie war. Anna zog es vor, das Gespräch lieber im Schlafzimmer zu führen.

»Hallo, mein Mädchen. Wie geht es dir?«, hörte sie die zerknirschte Stimme ihrer Chefin.

»Mein Gesicht sieht zum Fürchten aus, und der Rücken tut weh. Aber es ist auszuhalten.«

»Es tut mir alles so leid. Ich habe rekonstruiert, wie es zu diesem Fehler kommen konnte. An dem Tag, als der Kunde die Buchung vornahm, war hier gerade Aufregung wegen Irina. Ich habe ständig mit den Anwälten telefoniert, und da ist mir das Missgeschick unterlaufen. Du bekommst natürlich von mir Schmerzensgeld.«

»Danke.« Anna erinnerte sich an die Sache mit Irina. Sie wurde von einem Kunden ohne ihr Einverständnis gefilmt, und das Filmchen kursierte kurz darauf im Internet. Sophie hatte ein Anwaltsbüro darauf angesetzt, damit der Clip wieder aus dem Internet verschwand.

»Er hat Annabelle verlangt; ich habe aus Schusseligkeit Anna verstanden und gar nicht daran gedacht, dass du ja unter dem Namen Marie arbeitest«, fuhr Sophie fort.

»Es ist passiert. Ich hätte auch stutzig werden müssen, als er gefragt hat, warum ich nichts dabeihätte. Aber ich habe nicht angenommen, dass er damit Peitschen und das ganze Equipment meinte«, antwortete Anna.

»Komm morgen und hol dir einen Scheck ab. Musst du zu einem Arzt?«

»Nein, ich denke, das geht auch so.«

Als sie zurück in die Küche kam, sah Chris sie angespannt an. »Du gehst doch nicht so arbeiten, oder?«

»Nein, wie soll das gehen?«

»Gut«, brummte er. An seinem wütenden Gesichtsausdruck konnte Anna erkennen, dass er aber nicht wirklich beruhigt war. Aber sie wollte alles vermeiden, um wieder eine Diskussion anzufangen.

Sie war neugierig, wie lange er bleiben würde; nach dem Essen half er ihr beim Abräumen und setzte sich mit ihr aufs Sofa. Wieder zog er sie in seine Arme, und als sie müde wurde, bettete er ihren Kopf auf seinem Schoß.

Anna genoss seine Fürsorge, als sie schon im Halbschlaf war, spürte sie, wie er über ihren Kopf streichelte, und reckte sich noch einmal wohlig. »Daran könnte ich mich gewöhnen«, murmelte sie träge.

»Das solltest du aber nicht, meine Schöne«, hörte sie ihn noch leise sagen.

Sie war sofort wieder hellwach, spürte einen Stich in ihrem Herzen. »Das weiß ich doch«, flüsterte sie traurig.

Chris wirkte ertappt. »Ich dachte, du wärst schon eingeschlafen.«

Anna rappelte sich wieder hoch, ignorierte die Schmerzen auf ihrem Rücken, die sich bemerkbar machten. »Ich weiß, dass du bald wieder weggehst.« Sie schaute ihn traurig an. »Mir ist das alles sehr wohl klar, Chris.«

»Okay.« Er hob die Hand und streichelte zart über die Wange. »Es ist gut, dass dir das auch bewusst ist. Anna, ich finde es schön, mit dir zusammen zu sein. Mit dir zu reden oder dich einfach nur anzuschauen – auch wenn mir das im Moment selbst wehtut.« Vorsichtig berührte er die Schwellung an ihrer Wange. »Mal ganz von den wundervollen Momenten, die wir miteinander geteilt haben, als wir Sex hatten, abgesehen. Aber ich kann dir keine Partnerschaft anbieten, ich möchte das noch einmal ganz deutlich sagen. Ich liebe dich nicht, und ich könnte mich auch in niemanden verlieben, der so ist wie du. Und der das tut, was du tust.«

Anna nahm seine Hand. »Ich finde es trotzdem schön, dass du hier bei mir bist. Ist das schlimm?« Sie schluckte gegen einen wahnsinnigen Kloß im Hals an, spürte die aufsteigenden Tränen in ihren Augen.

Nicht weinen, befahl sie sich selbst. Auch wenn ihr gerade sehr nach Heulen zumute war.

»Nein, ganz bestimmt nicht«, lächelte Chris. »Ich finde es ja selbst schön. Du bist ein ganz toller Mensch, Anna.«

Sie wandte sich schnell ab, fühlte, dass die ersten Tränen über ihre Wangen rannen, und stand auf. »Ich muss mal schnell ins Bad«, flüsterte sie mit tränenerstickter Stimme.

10

Als sie die Tür hinter sich geschlossen hatte, setzte sie sich auf den Toilettendeckel und schluchzte laut auf. Es brach einfach so aus ihr heraus, sie hatte keine Kontrolle mehr darüber. Anna presste die Hände auf ihren Bauch, als ob sie das Weinen damit stoppen könnte.

Hör auf, schrie sie sich selbst an. So lange hatte sie schon nicht mehr geweint, sie wusste selbst nicht mehr genau, wann ihr das das letzte Mal passiert war. Selbst nach der Nacht im Oktober hatte sie keine Tränen vergossen.

Das letzte Mal, dass sie sich diese Schwäche gestattet hatte, musste wohl nach den ersten Malen gewesen sein, als sie anschaffen musste, irgendwann in diesem Zeitraum. Eigentlich hatte Anna gedacht, dass sie so weit abgehärtet wäre, dass ihr das nicht mehr passieren würde.

Es dauerte eine kleine Ewigkeit, bis Annas Tränen versiegten. Jetzt fand sie sich selbst nur noch albern. Warum hatte sie überhaupt geweint?

Ihr war doch alles vorher klar gewesen, was Chris ihr gesagt hatte, das waren nun wirklich keine Neuigkeiten mehr.

Du bist ein toller Mensch, Anna.

Seine Worte kamen ihr noch einmal in den Sinn. *Danke*, sprach sie in Gedanken zu ihm.

Als sie zurück ins Wohnzimmer kam, stand er wieder an der Balkontür.

»Tut mir leid«, sagte sie hastig.

Er kam sofort auf sie zu. »Geht es wieder?«

»Ja. Ich weiß auch nicht, was los war.« Sie schüttelte den Kopf.

Er schaute ihr tief in die Augen. »Soll ich lieber gehen?«

»Das musst du wissen. Meinetwegen musst du das nicht tun. Ich würde mich freuen, wenn du bleibst«, erklärte sie ehrlich.

»Dann schmeiß mich aber raus, wenn du ins Bett möchtest.«

»Klar«, nickte Anna.

Sie sagten beide nichts mehr. Anna kuschelte sich einfach wieder zu ihm aufs Sofa.

Chris nahm sie in die Arme, streichelte sie ganz vorsichtig, als ob sie zerbrechlich wäre.

Anna saugte diese Zärtlichkeiten förmlich auf, sie konnte sich selbst nicht erklären, was heute mit ihr los war, sie war doch sonst nicht so anhänglich oder verschmust.

Wahrscheinlich liegt es am gestrigen Vorfall, dass du ein paar Streicheleinheiten brauchst!

»Bist du müde?«, hörte sie ihn fragen.

»Nein, bitte bleib noch.« Sie griff nach seiner Hand und hielt sie fest.

Als sie die Augen wieder aufschlug, lag sie in ihrem Bett. Verdutzt schaute Anna sich um. Es war dunkel im Zimmer, der Wecker zeigte an, dass es halb vier in der Nacht war. Sie trug nur noch ihr T-Shirt, die Jeans musste Chris ihr ausgezogen haben. Anna konnte selbst nicht verstehen, dass sie das nicht gemerkt hatte. Sie war erschrocken darüber, dass sie so fest geschlafen hatte.

Anna ging ins Wohnzimmer, die Decke lag zusammengefaltet an ihrem angestammten Platz, auf dem Küchentisch entdeckte sie einen Zettel.

Ich rufe dich morgen an. Gute Besserung.

Chris

Am nächsten Morgen versuchte Anna, ihre Schwellung im Gesicht, die sich langsam bläulich verfärbte, so gut es ging zu überschminken, und machte sich auf den Weg zu Sophie.

Als sie ihr Büro betrat, sprang ihre Chefin sofort auf. »Oh Anna, du Ärmste!« Sie kam auf sie zugestürzt und umarmte sie heftig. Anna konnte sie gerade noch abbremsen, dass Sophie ihren Rücken berührte, wollte sie unbedingt vermeiden.

»Ich werde jetzt Doktor Otten anrufen, dass er herkommt und nach dir sieht«, bestimmte Sophie resolut.

»Das ist nicht nötig«, wehrte Anna ab.

»Oh doch, das ist es!« Sophies Stimme duldete keinen Widerspruch.

Anna seufzte und wartete in Sophies Büro auf den Arzt. Dr. Otten war ein guter Bekannter von Sophie, der keine Fragen stellte und schon oft im Milieu tätig gewesen war. Anna hatte zwar selbst eine Krankenversicherung, aber mit solchen Wunden war es immer heikel zu einem ›normalen‹ Arzt zu gehen, der vielleicht nachfragen würde.

Dr. Otten schaute sich ihren Rücken an, desinfizierte noch einmal die betreffenden Stellen. »Die Haut ist nur oberflächlich geschädigt. Es wird keine Narbe zurückbleiben«, versicherte er Anna.

Dann tastete er ihr Gesicht ab, Anna zuckte bei der Untersuchung zusammen. »Ich kann nicht feststellen, dass etwas gebrochen wäre. Aber eine Woche wirst du so kaum arbeiten können.«

»Das weiß ich.« Anna bedankte sich bei ihm.

Als er fort war, gab Sophie ihr einen Scheck über zehntausend Euro.

Anna guckte sie überrascht an, mit so viel hatte sie nicht gerechnet.

»Ich bin schuld, dass du einen Verdienstausfall hast. Und ich möchte nicht, dass du dir wegen meiner Schusseligkeit eine andere Agentur suchst«, meinte sie zerknirscht.

Anna bedankte sich erfreut bei ihr. »Du weißt, dass ich das nicht tun würde, Sophie.«

Und das stimmte. Sophie kümmerte sich gut um die Mädchen und half ihnen auch, wenn nötig, bei der Polizei oder stellte ihnen Anwälte zur Verfügung. Man konnte sich darauf verlassen, dass sie voll hinter einem stand, und das war keine Selbstverständlichkeit.

»Das sagst du so – schau …« Sophie reichte ihr fünf Anfragen für sie.

»Und heute ist Montag. Ab Mittwoch beginnt die nächste Messe, dann kommen mit Sicherheit noch mehr. Also sei lieber still, Anna, und nimm das Geld.«

»Okay, ich bin schon ruhig«, lachte Anna leise.

»Aber ich habe noch etwas für dich. Sieh selbst!« Ihre Chefin reichte ihr strahlend eine Mappe hinüber. Anna erkannte das Logo des Fotografen auf der Vorderseite.

»Oh, sind die etwa schon fertig?«

»Deine Bilder und die von Karen. Die anderen noch nicht, da muss er wohl noch mehr retuschieren«, lachte Sophie. »Die Fotos sind traumhaft schön geworden.«

Anna schaute sie gespannt durch. Sophie hatte recht. Auch wenn sie selbst sehr kritisch mit sich war, auf den Bildern war ihre Figur makellos, und ihre Haare glänzten wie braune Seide.

Sie huschte noch schnell in einen Supermarkt, sie musste an Chris denken und kaufte Fleisch ein. Sie konnte es ja einfrieren, falls er heute oder morgen nicht vorbeikommen würde.

Willst du das denn wirklich? Dass er vorbeikommt?

Die Antwort war relativ einfach: Ja – natürlich wollte sie das. Auch wenn jede weitere Minute, die sie mit ihm verbrachte, ihr den Abschied von ihm schwerer machen würde.

Aber in seiner Gegenwart war es einfach zu schön, um ihn von sich fernzuhalten.

Ein kleines Teufelchen meldete sich in ihr zu Wort. *Mache es ihm so schwer wie möglich, wegzugehen*, flüsterte es in ihr Ohr. *Du weißt, wie man die Männer verrückt macht. Nutze das!*

Anna schob den Gedanken ärgerlich beiseite. Sie fand es ja gerade schön, dass sie sich treffen konnten, ohne dass es nur um Sex ging.

Aber der Sex mit ihm war schön – ganz anders als mit den Kunden, zischte es in ihr weiter.

Anna schüttelte den Kopf. Nein, das wollte sie nicht. Wahrscheinlich würde das bloß alles zusätzlich verkomplizieren.

Sie stürzte sich auf ihre Bücher, das lenkte sie gut von den Gedanken an Chris ab. Sie war gespannt, ob er wirklich anrufen würde. Sie ertappte sich dabei, dass sie immer wieder aufs Handy schielte. Gegen halb fünf am Nachmittag läutete es tatsächlich, und hastig blickte Anna aufs Display. Er war es.

»Hallo Chris«, meldete sie sich erfreut.

»Hallo Schönheit. Wie geht es dir?«

»Okay soweit. Der Rücken ziept noch ein bisschen, aber das ist nicht weiter schlimm. Und wie geht es dir?«

»Jetzt viel besser. Du bist der erste nette Mensch, mit dem ich heute rede«, stöhnte er.

»Das kann ich mir nicht vorstellen«, gluckste sie.

»Stimmt. Die Brötchenverkäuferin heute Morgen war auch noch ganz freundlich. Aber der Rest … Hast du heute Abend schon etwas vor?«

»Ich bin zu Hause. Wo soll ich auch hin, so wie ich aussehe.« Sie hielt gespannt den Atem an. Würde er vorbeikommen wollen?

»Wenn du keinen Besuch bekommst: Ich würde mich dreisterweise mit einer Pizza bei dir einladen.« Sie konnte an seiner Stimme hören, dass er grinste.

»Nein. Das ist keine gute Idee«, neckte sie ihn.

»Oh – schade.« Er klang ein bisschen aus dem Konzept gebracht.

»Ich habe nämlich Steaks eingekauft, ich dachte, die könnte ich zubereiten, wenn du Lust hast.«

Es war kurz ruhig in der Leitung. »Du Luder«, lachte er. »Steaks hören sich sehr gut an. Wann ist es dir denn recht?«

»Ich bin hier«, antwortete Anna mit klopfendem Herzen.

»Gegen sechs könnte ich es schaffen.«

Anna überschminkte noch einmal sorgfältig die bläulichen Flecken in ihrem Gesicht. Dann zog sie sich eine schwarze Bluse und eine Jeans an, auf einen BH musste sie verzichten, weil der in ihren Rücken schneiden würde. Kritisch betrachtete sie sich im Spiegel, die Schwellung war natürlich noch da, aber sie hatte sie ganz gut kaschieren können. Im Laufe der Jahre war sie immer besser darin geworden, solche kleinen Makel zu vertuschen.

Chris kam pünktlich, er hatte einen Strauß Blumen in der Hand.

Anna riss erstaunt die Augen auf. »Für mich?«

»Nein, den habe ich eben selbst geschenkt bekommen. Natürlich für dich!«

Anna bat ihn herein, als sie die Wohnungstür hinter sich geschlossen hatte, zog Chris sie vorsichtig in seine Arme.

»Hallo«, flüsterte er mit sanfter Stimme, er gab ihr einen zärtlichen Kuss.

»Hallo«, raunte Anna an seinen Lippen.

Er wollte wieder den Kuss vertiefen, doch sie entwand sich ihm geschickt und stellte die Blumen in eine Vase.

»Ich kümmere mich um die Steaks!«, rief sie ihm aus der Küche zu.

»Das ist super. Kann ich helfen?« Chris lehnte lässig im Türrahmen und betrachtete sie von dort aus.

»Nein, ich hab schon alles so weit vorbereitet.«

»Was ist das?« Sein Blick war auf die Fotomappe gefallen.

»Das sind neue Bilder für die Internetseite. Du kannst sie dir gerne anschauen.«

Aus den Augenwinkeln beobachtete sie heimlich seine Reaktion auf die Fotos.

Chris stieß einen anerkennenden Pfiff aus. »Wow! Die Bilder sind toll«, stieß er mit rauer Stimme aus und schluckte heftig.

»Ja, der Mann versteht etwas von seinem Handwerk.«

Chris blätterte immer wieder die Mappe durch, an einem Foto blieb er hängen. »Darf ich … darf ich mir davon einen Abzug machen?«

Anna trat näher, sie war neugierig, welches der Fotos er meinte.

»Also eigentlich hätte ich gerne alle, aber dieses hier ist besonders schön.«

Sie stellte sich dicht neben ihn. Auf dem Bild lag sie auf einem weißen Bettlaken in weißer Wäsche. Anna nahm es samt Hülle aus der Mappe. »Ich schenke es dir. Als Andenken.«

Chris schaute sie wehmütig an. »Ich brauche kein Andenken an dich, Anna.«

»Ach so, na ja, war nur ein Vorschlag.« Anna traf diese Bemerkung wie ein Schlag ins Gesicht. War er froh, wenn er wieder in seiner Heimatstadt war und sie schnell vergessen konnte? Sie drehte sich hastig herum, damit er nicht sehen konnte, wie sehr sie gekränkt war.

»Ich meine damit, dass ich dich doch auch so nicht vergessen werde.« Chris war hinter sie getreten und umarmte sie leicht. »Aber vielen Dank für das Foto.« Er drehte sie zu sich um, dabei lächelte er sie so lieb an, dass es ihr den Atem verschlug.

»Du kannst gut kochen«, lobte Chris sie später.

»Danke.«

»Was machen deine Verletzungen? Hast du noch Schmerzen?«, erkundigte er sich nochmals.

»Nein, das ist alles soweit in Ordnung«, beruhigte sie ihn.

»Soll ich nach dem Rücken schauen?«

»Ein Arzt hat das heute schon gemacht. Vielen Dank.«

»Ein Arzt? Gut, dass du da warst, das war auf jeden Fall besser. Ist es ihm nicht komisch vorgekommen, dass eine junge Frau solche Misshandlungen hat?« Chris schien sie mit seinem Blick zu durchbohren.

»Ähm, nein. Kann man nicht sagen«, meinte Anna verlegen. »Der Arzt ist ein Freund von meiner Chefin. Er kennt sich mit … mit solchen Verletzungen aus.«

»Ach so.« Chris' Miene verdunkelte sich wieder. Er griff über den Tisch nach Annas Hand. »Ich bin froh, dass es dir besser geht.«

Anna blieb einen Moment an seinen Augen haften, schnell senkte sie den Blick. »Danke, dass du dich so nett um mich gekümmert hast gestern. Und ich bin einfach eingeschlafen, das war nicht gerade höflich.«

»Hey, das ist doch kein Problem …«

»Doch, du … du hast mich ja sogar ins Bett gebracht.« Anna spürte, wie sie errötete.

»Auch das war mir ein Vergnügen«, zwinkerte er ihr zu. »Allerdings wäre es mir lieber gewesen, wenn du dabei wach gewesen wärst.«

»Hm.« Mehr brachte Anna nicht heraus. Ihr wurde ganz heiß; sie hoffte, dass er ihr die Verlegenheit nicht ansah. Eigentlich war es der totale Quatsch, dass sie sich jetzt so anstellte, wenn man bedachte, mit wie vielen Männern sie schon im Bett gewesen war.

Da fiel ihr etwas ein, die Idee war ihr heute gekommen, als sie dauernd auf ihr Handy geschielt hatte. Sie räusperte sich und wurde sehr aufgeregt. Anna war sich überhaupt nicht sicher, wie er das auffassen würde und ob ihm das nicht zu dumm erschien. Aber wenn sie ihn nicht fragen würde, dann würde sie sich ärgern, das war ihr auch klar. »Ich … ich wollte dich was fragen«, begann sie zögerlich.

»Nur raus damit!« Chris sah sie neugierig an.

»Ich … ich wollte dich am Samstag einladen, also nur, wenn du Lust und Zeit hast, natürlich.« Unter dem Tisch verkrampfte sie ihre Hände ineinander.

»Am Samstag? Klar, wann denn?«

»Gegen Mittag vielleicht?« Sie musterte ihn gespannt. »Ich wollte in den Zoo und … und, vielleicht magst du ja mitkommen. Ich lade dich natürlich ein«, stammelte sie. Dann verließ sie aber die Zuversicht. »Wahrscheinlich findest du das total blöd. Entschuldige.« Sie schüttelte den Kopf über sich.

»In den Zoo?« Chris wirkte überrascht. »Also, ich bin ewig schon nicht mehr im Zoo gewesen …«

»Ah.« Sie sah ihn zerknirscht an. »Wahrscheinlich findest du das kindisch, tut mir leid.«

»Nein, nein. Das habe ich doch gar nicht gesagt«, lächelte er. »Okay, ich bin dabei. Lass uns Samstag in den Zoo gehen.«

Anna atmete erleichtert auf und strahlte ihn an. »Ich freu mich. Ich freu mich sehr.«

»Ich bin auch schon gespannt. Aber das soll nicht heißen, dass wir uns vorher nicht mehr sehen, oder?«

»Wenn du Zeit hast? Ich kann im Moment ja eh nicht viel machen«, atmete sie auf.

Er kommt mit, jubilierte sie innerlich. Sie hatte mit sich gekämpft, ob sie ihn fragen sollte.

Anna liebte es, in den Zoo zu gehen. Es war eine der wenigen schönen Erinnerungen an ihre Kindheit. Später, als sie bei Sophie angefangen hatte, war sie öfters wieder da gewesen, sie konnte dort gut abschalten und den Kopf freibekommen. Karen hatte nie Lust, sie zu begleiten, also war Anna immer alleine dort. Aber am Samstag hatte sie Geburtstag, und es wäre schön, wenn sie dann eine Begleitung hätte – wenn sie IHN als Begleitung hätte.

Nach dem Essen gingen sie ins Wohnzimmer. Anna brachte den Wein mit hinüber und reichte Chris sein Glas. Als sie neben ihm Platz nahm, zog er sie direkt in seine Arme. »Danke für das tolle Essen.«

»Oh bitte.« Sie schmiegte ihren Kopf an seine Schulter, genoss wieder das Gefühl der Sicherheit, das er ihr gab.

Chris streichelte sanft über ihren Oberarm, dann hob er vorsichtig ihr Kinn an und sah ihr in die Augen. »Hey, meine Schöne«, flüsterte er heiser.

Seine dunklen Augen schienen sie ganz langsam in einen Bann zu ziehen, Anna schluckte. Wie in Zeitlupe näherte er sich ihrem Mund, Anna war wie gelähmt, und ihr Herzschlag beschleunigte sich auf ein atemberaubendes Tempo.

»Chris«, presste sie heiser hervor. Sie wollte sich eigentlich von ihm lösen, aber da spürte sie seine Lippen auf ihren.

Anna schloss die Augen, es war so ein schönes Gefühl, wenn er sie küsste. Sie genoss sein zärtliches Locken, gewährte seiner Zunge dann Einlass.

Chris begann ein verführerisches Spiel.

Anna war gar nicht in der Lage, sich dagegen zu wehren. Seine Sanftheit faszinierte sie und brachte ihren Widerstand immer mehr ins Wanken.

Sie spürte, wie seine Hand über ihr Gesicht streichelte, langsam an ihrem Hals hinunterglitt. Seine Finger zeichneten den Rand ihrer Bluse nach, auf ihrer Haut schienen Tausende von kleinen Ameisen entlangzulaufen.

Irgendwann realisierte sie, wie sein Finger tiefer glitt, mehr Haut eroberte, er musste einen Knopf ihrer Bluse aufgemacht haben, aber wie, das war ihr ein Rätsel.

Anna seufzte leise auf, sie fühlte wie ihre Erregung stetig stärker wurde, seinen streichelnden Händen und den werbenden Küssen war schwer zu widerstehen.

Chris drückte sie langsam nach hinten, bis Anna unter ihm lag.

Seine Lippen streiften ihren Hals hinunter, küssten zärtlich die kleine Kuhle zwischen ihren Schlüsselbeinen.

»Du schmeckst so gut«, raunte er ihr zu, dann öffnete er noch einen Knopf ihrer Bluse und entblößte vorsichtig eine Brust. Zärtlich saugte er an ihr.

Anna glaubte, fast abzuheben, doch noch einmal wurde sie wieder klar. *Nicht*, schoss es ihr durch den Kopf. Sie schob ihn von sich und brachte etwas Raum zwischen sich und ihn.

»Was ist denn?«, fragte er verdutzt. Sein Atem ging ebenfalls schneller.

»Ich … ich möchte nicht«, stotterte Anna. Sie wagte ihm nicht, in die Augen zu sehen, hoffte inständig, dass er jetzt nicht sauer war.

»Du möchtest nicht?« Chris setzte sich auf und fuhr sich mit den Fingern durch die Haare. »Das sah aber eben noch ganz anders aus.« Er streckte die Hand nach ihr aus.

Anna ergriff sie zögernd.

»Jetzt sag nicht, dass du schüchtern bist, das fällt mir nämlich schwer zu glauben«, fragend sah er sie an.

»Anna ist nicht Marie«, flüsterte sie heiser.

»Du willst mir doch jetzt nicht sagen, dass du prüde bist, oder?« Er zog die Augenbrauen hoch. »Wir hatten doch schon fantastischen Sex, was spricht dagegen, ihn zu wiederholen? Oder machst du es nur für Geld?«

Anna zog die Beine zu sich heran und umschlang sie mit ihren Armen. »Ich möchte nicht, dass es so aussieht, als wäre ich leicht herumzukriegen.« Sie konnte ihm nicht in die Augen sehen.

»Anna!« Chris lachte laut auf. »Jeder, der genug Geld hinblättert, kann dich haben. Du BIST leicht herumzukriegen!«

»Das trifft auf Marie zu, nicht auf mich!«

»Du bist Marie – das kannst du doch nicht trennen!«

»Doch, kann ich!«, beharrte sie.

»Glaubst du nicht, dass du dir ganz schön was vormachst, Süße?« Er ließ ihre Hand los und stand vom Sofa auf.

Anna sah erschrocken, wie er den Raum verließ. Er kam mit seinem Portemonnaie zurück und legte ihr vierhundert Euro auf den Tisch. »Und?«

Anna schossen Tränen in die Augen, sie blinzelte sie hastig weg. »Bitte geh«, presste sie mit heiserer Stimme hervor. »Raus aus meiner Wohnung.«

»Was ist? Das ist doch der günstigste Preis, oder ist es in deinen Privatgemächern teurer?« Seine Stimme klang so bissig, dass sie Anna durch und durch ging.

Sie sah ihm nicht in die Augen, es ging einfach nicht. »Wann verstehst du endlich, dass das mein Job ist und dass ich nicht die gleiche Person bin, die du als Marie kennengelernt hast? Ja, ich bin ein Callgirl, eine Prostituierte, eine Nutte – nenn mich, wie du willst! Aber das hier ist meine Privatwohnung, hier bin ich eine ganz normale Frau, und du hast nicht das Recht, so mit mir umzugehen. Wenn du mich verachtest, mich für den letzten Dreck hältst – warum bist du dann hier? Wolltest du umsonst mit mir Sex haben? Deinem Kollegen womöglich damit imponieren? Damit angeben, dass du mich so rumgekriegt hast?«

Anna straffte die Schultern und schaute ihm endlich in die Augen. »Dann muss ich dich enttäuschen. Ich bin vielleicht ein schlechter Mensch, aber ich habe auch noch so etwas wie meinen Stolz. Und ich gehe nicht mit jedem ins Bett!«

Erst jetzt bemerkte sie, dass ihr erneut Tränen über die Wangen liefen. »Geh endlich!«, presste sie mühsam hervor.

»Scheiße!« Chris fuhr sich mit den Fingern durch die Haare, dann kam er auf sie zu und hockte sich vors Sofa.

»Anna, vergiss bitte, was ich eben gesagt habe. Ich weiß auch nicht, was manchmal mit mir los ist. Ich weiß nicht, warum ich in deiner Gegenwart manchmal solche Dinge sage. Ich will dich nicht verletzen, und doch mache ich es ständig. Du hast irgendwas an dir, was mich einfach auf die Palme treibt, dann vergesse ich meine Kinderstube.« Chris nahm ihre Hand, doch Anna hielt sie fest an ihre Beine gepresst. »Es tut mir wahnsinnig leid, was ich gesagt habe. Bitte, das musst du mir glauben. Und ich bin gerne mit dir zusammen, du bist ein toller Mensch und eine wahnsinnig aufregende Frau. Ich hätte nie mit dir so reden dürfen.«

Er hob zögernd die Hand und streichelte durch ihre Haare. »Verzeih mir …«

Anna wischte sich hastig die Tränen aus dem Gesicht. »Du bist der erste Mann, der hier in meiner Wohnung ist«, flüsterte sie mit tränenerstickter Stimme. »Warum tust du mir so weh?«

»Oh Gott!« Chris setzte sich aufs Sofa und hob Anna einfach auf seinen Schoß. Sie wollte ihn erst von sich stoßen, aber er hielt sie ganz fest mit seinen Armen umklammert. »Es tut mir leid, es tut mir leid, es tut mir leid.« Chris verbarg sein Gesicht in ihren Haaren. »Baby, bitte glaub mir das.«

Anna seufzte auf, sie wusste nicht mehr, was sie tun sollte. Einerseits hatte er sie tief getroffen, so sehr hatte er sie noch nie verletzt – andererseits mochte sie ihn, und vielleicht war es wirklich schwer für ihn zu verstehen, warum sie auf einmal Hemmungen hatte, mit ihm zu schlafen.

Sie war sich so unsicher, wollte sie denn, dass er ging?

Er hat sich doch entschuldigt, flüsterte ihr eine kleine Stimme zu.

»Okay«, sagte sie mit heiserer Stimme.

Chris guckte ihr ins Gesicht, in seinen Augen lag ein flehender Blick. »Danke.« Er wirkte ehrlich erleichtert.

Er sah ihr lange in die Augen, dann räusperte er sich und schaute an ihr hinunter.

Anna fiel erst jetzt auf, dass ihre Bluse fast vollständig offen war, sie wollte sie schnell schließen, doch Chris kam ihr zuvor.

»Du bist ein süßer Käfer, Anna, und du bist eine Augenweide. Aber wenn ich dich so sehe, kann ich mich nur schwer beherrschen«, murmelte er verlegen. »So ist es besser«, meinte er, als er die Bluse züchtig geschlossen hatte. »Darf ich noch etwas hierbleiben?«

»Ja.« Ein Lächeln huschte über ihr Gesicht. »Ich würde mich sehr darüber freuen.«

11

Den Rest des Abends verbrachte Anna auf Chris' Schoß. Sie versuchte ihn ein paarmal davon zu überzeugen, dass das für ihn zu unbequem wäre, doch er widersprach ihr jedes Mal leidenschaftlich und beteuerte ihr, dass er sie gerne so nah bei sich hatte. Sie machten irgendwann das Fernsehen an, es lief ein Film, den Anna immer sehr beeindruckend fand.

Es ging um einen geistig zurückgebliebenen jungen Mann, der von einer merkwürdigen Situation in die nächste stolperte und der es durch Zufälle zu Geld und Ruhm brachte. Anna liebte diesen Film, auch wenn er teilweise recht wehmütig war. Der Mann verlor die Liebe seines Lebens an AIDS, doch er hatte mit dieser Frau ein gemeinsames Kind, das er abgöttisch liebte und für das er ein liebevoller Vater war.

Für Anna war dieser Film ein wunderschönes Märchen, denn sie konnte sich nicht vorstellen, dass man ohne Bildung und nur durch Glück es so weit schaffen konnte, aber trotzdem schaltete sie immer wieder ein, wenn er lief.

»Ich muss los«, flüsterte Chris ihr ins Ohr.

»Wirklich?« Anna sah ihn traurig an.

»Wir sehen uns die Woche bestimmt noch einmal. Und wenn nicht, dann auf jeden Fall am Samstag.«

»Chris, also … also wenn dir das zu blöd ist mit dem Zoobesuch, dann ist das wirklich in Ordnung. Ich möchte nicht, dass du mitkommst, um mir einen Gefallen zu tun.«

»Hey …« Chris gab ihr einen kleinen Kuss auf die Nase und schenkte ihr ein umwerfendes Lächeln. »Es ist wirklich okay für mich.«

Sie brachte ihn zur Tür und reichte ihm seine Jacke. »Wenn du Zeit hast, dann ruf einfach an.«

»Mach ich.« Er machte eine Bewegung auf sie zu, war sich dann aber wohl unsicher und blieb stehen. Anna merkte dies und legte die Arme um seinen Hals. »Komm gut nach Hause«, wünschte sie ihm, stellte sich auf die Zehenspitzen und hauchte ihm einen Kuss auf die Lippen.

Chris ging sofort darauf ein, noch einmal schlangen sich seine Arme um sie herum. Er intensivierte den Kuss auf eine verlockende Weise.

Anna spürte deutlich, wie sie darauf ansprang, dann löste sie sich von ihm.

»Wir hören voneinander.« Chris legte seine Stirn an ihre. »Schlaf gut, Anna.«

Annas Gesicht sah am nächsten Morgen noch spektakulärer aus. Mittlerweile schimmerten die Hämatome in den wildesten Farben; zum Glück kannte Anna einige Tricks und hatte ein gutes Camouflage-Make-up. Damit konnte sie am nächsten Tag wenigstens ein bisschen vor die Tür gehen. Das Wetter war herrlich; sie entschloss sich, Fahrrad zu fahren, bevor sie sich ans Lernen begab.

Natürlich spukte Chris ihr die ganze Zeit im Kopf herum. Der Abend mit ihm hatte sie in ein Gefühlschaos gestürzt; sie war mehr als froh, dass er sich bei ihr entschuldigt hatte.

Sie seufzte und stellte sich insgeheim die Frage, ob sie wohl bei ihm eine Chance haben würde, wenn sie nicht diesen Job hätte. Doch die Anforderungen an seine Traumfrau waren hoch, sie konnte sich noch gut an seine Beschreibung erinnern. Tolles Aussehen, gute Schulbildung, Studium wäre ideal …

Selbst wenn Anna ein zuversichtlicher Mensch wäre – da kam sie wohl niemals ran. Und diese Gewissheit tat ihr sehr weh.

Doch schließlich schob sie alle Grübeleien weg von sich. Chris war nur für eine befristete Zeit hier. Vielleicht sollte sie die Stunden mit ihm einfach genießen und dann mit ihm abschließen.

»Puh, auf der Baustelle ist eine Menge los!« Chris reichte ihr zwei Pizzakartons und küsste sie leicht auf den Mund. »Du glaubst gar nicht, wie viele Leute es gibt, die nicht imstande sind, die einfachsten Baupläne zu lesen.«

»Das ist auch bestimmt nicht leicht.« Anna stellte die Kartons auf dem Esszimmertisch ab. Sie war froh, dass er hier war. Er hatte ihr erzählt, wie viel er zu tun hatte, und sie hatte gar nicht damit gerechnet, dass er vor Samstag noch einmal bei ihr vorbeikommen würde.

»Für Ungelernte vielleicht. Aber diese Leute machen ihren Job teilweise schon Jahre!«, maulte Chris weiter.

Anna öffnete eine Flasche Wein und gab Chris ein Glas. »Vielleicht sind deine Pläne zu kompliziert?«, kicherte sie und schickte ihm einen kessen Augenaufschlag.

»Hey – werde bloß nicht frech«, gluckste er. Eilig zog er sie auf seinen Schoß. »Bleibst du heute wieder den ganzen Abend hier sitzen?«, fragte er sie mit bettelndem Blick. »Ich hab dich gestern und vorgestern vermisst.«

Anna konnte sich erst mal nicht von dem tiefen Braun seiner Augen lösen. »Beim Essen wird das aber umständlich.«

»Kann es sein, dass du so ein kleines bisschen unromantisch bist?«, stöhnte er gespielt leidend auf.

»Äh ja«, gab Anna zu, dann rutschte sie von seinem Schoß und setzte sich auf ihren Stuhl.

»Anna …« Chris griff nach ihrer Hand.

»Ja?«

»Ich freue mich, hier zu sein«, erklärte er sehr ernst.

Sie spürte, wie sie leicht errötete. »Ich freue mich auch, dass du da bist.«

»Man sieht gar nichts mehr.« Chris deutete auf ihre Wange.

»Ich habe ein gutes Make-up. Eine … eine Kollegin kennt eine Maskenbildnerin. Die sitzt an der Quelle.«

»Hm«, brummte er missmutig. »Braucht ihr … braucht ihr öfters dieses spezielle Make-up?«

»Manchmal eben.« Anna senkte schnell den Blick; ihr Puls beschleunigte sich wieder. Die Befürchtung, dass es wieder um den Escort-Service gehen würde, kroch in ihr hoch. Doch Chris schien sein Job im Kopf herumzuspuken.

»Ich meine, die Baupläne sind natürlich etwas komplizierter. Das ist eben kein Null-Acht-Fünfzehn-Haus. Aber bei manchen … also … da denkt man echt, die wären nie zur Schule gegangen, geschweige denn, dass sie irgendeinen Abschluss hätten.«

Anna schluckte, sie zog es vor, lieber still zu sein.

Plötzlich schaute er sie betroffen an. »Das ging jetzt nicht gegen dich.«

»Schon klar«, lächelte Anna ihm zu.

Nach dem Essen machten sie es sich wieder auf ihrem Sofa gemütlich. Diesmal saß Anna nicht auf seinem Schoß, sondern sie lag auf ihm, und sie schauten zusammen fern.

Chris' Hand war dabei unter ihr Shirt gekrabbelt; ganz zärtlich streichelte er über ihren Rücken. Als er an die verschorften Stellen kam, knurrte er ein paarmal unwillig, doch er sagte nichts mehr.

Anna hätte stundenlang so mit ihm liegen können. Sie hörte dem kräftigen Schlag seines Herzens zu, was im Fernsehen gesprochen wurde, bekam sie gar nicht mit.

Erst, als er ganz sachte ihr Kinn anhob, um sie anzuschauen, realisierte sie, dass es wohl schon sehr spät sein musste. »Es ist gleich eins. Und bevor ich hier noch einschlafe, sollte ich besser gehen.«

»Oh, na klar.« Anna stand vorsichtig von ihm auf. Sie hielt ihm die Hand hin, um ihn hochzuziehen.

Als Chris vor ihr stand, nahm er sie in seine Arme. Anna lehnte ihren Kopf an seine Schulter, sie spürte, wie er sein Gesicht an ihrem Hals verbarg. »Es war schön hier bei dir«, flüsterte er. Sein Atem kitzelte ihre Haut.

»Fand ich auch«, antwortete sie heiser.

»Wann sehen wir uns am Samstag?«

»Um zwölf am Eingang des Zoos?« Sie schaute ihn erwartungsvoll an und hoffte inständig, dass ihm nichts dazwischenkommen würde.

»Ich werde da sein.« Chris zog sie noch einmal an sich, er küsste sie sehr lange und verheißungsvoll.

Anna musste sich jetzt selbst zügeln, dass sie ihn nicht wieder mit aufs Sofa zog.

»Bis dann«, lächelte er an ihrem Mund.

Anna hibbelte nervös vor dem Eingang des Zoos herum. Sie hatte schon die Karten gekauft; ihr Herz schlug prompt ein paar Schläge schneller, als sie Chris auf sich zugehen sah.

»Hallo Anna«, lächelte er ihr zu. »Bin ich zu spät?«

»Nein.« Sie schüttelte den Kopf. »Ich war zu früh dran. Ich habe schon die Eintrittskarten.«

»Was? Das hättest du doch nicht machen sollen. Ich wollte die kaufen!«

»Nein, ich wollte das unbedingt«, lachte sie ihn an, dann nahm sie seine Hand und zog ihn hinter sich her.

Anna strahlte übers ganze Gesicht, als sie auf dem Zoogelände waren. Sie fand es einfach wunderschön hier, und es versprach ein richtig warmer Frühlingstag zu werden. Die Sonne strahlte vom Himmel, die vielen Tiere um sie herum – und Chris an ihrer Seite. Anna hätte sich keinen perfekteren Rahmen für ihren Geburtstag wünschen können.

Sie kamen ans erste Gehege, dort waren Bären untergebracht. Anna kannte die Tiere schon, wusste, wann welches geboren worden war und aus welchem Zoo manche stammten. Sie redete an einem Stück, erst, als Chris keine Antwort mehr gab, schaute sie zerknirscht zu ihm hin.

Er stand lächelnd neben ihr und sah ihr lange in die Augen. »Du liebst es, hier zu sein, oder?«

»Ähm ja«, räusperte sie sich. »Ich rede zu viel, oder?«

»Ich habe dich noch nie so gesehen. Du siehst richtig glücklich aus.«

Anna konnte sich nicht von dem Blick lösen, den er ihr zuwarf. Er war so voller Wärme, sie bekam prompt eine Gänsehaut. »Ich mag die Tiere«, erklärte sie ihm verlegen.

»Und ich mag dich, Anna«, sagte er heiser.

»Ich dich auch«, antwortete sie schüchtern.

»Und jetzt weiter!« Er nahm ihre Hand und ließ sie auch nicht los, als sie zum nächsten Gehege bummelten.

»Darf ich?« Chris hielt sein Handy vor ihre Nase. »Ich hätte gerne ein paar Fotos von dir.«

»Von mir?«

»Ja, klar. Du siehst so süß aus heute.«

Anna stimmte zu und lachte ein paar Male in das Objektiv seines Handys.

Das vergnügte Kreischen von kleinen Kindern drang zu ihnen hinüber. Anna schaute sich um und entdeckte eine junge Familie. Die Eltern trugen ihre beiden Kinder huckepack und machten Blödsinn mit ihnen. Anna beobachtete die Familie lächelnd, als sie in das Gesicht des Vaters blickte, erstarrte sie.

Es war der Mann, der ihr das Veilchen und den blutigen Striemen verpasst hatte. Er sah ihr kurz in die Augen, ob er sie erkannt hatte, konnte Anna nicht deuten, aber selbst wenn, würde er sich wohl kaum verraten, indem er eine Reaktion zeigte.

»Alles klar?« Chris' Stimme riss sie aus ihren Gedanken.

»Ja.« Sie drehte sich wieder zu ihm und zwang sich, den Mann zu vergessen.

»Mein Vater hat mich auch immer so getragen.« Chris deutete auf die lachenden Kinder.

»Wie bitte?« Anna runzelte die Stirn.

»Na, so auf dem Rücken. Haben das deine Eltern nicht gemacht?« Im gleichen Moment biss sich Chris auf die Unterlippe. »Scheiße, tut mir leid, Anna, ich war gedankenlos.«

»Macht nichts.« Sie nahm seine Hand. »Sollen wir weitergehen?«

»Gehen?« Chris grinste sie breit an, dann schnappte er sie sich und stellte sie auf eine Bank. Er drehte ihr den Rücken zu. »Na los!«

»Was?« Anna schaute verblüfft auf ihn hinunter.

»Komm, ich trag dich ein bisschen huckepack!«

»Nein, ich bin doch viel zu schwer«, protestierte Anna kichernd.

»Los, du hast was nachzuholen. Mach jetzt oder bist du ein Angsthase?« Er wandte sich zu ihr um, in seinen Augen blitzte es auf.

»Quatsch!« Sie wuschelte ihm durch die Haare. »Das ist doch albern.«

»Was spricht dagegen, dass du mal albern bist? Na, komm schon. Das Angebot mache ich nicht jeder!«

Das vergnügte Funkeln in seinen Augen überzeugte Anna schließlich. Vorsichtig kletterte sie auf seinen Rücken.

Chris setzte sich sofort mit ihr in Bewegung. Er machte ziemlich viele Faxen, und Anna prustete laut los.

Sie musste ihm bescheinigen, dass er eine gute Kondition hatte, denn er trug sie tatsächlich eine ganze Weile so. Anna war das schon richtig unangenehm. Chris tat ihr leid, aber er versicherte ihr immer wieder, dass es okay wäre.

Und Anna konnte nicht leugnen, dass es schön war, mal so ausgelassen zu sein und Blödsinn zu machen.

»Puh, mein armer Rücken«, seufzte Chris theatralisch auf, nachdem er sie hinuntergelassen hatte.

»Warum hast du nichts gesagt? Du hättest mich doch nicht so lange tragen müssen«, schimpfte Anna mit ihm, sie bekam ein schlechtes Gewissen. »Tut der Rücken sehr weh?«

»Anna!«, lachte Chris, dann zog er sie in seine Arme. »Das war doch nicht ernst gemeint. Du bist überhaupt nicht schwer.«

»Okay.« Sie atmete erleichtert auf.

»Mach dir nicht immer so viele Gedanken«, murmelte er an ihrem Nacken, sein Atem streifte ihre Haut. »So schnell kriegt man mich nicht kaputt.«

Sie löste sich von ihm und schaute in sein grinsendes Gesicht.

»Wo gehen wir jetzt hin?«, fragte er sie.

»Zu den Affen?«, schlug sie vor.

»Wie Madame befehlen!« Er machte einen Diener vor ihr, Anna musste wieder lachen.

Ihr Handy klingelte, sie erkannte auf dem Display, dass es Karen war. Anna ging ein bisschen zur Seite, ihre Freundin wollte ihr bestimmt zum Geburtstag gratulieren, das musste Chris ja nicht mitbekommen. Als Anna das Gespräch entgegennahm, schallte ihr ein ohrenbetäubendes *Happy Birthday to you* entgegen. Anna hielt erschrocken den Hörer von ihrem Ohr weg. Offenbar war nicht nur Karen dran, sondern auch noch zwei andere ihrer Kolleginnen.

Chris sah sie neugierig an, dann lächelte er ihr zu, sie konnte ihm ansehen, dass er jetzt Bescheid wusste. Als der Chor fertig gesungen hatte, hielt Anna wieder ihr Handy ans Ohr.

»Danke«, lachte sie leise.

»Alles Gute, Süße! Was machst du gerade?«, erkundigte Karen sich.

»Ich bin im Zoo.«

»Alleine?«

»Nein, mit einem guten Freund.« Chris hatte das verstanden und schickte ihr einen Luftkuss. Verlegen drehte sie sich weg.

»Wir gehen aber mal einen trinken, oder?«, fragte Karen weiter.

»Auf jeden Fall. Ich lade euch ein«, versprach Anna ihr, dann steckte sie das Handy wieder weg. Etwas zerknirscht sah sie Chris an.

»Warum hast du mir nichts davon gesagt, dass du heute Geburtstag hast?« Er stellte sich vor sie und verschränkte die Arme vor seiner Brust. »Das ist nicht fair, Anna.«

»Ich wollte nicht, dass du dich genötigt fühlst, ein Geschenk für mich zu besorgen.« Sie errötete wieder. »Du bist mit mir hier, darüber freue ich mich sehr, und das reicht doch schon völlig aus.«

»Quatsch, Anna. Das ist ja wohl eher ein Geschenk für mich. Und es ist aber nun mal so: Wenn man Geburtstag hat, bekommt man Geschenke.« Chris legte einen Zeigefinger unter ihr Kinn und zwang sie, ihn anzuschauen. »Ich werde dich heute Abend auf jeden Fall schick zum Essen ausführen. Widerspruch zwecklos, und natürlich bezahle ICH.«

»Das musst du nicht tun.«

»Das WILL ich aber tun.« Chris zog sie in seine Arme und hauchte ihr viele kleine Küsse auf den Hals. Vorsichtig schob er sie anschließend von sich. »Ich wünsche dir alles Liebe zum Geburtstag, Schönheit.«

»Danke.« Anna spürte ein warmes Gefühl im Bauch und ein Flattern, als ob eine Horde Schmetterlinge darin herumschwirren würden. »Das ist nett.«

Chris legte einen Arm um sie, und so bummelten sie weiter.

Sie kamen zum Urwaldhaus, Anna liebte die Affen, sie konnte ihnen stundenlang zusehen, doch das wollte sie Chris natürlich nicht antun.

Bei den Raubtieren blieben sie wieder lange Zeit stehen. Anna zogen die schwarzen Panther magisch an, sie übten eine ganz besondere Faszination auf sie aus.

»Die haben es dir aber angetan, was?« Ohne, dass Anna es bemerkt hatte, hatte Chris sich hinter sie gestellt und sein Kinn auf ihre Schulter gelegt.

»Sie sind wunderschön«, flüsterte Anna andächtig.

»So wie du.« Chris hauchte einen Kuss auf ihre Schulter. Anna schloss für einen Moment die Augen, sie konnte nicht verhindern, dass ein Schauer durch ihren Körper lief. Wusste er eigentlich, was er mit seinen kleinen Zärtlichkeiten bei ihr anrichtete?

Doch sie wollte nicht darüber nachgrübeln, warum er dies tat, sondern beschloss, die Zeit mit ihm ab jetzt nur noch zu genießen.

Die Stunden flogen einfach so dahin, Anna wäre wahrscheinlich noch länger geblieben, doch Chris drängte zum Aufbruch. »Willst du dich umziehen, bevor wir essen gehen?«

»Gerne.«

»Dann hole ich dich um acht Uhr ab, okay?«

»Du musst mich aber nicht einladen«, beharrte sie wieder. »Es war ein wunderschöner Tag im Zoo, mir hat das sehr gefallen.«

»Mir auch, aber was spricht dagegen, wenn wir den Tag auch wunderschön ausklingen lassen?« Chris lächelte sie so entwaffnend an, dass sie nicht mehr widersprach.

Sie wählte eine schwarze Tunika und eine schwarze Hose, lange stand sie vor dem Spiegel. Die blauen Flecke waren etwas verblasst, nur ganz ohne sie zu überschminken, ging es noch nicht.

Anna fragte sich, wo sie wohl essen gehen wollten, sie freute sich sehr auf ihr Date mit Chris; die Gewissheit kroch in ihr hoch, dass dies wohl der schönste Geburtstag seit sehr langer Zeit war.

»Hallo Süße, du siehst wunderschön aus.« Sein strahlendes Gesicht beschleunigte sofort ihren Herzschlag.

»Danke.«

»Happy Birthday«, grinste er und reichte ihr ein kleines Päckchen.

»Was ist das? Das sollst du doch nicht!«

»Halt dein entzückendes Mündchen, und mach es auf!« Er verdrehte gespielt genervt die Augen.

Anna schüttelte nur mit dem Kopf, dann erstarrte sie fast, als sie sah, dass die kleine Schachtel den Aufdruck eines Juweliers hatte. »Chris …«

»Mach es auf, Anna«, bat er sanft.

Anna zitterte richtig, als sie den Deckel anhob. Zum Vorschein kamen lange Ohrringe, die mit grünen Steinen besetzt waren. Waren dies Smaragde? Echte Smaragde?

»Das … das kann ich doch nicht annehmen«, krächzte sie.

»Doch, kannst du. Bitte zieh sie an, ja?«

Anna nickte nur. Doch sie zitterte so stark, dass sie sich total ungeschickt anstellte.

»Warte, ich helfe dir.« Chris nahm ihr die alten Ohrstecker heraus und zog ihr die neuen an.

Anna hielt den Atem an, als sie sich damit im Spiegel betrachtete. Ihr schossen Tränen in die Augen. »Vielen Dank.«

Hastig schmiss sie sich in Chris' Arme, der sie lachend auffing. »Du bist verrückt, mir so etwas zu schenken«, maulte sie ihn weinend an.

»Das denke ich aber ganz und gar nicht. Gefallen sie dir?«

»Ob sie mir gefallen? Sie sind wunderschön. Ich hab noch nie so etwas Schönes besessen«, schluchzte Anna. Immer wieder betrachtete sie sich im Spiegel. Die Ohrringe waren sehr zierlich und überhaupt nicht protzig, doch Anna wollte gar nicht daran denken, was sie wohl gekostet hatten.

»Das freut mich.« Er hauchte ihr einen Kuss auf die Lippen. »Können wir essen gehen? Ich habe einen Mordshunger.«

»Ja«, schniefte sie.

Chris hatte ein gemütliches kleines Restaurant ausgesucht, es gab viele verwinkelte Ecken, und in einer hatte er einen Tisch reserviert. Anna mochte den Platz, man war hier ungestört und konnte trotzdem alles gut überblicken.

»Wie feierst du denn sonst Geburtstag? Also wenn du keinen nervigen Ortsfremden betreuen musst?«

»Meist gehe ich mit meinen Kolleginnen aus«, erzählte sie ihm.

»Deine Kolleginnen – haben die alle eine ähnliche Biografie wie du? Oder wie sind die zu diesem Job gekommen?«

»Das ist unterschiedlich. Es gibt zwei, die ich kenne, die auch aus ... also die auch in Heimen waren. Meine beste Freundin hat Schulden aus einer Bürgschaft, eine andere ist Studentin. Es gibt auch Hausfrauen, die bei uns sind. Manche haben einfach Spaß am Sex und am Abenteuer.« Anna zuckte mit den Schultern.

»Anna ... Als du gezwungen wurdest, damit anzufangen ...« Chris griff nach ihrer Hand und streichelte über ihre

Finger. »Wie bist du damit umgegangen? Ich meine, es muss doch schrecklich für dich gewesen sein.«

Anna musterte ihn kurz, sie sah, dass er schluckte.

»Na ja, schön war es nicht. Und mein erstes Mal hatte ich mir auch anders vorgestellt«, gestand sie mit einem traurigen Lächeln.

»Wer hat dich … also war es der Bekannte von deinem Freund?« Chris hielt die Luft an.

»Nein.« Anna schüttelte den Kopf. »Ich kannte den Mann nicht, er war schon recht alt. Er muss wohl viel gezahlt haben, weil er ein Mädchen wollte … also weil er eine Jungfrau wollte.«

»Oh Gott!« Chris ließ sie los und verbarg sein Gesicht hinter seinen Händen. »Wie ist es dir danach ergangen?«

Anna seufzte. Sie wollte so gerne das Thema wechseln, nicht daran zurückdenken. »Es ging mir nicht gut.«

Sie erinnerte sich nicht gerne daran: Die ersten Wochen hatte sie nicht mehr reden können, es war kein Ton über ihre Lippen gekommen.

Irgendwann, sie hätte nicht mehr sagen können, wann dieser Zeitpunkt war, war sie abgestumpft genug gewesen, sodass es ihr nichts mehr ausmachte. Und dann war auch ihre Sprache zurückgekehrt.

»Bist du nie auf die Idee gekommen, den Kerl anzuzeigen? Zur Polizei zu gehen?«

»Wenn ich das getan hätte, würde ich bestimmt nicht mehr hier sitzen«, lächelte Anna gequält.

Chris schaute sie geschockt an. »Ich verstehe.«

Jetzt griff Anna nach seinen Händen. »Können wir nicht über etwas anderes sprechen? Die Dinge sind halt so geschehen, und heute ist mein Geburtstag.«

»Okay.« Chris fixierte sie mitleidig. »Natürlich, Anna.«

12

Chris führte sie in einen Club aus. Anna zögerte etwas, weil sie hier öfters war und man sie kannte. Doch zu ihrem Glück waren keine Kunden da, nicht, dass die sich ihr gegenüber zu erkennen gegeben hätten, diesbezüglich hatte sie keine Befürchtungen, aber sie fühlte sich wohler, wenn sie den Männern nicht in ihrer Freizeit begegnen musste.

Und sie konnte sich tatsächlich entspannen. Chris war sehr lieb, er flirtete auf eine zurückhaltende Weise mit ihr. Anna konnte sich dem immer weniger entziehen. Er war nun mal ein attraktiver Mann, er gefiel ihr so gut, sie konnte sich vorstellen, dass es viele Frauen gab, die gerne an seiner Seite wären.

Und die mit Sicherheit besser zu ihm passen als du!

»Woran denkst du? Hm?« Chris gab ihr einen kleinen Kuss auf die Nasenspitze.

Anna zuckte ertappt zusammen. »An nichts Besonderes.«

»Du lügst. Du warst total weit weg«, lachte er. »Raus mit der Sprache! Was geht in deinem hübschen Köpfchen vor?«

»Ich … ich habe mich gefragt, wie viele Verehrerinnen du wohl hast.«

»Oh, keine Ahnung.« Chris machte ein unschuldiges Gesicht und zuckte mit den Schultern.

»Das glaube ich dir jetzt nicht!«, kicherte Anna.

»Na ja, also, ich denke mal, es gibt da einige, die sich wohl Chancen ausrechnen«, grinste er hochmütig. »Aber die Richtige war noch nicht dabei. Sonst wäre ich wohl auch nicht mit dir hier.«

»Klar. Dann bist du also ein treuer Mensch?«

»Hm. Also bisher hatte ich noch keine Beziehung, die ich wirklich ernst genommen habe. Aber ich denke mal, wenn ich wirklich heiraten sollte, gehört Treue auf jeden Fall dazu.«

»So sollte es wohl auch sein«, murmelte Anna.

»Ich nehme mal an, du hast viele verheiratete Männer unter deinen Kunden, oder?«, forschte Chris vorsichtig.

»Ja«, erwiderte Anna knapp. Sie wollte das Gespräch nicht wieder auf sich lenken.

»Magst du tanzen?« Chris hielt ihr seine Hand hin.

Anna nickte erleichtert und ließ sich von ihm zur Tanzfläche führen.

Sie genoss es, in seinen Armen zu sein, er hielt sie auch ganz fest und hauchte ihr immer wieder kleine Küsse auf den Hals. Anna streichelte ihm gedankenverloren durch die Haare, sie schloss die Augen und ließ sich von der Musik tragen.

Irgendwie verlor sie die Zeit, erst, als Chris sie darauf aufmerksam machte, dass schnellere Musik gespielt wurde, glitt sie wieder in die Wirklichkeit zurück.

»Was ist? Du siehst ganz verträumt aus.«

Statt einer Antwort legte Anna die Arme um seinen Hals und gab ihm einen zärtlichen Kuss.

Chris schien ein bisschen überrumpelt zu sein, er reagierte zuerst gar nicht darauf, als sie ihn dann aber immer weiter küsste, ging er darauf ein.

Es war Anna jetzt auch egal, dass sie noch auf der Tanzfläche standen, ihre ganze Wahrnehmung beschränkte sich nur noch auf diesen Mann.

Sie spürte ein Kribbeln in ihrem Körper, seine Hände, die sanft über ihren Rücken streichelten, und seine Küsse, die immer fordernder wurden.

Erst als jemand sie anrempelte, fuhren sie erschrocken auseinander.

Chris lächelte sie auf eine unvergleichliche Weise an, dann streichelte er mit seinem Finger über ihre Lippen. »Du bist wundervoll, Anna«, hauchte er mit heiserer Stimme.

»Du … du auch«, räusperte sie sich.

Als sie schließlich vor ihrer Haustür standen, wirkte Chris ebenso verlegen wie sie.

Anna überlegte fieberhaft, ob sie ihn noch einladen sollte, sie wollte nicht, dass er ging, aber andererseits wusste sie auch, was dann unweigerlich passieren würde.

Sie reagierte immer mehr auf seine Zärtlichkeiten und war sich sicher, dass sie ihm diesmal nicht widerstehen konnte.

»Hast du morgen schon etwas vor?«, erkundigte sich Chris.

»Nein.«

»Sollen wir zusammen etwas unternehmen? Das Wetter soll schön werden, wir könnten einen Ausflug machen.«

Anna sah ihn freudig an. »Das wäre sehr schön.«

»Also abgemacht.« Chris zog sie in seine Arme. »Ich freue mich schon auf morgen. Danke für den wunderschönen Tag.«

»Ich hab zu danken.«

Chris senkte seinen Kopf, Anna hielt den Atem an, kam ihm ein Stück entgegen. Sie seufzte leise auf, als sich seine Lippen auf ihre legten.

»Bis morgen«, flüsterte er in ihren Mund und löste sich von ihr. Er zwinkerte ihr noch einmal zu und ging mit raschen Schritten die Straße hinunter.

Anna blickte ihm verdutzt nach, mit so einem abrupten Ende hätte sie jetzt nicht gerechnet, und sie musste sich eingestehen, darüber enttäuscht zu sein.

Sei doch froh, hämmerte sie sich ein. Doch das konnte sie nicht.

Sie wollte mit ihm zusammen sein, und vor allem: Sie wollte ihm nah sein, ganz nah.

Als Anna die Wohnungstür hinter sich geschlossen hatte, ließ sie sich mit ihren Anziehsachen aufs Bett plumpsen.

Jetzt gib es doch endlich zu: Du bist total verliebt in ihn, schrie alles in ihr auf.

»Und wenn es so wäre?«, flüsterte sie mit einem dicken Kloß im Hals.

Genieße es. Mehr kannst du nicht machen, denn bald ist er wieder weg!

Die Erkenntnis war zwar nicht gerade neu, aber sie traf Anna mehr denn je. Sie würde nie gut genug sein für jemanden wie ihn. Und er würde sie auch nie als feste Freundin haben wollen, das würde ja auch gar nicht gehen, dann müsste er sich ständig für sie schämen. Von seiner Familie ganz zu schweigen, daran durfte sie erst gar nicht denken.

Aber eines konnte sie vielleicht doch tun: ihm den Abschied von ihr so schwer wie möglich machen. Denn eines hatte sie den anderen Damen, die es auf ihn abgesehen hatten, voraus: Sie wusste, was er ganz besonders gern mochte.

Chris sollte recht behalten, der nächste Morgen begrüßte Anna mit strahlendem Sonnenschein. Lange stand sie vor ihrem Kleiderschrank, schließlich zog sie ein leichtes Sommerkleid hervor, mit einem dünnen Jäckchen drüber würde es warm genug sein. Die Haare steckte sie mit einer Klammer am Hinterkopf zusammen, die blauen Flecke kaschierte sie wieder.

Kritisch betrachtete sie sich im Spiegel. Sie bekam oft Komplimente für ihr Äußeres, doch sich selbst schön zu finden, das war eine ganz andere Sache.

Aber heute lächelte sie ihrem Spiegelbild zufrieden zu. Doch, so konnte sie gehen. Sie sah natürlich aus; trotzdem war das Kleid nicht zu brav, es hob ihre Reize dezent hervor. Anna zog sich ihre neuen Ohrringe an und wartete gespannt auf Chris.

Er war pünktlich, und ihr Herz klopfte bis zu ihrem Hals, als sie schließlich hinaus zu ihm trat. Chris wartete lässig an sein Auto gelehnt auf sie, er steuerte direkt auf sie zu.

»Hallo Schöne. Hübsch siehst du aus – wie immer.«

»Danke.« Sie gab ihm einen zärtlichen Kuss, diesmal vertiefte Chris ihn von seiner Seite aus, und Anna ging nur zu gerne darauf ein.

Sie berieten kurz, wo sie hinfahren wollten. Anna schlug ein Naturschutzgebiet vor, wo es einen See gab, um den man spazieren konnte.

»Es ist wirklich schön hier.« Chris legte einen Arm um sie herum. »Bist du öfters hier?«

»Selten«, gestand Anna ihm. Sie liebte zwar die Natur, aber hier auf den einsamen Wegen alleine herumzulaufen, dazu hatte sie meist keine Lust. Da zog es sie eher in den Zoo.

Überall standen kleine Bänke, auf einer ließen sie sich nieder, man hatte einen guten Blick auf den See.

»Kann man hier schwimmen?«, erkundigte Chris sich.

»Im Sommer – ja.«

»Das Wasser ist bestimmt noch eiskalt«, mutmaßte er.

Anna lächelte ihm zu, dann zog sie sich die Schuhe aus und ihr Kleid bis zu den Oberschenkeln hoch. Zaghaft watete sie in das – sehr kalte – Wasser. »Ja, ist es«, lachte sie.

»Komm da raus, nicht, dass du dich erkältest.« Er war ebenfalls ans Ufer getreten und beobachtete sie skeptisch.

»Nicht, dass du dich erkältest«, äffte Anna ihn frech nach. »Was bist denn du für ein Mann?« Sie holte aus und schaufelte mit der Hand eine Ladung Wasser in sein Gesicht.

»Hey!«, rief er empört. Sofort zog er sich ebenfalls Schuhe und Strümpfe aus.

»Nicht, dass du dich erkältest, Schatz!«, prustete Anna los, als er sich die Jeans hochkrempelte.

»Du bist ein freches Aas«, schimpfte Chris, dann kam er ihr aber nach, und Anna stelzte ein wenig tiefer ins Wasser.

»Anna, ich meine es ernst, es ist kalt, geh nicht zu tief hinein!«

Sie ließ sich nur zu gerne überreden, denn sie hatte schon eine Gänsehaut. Sie ergriff die Hand, die er ihr hinstreckte, und ließ sich zu ihm ziehen. Beide standen sie noch mit den Knöcheln im Wasser. Chris schlang die Arme um sie und zog sie an sich. »Du bist ein verrücktes Huhn, Anna.« Er sah ihr tief in die Augen.

»Was spricht dagegen, dass ich albern bin? Deine Worte!«, grinste sie

Statt einer Antwort senkte sich sein Mund schnell auf ihren, sie hielt den Atem an, als er sie zärtlich zu küssen begann. Diesmal beließ er es nicht bei einem kleinen Kuss, er wurde leidenschaftlicher, und auch Anna hatte nicht das Bedürfnis, das zu stoppen.

Chris' Hände wanderten ruhelos über ihren Rücken, legten sich zärtlich auf ihren Po. Er presste sie an sich.

Anna spürte deutlich, dass es ihn nicht kalt ließ. Ganz leicht rieb sie sich an ihm.

Chris stöhnte leise in ihren Mund. »Du machst mich verrückt, Anna«, flüsterte er. »Wenn wir jetzt nicht aufhören, falle ich über dich her.«

Anna löste sich ein wenig von ihm. »Das wäre wohl hier im kalten Wasser nicht so gut.«

»Nein, wäre es nicht.« In seinen Augen lag so eine Wärme, dass Annas Herz prompt schneller schlug.

Engumschlungen schlenderten sie weiter am See entlang. Doch immer wieder blieb Chris stehen, zog sie wortlos in seine Arme und küsste sie. Anna konnte nicht leugnen, dass ihr das gefiel, sie gestattete sich die Illusion, dass sie ein Paar wären und dass er sie wirklich lieben könnte.

Sie gingen in einem Restaurant am See essen. Chris griff nach Annas Hand und blickte ihr lange in die Augen. »Wie lassen wir den Abend ausklingen? Hast du eine Idee?«

»Magst du … magst du noch mit zu mir kommen? Wir könnten uns auf meinen Balkon setzen und etwas trinken«, schlug sie ihm vor. Ihr Herz überschlug sich fast vor Aufregung.

»Hört sich verdammt perfekt an.«

Anna reichte ihm ein Glas Wein und setzte sich neben ihn. »Wie kommt denn der Bau voran?«, erkundigte sie sich. Sie legte die Beine auf die Brüstung ihres Balkons, der Rock ihres Kleides rutschte dabei bis zu ihren Oberschenkeln hoch. Anna wollte ihn zuerst wieder richten, dann beließ sie es aber dabei. Sie schaute zu Chris hin, der ihre nackten Beine lange musterte.

»Ähm … also der Bau …« Er räusperte sich etwas. »Also es sieht ganz gut aus, die gröbsten Fehler sind behoben, es läuft alles nach Plan. Vermutlich brauche ich noch eine Woche, dann reicht es wohl, wenn ich sporadisch für einen Tag immer mal wieder herkomme – oder Max.«

»Oh.« Anna versuchte, ihre Enttäuschung zu verbergen. *Nur noch eine Woche*, dachte sie wehmütig.

»Hey, Anna.« Chris griff nach ihrer Hand und streichelte zärtlich darüber. »Schau nicht so traurig. Ich werde die Zeit mit dir nie vergessen«, versprach er mit sanfter Stimme. »Ich bin sehr froh, dass ich dich kennengelernt habe.«

Anna riss sich wieder zusammen. »Ich freue mich auch darüber.«

Chris stand auf und hockte sich neben sie. Er legte eine Hand auf ihr Knie. »Du bist eine tolle Frau.«

Anna nahm die Beine hinunter, sie umfasste sein Gesicht zärtlich mit ihren Händen. Sie wusste nicht, was sie sagen sollte, im Grunde war ja auch alles zwischen ihnen geklärt. Sie beugte sich zu ihm und küsste ihn zärtlich. Vorsichtig stupste sie mit ihrer Zunge an seine Lippen, Chris öffnete den Mund und ging auf ihre Aufforderung ein.

Diesmal dachte sie nicht daran, aufzuhören. Sie schloss die Augen und ließ sich einfach in diesen Kuss hineinfallen. Sie verdrängte die Gedanken an einen baldigen Abschied. Endlich gab sie ihrer Sehnsucht nach, ihm nahe sein zu wollen.

Sie spürte, wie sich seine Hände auf ihre nackten Beine legten, sie streichelten und sich weiter unter ihren Rock schoben. Er glitt über ihre Schenkel.

Anna öffnete sie leicht für ihn, dann trennte sich Chris mit einem leichten Seufzen von ihr.

»Baby, wenn wir jetzt nicht stoppen, dann reiße ich dir dein Höschen vom Leib und nehme dich«, keuchte er schwer atmend.

Auch Anna rang nach Luft. »Schlaf mit mir, Chris«, bat sie ihn dann mit zitternder Stimme.

»Bist du sicher?«

»Ja.«

Chris stand auf und reichte ihr seine Hand, sie ergriff sie, und er zog sie hinter sich her in ihr Schlafzimmer.

Wortlos standen sie sich gegenüber, sahen sich nur an, da ergriff Anna die Initiative und küsste ihn zärtlich.

Chris ging auf ihr Spiel ein, erwiderte erst ganz vorsichtig, dann immer leidenschaftlicher ihre Aufforderung. Annas

Hände wanderten seinen Körper hinab und glitten unter sein T-Shirt. Sie ließ ihre Fingernägel über seine Haut streifen.

Chris stöhnte leise auf.

Anna zog ihm sein Shirt mit einem Ruck über den Kopf. Bewundernd musterte sie seinen gut gebauten Körper. Ihre Lippen wanderten seinen Hals hinab, über seine Brust hinweg zu seinem festen Bauch. Sie hörte, dass Chris' Atem schneller ging, und fühlte sich bestätigt darin, weiterzumachen. Langsam ließ sie ihre Hände über seine Hüften streichen, während sie ihn ganz sanft in seine Brust hineinbiss.

»Anna«, stöhnte er heiser, er wollte sie zu sich hinaufziehen, doch sie schüttelte nur leicht den Kopf.

Hauchzart glitten ihre Finger über seinen Schritt, sie konnte fühlen, wie hart er schon war, geschickt öffnete sie seinen Hosenbund und ließ eine Hand hineingleiten.

Chris nahm ihr Gesicht zwischen seine Hände, er küsste sie jetzt hart und fordernd.

Anna lächelte in seinen Mund, öffnete weiter seine Hose und schob sie ein Stück hinab. Wieder küsste sie sich seinen Körper abwärts, schob seine Shorts über seine harte Erektion. Sie sah Chris in die Augen, dann kniete sie sich vor ihn und nahm seine empfindliche Spitze mit ihrem Mund auf.

»Ich will dich«, presste Chris mühsam hervor.

»Gleich«, flüsterte sie ihm zu. Sie ließ ihre Zunge an ihm auf und ab gleiten, biss ganz leicht in die sensible Spitze.

Chris zuckte zusammen, sie fühlte, wie er sich anspannte und seine Erregung noch einmal zunahm.

Auch Anna kam etwas außer Atem. Auf ihre Routine, die sie normalerweise in so einer Situation hatte, konnte sie sich jetzt nicht berufen. Das hier ließ sie auch nicht kalt, sie begehrte diesen Mann so sehr, es gefiel ihr ebenso wie ihm, ihn zu erregen.

Sie nahm ihn jetzt ganz mit ihrem Mund auf, saugte ganz leicht an ihm, streichelte an ihm auf und ab, sie spürte deutlich, wie sie ihm immer mehr Lust verschaffte.

Er keuchte nur noch und versteifte sich.

»Oh nein!« Chris packte sie an den Schultern und zog sie zu sich hoch. »So nicht, Anna.«

»Gefällt es dir nicht?«

»Ob es mir nicht gefällt?« Chris lachte rau auf. »Du bist gigantisch, Anna. Aber ich will dich ebenso schmecken und dir in die Augen sehen, wenn ich dich nehme.«

Er presste sie an sich und küsste sie hungrig.

Anna schloss die Augen, gab sich dem Moment hin.

Sie registrierte, dass er ihr den Rock hochschob, seine Finger sich in den Bund ihres Höschens einhakten. Mit einer Hand hielt er ihren Kopf, sein Mund küsste sich ihren Hals hinab. Sie spürte, wie er durch ihre heiße Nässe glitt und vorsichtig mit einem Finger in sie eindrang.

Anna glaubte, fast zu explodieren, sie stöhnte laut auf, als er sie immer weiter reizte.

»Komm bitte«, krächzte sie heiser.

Chris schob ihr Kleid von den Schultern, betrachtete sie einen Moment, als sie in ihrer Wäsche vor ihm stand. »Mein Gott, du bist so unfassbar schön.« Im nächsten Moment öffnete er ihr den BH, als er ihren Busen entblößte, hielt er den Atem an.

Chris streifte ihr das Höschen ab, presste seinen Mund auf ihre Scham, neckte ihren empfindlichsten Punkt mit seiner Zunge.

Anna wurde heiß und kalt zugleich, sie begann zu zittern, krallte sich mit den Fingern in seine Haare. »Chris, bitte«, bat sie ihn leise.

Er zog sich rasch ganz aus, schob sie langsam zum Bett. »Ich will dich so sehr, Anna«, flüsterte er ihr zu, zärtlich bedeckte er ihr Gesicht mit kleinen Küssen.

Vorsichtig legte er sich auf sie, unwillkürlich öffnete Anna sich für ihn. Sie spürte seine Spitze an ihrer heißen Nässe und schob sich ihm entgegen. Mit einem heftigen Stoß drang er schließlich in sie, teilte sie.

Anna schrie, als sie ihn ganz tief in sich spürte.

»Sieh mich an!«, bat Chris sie, als er sich immer schneller in ihr bewegte. »Sieh mich an!«

Seine Finger verschränkten sich mit ihren, ihre Beine schlangen sich um seine Hüften, sie spürte, wie auch er immer mehr zitterte. Anna glaubte, wieder in seinen Augen zu versinken, er unterbrach nicht einmal den Blickkontakt zu ihr, sie sah nur noch ihn, spürte nur noch ihn, dann baute sich eine heiße Welle in ihr auf, ihr ganzer Körper schien zu glühen. Wieder und wieder bäumte sie sich ihm entgegen, presste ihren Unterleib an seinen.

Chris verharrte bewegungslos in ihr, ihre Körper fest miteinander verbunden.

Sie spürte, wie er in ihr pulsierte und sie sich weiter um ihn zusammenzog.

Anna rang nach Atem, umschlang ihn mit ihren Armen, erst jetzt unterbrach Chris den Blickkontakt und ließ sich ermattet auf sie sinken. »Ich sterbe«, stöhnte er heiser.

Anna gluckste leise.

Chris stützte sich mit seinen Händen neben ihrem Kopf ab. »Ich komme immer noch, wie machst du das nur?« Dann gab er ihr einen langen, zärtlichen Kuss.

Vorsichtig glitt er aus ihr, sie schmiegte sich eng an ihn. Anna schloss die Augen, genoss die Wärme, die von ihm ausstrahlte.

Sie spürte, wie es warm an ihren Schenkeln hinablief, ein wenig verlegen guckte sie ihn an. »Wir haben kein Kondom benutzt.«

»Das habe ich komplett vergessen. Warum nur?«, grinste er sie frech an. »Ist das ein Problem?«

»Ich nehme die Pille und lasse mich halbjährlich testen. Und natürlich habe ich ausschließlich geschützten Verkehr.«

»Ist bei mir genauso.«

»Du nimmst die Pille? Ui …«

»Hexe«, schimpfte er sanft mit ihr. »Ich mach's nur mit Gummis. Normalerweise …« Sein Mund legte sich wieder auf ihren. »Anna, was war das eben?«, raunte er an ihren Lippen.

»Sag du es mir.«

Statt einer Antwort vergrub er sein Gesicht an ihrem Hals. Er blieb eine ganze Zeit so liegen, Anna glaubte schon, er sei eingeschlafen, da setzte er sich im Bett auf. Immer wieder fuhr er sich mit den Händen durch seine Haare, schließlich blickte er sie ernst an. »Du weißt, dass die Sache mit uns keine Chance hat, oder?«

»Ja.« Anna schluckte. »Natürlich.«

»Warum hast du dann mit mir geschlafen?« Er rollte sich auf den Bauch und fixierte sie mit seinem Blick.

»Weil ich dich sehr gerne mag, Chris. Und gerne mit dir zusammen bin.«

»Geht mir genauso.« Er streckte die Hand nach ihr aus, Anna ergriff sie, und Chris küsste zärtlich ihre Fingerspitzen. »Dann bereust du es nicht?«

»Nein. Du?«

»Auf keinen Fall! Nach dir kann man süchtig werden, Anna.«

Sie krabbelte wieder näher an ihn heran, küsste ihn erneut zärtlich.

Chris wollte darauf eingehen, doch sie schüttelte nur den Kopf. »Bleib einfach so liegen.«

Anna verwöhnte seinen Körper nach allen Regeln der Kunst. Es machte sie selbst an, zu sehen, welche Wirkung sie auf ihn hatte. Und sie kannte seine Vorlieben, wusste, was ihm besonders gefiel.

Wenn ihr Job einen Vorteil hatte, dann war es der, dass sie die geheimen Wünsche der Männer erahnte. Und dieses Wissen über Chris nutzte sie jetzt genüsslich aus.

Es dauerte nicht lange, und er kam zu einem weiteren Höhepunkt. Als er sich beruhigt hatte, presste er sie an sich und umschlang sie ganz fest mit seinen Armen. Danach betrachtete er sie eine Zeitlang nur.

Anna konnte erkennen, dass in seinem Blick eine gewisse Traurigkeit lag. »Was ist?«

»Nichts.« Er gab ihr einen kleinen Kuss. »Soll ich gehen?«

»Nicht meinetwegen.«

»Darf ich über Nacht hierbleiben? Es ist zu verlockend bei dir im Bett.«

»Ja.«

Anna wurde in der Nacht wach, weil ein sehr angenehmes Gefühl sie weckte. Verschlafen blinzelte sie, sie spürte, wie eine Hand zärtlich über ihre Brust streichelte. Sofort fiel ihr wieder ein, dass Chris bei ihr war, sie spürte seinen warmen, festen Körper in ihrem Rücken.

»Du bist ja wach«, murmelte sie und drehte ihr Gesicht zu ihm.

Statt einer Antwort küsste er sie mit einer Sanftheit, die ihren ganzen Körper wieder erbeben ließ. »Tut mir leid, wenn ich dich geweckt habe. Aber es war so verlockend, dich zu streicheln.«

Anna durchströmte ein warmes Gefühl, denn sie war glücklich über seine Worte. Auch wenn für ihn keine Liebe mit im Spiel war, war es schön, dies zu hören.

»Das ist nicht schlimm«, seufzte sie. Seine Hand war weitergewandert und zwischen ihre Schenkel geglitten. Vorsichtig schob er ihre Beine ein Stück auseinander, küsste sie zärtlich weiter.

Anna spürte seine Erregung deutlich zwischen ihren Schenkeln, als er sanft in sie eindrang, stöhnte sie heiser auf.

»Hey, Schönheit«, hörte sie eine Stimme.

Anna öffnete sofort die Augen, es war schon hell im Schlafzimmer.

»Ich muss los.« Chris beugte sich über sie und hauchte einen Kuss auf ihre Lippen.

»Oh …« Anna rappelte sich im Bett auf, zu ihrem Erstaunen war es schon halb acht Uhr morgens. »Soll ich dir ein Frühstück machen?«

»Nein, nicht nötig. Ich hol mir unterwegs etwas.« Chris streifte ihr eine Haarsträhne aus dem Gesicht. »Es war eine wundervolle Nacht, Anna.«

»Ja.« Sie schaute ihn scheu an. Angst kroch in ihr hoch, dass er sie jetzt nicht mehr sehen wollte.

»Darf ich dich heute Abend anrufen, wenn ich Feierabend habe?«

»Na klar.«

Chris zog sie noch einmal in seine Arme. »Und kann ich dich vielleicht sogar noch mal besuchen kommen?« Er hauchte ihr kleine Küsse auf die nackte Schulter.

»Auch das.« Sie schlang die Arme um seinen Hals und atmete erleichtert auf.

»Dann bis heute Abend?«

»Bis heute Abend«, nickte Anna ihm zu.

13

Anna konnte sich den Tag über kaum konzentrieren. Sie dachte unentwegt an Chris, und wenn sie sich die Erinnerung an die letzte Nacht ins Gedächtnis rief, bekam sie prompt eine Gänsehaut.

Jetzt bist du doch seine kleine Geliebte geworden. Eine Affäre, mehr nicht, stichelte es in ihr.

Doch Anna schob die giftige Stimme weit von sich. Sie war glücklich, wenn er da war. Und warum sollte sie das nicht einfach genießen, auch wenn es wehtun würde, wenn er wieder ging?

Irgendwie schaffte sie es doch, sich dem Lernstoff zu widmen, und sie vergaß darüber sogar die Zeit. Das Klingeln der Türglocke riss sie aus ihrer Konzentration, schnell lief sie hin.

»Ist es schlimm, dass ich nicht angerufen habe?«, ertönte Chris' Stimme aus der Sprechanlage.

Annas Herz machte prompt einen kleinen Hüpfer. »Nein.«

»Lässt du mich rein?«

Wenige Augenblicke später stand er vor ihr. Stürmisch zog er sie in seine Arme, und sein leidenschaftlicher Kuss gab ihr die Hoffnung, dass er sie genauso vermisst hatte wie sie ihn. »Hallo Schöne. Ich bin so froh, dich zu sehen.«

»Hast du Hunger?«

»Jep. Wir könnten essen gehen«, raunte er ihr zwischen zwei Küssen zu.

»Ich hab was da. Geht ganz schnell.« Sie löste sich lächelnd von ihm und ging in die Küche.

Chris folgte ihr nicht, als Anna nach ihm sah, fand sie ihn in ihre Schulbücher vertieft. »Warte, ich räume sie schnell weg«, sagte sie hastig.

»Nein, komm mal her.« Er streckte die Hand nach ihr aus. »Schau mal, hier hast du dich verrechnet.«

Anna trat beschämt zu ihm. Was sollte er denn jetzt von ihr denken? Für ihn war das wahrscheinlich ganz einfacher Kram. Er zog sie auf seinen Schoß und erklärte ihr zu ihrer Verblüffung alles genau. Anna verstand schnell, wo ihr Denkfehler lag, sie schaute ihn zerknirscht an. »Danke.«

»Nichts zu danken«, zwinkerte er ihr zu. »Bekomme ich dafür einen Kuss?«

»Dafür bekommst du alles, was du willst«, flüsterte sie und küsste zart sein Ohrläppchen.

»Ich nehm dich beim Wort.«

Schon während des Essens konnte Chris seine Finger nicht bei sich behalten.

Anna freute sich insgeheim darüber, und sie flirtete mit ihm. Sie wollte ihn noch ein bisschen hinhalten, aber sie kam noch nicht einmal mehr dazu, dass Geschirr wegzuräumen.

Chris umgarnte sie auf zärtliche Weise und trug sie schließlich ins Schlafzimmer.

»Du machst mich total verrückt«, flüsterte er, als er schließlich erschöpft auf ihr lag. Wieder kroch dieses wohlige Gefühl in ihr hoch, sie betrachtete ihn voller Liebe.

»Ich …« Anna biss sich direkt wieder auf die Zunge. Fast wäre es ihr tatsächlich herausgerutscht, sie erschrak über sich selbst. Sie konnte nicht abschätzen, was passieren würde, wenn sie ihm ihre Liebe gestehen würde. Die Gefahr war groß, dass er dann sofort gehen würde.

»Hm?« Er zog fragend die Augenbrauen hoch.

»Ich fand es auch schön«, sagte sie stattdessen.

»Es war mehr als nur schön«, zärtlich biss er sie in die Lippe. »Es war gigantisch. Ich bin noch nie so abgehoben wie mit dir.«

Anna sparte sich eine Antwort, natürlich meinte er lediglich den Sex.

Chris glitt aus ihr und nahm sie in die Arme. »Ich hab noch bis Freitag hier zu tun, dann läuft alles von selbst«, begann er vorsichtig. »Ich … ich kann noch bis Sonntag bleiben, aber danach muss ich zurück.«

Er drehte sich eine Haarsträhne von ihr um den Finger.

Anna versuchte, gegen den aufsteigenden Kloß im Hals anzukämpfen. »Das … das ist schade. Ich meine, das ist natürlich schön, dass dein Job fertig ist, aber … ich meine …«

Chris legte einen Finger auf ihre Lippen. »Ich weiß, was du meinst, Anna.« Er lächelte sie schmerzlich an. »Was meinst du – kann ich dich dazu überreden, dass wir uns vorher noch so oft wie möglich sehen?«

»Ich denke, dafür hast du gute Chancen.«

»Also musst du nicht arbeiten?« Er klang erleichtert.

»Ich kann arbeiten, wann ich möchte«, erklärte sie ihm. Zwar würde sie kein Geld verdienen in dieser Woche, aber Chris zu sehen, übte eindeutig den größeren Reiz auf sie aus.

»Hört sich gut an.« Er hielt sie ganz fest umklammert. »Hört sich verdammt gut an.«

***

Es schwang schon den ganzen Tag eine gewisse Wehmut mit, und das auch bei Chris, das konnte Anna spüren. Trotzdem redeten sie nicht darüber, dass er heute Abend zurück nach Hause fahren würde. Irgendwie war dieses Thema ein Tabu in den vergangenen Tagen gewesen, keiner der beiden hatte es gewagt, noch einmal darauf zu sprechen zu kommen.

Eigentlich hatten sie vorgehabt, hinauszugehen, um den Frühling zu genießen, doch stattdessen waren sie im Bett geblieben.

Jetzt packte Chris seine Sachen zusammen, die er die Woche über bei ihr gelassen hatte, und schaute Anna traurig an. »Es war unheimlich schön mit dir.«

Anna konnte ihm nicht in die Augen sehen, sondern starrte krampfhaft auf den Boden. Sie spürte deutlich die aufsteigenden Tränen und versuchte, dagegen anzukämpfen.

»Anna …« Noch einmal zog Chris sie an sich, sie lehnte mit ihrer Stirn gegen seine Brust. »Mach es mir nicht so schwer, wir wussten doch beide, dass es nur für eine begrenzte Zeit ist.«

»Ja«, presste Anna mühsam heraus.

»Sieh mich an!«, bat er sie, doch Anna schaffte das einfach nicht.

»Hey …« Sanft legte er einen Finger unter ihr Kinn und hob ihren Kopf an. »Versprich mir, dass du gut auf dich aufpasst, ja?«

Sie nickte stumm, die ersten Tränen kullerten bereits über ihre Wangen.

»Und wer weiß, vielleicht triffst du doch noch deinen Richard Gere?«

Sie zuckte mit den Schultern.

»Oh Gott!« Chris seufzte laut auf, presste sie noch einmal fest an sich. »Ich wünsche dir alles Gute!« Er vergrub sein Gesicht in ihren Haaren.

Sie sah ihn hoffnungsvoll an. »Meldest … meldest du dich mal?«

»Wenn ich noch mal in der Stadt sein sollte, okay?«

»Ja«, schluchzte Anna leise.

»Bitte nicht weinen, Anna, bitte nicht«, flüsterte er heiser, dann schob er sie von sich. »Mach's gut«, sagte er schnell und ging.

Anna blieb regungslos auf der gleichen Stelle stehen. Sie war unfähig, sich zu rühren.

Er ist weg, hämmerte sie sich dauernd ein. *Und jetzt ist der Katzenjammer da. Du hast es ja nicht anders gewollt!*

Aber es war schön gewesen, antwortete sie sich trotzig. Und das war die Wahrheit. In den vergangenen Tagen mit ihm war sie so glücklich gewesen wie wohl noch nie in ihrem Leben. Sie hatte sich geliebt gefühlt, auch wenn sie wusste, dass das gar nicht stimmte, aber diesem Traum hatte sie sich nur zu gerne hingegeben.

Chris war in jeder freien Minute bei ihr gewesen und hatte es bis zum letzten Moment hinausgezögert, bis er morgens losmusste.

Sie wusste, dass er es ebenso genossen hatte wie sie. Chris hatte sich sehr um sie bemüht, mit ihr zusammen sogar gelernt und ihr nie dabei das Gefühl vermittelt, dass er sie für dumm hielt. Sie hatten viel geredet, über Gott und die Welt, sie hatte ihm zugehört, und er hatte sich ebenso für ihre Ansichten interessiert.

Und natürlich hatten sie viele zärtliche Stunden miteinander geteilt. Anna nahm sich vor, davon zu zehren und einfach dankbar dafür zu sein, dass er da gewesen war.

***

Sophie empfing Anna mit ausgebreiteten Armen am Montagmorgen in ihrem Büro. »Hallo, meine Liebe. Wie geht es dir? Hast du dich gut erholt von dem schrecklichen Zwischenfall?«

»Ja, danke. Alles ist soweit verheilt«, entgegnete Anna. »Auf dem Rücken sieht man nur noch einen feinen roten Strich, aber auch der wird bald verblassen.«

»Das ist schön, dann kannst du ja wieder Kunden annehmen.« Sophie atmete hörbar auf.

»Gab es Anfragen?«

»Machst du Scherze? Natürlich! Und wie! Professor Gunter lässt dir gute Besserung ausrichten, er war betroffen, als ich ihm mitteilen musste, dass du erkrankt bist.«

»Das ist nett von ihm.«

»Er legt großen Wert darauf, dass du ihn baldmöglichst besuchst. Er möchte dich direkt ein ganzes Wochenende buchen.«

»Dann rufe ihn bitte an und sage ihm, ich stehe wieder zur Verfügung.«

»Okay, und in der Woche habe ich zwei Anfragen.« Sophie reichte ihr die Unterlagen.

Anna sah die Namen durch, sie waren ihr unbekannt. »Alles klar.«

Anna hoffte, dass die Arbeit sie auf andere Gedanken bringen würde, schließlich musste sie sich auf die Männer einstellen. Doch mit ihnen ins Bett zu gehen, würde sie mehr Überwindung als vorher kosten, das spürte sie deutlich. Noch zu präsent waren die Erinnerungen an Chris.

Es existierte keine Minute, in der sie nicht an ihn dachte. Dabei gab sie sich alle Mühe, nicht zu sehr in Trübsal zu verfallen, schließlich hatte sie stets gewusst, woran sie war.

»Marie Wagner?« Eine Männerstimme riss sie aus ihren Gedanken.

»Ja?«

Der Mann war Anfang fünfzig und sehr beleibt, am liebsten hätte Anna sich auf der Stelle umgedreht und wäre wieder gegangen. Aber jetzt war sie hier, und so ein Verhalten wäre unprofessionell.

»Sie sind sehr hübsch.« In seinen Augen blitzte es auf.

»Danke«, lächelte Anna ihm zu.

Nach dem Essen kam er sehr schnell zur Sache. Offenbar konnte er es kaum erwarten, denn er schob sie eilig in seine Hotelsuite.

Sie entkleidete sich vor ihm, spulte ihr ganzes Programm ab, hoffte, dass er ihr nicht ansah, wie sehr sie sich überwinden musste, mit ihm Sex zu haben. Als er stark schwitzend auf ihrem Rücken ermattet zu liegen kam, wäre Anna am liebsten unter die Dusche gerannt.

Doch er schien zufrieden mit ihr zu sein, als sie sich anzog, um zu gehen, verkündete er, sie bald wieder buchen zu wollen.

Anna schickte ihm einen Luftkuss und war erleichtert, als sie das Hotel verlassen konnte.

Wenigstens war der andere Kunde am darauf folgenden Tag angenehmer. Er sah recht gut aus, hatte eine nette Art, wenn er auch im Bett ziemlich grob war. Da er einen Ehering trug, vermutete Anna, dass er diese Seite seiner Sexualität zu Hause nicht ausleben durfte, wie so viele verheiratete Männer, die sie bisher getroffen hatte.

Am Donnerstagabend traf sich Anna mit ihren Kolleginnen, um ihren Geburtstag nachzufeiern. Karen probierte alles Erdenkliche, um ihr zu entlocken, mit wem sie sich denn im Zoo getroffen hatte und wie sie die Tage verbracht hatte, doch Anna schwieg lächelnd. Es tat einfach noch zu weh, wenn sie an Chris dachte. Doch der Abend wurde nett, wenigstens bekam sie den Kopf ein bisschen frei.

Professor Gunter empfing sie am Freitagmittag mit sehnsüchtigem Blick. »Meine liebe Marie, ich habe dich schon sehr vermisst!«

Dass er nur einen Bademantel trug, ließ Anna vermuten, was er als Erstes zu tun gedachte.

»Was ist das?« Er fuhr mit einem Finger den zarten roten Striemen auf ihrem Rücken entlang.

»Eine Verletzung, aber nicht weiter tragisch«, antwortete sie ausweichend.

»Ich dachte, du stehst für diese Praktiken nicht zur Verfügung?«

Anna seufzte auf und berichtete von der Verwechslung. »Das war ein Versehen.«

»Das ist tragisch.« Er runzelte unwillig die Stirn. »So was gefällt mir überhaupt nicht. Da muss die verehrte Sophie aber besser aufpassen.«

»Das wird sie schon«, beruhigte Anna ihn und hauchte ihm einen Kuss auf den Mund.

»Ich schätze unter anderem deinen makellosen Körper«, murrte er.

»Der Streifen wird bald nicht mehr zu sehen sein.«

»Das hoffe ich doch sehr.«

»Bestimmt.« Anna ließ die Hand an ihm hinuntergleiten, sie wollte ihn auf andere Gedanken bringen – und es gelang ihr, wie immer.

***

Anna bummelte durch die Fußgängerzone der Stadt. Sie wusste eigentlich gar nicht, wonach sie suchte und was sie genau hier wollte, zumal das Wetter kalt und ungemütlich war. Aber sich ein bisschen umschauen, was es Neues für den Winter gab, konnte ja nicht schaden. Der Sommer war heiß gewesen, jetzt hatte der Herbst mit aller Macht Einzug gehalten.

Anna bedauerte, dass Karen keine Zeit gehabt hatte, um mit ihr zu bummeln. Aber sie hatte einen Kunden heute Abend und wollte vorher noch zur Kosmetikerin. Auch Anna war für heute Abend gebucht, es war ein alter Stammkunde, und so wusste sie, was sie erwartete.

Plötzlich stutzte sie, und ihr Herz raste. Dort hinten, im Gewühl der Menschen, stand ein Mann, der so aussah wie Chris.

Anna hörte das Blut in ihrem Kopf rauschen. Konnte das sein? Das war doch eigentlich unmöglich, oder?

Zögernd ging sie weiter auf ihn zu, je näher sie ihm kam, desto sicherer wurde sie, und desto mehr zitterten auch ihre Knie.

In den vergangenen Monaten war nicht ein verdammter Tag vergangen, an dem sie nicht an ihn gedacht hatte. Immer wieder packte sie die Sehnsucht nach ihm mit voller Wucht, viele Stunden hatte sie wach und mit Tränen in den Augen im Bett gelegen, sich so sehr nach ihm gesehnt, dass es ihr fast schon körperliche Schmerzen bereitet hatte.

Und jetzt stand er einfach so da – mitten in der Fußgängerzone.

Er hatte sie noch nicht entdeckt, schaute auf sein Handy und schien etwas einzutippen.

Anna wusste gar nicht, was sie sagen sollte, sollte sie ihn überhaupt ansprechen? Immerhin hatte er sich nicht mehr gemeldet, und obwohl sie ihn so gerne angerufen hätte, hatte sie sich auch nicht getraut. Aber wenn sie einfach so an ihm vorbeigehen würde, würde sie sich wohl ewig ärgern.

»Hallo Chris«, sagte sie leise und schaute ihn hoffnungsvoll an.

Sein Kopf ruckte hoch, er riss die Augen auf. »Hi Anna«, presste er schließlich hervor.

»Du … du bist in der Stadt?«, fragte sie ihn überflüssigerweise und ärgerte sich selbst über diese dumme Bemerkung.

»Ja. In zwei Tagen ist die Einweihung unseres Bauprojektes, da müssen wir natürlich dabei sein.« Er lächelte sie etwas schief an.

»Ich wäre dann so weit, Christopher!« Eine wunderschöne Frau trat zu ihm und strahlte ihn an. Sie hakte sich bei ihm unter und sah zu Anna. »Hallo«, grüßte sie freundlich. »Sind Sie eine Bekannte von Chris?«

Anna öffnete den Mund, um etwas zu sagen, doch sie bekam kein Wort über die Lippen. Sie konnte die Frau bloß anstarren und kam sich selbst unglaublich blöd dabei vor.

»Das ist eine flüchtige Bekannte«, erklärte Chris ihr und nickte Anna zu. »Mach's gut!«

»Ja, du auch. Schönen Tag noch.«

Chris drehte sich um, die junge Frau gab ihm einen Kuss auf die Wange.

Anna hatte das Gefühl, dass ihr jemand ein langes Messer in die Brust rammen würde, der Schmerz packte sie mit aller Wucht. Sie schaute dem Paar mit brennenden Augen nach.

Die Frau wirkte sehr verliebt, auch Chris gab ihr immer wieder kleine Küsse.

Anna versuchte, den Blick von ihnen abzuwenden, sich selbst diese Tortur zu ersparen, aber es gelang ihr nicht. Sie konnte einfach nicht wegsehen.

Ist sie das, fragte Anna ihn in Gedanken. *Ist sie deine Traumfrau?*

Sie spürte, wie ihr die Tränen über die Wangen liefen, aber das war ihr jetzt egal. Sie stand inmitten von Menschen, aber was machte das schon? Mit zitternden Händen wischte sie die salzigen Perlen aus ihrem Gesicht, dann zwang sie sich, sich umzudrehen, und schlug den entgegengesetzten Weg ein.

Eine Zeile eines Liedes kam ihr wieder in den Sinn, sie hatte mit Chris mal dazu getanzt – vor einer kleinen Ewigkeit.

Til I find somebody new, dröhnte es höhnisch in ihrem Kopf.

14

Was hast du denn geglaubt? Du kannst doch nicht ernsthaft angenommen haben, dass er alleine bleiben würde? Er war zu keinem Zeitpunkt in dich verliebt!

Ständig hämmerte Anna sich das in ihren Kopf, aber wirklich ankommen wollte es nicht.

Sie wusste gar nicht mehr, wie sie zu ihrer Wohnung gelangt war, irgendwie war sie in ihrem Bett gelandet und völlig in Tränen ausgebrochen.

Sie konnte sich nicht mehr beruhigen, flehte sich selbst an, endlich mit dem Weinen aufzuhören, aber es ging einfach nicht. Ihn zu sehen, mit einer anderen Frau zu sehen, war mehr, als sie im Moment verkraften konnte.

Das ist eine flüchtige Bekannte. Seine Worte dröhnten in ihrem Kopf.

Hast du denn geglaubt, dass du mehr für ihn gewesen wärst, schimpfte sie mit sich.

Wie kleine Blitze zuckten die Erinnerungen in ihr hoch: der Tag im Park, wo sie ihm alles gebeichtet hatte, ihr wundervoller Geburtstag im Zoo und das Herumalbern. Ihr Ausflug an den See, das Verarzten ihrer Wunde, wie sie auf seinem Schoß gesessen und er ihr immer wieder geduldig Mathematik erklärt hatte – und die Zärtlichkeiten, die sie ausgetauscht hatten …

Ihr hatte das so unendlich viel bedeutet.

Irgendwie rappelte sich Anna aus dem Bett auf, sie ging ins Bad und starrte in den Spiegel. Ihr Gesicht war verquollen, so konnte sie unmöglich zu dem Kunden gehen. Und sie fühlte sich auch überhaupt nicht in der Lage dazu, mit jemandem heute Sex zu haben. Anna wählte Sophies Nummer und bat sie, abzusagen.

»Oh je, da wird Herr Michel aber nicht erfreut sein«, seufzte Sophie.

»Es geht wirklich nicht«, beharrte Anna. »Ich hab mir einen Magen-Darm-Virus eingefangen.«

»Na, hoffentlich bist du am Wochenende wieder fit. Da bist du für drei Tage von Professor Gunter gebucht.«

»Das wird schon gehen«, versicherte Anna ihr.

»Übrigens hat sich auch dieser Max Keller wieder gemeldet«, berichtete ihre Chefin.

Anna wurde hellhörig. »Ach ja?«

»Ja, er wollte dich für den Samstagabend buchen. Da ist wohl eine Veranstaltung, danach hat er noch für ›Private Time‹ angefragt.«

Anna erinnerte sich an Chris' Worte. Offenbar wollte Max sie zur Eröffnung des Bauprojektes mitnehmen, sie atmete auf, dass sie zu Herbert Gunter gehen konnte.

»Gute Besserung, meine Liebe«, wünschte Sophie.

Anna köpfte eine Flasche Rotwein, doch die jetzt alleine auszutrinken, dazu hatte sie keine Lust. Sie rief Irina an, eine ihrer Kolleginnen, und hatte Glück. Sie kam vorbei, als sie Annas verheultes Gesicht sah, nahm sie sie direkt in den Arm. »Was ist denn passiert?«

»Ich bin eine Idiotin, Iri«, schniefte Anna.

»Steckt ein Kerl dahinter? Ein Kunde?« Irina schob sie aufs Sofa und schenkte den Wein ein.

Anna schüttelte den Kopf, sie wollte ihr nicht zu viel erzählen. »Ich hatte vor einem halben Jahr mal was mit einem sehr netten Mann. Ich meine, ich wusste, dass er mich nicht liebt, er hat mir keine Hoffnungen oder so was in der Art gemacht, er hat sich schon korrekt verhalten. Heute habe ich ihn in der Stadt zufällig wiedergesehen. Mit seiner Freundin«, sagte Anna leise.

»Das tut mir leid, Süße.« Irina legte einen Arm um sie. »Und du liebst ihn noch immer?«

Anna zuckte mit den Schultern. »Sieht wohl so aus, oder?«

Irina seufzte auf. »Scheißkerle! Sieh es mal so, Anna: Du bist so ein liebes Geschöpf, wenn er das nicht erkannt hat, ist er es nicht wert.«

»Mit mir will doch keiner ernsthaft was zu tun haben«, flüsterte Anna.

»Das darfst du nicht denken. Du bist ein wunderbarer Mensch, Anna«, versuchte ihre Kollegin, weiter zu trösten, doch bei Anna kam es nicht wirklich an. Immer wieder sah sie Chris mit dieser schönen Frau vor sich.

All das, was sie in den letzten Monaten befürchtet hatte, war also eingetroffen. Chris hatte sich verliebt, und die Frau schien perfekt für ihn zu sein.

Du musst ihm sein Glück gönnen, impfte sie sich ein. Zumindest wollte sie sich das vornehmen.

***

Professor Gunter empfing sie wieder in seiner Villa. Er strahlte sie an, als sie an ihm vorbei in den Salon trat. »Liebste Marie – du bist schön wie immer.«

»Danke.« Sie hauchte ihm einen Kuss auf die Wange. Dabei konnten seine Worte unmöglich zutreffen, die letzte Nacht hatte sie nur geweint; dementsprechend verquollen war sie heute Morgen aufgewacht. Sie hatte überlegt, auch diese Verabredung zu canceln, aber dafür war er ein zu wichtiger und lieber Kunde.

»Hast du besondere Pläne fürs Wochenende?«, fragte sie ihn.

»Heute Abend wollte ich mit dir ins Theater. Und für morgen habe ich eine Einladung, aber da überlege ich noch, ob ich da hingehen möchte.«

»Klingt doch gut«, lächelte sie ihm zu und legte die Arme um seinen Hals.

»Und ansonsten denke ich, dass uns schon etwas einfällt.«

Anna war dankbar für den Theaterbesuch. Hier konnte sie wirklich abschalten; das Geschehen auf der Bühne zog sie in seinen Bann. Danach ging sie mit Herbert Gunter noch in eine Bar, er erzählte ihr einiges über sein neues Buchprojekt. Sie war froh, ihm nur zuhören zu können.

Nach dem Frühstück am nächsten Morgen nahm er sie mit auf den Golfplatz.

Anna war überrascht, das hatte er noch nie gemacht. Da sie natürlich überhaupt keine Erfahrung mit diesem Sport hatte, vermutete sie, dass sie dazu abgestellt wurde, die Schläger zu tragen, doch zu ihrer Verwunderung brachte er ihr tatsächlich ein paar Grundlagen bei.

»Ich habe dir ja gestern von der Einladung erzählt, die heute Abend anliegt«, begann er am frühen Abend. »Ich möchte dort hingehen. Es geht um die neue Wohnanlage, die auf dem Gelände der alten Brauerei entstanden ist.«

Anna sah erschrocken auf. »Ich … ich habe davon gehört.«

»Da das Projekt große Beachtung findet, wollen sie ein ähnliches Objekt an der Tegeler Straße errichten. Ich überlege, ob ich mir eine Wohnung als Kapitalanlage zulegen soll. Jedenfalls wäre heute Abend die Gelegenheit, sich zwei Musterwohnungen anzuschauen. Du begleitest mich. Elegante Garderobe wäre wohl vonnöten.«

In Anna schrillten sämtliche Alarmglocken. Sie starrte ihn entsetzt an. »Soll … soll ich da wirklich mit?«

»Ich bitte drum. Wir müssen ja nicht lange bleiben.«

Anna überlegte fieberhaft, wie sie sich wohl drücken könnte. Vielleicht plötzliche Kopfschmerzen? Oder Übelkeit?

Doch da meldete sich ihr Gewissen. Herbert Gunter buchte sie regelmäßig und bezahlte viel Geld für ihre Gesellschaft. Ihn mit solchen Tricks zu täuschen, wäre nicht fair. Und vielleicht würden sie ja wirklich bloß kurz vorbeischauen; sie musste Chris ja nicht zwangsläufig begegnen.

Sie hämmerte sich selbst Mutmach-Parolen ein, irgendwie würde sie den Abend schon durchstehen. Schließlich wählte sie das eleganteste Kleid, das sie dabeihatte, und gab sich besonders viel Mühe, um hübsch auszusehen.

Auch wenn sie nicht mit den anderen Damen würde mithalten können, was den gesellschaftlichen Stand anging oder die Bildung, so wollte sie doch wenigstens gut aussehen.

»Hinreißend, meine Liebe!« Herbert Gunters Augen leuchteten, als Anna aus dem Bad kam. »Du wirst alle überstrahlen.«

»Du bist ein sehr charmanter Lügner.« Sie hoffte inständig, dass er ihr nicht ansah, wie panisch sie in Wirklichkeit war.

Anna staunte nicht schlecht, es gab tatsächlich einen roten Teppich. Offenbar waren auch prominente Leute aus Wirtschaft und Politik geladen. Anna ahnte schon, dass sie wohl dem einen oder anderen begegnen würde, der schon mal Kunde bei Sophies Escort-Service gewesen war. Natürlich würden die Herren sie nicht beachten, das war Anna auch egal. Sie hoffte, nur jemand ganz Bestimmtem nicht zu begegnen.

Diese Hoffnung wurde bereits im Empfangsbereich zunichtegemacht. Dort gab es ein elegantes Restaurant, in dem die Veranstaltung stattfinden sollte.

Sie entdeckte Chris schon von Weitem, zusammen mit seiner schönen Begleitung unterhielt er sich mit dem Bürgermeister der Stadt. Auch Max Keller hatte eine hübsche Frau an seiner Seite.

»Die Pläne der Wohnungen liegen bei den Architekten aus, da werden wir gleich mal hingehen«, flüsterte Herbert ihr zu.

»Ähm, du kannst ja schon gehen, ich husche mal gerade auf die Toilette«, lächelte sie ihm zu.

Anna bekämpfte den Drang, sich hier für zwei Stunden zu verstecken. Es war ihr klar, dass das albern war, aber andererseits wusste sie nicht, ob ihr Nervenkostüm stark genug war, um sich noch länger Chris und seine Freundin anzuschauen.

Reiß dich zusammen, impfte sie sich ein. Schließlich atmete sie tief durch und ging zurück in das Restaurant.

Max Keller wurde als Erster auf sie aufmerksam. Er guckte verwundert, dann kam er freudig lächelnd auf sie zu. »Marie – was für eine Überraschung!«

»Hallo Max.« Sie schielte an ihm vorbei und bemerkte, dass Herbert sich gerade mit Chris unterhielt. Vielleicht konnte sie ja die Zeit solange mit Max überbrücken, bis er mit seinem Gespräch fertig war.

»Ich hatte bei deiner Agentur angerufen, aber man sagte mir, du wärst heute Abend schon vergeben.« Er beugte sich zu ihr hinüber. »Sehr schade.«

»Das stimmt. Ich bin mit jemand anderem hier.«

»Ich hab schon gesehen. Ein älterer Herr, er unterhält sich gerade mit Chris und Jana.«

»Ja, genau. Er interessiert sich für die Neubauten an der Tegeler Straße.«

»Gute Wahl. Chris wird wohl deine Dienste nicht mehr in Anspruch nehmen«, plauderte er weiter. »Er hat eine feste Freundin.«

»Ich hab schon gesehen. Sie ist sehr schön.« Anna versuchte krampfhaft, ihre Tränen zurückzudrängen.

»Ja, das ist sie. Er ist ein Glückspilz. Jana ist eine Bekannte von seinem Bruder. Sie ist kurz davor, ihr Studium abzuschließen, und wird dann Kinderärztin.«

»Toll.«

Zu ihrem Entsetzen registrierte sie, dass Professor Gunter sie zu sich winkte. Am liebsten hätte sie sich an Max festgekrallt. Eisern atmete sie tief durch. »Tut mir leid, ich muss gehen«, entschuldigte sie sich mit heiserer Stimme.

»Meine Liebe, darf ich dir vorstellen? Das ist Christopher Morgan, der hauptverantwortliche Architekt. Er wird uns gleich die Wohnungen zeigen. Und das ist seine …«

»… Lebensgefährtin«, ergänzte Chris. »Jana Borgmann.«

»Marie Wagner«, stellte Herbert sie vor.

Anna versuchte, nicht zu zittern, als sie Jana und Chris die Hand gab. Aber sie glaubte zu verbrennen, als Chris sie berührte. »Freut mich.«

Jana musterte sie kritisch.

Anna fragte sich, ob sie sie erkannt hatte, aber vor zwei Tagen in der Fußgängerzone hatte Anna anders ausgesehen.

Jana ließ sich jedenfalls nichts anmerken.

»Freut mich auch«, lächelte Chris sie an. »Wenn Sie mögen, dann können wir gerne beginnen«, wandte er sich an Herbert.

Sie begaben sich zu den Fahrstühlen, Jana Borgmann begleitete sie nicht. Anna fand es beinahe unerträglich, Chris so nahe zu sein. Sie stellte sich in die hinterste Ecke des Aufzuges und betete, dass sie bald wieder gehen würden.

Die Wohnungen waren wirklich eindrucksvoll. Der Schnitt war großzügig, alles war sehr erlesen und modern. Chris demonstrierte ihnen einige Besonderheiten, dann führte er sie ins Schlafzimmer. »Beachten Sie bitte die Dachkonstruktion.«

Anna entdeckte die Decke aus Glas, man konnte den Himmel sehen. Es schnürte ihr förmlich die Kehle zu.

»Eine tolle Idee!«, lobte Herbert Gunter.

»Die Idee …«, Chris stockte, »… die Idee stammt nicht von mir.«

Anna war nicht in der Lage, ihn anzuschauen.

Die Minuten zogen sich wie Stunden hin. Anna hielt ein bisschen Abstand von Herbert und Chris und bewunderte die Aussicht vom Schlafzimmer auf die Stadt. Als Chris endlich fertig war, rief Herbert sie zu sich.

»Ich denke, ich werde mich für eine der neuen Wohnungen interessieren«, erklärte er Chris. »Sie sind ein sehr guter Architekt. Ihr Vater wird stolz auf Sie sein.«

»Danke.« Chris schien sich über seine Worte zu freuen. »Das hoffe ich natürlich auch.«

Als sie wieder unten ankamen, gesellte sich Jana zu ihnen. Sie schenkte Chris ein umwerfendes Lächeln, er gab ihr einen kleinen Kuss.

Anna wandte rasch den Blick ab und versuchte, den Schmerz zu ignorieren, den dieser Anblick in ihr auslöste.

»Wir bleiben nicht mehr lange, meine Liebe. Dort drüben ist ein Bekannter von mir, sein Sohn hat bei mir studiert. Ich möchte ihn begrüßen.« Herbert wollte sie mit sich ziehen, doch Anna löste sich von ihm.

»Tu das. Ich gehe ein bisschen auf die Terrasse.« Sie brauchte jetzt frische Luft, hatte das Gefühl zu ersticken.

»Fühlst du dich nicht wohl? Du bist den ganzen Abend schon so blass und fahrig«, runzelte er die Stirn.

»Nein, es geht schon. Ich bin gleich wieder bei dir.«

Sie lief, so schnell es ihre Schuhe zuließen, aus dem Restaurant. Schon wieder stiegen ihr die Tränen in die Augen, sie versuchte, sie mit aller Macht zu unterdrücken, doch die Situation war einfach eine unerträgliche Qual.

Endlich war sie draußen, sie sog tief die kalte Novemberluft in sich ein. Die Kälte half ihr ein bisschen, einen klaren Kopf zu bekommen.

»Anna«, hörte sie auf einmal eine sehr vertraute Stimme hinter sich. Sie zuckte unwillkürlich zusammen, dann drehte sie sich erschrocken um.

»Chris …«

»Ich … ich …« Er kam einen Schritt auf sie zu. »Vor zwei Tagen … in der Fußgängerzone, da hab ich ziemlich blöd reagiert, das tut mir leid.«

Anna senkte den Blick, sie war nicht in der Lage, ihm auch nur eine Sekunde in die Augen zu sehen. »Ist auch egal.«

»Nein, ist es nicht. Ich möchte mich dafür entschuldigen, aber ich wusste im ersten Moment nicht, als was ich dich vorstellen soll. Und … und falls Jana erfährt, wer du bist und was du tust, dann wäre das …«

»Schon gut, ist okay jetzt!«, fiel sie ihm ins Wort. »Ich versteh schon.« Mit letzter Kraft sah sie auf – und direkt in seine Augen. Er war näher gekommen und stand jetzt dicht vor ihr.

Sie schrak direkt einen Schritt zurück. »Sie ist bildschön.« Anna versuchte ein Lächeln und hoffte inständig, dass er nicht bemerkte, welche Überwindung es sie kostete.

»Ja, das ist sie.« Chris erwiderte das Lächeln. »Wir haben uns vor ein paar Monaten kennengelernt und wollen zusammenziehen. Es ist also was Ernsteres, ich hoffe, du verstehst, warum ich dich nicht mehr angerufen habe.«

»Klar.« Anna spürte den verräterischen Kloß in ihrem Hals. »Mach dir keine Gedanken.«

»Gut.« Chris atmete auf. Er hob die Hand und berührte einen ihrer Ohrringe. Sein Geburtstagsgeschenk. »Du hast sie noch …«

»Ja, warum denn auch nicht?« Anna spürte, dass ihre Knie zitterten. Lange würde sie dieses Spiel hier nicht mehr mitmachen können, ohne in Tränen auszubrechen.

»Du bist noch schöner geworden, Anna.« Chris' Stimme klang ganz rau. »Weißt du das eigentlich?«

»Danke, das ist nett, dass du das sagst. Aber ich muss jetzt wieder rein, bevor mein Begleiter mich sucht.« Sie wollte an ihm vorbei, doch Chris hielt sie am Arm fest.

»Er ist schon so alt.«

»Er ist sehr nett.«

»Ein … ein Stammkunde?« Chris sah ihr tief in die Augen.

Anna verstörte dieser Blick nur noch mehr.

»Ja«, krächzte sie.

»Ist sicherlich hart.« Sein Tonfall klang mitleidig, das traf Anna nur noch mehr.

»Es gibt Schlimmeres«, presste sie mühsam hervor.

Chris packte sie an den Schultern und drehte sie zu sich. »Hat man dich immer gut behandelt, Anna?« Die Sanftheit, mit der er sprach, machte alles bloß noch schlimmer.

Anna senkte den Blick.

»Die Zeit mit dir war wirklich schön. Mir liegt viel daran, dass du das weißt.« Seine Stimme klang immer rauer.

»Ich fand's auch sehr schön, aber ich muss jetzt wirklich gehen.« Ein letztes Mal zwang sie sich, ihm in die Augen zu schauen. »Ich wünsche dir alles Gute. Sie scheint eine tolle Frau zu sein, ihr seid ein hübsches Paar. Viel Glück euch beiden.«

»Warte doch!«, bat Chris sie, nach wie vor ließ er sie nicht los. »Was ist mit deinem Schulabschluss? Klappt alles?«

Anna zwang sich zu einer Antwort. »Die Prüfungen sind im Frühjahr.«

»Du schaffst das!«

»Ja.« Anna kam sich so dumm vor, seine Freundin war schließlich bald Kinderärztin, und bei ihr ging es um die mittlere Reife.

Anna riss sich von ihm los und marschierte schnell auf den Hintereingang des Restaurants zu. Sie spürte, wie die ersten Tränen sich lösten und über ihre Wange kullerten.

»Anna!«, hörte sie ihn hinter sich noch rufen, sie wollte es nicht, aber sie drehte sich noch einmal zu ihm um.

»Kommst du klar?«

Sie nickte nur.

»Pass gut auf dich auf, versprich mir das bitte!« Es klang fast schon flehend.

Anna antwortete nicht mehr, sondern betrat rasch das Restaurant.

So verheult wie sie war, konnte sie unmöglich Herbert Gunter unter die Augen treten. Sie hastete in die Waschräume und richtete notdürftig ihr Make-up.

»Da bist du ja wieder, meine Liebe.« Herbert zog sie dicht an sich heran. »Ich habe dich schon vermisst«, raunte er in ihr Ohr. »Wir können jetzt gehen. Ich habe auf etwas ganz anderes Lust.«

»Gerne«, presste Anna mechanisch hervor. Sie war froh, dass sie diese Veranstaltung endlich verlassen konnten.

»Ich hole deinen Mantel.«

Anna versuchte, nicht zu schauen, wo Chris war, aber auch ohne ihn zu sehen, spürte sie, dass er sie beobachtete.

Als Herbert Gunter ihr in den Mantel half, gesellte er sich noch einmal zu ihnen.

»Falls ich Ihnen noch Fragen beantworten kann, lassen Sie mich es wissen«, sagte Chris freundlich zu ihm.

»Danke sehr, Herr Morgan. Vielleicht komme ich darauf zurück«, bedankte Herbert Gunter sich, dann legte er einen Arm um Anna und führte sie hinaus.

Anna wusste nicht mehr, wie sie diese Nacht herumbekommen hatte. Doch sie hatte die Routine, um Herbert Gunter befriedigenden Sex zu verschaffen. Und auch wenn ihr es schwerfiel, mit ihm zu schlafen, sie war sogar über diese Ablenkung dankbar. Wenn sie alleine gewesen wäre, hätte sie wahrscheinlich einfach heulend in ihrem Bett gelegen. Hier musste sie sich zusammenreißen.

»Kanntest du diesen Christopher Morgan?«

Anna schaute Herbert erschrocken an. Sie frühstückten gerade, und sie hätte nie erwartet, dass die Sprache noch einmal auf ihn kommen würde. »Ähm, ja. Ich habe ihn mal kennengelernt, das ist aber schon eine Weile her. Warum fragst du?«

»Ich habe dich gestern gesucht und dich mit ihm draußen auf der Terrasse des Restaurants stehen sehen. Ihr schient euch intensiv zu unterhalten, da wollte ich dich nicht herausreißen.« Er sah von seiner Zeitung auf und fixierte sie mit seinem Blick.

»Wie gesagt, wir kennen uns.« Anna rutschte unbehaglich auf ihrem Stuhl herum.

»Ich verstehe«, nickte er. »Nun ja, ich habe mitbekommen, dass er mit dieser hübschen Blondine liiert ist. Jedenfalls sah es ja ganz danach aus. Sie erzählte mir, dass sie sich auf Kindermedizin spezialisiert habe.«

»Ja, das habe ich auch gehört. Die beiden sind ein nettes Paar.« Anna hatte einen Plauderton aufgelegt, sie hoffte, dass er ihr nicht anmerken würde, welche Qual ihr das Gespräch über Chris bereitete.

»Das stimmt allerdings. Er wird deine Dienste nicht mehr in Anspruch nehmen müssen – oder vielleicht tut er es ja trotzdem. Du bist eine schöne Frau, meine Liebe, man kann dir nur schwer widerstehen.«

»Ich glaube kaum, dass er das tun wird.« Anna stand vom Frühstückstisch auf. »Ich werde mich anziehen.«

»Nein, bleib doch so.« Er streckte die Hand nach ihr aus. »Komm her.« Sie ließ sich von ihm auf den Schoß ziehen. Herbert Gunter öffnete ihren Bademantel und streifte ihn ihr von den Schultern.

»Ist deine Haushälterin nicht da?«, fragte sie ihn unsicher.

»Nein, sie hat heute frei. Verschaffe mir Entspannung, schöne Marie.«

Obwohl Anna sich vorgenommen hatte, es nicht zu tun – am Montagmorgen saß sie vor ihrem PC und schaute nach, ob etwas über die Veranstaltung am Samstag berichtet worden war. In einer Zeitung aus Christophers Stadt wurde ausführlich über den Erfolg des Architekturbüros geschrieben. Max Keller und er wurden lobend erwähnt, man sprach von einem prestigeträchtigen Bauwerk. Auf einem Foto waren er und Jana Borgmann abgebildet, sie wurden als neues Traumpaar in der hiesigen High Society gehandelt.

»Ist es das, was du dir gewünscht hast?« Anna hatte Tränen in ihren Augen, sie strich mit ihrem Finger über den Monitor. »Dann wünsche ich dir, dass du immer glücklich bist.«

***

Weihnachten nahte mit großen Schritten, und für Anna und ihre Kolleginnen bedeutete das ein gutes Geschäft. Viele Kunden waren um diese Jahreszeit besonders spendabel; manchmal bekam sie auch kleine Geschenke.

Anna nahm fast jeden Auftrag an, den Sophie ihr vermittelte, die Arbeit brachte sie auf andere Gedanken. Und wenn sie mal zu Hause war, dann versuchte sie, sich mit Lernen abzulenken.

Das gelang zwar nicht immer, denn oft widerstand sie der Versuchung nicht, im Internet nach Neuigkeiten von Chris zu googeln. Karen schimpfte schon mit ihr, weil sie das tat, aber Anna konnte nicht aus ihrer Haut.

So genau wusste sie auch nicht, warum sie das überhaupt machte. Es tat ihr eigentlich nur noch zusätzlich weh. Jedenfalls schien Chris in seiner Heimatstadt wirklich zur gesellschaftlichen Oberschicht zu gehören, und die Eltern seiner Freundin waren ebenfalls angesehene Bürger der Stadt.

Für die Weihnachtstage buchte Professor Gunter Anna wieder. Sie nahm das gerne an, bei ihm wusste sie, was sie erwartete, und war nicht frustrierten Männern ausgesetzt, die sich bei ihr abreagieren wollten, weil ihre Ehe gescheitert war, oder die aus einem anderen Grund deprimiert waren, weil sie Weihnachten alleine feiern mussten.

Anna staunte, als sie bei ihm am Morgen des vierundzwanzigsten Dezembers ankam. Seine Villa war schön dekoriert, offenbar war seine Haushälterin sehr tüchtig. Er hatte ein festliches Abendessen vorbereiten lassen und Anna gebeten, sich dementsprechend zu kleiden. Als sie ins Esszimmer hinunter kam, staunte sie, weil nur er und sie anwesend waren.

»Kommt niemand mehr?«, fragte sie ihn verwundert.

»Nein, wir sind unter uns.« Er rückte ihr einen Stuhl zurecht und bat sie, sich hinzusetzen.

»Danke.«

Sie war verwundert, als er selbst begann, Suppe zu servieren, normalerweise machte dies seine Haushälterin, die Anna dann stets abfällige Blicke zuwarf.

»Hat Frau Müller heute frei?«

»Ja, sie hat vorgekocht und das Essen hier bereitgestellt, damit wir die Feiertage nicht verhungern. Jetzt habe ich sie nach Hause geschickt.«

Nach dem Essen bat er sie in den Salon. Ein Feuer brannte im Kamin; ein großer Weihnachtsbaum stand prächtig geschmückt in der Ecke. Anna setzte sich neben ihn aufs Sofa, er reichte ihr ein Glas Champagner und stieß mit ihr an. »Fröhliche Weihnachten, Marie.«

»Fröhliche Weihnachten.« Sie gab ihm einen zärtlichen Kuss.

»Marie – ich möchte mit dir etwas besprechen. Oder sagen wir: Ich möchte dir ein Angebot machen.«

»Du machst mich neugierig …«

»Ich möchte dir die Ehe anbieten, Marie.«

15

Anna riss die Augen auf und konnte ihn erst mal bloß anstarren. »Wie bitte?«, fragte sie nach, als sie ihre Sprache wiedergefunden hatte.

»Ich glaube, du hast mich schon verstanden. Oder?«

»Aber … aber … ich meine … warum?«

»Warum? Tja, das ist eine berechtigte Frage …« Er wurde ernst. »Wie du weißt, war ich lange Jahre glücklich mit meiner Heidi verheiratet. Und ich glaube, dass man so eine Liebe auch nur einmal im Leben findet. Es wird keine Überraschung für dich sein, wenn ich dir sage, dass ich natürlich nicht das Gleiche für dich empfinde wie für meine Frau. Ihr seid viel zu verschieden, was normal ist, denn du bist ja unter anderem auch noch so jung … Aber wir kennen uns jetzt doch schon eine ganze Weile, es müsste etwas über ein Jahr sein …«

Anna nickte. »Fast zwei Jahre. Du warst einer meiner ersten Kunden bei ›Exclusive Escort‹.«

»Siehst du – also noch länger«, lächelte er. »Ich mag dich gerne. Du bist schön und hast ein nettes Wesen. Ich komme gut mit dir klar, und da ich keine Kinder habe, bist du der einzige Mensch, der mir nahesteht.«

Anna schluckte. Sie versuchte, das, was er da erzählte, sortiert zu bekommen. Aber so ganz gelang ihr das nicht.

»Ich bin jetzt 68, könnte also sogar dein Großvater sein, das ist mir durchaus bewusst. Von daher wird mein Angebot dich sicher erschrecken.« Er blickte sie milde an. »Wie ich sehe, tut es das auch.«

»Ähm, also, ich war … ich war da nicht drauf vorbereitet«, stammelte Anna.

»Verständlicherweise«, nickte Herbert. »Ich möchte den Rest meines Lebens in angenehmer Gesellschaft verbringen – und das bist du zweifellos. Wer kann schon von sich sagen, dass er so eine schöne junge Frau an seiner Seite hat. Und ich weiß, was ich im Bett von dir erwarten kann. Das ist ebenfalls ein sehr reizvoller Gedanke für mich. Du brauchst mir keine Liebe vorzuspielen, das erwarte ich gar nicht. Ich möchte deine Gesellschaft und deine Bereitschaft, mit mir ins Bett zu gehen, wann ich will. Dafür wirst du alles hier erben.« Er deutete mit einer Hand auf die Villa. »Ich bin kein armer Mann, Marie. Ich habe mehrere Millionen auf dem Konto, wenn ich sterbe, bist du eine reiche Frau.«

»Herbert, das … das … also …« Sie schüttelte den Kopf. Anna war überfordert mit dieser Situation, sie wusste überhaupt nicht, was sie sagen sollte.

»Ich weiß, dass ich dich damit jetzt überrasche. Ich werde dir auch Zeit zum Nachdenken geben, das ist klar. Und ich werde es dir nicht nachtragen, wenn du mein Angebot ablehnst. Es ist auch nur fair, wenn ich dir meine Bedingungen noch einmal genauer darlege …«, fuhr er fort. »Natürlich erwarte ich von dir, dass du nicht mehr als Escort arbeitest. Seitensprünge sind ebenso tabu, es sei denn, ich gestatte es dir ausdrücklich.«

»Wie bitte?« Anna schaute ihn erstaunt an. »Wie … wie meinst du das?«

»Wer weiß, wie lange ich noch körperlich in der Lage dazu bin, Sex zu haben. Die blauen Pillen können ja nicht alles ausgleichen. Ich möchte mir aber die Option offenlassen, dir beim Sex zusehen zu dürfen.«

»Nein, das mache ich nicht!« Anna schüttelte den Kopf.

Herbert lachte auf. »Nun gut, das steht auch jetzt noch nicht zur Debatte. Aber ich bin nun mal alt, und vielleicht wirst du mal froh darüber sein. Du bist eine junge Frau und hast schließlich Bedürfnisse.«

»Das kann nicht dein Ernst sein!«, keuchte Anna entsetzt.

»Wenn du mit mir verheiratet bist, kannst du etwas für deine Bildung tun. Eine Ausbildung oder ein Studium – wie du möchtest. Du wirst keine finanziellen Sorgen haben. Ich werde dir die besten Universitäten finanzieren, dir Privatlehrer zur Verfügung stellen. Ich biete dir die Chance, etwas aus deinem Leben zu machen, Marie.«

»Ja … aber …« Anna schüttelte immer noch den Kopf.

»Wie gesagt, es ist völlig verständlich, dass du Bedenkzeit brauchst. Aber ich denke, für uns beide ist es eine Win-win-Situation. Du steigst von ganz unten auf – und ich habe eine nette Frau und Geliebte.«

»Aber … aber wenn du mich heiratest: Hast du keine Angst, dass meine Vergangenheit dann an die Öffentlichkeit gezerrt wird? Du bist kein unbekannter Mann.«

Herbert wischte ihre Bemerkung mit einer abfälligen Handbewegung fort. »Mir ist der Tratsch völlig egal. Sollen sie doch denken, ich wäre ein alter Narr. Die meisten werden eh nur neidisch sein, dass ich eine so junge, schöne Frau habe.«

»Sie werden dir vorhalten, dass du mich gekauft hast …«

»… was ja auch stimmt – oder nicht? Wie gesagt: Es ist mir schnuppe, was die Leute reden werden. Ich bekomme, was ich will: dich! Und du hast auch nur Vorteile davon«, beharrte er energisch.

Anna senkte den Kopf. Stimmte das? Hatte sie nur Vorteile? Auf den ersten Blick vielleicht. Aber die Tatsache, dass sie ihm dann quasi wie eine Leibeigene gehörte, behagte ihr nicht. Doch sie wollte auch nicht abstreiten, dass sein Vorschlag reizvoll war.

»Denk mal nüchtern, Marie. Meine Lebenserwartung liegt noch bei zehn, wenn ich Glück habe, zwanzig Jahren. Du bist jetzt zweiundzwanzig. Mit spätestens Anfang vierzig wärst du eine reiche, ungebundene Frau ohne jegliche Verpflichtungen.« Seine Stimme klang sanft und einschmeichelnd.

»Sag so was nicht«, murrte Anna. »Ich möchte nicht an deinen Tod denken.«

»Das ehrt dich – aber bei deiner Entscheidung solltest du alles abwägen. Auch die Tatsache, dass ich keine Kinder möchte. Ich bin nicht bereit, deine Aufmerksamkeit zu teilen, und ich lege auch keinen Wert darauf, dich mit einem Babybauch hier herumlaufen zu sehen. Das soll nicht herzlos klingen, aber ich möchte so ehrlich wie möglich sein.«

Anna nickte. Das mit den Kindern war eigentlich das kleinste Problem. Sie konnte sich nicht vorstellen, kleine Menschen in diese verkorkste Welt zu setzen.

»Falls wir uns scheiden lassen sollten und die Trennung von mir ausgeht, werde ich dir für jedes Ehejahr sechzigtausend Euro zahlen. Willst du die Trennung, bekommst du nichts. Mein restliches Vermögen bleibt ansonsten natürlich unberührt.«

»Wie viel Zeit gibst du mir, um zu überlegen?«, fragte Anna zaghaft nach.

»Ich werde dir kein Ultimatum setzen – aber bitte sei fair und lass mich nicht zu lange warten.« Abrupt stand er auf und kehrte mit einem schön verpackten Geschenk zurück. »Ich habe dir noch nicht mein Weihnachtsgeschenk gegeben.«

»Da… danke«, stotterte sie. Sie war noch nicht in der Lage, klar zu denken. Sein Vorschlag geisterte in ihrem Kopf herum und lähmte sie für andere Gedanken.

Anna packte es vorsichtig aus, es war eine fein gearbeitete Kette mit einem glitzernden Anhänger.

»Ich dachte, mit einem Diamanten kann ich dich eher für mein Angebot erwärmen.«

»Das … das kann ich nicht annehmen!« Ihr wurde das gerade alles ein bisschen zu viel.

»Doch, das kannst du. Nimm die Kette, wenn nicht als Verlobungsgeschenk, dann für deine Dienste in der vergangenen Zeit.« Er gab ihr einen Kuss auf die Stirn. »Ich werde im Januar zu einer längeren Vortragsreise starten. Ich wäre froh, wenn du mich begleiten würdest.«

»Das würde ich gerne.« Anna hatte ihr Lächeln wiedergefunden.

»Das freut mich zu hören. Falls du mich heiraten solltest, könnten wir im Februar zwei Wochen nach Ägypten reisen.«

Sie hielt den Atem an, die Verlockung war natürlich groß, aber davon konnte sie ja unmöglich ihre Entscheidung abhängig machen.

Für den Rest des Abends kam er nicht mehr auf das Thema ›Heiraten‹ zurück, wofür Anna ihm dankbar war. Auch die restlichen Tage verstrichen, ohne dass es noch mal von ihm oder ihr thematisiert wurde.

Sowieso wollte Anna ihre Entscheidung nicht hier, in seinem Haus, treffen. Sie brauchte Abstand von ihm, denn Herbert Gunter gab sich alle Mühe, sie zu umgarnen. Selbst im Bett strengte er sich mehr an als die Monate davor. Doch Anna wusste auch nur zu gut, dass sich das schnell wieder ändern konnte, sollten sie verheiratet sein.

Den Jahreswechsel wollte Anna mit Karen, Irina und noch zwei anderen Kolleginnen verbringen. Sie hatten abgemacht, dass niemand von ihnen an diesem Abend Buchungen entgegennahm. Anna hatte sie zum Essen eingeladen, anschließend planten sie, auszugehen.

Anna wollte unbedingt mit ihnen über das Angebot von Professor Gunter reden. Sie selbst konnte sich zu keiner Entscheidung durchringen, vor allem konnte sie überhaupt nicht abschätzen, ob sie die nächsten Jahre an der Seite eines Mannes verbringen wollte, für den sie allein freundschaftliche Gefühle hegte. Und ob es ihr wirklich immer gelingen würde, ihm im Bett etwas vorzuspielen, das konnte sie sich selbst auch nicht beantworten.

Andererseits: Sie hatte in ihrem Leben wohl mehr Sex gehabt, als es ihr guttat. Und nur mit Chris hatte sie ihn wirklich intensiv erlebt. Ein paar Männer hatten sie zwar zum Höhepunkt gebracht, aber das war nicht mit ihm vergleichbar gewesen.

Überhaupt Chris: Anna war nach wie vor nicht über ihn hinweg. Wenn sie an ihn dachte, stiegen ihr die Tränen in die Augen, und der Schmerz kehrte mit aller Wucht zurück. Doch sie konnte ihr restliches Leben nicht der Trauer über seinen Verlust unterordnen. Sie musste überlegen, was für sie gut war.

Vielleicht konnten ihre Freundinnen ihr weiterhelfen, sie konnten am ehesten nachvollziehen, in welcher Lage Anna sich befand.

Sie hatten verabredet, ein Raclette zu machen. Karen brachte Champagner mit, die anderen Mädels sorgten für die Beilagen. Sie schnippelten zusammen in der Küche und lachten viel herum, dann hielt es Anna aber nicht mehr aus und rückte mit der Sprache raus.

»Professor Gunter hat mich gefragt, ob ich ihn heirate«, ließ sie schließlich die Bombe platzen.

»Was?«

»Wer?

»Jetzt hab ich mich in den Finger geschnitten!«, rief Karen empört, dann starrte sie Anna mit weit aufgerissenen Augen an. »Professor Gunter? Dein … dein Stammkunde? Der ältere Herr?«

»Genau der.«

Karen klärte Irina, Jasmina und Doro darüber auf, wer er war, alle wirkten überrascht.

Anna erklärte, so sachlich es ihr möglich war, was die Bedingungen sein würden.

»Und? Hast du ihm schon eine Antwort gegeben?«, hakte Irina als Erste nach.

»Nein. Ich bin mir nicht sicher, ob es wirklich gut wäre«, antwortete Anna ehrlich.

»Was willst du denn mit so einem alten Mann?« Karen schaute besorgt aus. »Ich meine, eine Heirat sollte doch aus anderen Gründen erfolgen, oder?«

»Wer sagt das?« Irina fuhr energisch dazwischen. »Gibt es einen besseren Grund dafür, als diesen Job endlich los zu sein? Sie hätte nie wieder Geldsorgen, könnte diesen Mist hinter sich lassen!«

»… und einen Mann heiraten, der ihr Opa sein könnte. Na prima!«, blaffte Karen zurück.

»Was ist mit diesem anderen Mann? Dem, den du liebst«, fragte Irina mitfühlend nach.

»Was soll mit ihm sein?« Anna zuckte traurig die Schultern. »Er hat eine feste Freundin, mich will er nicht.«

»Mensch, Anna – wenn du mich fragst: Tu es!« Doro ergriff das Wort. Sie hatte etwas Ähnliches durchgemacht wie Anna. Kinderheime und der Straßenstrich waren ihr genauso bekannt. »Liebe wird überbewertet. Und wenn es einen Weg hier raus gibt, dann gehe ihn.«

»Du wirst nicht glücklich werden«, gab Karen zu bedenken.

»Was ist denn Glück? Für mich ist Glück schon, wenn ich mal einen Kunden habe, der mich nicht schlecht behandelt.« Jasmina zuckte mit den Schultern. »Mensch, der Kerl legt dir alles zu Füßen für ein bisschen Sex. Ich würde es machen.«

Anna nagte an ihrer Unterlippe.

Karen kam zu ihr und nahm sie in die Arme. »Du wirst nicht glücklich werden, Anna.«

»Aber sie kommt hier raus!«, mischte Irina sich wieder ein. »Wie lange können wir den Job denn machen? Irgendwann will uns keiner mehr, was ist dann? Anna wird für ihr Leben ausgesorgt haben. Und sie … sie ist sicher.«

»Dann meint ihr also, ich soll es tun?« Anna schaute ihre Freundinnen unsicher an.

»Nein!«, widersprach Karen entschieden. »Vielleicht wirst du jemanden treffen, den du ehrlich liebst. Oder vielleicht wird es ja doch noch etwas mit diesem Chris. Lass es, Anna!«

»Ich würde ihn heiraten«, nickte Doro.

Irina und Jasmina pflichteten ihr bei.

»Du willst doch weiterkommen, dich bilden. Jetzt hast du die Chance«, lächelte Jasmina.

Anna schlief in den nächsten Nächten kaum noch. Immer wieder grübelte sie über das Angebot von Herbert Gunter nach. War es wirklich die richtige Entscheidung, ihn zu heiraten? Sie fand darauf keine Antwort.

Auch Karens Worte gingen ihr durch den Kopf. Sie wusste um die Einstellung ihrer Freundin, die krampfhaft an die große Liebe glaubte. Doch was nützte es einem, wenn man verliebt war, einen der andere aber nicht wollte?

Anna seufzte und stand auf. An Schlaf war, wie so oft, nicht zu denken. Sie fuhr ihren PC hoch und googelte nach Christopher Morgan. In den letzten Tagen hatte sie es sich selbst verboten, wieder nach Neuigkeiten über ihn zu suchen. Aber jetzt war die Versuchung zu groß, etwas über ihn zu erfahren.

Sie brauchte nicht lange, um fündig zu werden. Mittlerweile kannte sie die lokale Presse in seiner Heimatstadt und wusste, wo etwas stehen könnte.

Es gab einen Bericht über einen Silvesterball in seiner Stadt, auf dem die dortige Prominenz anwesend gewesen war. Dazu gehörten auch Christopher und seine Familie. Er war auf zwei Fotos abgebildet, einmal mit seinen Eltern sowie seinem Bruder und einmal alleine mit Jana Borgmann. Die beiden strahlten sich an, und die Bildunterschrift versetzte Anna noch einen zusätzlichen Schlag in die Magengrube.

Christopher Morgan und Jana Borgmann. Hochzeit noch in diesem Jahr? Das Paar dazu: »Wer weiß? Wir lassen alles auf uns zukommen.« Doch wer die beiden Verliebten ansieht, hegt daran keinen Zweifel …

Anna fuhr weinend den PC herunter. Immerhin, der Artikel hatte etwas Gutes. Sie hatte ihre Entscheidung getroffen.

»Meine liebe Marie!« Herbert Gunter empfing Anna strahlend. Sie hatte ihn am nächsten Morgen direkt angerufen und um ein Treffen gebeten. Er geleitete sie in den Wintergarten und deutete auf ein kleines Sofa. »Setz dich doch.«

»Ich habe mich entschieden«, begann sie direkt und atmete tief durch.

»Ah, das ist gut. Ich hoffe, es fällt zu meinen Gunsten aus?« Er wirkte richtig gespannt.

Anna lächelte ihm zu. »Ja. Ich würde gerne dein Angebot annehmen und deine Frau werden.«

Herbert stand auf und zog sie hoch in seine Arme. »Ich freue mich darüber sehr, Marie.«

»Anna. Ich heiße Anna Wagner.«

»Ein schöner Name – Anna.« Er gab ihr einen langen Kuss. »Ich werde meine Anwälte kontaktieren und den Ehevertrag aufsetzen lassen. Ich denke, du hast nichts dagegen, wenn wir den Termin so schnell wie möglich festlegen?«

Anna schüttelte den Kopf. »Natürlich nicht.« Ihr war das sogar ganz lieb. Je eher, desto besser – umso weniger hatte sie Zeit, um darüber nachzugrübeln, warum sie es lieber doch nicht machen sollte.

»Gut, dann sollten wir uns darüber Gedanken machen, wie wir heiraten wollen. Ich wäre für eine kleine Zeremonie ganz unter uns.«

»Wäre mir auch am liebsten.«

»Was ist mit deiner Familie? Ich weiß ja gar nichts über dich. Gibt es jemanden, den wir einladen sollen?«

»Nein. Zu meiner Mutter habe ich keinen Kontakt mehr. Und ob meine Großeltern noch leben, weiß ich gar nicht. Ich kann mich nicht an sie erinnern.«

Anna hatte es damals einen Stich versetzt, als sie erfahren hatte, dass sie noch Großeltern hatte. Sie hatte sich immer wieder gefragt, warum diese sie denn nicht aufgenommen hatten, nachdem sie von ihrer Mutter weggeholt worden war. Doch eine Antwort darauf hatte sie nie bekommen. Emma und Moritz Wagner hatten keinen Kontakt zu Anna gewollt, genauso wie sie mit ihrer Tochter abgeschlossen hatten.

»Hast du denn einen Wunsch, was die Trauzeugen angeht?«

»Ja, ich würde gerne Karen fragen. Sie ist meine Freundin«, überlegte Anna. Sie war gespannt, ob Herbert zustimmen würde, und ob es ihm überhaupt recht war, dass sie ein Callgirl als Trauzeugin nehmen wollte.

»Ich habe kein Problem damit.« Er schien zu erraten, was Karens Tätigkeit war. »Auch nicht, dass du den Kontakt zu deinen Freundinnen weiter pflegst. Sie sind hier willkommen.«

»Danke.« Anna atmete erleichtert auf. Zumindest schien er keine Standesdünkel zu haben.

»Wir könnten eine kleine Feier hier in der Villa machen. Ich werde ein paar meiner Bekannten einladen, die werden zwar aus allen Wolken fallen, aber da müssen sie durch.« Herbert stand auf, holte eine Flasche Champagner und öffnete sie. »Auf dich, meine wunderschöne Anna«, frohlockte er, als er ihr das Glas reichte.

»Auf dich«, lächelte sie ihm zu, dann stutzte sie doch. »Eine Bitte hätte ich aber …«

Herbert sah sie erwartungsvoll an.

»Ich hätte gerne ein Zimmer für mich. Ich möchte mich schulisch weiterbilden und benötige einen Rückzugsort.«

»Einen Rückzugsort?« Er zog fragend die Augenbrauen hoch. »Ich bin nicht dafür, dass es getrennte Schlafzimmer gibt.«

»Nein, so meine ich das auch nicht. Aber ich wäre manchmal gerne alleine. Und wer weiß, vielleicht bist du ja auch froh, wenn du mich nicht dauernd sehen musst«, erklärte sie ihm. Sie hoffte, dass er darauf eingehen würde.

»In Ordnung, komm mal mit.« Er nahm ihre Hand und führte sie die große Treppe nach oben. Anna war gespannt, ob er sie jetzt ins Schlafzimmer führen würde, gegen Sex mit ihm konnte sie sich ja schlecht sträuben. Doch zu ihrer Überraschung zeigte er ihr einen leeren Raum. »Wäre der geeignet? Er hat auch einen kleinen Balkon.«

Anna strahlte ihn an. »Das Zimmer ist perfekt. Danke.« Sie legte die Arme um seinen Hals und küsste ihn zärtlich.

»Ich lasse Möbelkataloge kommen, und du kannst dir bestellen, was dein Herz begehrt.« Herbert ließ die Hände über ihren Rücken gleiten und legte sie sachte auf ihren Po. »Und wenn du einen Pool möchtest, dann werde ich sofort den Auftrag erteilen. Stell mit dem Haus an, was du willst.«

»Bist du sicher, dass du das ernst meinst?«, kicherte sie.
»Absolut.«

»Anna, gut, dass du kommst, ich habe hier jede Menge Aufträge.« Sophie empfing sie gutgelaunt wie eh und je.

»Das ist schön. Aber ich werde sie alle ablehnen müssen.«

»Wie bitte? Oh, das ist schade. Planst du einen Urlaub?«

»Nein, ich plane zu heiraten. Und zwar nächste Woche.« Anna wartete gespannt auf ihre Reaktion.

»Wie bitte? Aber … aber … das ist ja großartig!« Sophie sprang aus ihrem Sessel auf und umrundete den Schreibtisch. »Anna! Ich freu mich für dich!«

»Danke.«

»Wer ist denn der Glückliche?«

»Professor Herbert Gunter.«

»Der nette, ältere Herr?« Sophie runzelte die Stirn. »Du … du heiratest einen sehr viel älteren Mann. Hast du dir das gut überlegt?«

»Ja. Hab ich.«

»Sicher?« Sophie musterte sie kritisch. »Entschuldige, wenn ich indiskret bin, aber so glücklich siehst du nicht gerade aus …«

»Doch, ich bin zufrieden. Er bietet mir eine gute Zukunft.«

»Aber du liebst ihn nicht«, stellte Sophie sachlich fest.

»Das weiß er. Er liebt mich auch nicht. Er möchte mich an seiner Seite, und ich bekomme dafür ein sicheres Leben.«

»Und du meinst, dass dir das auf Dauer genügt? Versteh mich nicht falsch, Anna. Ich bin immer froh, wenn eines meiner Mädchen den Absprung schafft. Ich weiß selbst, wie schwierig es ist, aus dem Metier herauszukommen. Aber ich habe meinen Mann aus Liebe geheiratet, und du bist noch so jung, du verdienst es, wirklich glücklich zu werden.« Sophie streichelte ihr übers Gesicht. »Und das sage ich jetzt nicht, weil ich dich nicht verlieren möchte. Natürlich tut es mir leid, dich gehen zu lassen, du bist mein bestes Escort. Aber in erster Linie möchte ich, dass es dir gut geht.«

Anna drückte Sophie an sich. »Es geht mir gut. Mein Leben ist bisher nicht besonders schön verlaufen. Er bietet mir die Chance, es zu ändern.«

»Okay.« Sophie drückte ihr einen Kuss auf die Stirn. »Du hast viel mitgemacht, ich hoffe, du kommst zur Ruhe und kannst dein Leben neu ordnen.«

»Danke, das hoffe ich auch.«

Karen versuchte selbst noch am Tag der Hochzeit, Anna von der Heirat mit Professor Gunter abzubringen, doch Annas Entschluss stand fest. Zuvor hatte sie bereits den Ehevertrag unterschrieben, dabei hatte sie ein letztes Mal ein mulmiges Gefühl bekämpfen müssen.

Es war alles genau geregelt. Anna hatte fast schon erwartet, dass auch festgehalten wurde, wie oft sie Sex hatten. Aber natürlich stand nichts davon drin, genauso wenig wie davon, dass es keine Kinder geben würde. Aber sie wusste ja auch so, was von ihr erwartet wurde.

Die Zeremonie verlief schnell und recht bürokratisch. Anna war es sogar recht so, denn auf irgendwelche romantischen Sprüche konnte sie gut verzichten. Die Ehe war ein Vertrag, und so sollte sie auch geschlossen werden.

Es war komisch, als sie das erste Mal mit Anna Gunter unterschrieb. Anna Wagner war jetzt Geschichte, sie trauerte ihr keinen Moment nach.

Karen, Doro, Jasmina, Irina und Sophie mit ihrem Mann erschienen zur kleinen Feier in der Villa. Das erste Mal war Anna wirklich angespannt, denn Herberts Bekannte waren allesamt Akademiker, und sie hatte Angst, dass ihre Freundinnen abfällig von ihnen behandelt werden würden. Vor allem die Ehefrauen beäugten sie sehr misstrauisch. Anna fragte sich, was sie wohl von ihnen halten würden, wenn sie wüssten, was für einem Gewerbe sie nachgingen.

»Meine lieben Freunde!« Herbert Gunter ergriff nach dem Essen das Wort. »Vielen Dank, dass ihr den Tag mit Anna und mir heute feiert.« Er streckte die Hand nach ihr aus und zog sie an sich. »Ich weiß, dass ihr euch wundert, dass ich mich noch einmal verheiratet habe, aber wenn ihr Anna anschaut, dürften die Gründe wohl klar sein«, strahlte er in die Runde.

Die Gesichter seiner Freunde waren skeptisch – genauso wie die von Annas Freundinnen. »Ich bin sehr froh, dass diese schöne junge Frau mich erhört hat. Und jetzt erhebt bitte alle euer Glas, lasst uns anstoßen!«

Anna saß noch eine Weile mit ihren Freundinnen zusammen, die anderen Gäste scharten sich um Herbert Gunter.

»Meine Güte, die Villa ist ja ein Traum«, urteilte Irina ehrfürchtig. »Es ist alles so edel.«

»Das gehört sich ja auch so für einen goldenen Käfig«, fügte Karen bissig hinzu.

»Bitte, Karen!«, flehte Anna sie an.

»Ach Süße …« Ihre Freundin griff nach ihren Händen. »Ich wünsche dir doch alles Liebe und Gute. Aber gib mir Zeit, das zu verdauen. Er ist so … alt. Und seine Freunde auch. Was ist denn das für ein Leben?«

»Für sein Alter sieht er doch noch gut aus«, nickte Doro. »Es gibt Schlimmeres, als hier zu leben.«

»Eben«, nickte Irina. »Nie wieder zu irgendwelchen Kerlen, die einen mies behandeln. Anna wird Reisen machen und ihre Schulabschlüsse nachholen. Ich freu mich jedenfalls für sie.«

»Danke.« Anna sah sie gerührt an. »Danke euch allen.«

»Na, du hättest mal ihre Gesichter sehen sollen«, grinste Herbert, als sie später im Bett lagen.

»Du hast es ihnen gesagt? Also, was mein Job war?« Anna hob den Kopf und schaute ihn ungläubig an.

»Natürlich habe ich das. Mir war es lieber, wenn ich das tue, als wenn sie es von anderer Seite herausbekommen.« Er zuckte mit den Schultern. »Im Übrigen kannte Peter eine deiner Freundinnen bereits.«

»Ach!« Anna musste jetzt glucksen. »Sieh mal an … Wen denn?«

»Magdalena.« Er fiel in ihr Lachen mit ein. »Das muss aber schon ein bisschen her sein. Hat sie nichts davon erzählt?«

»Nein.« Anna schüttelte den Kopf. Aber das wunderte sie nicht wirklich, Irina, die unter dem Namen Magdalena arbeitete, redete nicht oft über Kunden. Und vielleicht hatte sie ihn ja wirklich nicht mehr erkannt.

»Jedenfalls …« Herbert drückte Anna auf den Rücken und legte sich auf sie. »… platzen alle vor Neid, das konnte ich ihnen ansehen.«

Sie zog es vor, darauf nicht zu antworten, sondern konzentrierte sich viel mehr darauf, ihm Lust zu verschaffen.

***

»Darf ich dir vorstellen? Das ist Herr Paulsen.« Herbert kam mit einem jungen Mann in den Salon. »Ich habe Herrn Paulsen gebeten, dich für deine Prüfung vorzubereiten. Er wird dich unterstützen.«

»Danke.« Anna schaute ihren Mann verdutzt an. Davon hatte er ihr nichts gesagt.

»Nicht, dass ich dir das nicht auch so zutrauen würde, aber ich dachte, ein bisschen Hilfe kann ja nicht schaden.«

»Nein, kann es nicht.« Anna war immer noch verblüfft, lächelte ihrem Privatlehrer dann aber freundlich zu. Anna schätzte, dass er ein Student war, er wirkte etwas linkisch, war aber nicht unsympathisch. »Ja, sollen wir denn mal anfangen?«, fragte Anna ihn unsicher.

»Gerne.«

Anna ging mit ihm in ihr Zimmer. Es war mittlerweile komplett eingerichtet. Zwar wollte Herbert Gunter die Möbel am liebsten in teuren Designerläden bestellen, aber Anna wollte die Sachen aus ihrer Wohnung um sich haben.

»Ich bin vor zwei Tagen mit meinem Mann aus Ägypten zurückgekehrt, jetzt muss ich ein bisschen was nachholen«, erklärte sie dem jungen Mann.

»Ägypten ist sicherlich sehr interessant.«

»Ja, es war traumhaft schön dort.«

Und das war es auch gewesen. Einen Tag nach der Hochzeit waren sie zu ihren Flitterwochen aufgebrochen.

Anna war begeistert von dem Land und der Geschichte, zumal man merken konnte, mit welcher Leidenschaft ihr Mann daran hing. Er wurde nicht müde, ihr immer wieder alles genau zu erklären. Anna hatte alles in sich aufgesogen.

Es lohnte sich tatsächlich, dass Herbert Gunter den Studenten angeheuert hatte. Er konnte Anna den Lernstoff gut vermitteln und wiederholte mit ihr die Fächer, in denen sie die meisten Probleme hatte.

Am Tag ihrer Prüfung war sie sehr nervös. Sie wollte es unbedingt schaffen, schon allein, weil sie Herbert nicht enttäuschen wollte – aber in erster Linie, um es sich selbst zu beweisen. Das Lernen hatte sie auch von den Gedanken an jemand ganz Bestimmten abgelenkt, denn immer noch konnte Anna es sich nicht verkneifen, nach Neuigkeiten über Chris zu suchen. Manchmal tauchte er zusammen mit seiner Freundin in den Klatschspalten auf, und jedes Mal traf es Anna sehr, wenn sie ihn zusammen mit Jana Borgmann sah.

»Du hast Post«, lächelnd gab ihr Herbert den heiß ersehnten Umschlag. Annas Hände zitterten richtig, als sie ihn aufriss. Als sie das Ergebnis und die Zensuren sah, stieß sie einen freudigen Schrei aus und fiel ihrem Mann um den Hals.

»Ich gehe mal davon aus, dass du bestanden hast«, lachte er, und sie reichte ihm die Unterlagen.

»Gratuliere, meine schöne Anna. Und jetzt? Willst du direkt weitermachen?«

»Natürlich!«

»Das ist schön. Komm, lass uns das Ereignis angemessen feiern«, grinste er und zog sie mit nach oben.

Anna versuchte, sich nicht anmerken zu lassen, dass sie jetzt wirklich keine Lust hatte, mit ihm ins Bett zu gehen. Ihre Routine als Callgirl kam ihr dabei zu Hilfe, sie war froh, als er endlich ermattet auf ihr zusammensank.

Natürlich wusste sie, dass er sie in erster Linie geheiratet hatte, um eine hübsche Bettgespielin zu haben. Aber dass er sie so oft ins Bett beorderte, damit hatte sie nicht gerechnet. Insgeheim hoffte sie, dass seine Lust eines Tages mal weniger werden würde.

»Wir fahren heute in die Stadt, ich habe dort einen Termin«, verkündete Herbert ihr beim Frühstück.

»Und was ist das für ein Termin?«, erkundigte Anna sich.

»Nichts Wichtiges. Aber ich wollte mit dir danach auswärts essen gehen. Also ziehe dich entsprechend an«, bat er sie.

Anna wählte eines ihrer Kostüme. Mittlerweile hatte sie sehr viele davon. Herbert liebte es, wenn sie Röcke trug, Anna hingegen trauerte ein wenig ihren Jeans und T-Shirts nach. Ihr

Mann mochte es nicht, wenn sie sich leger kleidete, und bat sie dann immer, dass sie sich umziehen möge.

Sie wunderte sich, als sie sah, wohin sie fuhren. Es war jenes Restaurant, das in dem Gebäude untergebracht war, womit Christopher Morgan so viel Anerkennung geerntet hatte.

»Hier ist der Termin? Oder gehen wir hier essen?«

»Sowohl als auch«, lächelte er ihr zu.

Anna folgte ihm in das Restaurant. Wehmut überkam sie, hier hatte sie Chris das letzte Mal gesehen. Als sie an den Tisch geführt wurden, erstarrte sie förmlich.

»Herr Morgan, schön, dass Sie sich die Zeit genommen haben«, begrüßte Herbert ihn freundlich.

»Die Freude ist ganz auf meiner Seite. Herrn Stegner kennen Sie ja bereits, er ist für die Kaufverträge zuständig.«

»Und Sie kennen sicherlich noch meine Frau. Anna Gunter«, stellte Herbert sie den Herren vor.

Chris riss die Augen ungläubig auf, als er Anna entdeckte, die sich bisher hinter dem Rücken ihres Mannes versteckt hatte.

»Guten Tag zusammen«, presste sie mühsam hervor. Ihre Hand zitterte, als sie sie Chris entgegenstreckte.

»Hallo.« Auch seine Stimme klang heiser, und er war blass um die Nase.

Hastig wandte sich Anna seinem Geschäftspartner zu.

»Wir sind hier, weil ich beabsichtige, eine Wohnung zu kaufen. Damals hatten wir uns ja die Musterwohnung angeschaut«, erklärte Herbert ihr.

»Ja, ich erinnere mich«, räusperte Anna sich.

»Nun, wir haben mehrere Objekte als Option für Sie«, ergriff Herr Stegner das Wort.

Chris rückte Anna einen Stuhl zurecht, er betrachtete sie immer noch völlig fassungslos.

Annas Herz klopfte ihr bis zum Hals. Ihn so unerwartet wiederzusehen, brachte sie völlig aus dem Konzept. Mit allem hatte sie gerechnet – nur mit ihm nicht.

»Herr Morgan wird Ihnen die Besonderheiten genauer darlegen«, erklärte Herr Stegner. »Und dann gegebenenfalls Ihre Wünsche berücksichtigen.«

»Ja. Ja, natürlich.« Chris lächelte Annas Mann zu. »Dann wollen wir mal anfangen …«

Anna bekam nichts von seinen Ausführungen mit, sie war einfach nicht in der Lage, sich auf die Wohnungen zu konzentrieren. Es war ihr auch egal, was die Besonderheiten waren, viel zu sehr versetzte sie Chris' Gegenwart in Aufruhr. Schon seine Stimme zu hören, ihn so nah bei sich zu haben und ihn nicht berühren zu dürfen, trieb ihr fast die Tränen in die Augen.

Als er geendet hatte, suchte er wieder ihren Blick.

Anna schluckte heftig, als sie in dieses tiefe Braun schaute, das sie von jeher so fasziniert hatte. »Haben Sie noch Wünsche?«, fragte er Anna.

Sie schüttelte den Kopf. »Nein.«

»Welche Wohnung gefällt dir am besten, mein Schatz?«, wandte sich Herbert an sie.

»Ähm, ich … ich finde sie alle schön. Such du bitte eine aus.«

»Aber hast du irgendwelche besonderen Wünsche? Du kannst dir alles aussuchen.«

»Nein.«

»In Ordnung. Ich finde dieses Objekt am besten.« Er tippte mit einem Kugelschreiber auf einen Grundriss. »Sie können die Papiere fertig machen, ich werde sie kaufen.«

»Sehr schön«, freute sich Herr Stegner.

»Eine gute Wahl«, pflichtete Chris ihm bei.

»Da meine Frau so bescheiden ist und keine Extrawünsche hat, tut es mir leid, dass Sie sich extra herbemüht haben. Ich hoffe, wir haben Ihnen nicht zu viel Zeit gestohlen«, sagte Herbert zu ihm.

»Nein, gar nicht. Für gute Kunden habe ich immer Zeit.«

Herbert verwickelte Chris noch in ein Gespräch über künftige Bauvorhaben.

Anna hörte nur halbherzig zu.

»Und wie geht es Ihrer entzückenden Freundin? Sie war doch angehende Kinderärztin, oder?«, plauderte Herbert weiter.

»Ihr geht es sehr gut. Wenn alles nach Plan läuft, dann ist sie nächstes Jahr fertig«, antwortete Chris.

»Sehr schön. Wird sie sich selbstständig machen?«

»Sie überlegt, erst einmal eine Teilhaberschaft in einer eingesessenen Praxis einzugehen. Und dann mal sehen.«

Immer wieder suchte Chris den Blickkontakt zu Anna, doch sie vermied es, ihm noch einmal in die Augen zu schauen. Ihr war nach Heulen zumute, und sie hatte Angst, dass alle es ihr ansehen würden.

»Natürlich lädt unsere Firma Sie noch zum Essen ein«, erklärte Herr Stegner dann.

Anna hätte am liebsten laut aufgeschrien. Sie wollte weg von Chris, weg aus dieser unerträglichen Situation. Es war eine Qual, mit ihm an einem Tisch zu sitzen, vor allem, wo jetzt das Gespräch auf privatere Dinge kam. Herbert hatte keine Scheu, ihn auf Heiratspläne anzusprechen. Anna schloss gequält die Augen.

»Wir wollen nichts überstürzen«, wich Chris ihm aus.

Wie sie das Essen hinter sich bekam, wusste Anna nicht mehr. Sie beteiligte sich kaum an dem Gespräch, Appetit hatte sie sowieso keinen mehr. Nur um nicht aufzufallen, würgte sie etwas hinunter. Sie war erleichtert, als Chris und Herr Stegner sich endlich verabschiedeten.

»Vielen Dank für Ihr Vertrauen. Sie werden den Kauf dieser Wohnung nicht bereuen.«

Als Chris zum Abschied Annas Hand ergriff, fühlte sie sich wie elektrisiert. Sie schluckte. »Auf Wiedersehen«, sagte sie leise.

»Auf Wiedersehen.« Seine Stimme klang sanft, sie liebte diesen Klang, sie weckte bittersüße Erinnerungen.

»Ein tüchtiger junger Mann.« Herbert blickte ihm nach. »Ihr kanntet euch doch, oder?«

»Ja, aber das ist eine Ewigkeit her.«

»Nun ja. Gefällt dir die Wohnung? Ich denke, man wird eine gute Miete nehmen können, sodass sie sich selbst trägt.«

»Ja, sie ist schön«, log Anna. Dabei wusste sie noch nicht einmal mehr, für welche Wohnung er sich letztendlich entschieden hatte.

In der Villa angekommen, entschuldigte Anna sich frühzeitig und zog sich auf ihr Zimmer zurück. Sie hoffte, dass Herbert sie nicht rufen würde, denn auf Sex mit ihm hatte sie heute nun wirklich keine Lust.

Sie überlegte, ob sie Karen eine SMS schreiben sollte, sie musste einfach mit jemandem reden und wollte ihr vorschlagen, sich für den nächsten Tag in der Stadt zu verabreden. Zu ihrer Verwunderung entdeckte sie, dass sie eine Nachricht bekommen hatte.

Ihr Herz schlug ihr bis zum Hals, als sie merkte, dass diese von Chris stammte.

Bin bis übermorgen in der Stadt. Können wir uns sehen? Bitte, Anna!

Anna starrte immer wieder auf diese Zeilen. Er wollte sie sehen, sie konnte das noch gar nicht richtig begreifen. Im ersten

Moment hätte sie ihn am liebsten sofort angerufen und zugesagt, aber schließlich schaltete sich ihr Kopf ein.

Es wäre das Beste, wenn sie die SMS löschen und weiter versuchen würde, ihn zu vergessen. Sie war verheiratet, ihr Leben war in eine andere Spur geraten.

Er hatte sie im Restaurant schon wieder mehr aus der Bahn geworfen, als es gut für sie war, ihm jetzt alleine gegenüberzustehen, wäre Wahnsinn. Und trotzdem hatte sie eine unstillbare Sehnsucht nach ihm – und ihre Neugier war einfach riesengroß.

Sie sollte es nicht tun, es war bestimmt ein Fehler – doch sie konnte nicht dagegen an.

Morgen Vormittag, schrieb sie ihm mit klopfendem Herzen zurück.

Gerne. Im Park? Um 10 Uhr? Die Antwort kam prompt.

Ja, tippte Anna ein.

Zur Sicherheit löschte sie die Nachrichten direkt wieder. Zwar hatte sie nicht die Befürchtung, dass Herbert ihr Handy kontrollieren würde, aber sie wollte kein Risiko eingehen.

Am späten Abend klopfte es. »Ich möchte schlafen gehen. Kommst du bitte, Anna?«, hörte sie die Stimme ihres Mannes durch die geschlossene Tür.

»Ja, ich bin gleich da!«, rief sie zurück.

Sie zog sich ein Negligé über, Herbert liebte diese verführerische Nachtwäsche, und ging ins Bad, um sich fertig für die Nacht zu machen.

Er wartete schon auf sie und streckte die Hand nach ihr aus. »Alles in Ordnung, meine Liebe? Du wirkst sehr nachdenklich.«

»Alles in Ordnung, natürlich.«

Sie spielte routiniert ihr Programm ab, schaffte es problemlos, ihn zu erregen, und da er zu einem kräftigen Höhepunkt kam, musste sie auch keine kritischeren Nachfragen befürchten.

»Du bist fantastisch«, murmelte er träge und legte eine Hand besitzergreifend auf ihre Brust.

Anna lächelte ihn müde an und atmete erleichtert auf, als er eingeschlafen war.

»Ich werde gleich in die Stadt fahren«, erklärte sie ihm am Frühstückstisch. Das schlechte Gewissen nagte an ihr, dabei war dies Quatsch, denn sie würde Herbert ja nicht betrügen. Aber ob er es so okay finden würde, wenn er wüsste, was sie eigentlich vorhatte?

Sie hatte nicht vor, das herauszufinden. Das Treffen mit Chris war eine kleine Freiheit, die sie sich gönnen wollte.

»Und? Was willst du unternehmen?« Er sah nicht von seiner Zeitung auf.

»Ich werde ein bisschen bummeln. Hast du Wünsche? Soll ich dir etwas mitbringen?«, fragte sie ihn freundlich.

»Nein. Außer vielleicht ein paar hübsche Dessous.«

»Für dich?«, neckte sie ihn.

»Im Endeffekt schon«, schmunzelte Herbert.

»Ich werde sehen, was sich machen lässt.« Sie gab ihm einen Kuss und verabschiedete sich von ihm.

Anna war aufgeregt, als sie den Wagen auf dem Parkplatz abstellte. Es war ein angenehm warmer Frühlingstag. Sie dachte daran, dass es schon ein Jahr her war, seit sie das erste Mal mit Chris hier gewesen war. Sofort setzte wieder dieser Schmerz ein, der sie stets traf, wenn sie an die Zeit mit ihm zurückdachte.

Mit laut klopfendem Herzen betrat sie den Park, sie steuerte die Bank an, auf der Chris beim ersten Mal auf sie gewartet hatte. Er war schon dort.

Diesmal sah er nicht auf sein Handy, sondern entdeckte sie sofort. Er sprang auf und kam auf sie zu. »Anna …« Seine Stimme war nicht mehr als ein heiseres Krächzen.

»Hallo Chris«, lächelte sie ihm scheu zu.

»Ich … ich bin so froh, dass du gekommen bist.« Er erwiderte ihr Lächeln ebenso schüchtern.

»Ich muss zugeben, dass ich neugierig bin, warum du mich sehen wolltest.« Anna bemühte sich um einen lockeren Tonfall, dabei war sie innerlich so angespannt wie schon lange nicht mehr.

»Gehen wir ein Stück?« Er deutete auf den Weg, der am Fluss entlanglief.

»Gerne.«

Chris beobachtete sie von der Seite. »Kannst du dir das nicht denken, warum ich dich sehen wollte?«

»Nein.«

»Ich bin gestern aus allen Wolken gefallen, als ich gehört habe, dass du mit Professor Gunter verheiratet bist. Ich meine, er ist doch so viel älter als du und …, und ich meine …« Chris fuhr sich mit der Hand durch die Haare. »Warum, Anna? Warum er?«

Anna wurde ernst. »Weil er mir eine große Chance geboten hat. Durch die Heirat mit ihm kann ich ein besseres Leben führen.«

»Aber … aber liebst du ihn denn?« Chris schaute sie jetzt richtig verzweifelt an. »Ich meine, du bist jung und schön und …, und es wäre doch vielleicht noch jemand anderer gekommen! Oder ist es das Geld?«

Anna blieb abrupt stehen, Wut keimte in ihr auf. »Natürlich, Chris. Natürlich ist es das Geld. Kannst du es dir nicht denken? Ich war schon immer scharf darauf, viel Geld zu haben«, sagte sie bissig. Sie konnte nicht verhindern, dass ihr Tränen in die Augen schossen. »Was sollte ich sonst für einen Grund haben?«

»Anna!« Er schrie fast ihren Namen, dann hielt er sie an den Schultern fest. »So sollte es nicht klingen, aber … aber ich versuche, es zu begreifen.«

»Du hast doch selbst zu mir gesagt, dass kein normaler Mann mich heiraten würde – weißt du das noch? Mit meiner Vergangenheit … Nun, Herbert hat diese Standesdünkel nicht, es ist ihm egal, was ich vorher gemacht habe. Wir hatten beide unsere Gründe, um diese Ehe einzugehen«, fügte sie eisig hinzu.

»Ich weiß, Anna. Ich weiß, was ich damals alles zu dir gesagt habe.« Chris nahm ihr Gesicht ganz sanft zwischen seine Hände. »Und vieles davon tut mir unendlich leid. Ich … ich möchte nur, dass du glücklich bist. Wenn du mir sagst, dass es so ist, dann höre ich auch sofort auf. Es geht mich ja im Grunde nichts an; ich bin auch so froh, dass du nicht mehr als Escort arbeitest, aber als ich dich mit diesem älteren Mann gesehen habe, also … Bist du glücklich, Anna?«

Anna konnte sich nicht von seinen Augen lösen; seine Hände auf ihrer Haut zu spüren, bereitete ihr eine Gänsehaut. »Ich … ich bin sehr zufrieden, wie alles gekommen ist«, wich sie ihm aus.

»Du verdienst einen Mann, der dich liebt, ganz aufrichtig liebt, und den du liebst«, flüsterte Chris heiser.

»Und was ist, wenn der niemals kommen wird?« Eine Träne löste sich und kullerte über ihre Wange. »Oder wenn der, den ich liebe, mich nicht will?« Sie nahm seine Hände und schob sie weg. Sie konnte ihm nicht mehr ins Gesicht sehen.

»Anna …« Seine Stimme klang ebenso rau wie ihre. »Anna, sieh mich an!«, bat er sie, doch sie schüttelte nur den Kopf.

Sie spürte, wie er sie in seine Arme zog. Anna wollte ihn wegschieben, doch er hielt sie so fest, dass sie wusste, dass es zwecklos sein würde. Seine Hände streichelten über ihren Rücken, mehr und mehr entspannte sie sich in seinen Armen. Jetzt war es ihr auch egal, dass sie weinte, sollte er es doch merken, was spielte das noch für eine Rolle?

Chris vergrub sein Gesicht in ihren Haaren. »Ich wäre so gerne der Mann gewesen, der dir ein anderes Leben bietet. Aber … aber ich müsste immer daran denken, wie viele Männer dich schon berührt haben. Anna, ich kann das nicht! Es tut mir so leid. Und selbst, wenn ich das alles wegschieben könnte – mein ganzes Umfeld käme damit ebenfalls nicht klar. Meine Familie, Freunde …«

»Schon gut!« Endlich fand sie die Kraft, um sich von ihm zu lösen. »Du hast ja jetzt auch deine Traumfrau gefunden. Und ich habe mich arrangiert.«

Er sah sie traurig an. »Ja, Jana ist eine tolle Frau. Aber ich kann dich nicht vergessen. Wenn die Umstände anders gewesen wären, dann … dann …«

Sie legte ihm einen Finger auf den Mund, sie wollte gar nicht, dass er weiterredete. »Es ist so gekommen, und es ist gut so. Ich führe ein besseres Leben, und du hast eine tolle Frau an deiner Seite. Wir können beide zufrieden sein. Lass uns so auseinandergehen, Chris.« Sie sah ihn flehend an. »Und alles andere in schöner Erinnerung behalten.«

Er starrte auf den Boden und nickte. Als er wieder aufsah, konnte sie Tränen in seinen Augen glitzern sehen. »Meine schöne, kluge Anna. Ich wünsche dir nur das Beste.«

»Ich dir auch.« Sie streichelte ihm zum Abschied über die Wange, doch Chris presste sie an sich, umfasste ihr Gesicht und gab ihr einen Kuss. Anna war viel zu überrascht, um ihn wegzustoßen – es traf sie wie ein Blitz.

In ihr brach die ganze Sehnsucht nach ihm wieder hervor, sie wollte sich dagegen wehren, doch in seinen Armen war sie wie Wachs. Sie erwiderte den Kuss mit der gleichen Intensität, er schmeckte salzig, doch das störte sie nicht. Sie schmiegte sich eng an ihn und seufzte leise auf, als er sich von ihr löste.

»Mach's gut, Chris!«, schluchzte sie leise.

»Ich liebe dich, Anna.« Er weinte jetzt.

»Sag das nicht, verdammt!« Sie schlug wütend gegen seine Schulter. »Warum sagst du so was zu mir? Merkst du denn gar nicht, dass du alles nur noch schlimmer machst?«

»Aber es ist die Wahrheit«, stammelte Chris verzweifelt. »Ich liebe dich, hörst du? Aber ich kann nicht mit dir zusammenleben, weil ich mit deiner Vergangenheit einfach nicht klarkomme. Weißt du eigentlich, wie oft ich das schon alles durchgespielt habe? Aber es geht nicht, ich kann das einfach nicht!«

Anna starrte ihn fassungslos an, damit hätte sie nie im Leben gerechnet. Und so hatte sie Chris auch noch nie gesehen. Seine ganze Selbstsicherheit war wie weggeblasen, die Tränen rannen über sein Gesicht, wie gerne hätte Anna sie ihm weggeküsst, aber das durfte sie nicht. Es wäre eine noch größere Qual – für sie beide.

»Aber ich dachte … ich dachte, du liebst Jana?«, flüsterte sie entsetzt.

»Ja, das tue ich auch, in gewisser Weise schon. Aber es ist anders als mit dir, Anna.« Chris fuhr sich mit der Hand durch die Haare und lachte bitter auf. »Das kann man nicht vergleichen. Jana passt sehr gut zu mir, sie ist perfekt – zu perfekt vielleicht schon. Aber ich liebe die kleine unperfekte Anna noch viel mehr! Aber ich kann nicht mit dir zusammen sein. Und dafür hasse ich mich selbst.«

Anna musste sich sehr zusammenreißen, um einen drohenden Weinkrampf zu bekämpfen. »Das sollst du nicht, du sollst dich nicht hassen. Nur die wenigsten Männer kämen damit zurecht, Chris. Du bist ein wundervoller Mann, und du wirst bestimmt glücklich werden«, wisperte sie. »Ich liebe dich.«

Sie kehrte ihm schnell den Rücken zu und schlug den Weg zum Ausgang des Parks ein.

»Ich dich auch!«, rief er ihr hinterher, doch sie drehte sich nicht mehr zu ihm um.

16

»Mein Gott, wie siehst du denn aus!«

Karen musterte sie entsetzt, griff nach Annas Arm und zog sie in ihre Wohnung. »Was ist geschehen, Süße! War es dein Mann? Hat er dich schlecht behandelt?«

Die Fragen prasselten auf Anna ein, sie schüttelte den Kopf. »Nein. Nein, es ist nichts mit Herbert«, presste sie hervor. Das Reden fiel ihr schwer, noch immer stand sie zu sehr unter dem Eindruck des Treffens mit Chris. Es war ihr unmöglich gewesen, jetzt zu ihrem Mann in die Villa zu fahren. Was sollte sie ihm auch erzählen, warum sie so völlig aufgelöst und verheult war? Gott sei Dank war Karen zu Hause gewesen und hatte sie gebeten, vorbeizukommen.

»Was ist denn bloß los?« Ihre Freundin nahm sie in den Arm und führte sie ins Wohnzimmer. »Soll ich dir einen Tee machen? Oder einen Kaffee?«

»Kaffee wäre gut.«

Karen stellte ihr eine Jumbotasse hin und setzte sich neben sie aufs Sofa. »Anna, kann ich dir irgendwie helfen?«

»Er war da … also … er wollte, dass ich mich mit ihm treffe. Ich hab ihn gestern schon gesehen, als Herbert die Wohnung kaufen wollte, da hat er erfahren, dass ich Herbert geheiratet habe, dann hat er abends eine Nachricht geschrieben und …«

»Langsam, langsam, Anna. Ich verstehe nur Bahnhof!« Karen strich ihr eine Strähne aus dem Gesicht. »Wer war da?«

»Entschuldige.« Anna schluckte heftig. »Tut mir leid für mein wirres Gestammel. Christopher Morgan ist in der Stadt. Gestern hatte Herbert einen Termin mit ihm, wegen einer Wohnung, die er kaufen will. Ich habe Herbert begleitet, er hat mich als seine Frau vorgestellt. Chris wirkte sehr überrascht.«

»Na, das kann ich mir vorstellen. Wir waren ja alle überrascht, dass du diesen älteren Herrn geheiratet hast«, stimmte Karen bissig zu.

»Als ich daheim war, habe ich gesehen, dass ich eine Nachricht von Chris bekommen hatte. Er hat mich um ein Treffen gebeten, ich komme direkt von dort.« Anna atmete tief durch. Sie rang um ihre Fassung, war aber auch froh, dass sie alles erzählen konnte.

»Und? Wie war es?«, bohrte Karen. Sie griff nach Annas Händen und streichelte sanft darüber.

»Er wollte wissen, warum ich Herbert geheiratet habe und ob ich glücklich wäre. Ich … ich habe ihm meine Gründe erklärt … und dann hat er … er hat gesagt, er würde mich lieben, könne aber nicht mit mir zusammen sein, wegen meiner Vergangenheit als Callgirl und seinem Umfeld, das mich wohl niemals akzeptieren würde.« Anna schluchzte leise auf.

»Oh …« Karen wirkte verblüfft. »Das … das also, das haut mich jetzt auch um. Aber du hast doch mal erzählt, er hätte eine Freundin – sind sie nicht mehr zusammen?«

»Doch, schon. Er meinte, er liebe sie, aber mich würde er noch viel mehr lieben, und er könne mich nicht vergessen.« Anna rannen wieder die Tränen über die Wangen.

»Was ist denn das für eine Scheiße?« Karen guckte Anna erbost an. »Was ist das denn für ein Weichei? Wenn er dich liebt, dann soll er auch zu dir stehen. *Sein Umfeld* – spinnt der eigentlich? Sein Umfeld war zur Hälfte bestimmt auch schon mal in einem Puff! Oh, wie ich so eine scheinheilige, verlogene Bande hasse!«, empörte sie sich.

»Ich kann ihn verstehen«, weinte Anna. »So was ist auch nicht einfach. Seine Familie ist total angesehen in seiner Stadt, er hat die besten Zukunftsaussichten, ihm steht alles offen. Da kann er keine Frau wie mich an seiner Seite haben. Und wenn er nicht damit klarkommt, als was ich gearbeitet habe, kann ich das akzeptieren. So etwas ist nicht einfach!«

»Familie? Ansehen?« Karen lachte bitter, dann schob sie Anna eine Tageszeitung hin. Sie schlug eine Seite auf, in der etwas über einen König berichtet wurde, der ein nicht ganz tadelloses Eheleben geführt hatte, das jetzt von der Presse genüsslich in die Öffentlichkeit gezerrt wurde. »Sogar Könige gehen in Puffs und vergnügen sich mit Callgirls. Aber dein Architekt hat deswegen Skrupel oder was?«

»Wenn es doch nun mal so ist«, flüsterte Anna traurig. »Und jetzt ist es eh egal. Ich bin verheiratet, und er ist mit dieser Jana zusammen.«

»Als ob man daran nichts ändern könnte.« Karen streichelte Anna übers Gesicht. »Du tust mir leid, Süße. Dabei wünsche ich es dir so sehr, dass du glücklich wirst.«

Annas Handy meldete sich, mit zitternden Händen griff sie danach. Irgendwie hatte sie die irre Hoffnung, dass Chris sich noch einmal melden und ihr vorschlagen würde, durchzubrennen oder so etwas in der Art, aber zu ihrem Schreck erkannte sie, dass es Herberts Nummer war. Sie räusperte sich, damit er nicht merkte, dass sie geweint hatte. »Ja?«

»Anna – wo steckst du denn? Frau Müller hat das Mittagessen schon fertig, und ich warte!« Er klang sehr vorwurfsvoll.

»Oh, entschuldige. Ich habe Karen in der Stadt getroffen, und wir trinken gerade noch einen Kaffee zusammen. Bitte fang ohne mich an, ich schaffe es jetzt sowieso nicht mehr rechtzeitig«, redete sie sich zerknirscht heraus.

»Das schätze ich überhaupt nicht!«, kam es verärgert. »Das hättest du mir vorher sagen sollen, dass du nicht mitisst!«

»Tut mir leid. Ich bin in einer Stunde da«, versuchte sie, ihn milde zu stimmen.

Statt einer Antwort legte er auf.

»Und? Was wollte denn dein lieber Gatte?«, erkundigte sich Karen zynisch.

»Er war sauer, weil er dachte, ich esse mit ihm zu Mittag.«

»Oh – und jetzt ist sein geliebtes Frauchen nicht da. So was …« Sie schüttelte den Kopf. »Böse Anna!«

»Hör auf!« Sie sah ihre Freundin ernst an. »Er ist nun mal an seine Rituale gewöhnt.«

»Ich denke, er wird es überleben, wenn du mal nicht nach seiner Pfeife tanzt. Du lässt dich sowieso viel zu sehr von ihm vereinnahmen. Wir sehen uns ja kaum noch.«

»Ich weiß«, nickte Anna betrübt.

»Irgendwie hast du nicht gerade Glück mit den Kerlen. Der eine hält dich wie sein Sexspielzeug, der andere hat nicht den Arsch in der Hose, zu dir zu stehen.«

»Danke für die Analyse«, flüsterte Anna geknickt. »Ich muss los.«

»Warum? Du hast ihm doch gesagt, erst in einer Stunde.«

»Ich werde mir noch hübsche Dessous kaufen …«

»Um ihn ruhigzustellen?« Karen schüttelte den Kopf. »Lass dich nicht kleinmachen, Anna.«

»Ich will keinen Streit mit Herbert. Schon gar nicht, nachdem ich mich heute mit Chris getroffen habe.«

»Wie schlimm, du hast mit einem anderen Mann geredet!«, spottete ihre Freundin.

»Ich habe ihn geküsst und ihm gesagt, dass ich ihn liebe. Ich glaube, das rechtfertigt schon ein schlechtes Gewissen, oder?«

Karen grinste sie jetzt frech an. »Ihr habt herumgeknutscht?«

»Es war nur ein Kuss«, maulte Anna, aber der spitzbübische Ausdruck in dem Gesicht ihrer Freundin blieb. Anna konnte nicht anders, sie musste jetzt auch glucksen. »Es war ein sehr schöner Kuss.«

Karen nahm sie noch einmal in den Arm. »Ich gönne es dir. Und wenn du irgendwelche Alibis brauchst: Ich bin zu jeder Schandtat bereit.«

»Ich habe nicht vor, Herbert zu betrügen!«, rief Anna empört.

»Ja, ja.« Karen hauchte ihr einen Kuss auf die Stirn. »Sei ruhig ein braves Mädchen!«

Anna fuhr in ihre Stammboutique, in der es sündhaft teure Spitzenunterwäsche gab. Sie erstand ein sehr heißes Set in Schwarz und machte sich auf den Weg in die Villa. Mittlerweile hatte sie sich so weit beruhigt, dass sie nicht mehr weinte und nicht mehr so ganz verquollen aussah.

»Na, endlich«, wurde sie schon von ihrem Mann empfangen. »Anna, wir müssen über dein Verhalten reden!«

»Warum? Ich war einkaufen und habe eine Freundin getroffen. Was ist daran verwerflich?« Sie sah ihm fest in die Augen.

»Du weißt, dass ich es schätze, wenn wir die Mahlzeiten gemeinsam einnehmen. Unzuverlässigkeit kann ich nicht tolerieren!« Er verschränkte die Arme vor seiner Brust und musterte sie streng.

»Herbert – ich bin deine Frau und nicht eine deiner Studentinnen, die du maßregeln kannst. Meinst du nicht, du übertreibst?«

»Natürlich bist du nicht eine meiner Studentinnen. Dafür fehlt dir ja schließlich die Qualifikation!«, schoss er hochmütig zurück.

Anna zuckte zusammen, die Bemerkung hatte gesessen. »Um dich zu heiraten, hat es immerhin gelangt«, sagte sie dann mit mehr Mut, als sie eigentlich hatte.

»Deine Qualitäten liegen auf anderem Gebiet! Hast du was Hübsches gekauft? Wenn ja, kannst du es direkt anziehen!« Er deutete mit dem Kopf zur Treppe, Anna verstand nur zu gut, was dies zu bedeuten hatte.

Sie schluckte eine aufmüpfige Bemerkung hinunter, dachte an Chris und was heute geschehen war, ihr schlechtes Gewissen befahl ihr, lieber ruhig zu sein.

»Lass dich mal überraschen«, lächelte sie.

Seine Miene wurde freundlicher. »Sehr gerne.«

Anna ahnte, dass sie jetzt mehr als sonst ihre Routine abrufen musste. Nach so einem Vormittag ihrem Mann vorspielen zu müssen, sie sei erregt, überstieg fast ihre Kräfte. Doch die Dessous taten nützliche Dienste.

Herbert kam schnell in Fahrt und sank schon bald erschöpft auf ihr zusammen.

»Du siehst umwerfend aus, Anna.« Er gab ihr einen Kuss auf den Bauch.

»Also hat sich der Einkaufsbummel ja gelohnt«, grinste sie.

»Ruf bitte demnächst zumindest an, wenn du später kommst.« Er schien jetzt viel milder gestimmt zu sein.

»Natürlich«, versprach sie ihm.

***

»Am Freitagabend kommen meine Kollegen zu Besuch«, erklärte ihr Herbert beim Abendessen.

»Oh, schön. Dann könnte ich in der Zeit ja ins Kino verschwinden«, antwortete sie fröhlich. Sie hatte schon lange Lust, mal wieder auszugehen, doch die Filme, die sie interessierten, gefielen Herbert nicht. Und mit viel Glück hatte ja auch eine ihrer ehemaligen Kolleginnen Lust und keine Termine.

»Ich wollte dich bitten, dass du hierbleibst.«

»Was soll ich denn hier? Ich störe euch doch nur.«

»Ich hätte gerne, dass du dich sexy anziehst und uns Getränke und Knabbereien servierst.«

Annas Kehle zog sich zu. »Und warum?« Ihr Puls raste.

»Nun: Als ich dich geheiratet habe, kamen sehr abfällige Bemerkungen über Damen deines Gewerbes. Natürlich hat man mich gewarnt und für einen Narren gehalten. Ich möchte, dass sie alle vor Neid platzen, wenn sie dich sehen – und dann brav in das Bettchen ihrer Gattinnen zurückmüssen«, schmunzelte er.

Anna gefiel das alles nicht besonders. »Mir ist nicht wohl dabei«, gestand sie ihm ehrlich.

»Anna, ich bitte dich. Tu mir den Gefallen, meine Liebe.« Er griff nach ihrer Hand und küsste ihre Fingerspitzen.

Sie nickte, legte aber die Serviette auf den Tisch und entschuldigte sich, um auf ihr Zimmer zu gehen.

Sie marschierte auf ihren Balkon und atmete die frische Luft ein. Nein, das gefiel ihr alles überhaupt nicht. Doch was sollte schon passieren? Die Kerle würden ihr lüsterne Blicke zuwerfen, und Herbert hatte seinen Spaß. Mehr nicht.

Anna griff nach ihrem Handy und schaute auf das Display. Seit Tagen hegte sie immer noch die Hoffnung, dass Chris sich melden würde. Doch von ihm kam keine Nachricht. Natürlich nicht, es war ja auch alles geklärt.

Anna fragte sich, ob seine Worte der Wahrheit entsprachen und er sie wirklich lieben würde.

Sein Geständnis hatte ihre Lage nicht gerade einfacher gemacht, denn jetzt hegte sie die stille Hoffnung, dass es doch vielleicht einmal anders kommen würde. Und sie hatte keinen Zweifel, dass sie sofort bei ihm bleiben würde, würde er sie darum bitten. Doch das würde nicht passieren.

***

»Nein, nicht das Kleid! Das ist zu brav.« Herbert schüttelte den Kopf und nahm es Anna aus der Hand. »Dieses hier …« Sie konnte das Blitzen in seinen Augen deutlich erkennen.

»Findest du es nicht sehr freizügig?« Anna schaute ihn zweifelnd an. Sie hatte dieses Kleid für ganz besondere Anlässe gekauft, und es war eigentlich nur Stammkunden vorbehalten gewesen, sie darin zu sehen.

»Nein. Überhaupt nicht.«

Anna zog es sich über und musterte sich im Spiegel. Das Kleid war kurz, rot und sehr eng anliegend. Ihr Busen kam gut zur Geltung, und mit den hochhackigen roten High Heels würden ihre Beine endlos erscheinen.

Schreib doch gleich ›Nutte‹ auf deine Stirn, zischte es in ihr.

»Ich möchte es nicht tragen.« Anna sah ihm fest in die Augen.

»Warum hängt es dann in deinem Schrank?«

»Es ist für gute Kunden bestimmt gewesen, und ich habe es auch niemals in der Öffentlichkeit getragen.«

»Bei mir zum Beispiel?«

»Genau.« Anna lächelte ihm zu, sie hauchte ihm einen Kuss auf die Lippen. »Würdest du es mir wieder ausziehen?«

»Sehr gerne.« Seine Hände schoben die Träger des Kleides von ihren Schultern, und er bedeckte ihre Haut mit kleinen Küssen.

Sie einigten sich schließlich auf ein ebenfalls sehr sexy geschnittenes, schwarzes Kleid, das aber um Längen edler wirkte. Auch das war Anna nicht so recht, sie konnte darunter keinen BH tragen, und je nachdem, wie sie sich drehte, konnte man vielleicht zu viele Einblicke gewinnen, aber Herbert bestand darauf.

Anna nahm sich vor, gut aufzupassen, wie sie sich bewegte.

»Herbert, mein Lieber. Vielen Dank für die Einladung!« Professor Bürgler begrüßte seinen alten Freund herzlich.

Anna war sehr nervös, wie sie sich eingestehen musste. Die Freunde ihres Mannes hatte sie seit dem Empfang nach ihrer Hochzeit nicht mehr gesehen, und da hatten sie sie mehr oder weniger ignoriert. Sie war gespannt, wie die Männer auf sie reagieren würden, jetzt, wo sie ohne ihre Frauen hier waren.

»Anna – Sie werden immer schöner.« Professor Bürgler gab ihr rechts und links ein Küsschen auf die Wange, ihr entging nicht, dass sein Blick dabei in ihren Ausschnitt wanderte.

»Ich freue mich, dass Sie hier sind«, lächelte sie ihm zu.

Die anderen Gäste trudelten nach und nach ein. Man begrüßte sie ebenso freundlich wie ihren Mann, offenbar bewahrheitete sich Annas Vermutung, dass die Herren ohne die strengen Blicke ihrer Gattinnen gelöster waren.

Sie zogen sich in den Salon zurück, Herbert bat Anna, Getränke zu servieren und etwas zu essen. Anna brachte die vorbereiteten Platten. Sie stellte alles auf einen kleinen Tisch in der Mitte ab, musste sich dabei bücken und hoffte inständig, dass sie nicht zu tiefe Einblicke gewährte. Doch an dem Glänzen in den Augen von Herberts Freunden konnte sie erkennen, dass es den Herren wohl doch möglich war, dass eine oder andere zu erkennen. Sie errötete prompt und wollte den Salon verlassen, da hielt Herbert sie an der Hand fest und zog sie auf seinen Schoß.

»Danke, Anna«, murmelte er und gab ihr einen Kuss. Er wollte ihn intensivieren, dabei schoben sich seine Finger unter ihren Rock, doch Anna hatte nicht vor, seinen Freunden hier eine Show zu bieten, und löste sich mit sanfter Gewalt von ihrem Mann.

»Ich bin nebenan.« Sie registrierte den verärgerten Ausdruck in seinen Augen. »Wenn noch etwas benötigt wird, dann ruf einfach.« Geschickt entwand sie sich ihm, lächelte noch einmal in die Runde und ging hinaus.

Sie atmete tief durch. Wut kam in ihr hoch, was stellte Herbert sich eigentlich vor? Sie war nicht gewillt, noch einmal im Salon zu erscheinen, da konnte er rufen, bis er schwarz wurde. Anna ging hoch auf ihr Zimmer und zog sich wieder andere Sachen an.

Nach einer Stunde stand Herbert wutentbrannt vor ihr. »Was soll das? Was machst du hier?«, fuhr er sie an. »Hast du mich nicht gehört? Ich habe schon etliche Male nach dir gerufen!«

Anna stand von ihrem Sofa auf. »Das ist mir egal! Was erlaubst du dir eigentlich? Fängst vor deinen Freunden an, mich zu befummeln! Spinnst du eigentlich? Ich habe keine Lust auf diese Spielchen!«, schleuderte sie ihm entgegen.

»Ach, jetzt hör doch auf, das schüchterne Mäuschen zu spielen!« Er kam einen Schritt auf sie zu. »Wie viele Kerle haben dich denn schon nackt gesehen, dich begrapscht und bestiegen? Und jetzt machst du hier so einen Tanz, bloß, weil du in sexy Klamotten ein paarmal hin- und herlaufen sollst?« Er machte eine verächtliche Handbewegung. »Ich habe dich geheiratet, weil ich eine junge schöne Frau fürs Bett wollte, die nicht prüde ist. Und weil ich mit dir angeben möchte. Also halte dich an die Vereinbarung, zieh dich wieder um, und komm nach unten!«

Anna schluckte heftig. Seine Worte hatten sie hart getroffen, noch nie hatte er so mit ihr geredet. »Warum tust du das?«, fragte sie ihn leise.

»Anna – du kennst doch unseren Deal. Also stell dich nicht so an!« Er sprach jetzt ein bisschen sanfter mit ihr. »Es ist doch nichts dabei. Ich möchte sie nur neidisch machen und ihnen damit zeigen, wie scheinheilig sie im Grunde doch sind. Denn in Wirklichkeit will dich jeder von ihnen besitzen.«

»O… okay.« Doch sie fühlte sich bei der Sache nicht wohl. »Dir zuliebe.«

»Danke, Anna.« Er gab ihr einen Kuss auf die Stirn und ging nach unten.

Zehn Minuten später erschien sie ebenfalls wieder im Salon, versuchte, die lüsternen Blicke zu ignorieren, und servierte lächelnd weitere Drinks.

»Du warst großartig heute«, murmelte Herbert in ihr Ohr, als er erschöpft und träge neben ihr im Bett lag. »Ich bin so froh, dass ich dich habe.«

Anna antwortete nicht. Als er eingeschlafen war, huschte sie unter die Dusche. Sie fühlte sich beschmutzt, und die Frage drängte sich in ihr auf, wie weit Herbert wohl gehen würde, um seinen Freunden zu imponieren.

***

»Puh, ist das heiß heute!« Irina fächerte sich Luft zu und ließ sich in einen Liegestuhl plumpsen.

»Schön, dass es endlich mal wieder geklappt hat«, freute sich Karen und lächelte Anna an. »Du vernachlässigst uns ganz schön.«

»Ich weiß.« Sie machte ein zerknirschtes Gesicht. »Ich war mit Herbert auf Vortragsreise und in Ägypten.«

»Und? Wie war's?«, erkundigte sich Irina.

»Ägypten? Sehr schön, ich war jetzt das zweite Mal dort, aber man braucht wohl Jahre, um alles zu entdecken«, strahlte

Anna. »Allerdings macht Herbert die Hitze dort zu schaffen. Im Sommer werden wir wohl nicht mehr hinfahren.«

»Na ja, er ist halt kein junger Hüpfer mehr.« Die Bemerkung konnte sich Karen natürlich nicht verkneifen.

»Ich weiß.« Anna streckte ihr die Zunge raus.

Sie erkundigte sich nach dem Liebesleben ihrer Freundinnen, doch die winkten nur ab.

Irina hatte sich in einen Kunden verliebt, aber wie so oft hatte auch er lediglich geschäftliches Interesse an ihr.

»Übrigens habe ich diese Soft-Tampons mal ausprobiert. Ich finde die ganz gut, mein Kunde hat nichts gemerkt, jedenfalls hat er nichts gesagt«, kicherte Irina.

»Echt? Ich dachte, die können die Männer kratzen«, wunderte sich Karen.

Anna wurde prompt rot. »Redet mal ein bisschen leiser.« Sie sah sich um, doch keiner der anderen Gäste schien etwas von ihrem Gespräch gehört zu haben.

»Okay«, flüsterte Irina. »Die Dinger sind aber eine saubere Sache. Da kommt nichts durch.«

Karen winkte ab. »Ich arbeite nicht, wenn ich meine Tage habe.«

Anna war innerlich froh, dass Herbert von diesen kleinen Schwämmchen nichts wusste. Wenn sie ihre Periode hatte, bedrängte er sie nicht weiter. »Können wir nicht das Thema wechseln?«, bat sie ihre Freundinnen.

»Oh, Frau Professor …«, neckte Karen sie, dann nahm sie Anna aber in den Arm.

Sie berichtete, dass sie die große Liebe auch noch nicht gefunden habe, und zuckte frustriert mit den Schultern.

»Und was ist mit Chris?«, hakte sie vorsichtig nach.

»Ich weiß nicht.« Anna schüttelte traurig den Kopf. »Ich habe seit dem Tag im Park nichts mehr von ihm gehört.«

»Aber du hast doch bestimmt nach ihm gegoogelt? Gib es zu!«, grinste Irina sie an.

»Ja, hab ich.« Anna spürte wieder diese unendliche Sehnsucht, wenn sie an ihn dachte. »Es gibt Fotos von ein paar Veranstaltungen, er war jedes Mal mit seiner Freundin da«, berichtete sie heiser.

»Dann scheint er sich mit der Situation wohl arrangiert zu haben.« Karen sah Anna traurig an. »Das tut mir leid für dich, Süße.«

»Das muss es nicht. Es war doch klar, dass er sich nicht von ihr trennen würde.«

»Und dir geht's doch nicht schlecht mit deinem Professor, oder?«, erkundigte Irina sich.

»Nein, ganz bestimmt nicht!« Anna schüttelte den Kopf.

Solange er seine Freunde nicht einlädt, dachte sie zerknirscht. Sie hasste es, sich vor ihnen präsentieren zu müssen, aber Gott sei Dank kam das nur einmal im Monat vor.

***

»Ich lege aber Wert darauf, dass du mitkommst«, beharrte Herbert.

»Warum denn? Es ist doch bloß die Schlüsselübergabe!« Anna wollte es auf jeden Fall vermeiden, Chris zu begegnen. Auch wenn sie sich natürlich nach ihm sehnte und ihn seit über einem halben Jahr nicht mehr gesehen hatte, sie wusste nicht, ob man es ihr nicht direkt anmerken könnte, was sie noch immer für ihn empfand. Und wenn er noch dazu seine Freundin dabeihaben würde, würde für Anna eine Welt zusammenbrechen.

»Ich möchte aber, dass du die Wohnung mit abnimmst. Frauen haben einen ganz anderen Blick für manche Dinge. Und vier Augen sehen mehr als zwei.« Er nickte ihr zu und gab ihr damit zu verstehen, dass sie sich umziehen sollte.

Anna überlegte, ob es Sinn machte, einen Streit vom Zaun zu brechen. Aber würde es nicht noch mehr auffallen, wenn sie sich mit Händen und Füßen dagegen wehren würde? Würde Herbert dann nicht erst recht stutzig werden, er wusste ja um die ›Bekanntschaft‹ zwischen Christopher Morgan und ihr.

Nervös zog Anna sich schließlich um. Sie wählte ein schwarzes Kostüm, es passte am ehesten zu ihrer Gemütsverfassung.

Anna glaubte, ihre Beine wären aus Pudding, als sie den schicken modernen Neubau betraten, in dem die Wohnungen lagen. Zur feierlichen Schlüsselübergabe waren die neuen Besitzer ins Foyer geladen, dort waren Tische aufgestellt, es gab eine Champagnerbar und ein Buffet.

Von Weitem entdeckte Anna schon Jana Borgmann und Chris. Sie strahlte ihn an und empfing an seiner Seite die neuen Wohnungseigentümer.

Herbert legte eine Hand auf Annas Rücken und führte sie zu ihnen.

Chris hatte Anna ebenso schon bemerkt, er ließ sie nicht aus den Augen, als sie auf ihn zukam. Vielleicht bildete Anna es sich nur ein, aber sie meinte, dass sie auch in seinen Augen eine gewisse Traurigkeit erkennen konnte.

»Professor Gunter, schön, Sie wiederzusehen«, lächelte Chris ihm zu. »Ich hoffe, Sie werden mit dem Objekt zufrieden sein.«

»Ich bin auch sehr gespannt. Meine Frau kennen Sie ja bereits«, stellte er Anna vor.

»Natürlich. Freut mich sehr.« Chris ergriff ihre Hand, sofort durchfuhr Anna ein leichtes Kribbeln. Wie sehr hatte sie sich in den letzten Monaten nach seiner Berührung gesehnt?

Er streichelte unmerklich mit dem Daumen über ihre Hand.

Anna schluckte heftig.

»Und Sie werden immer schöner«, wandte sich Herbert an Jana Borgmann.

»Vielen Dank«, freute sich diese. Auch sie begrüßte Anna, und wieder fiel ihr auf, wie hübsch Chris' Freundin war.

»Wir werden gleich mit Ihnen einzeln die Wohnungen besichtigen. Falls Sie noch Änderungswünsche haben, werden wir uns darum natürlich schnellstmöglich kümmern«, erläuterte Chris den neuen Besitzern.

Er kümmerte sich um die anderen Wohnungseigentümer, insgesamt sollten heute zehn Wohnungen übergeben werden. Wie beim ersten Projekt wurde auch dieses von großem Medieninteresse begleitet. Sogar Herbert und Anna wurden kurz fotografiert. Anna war das nicht so recht, sie wusste, dass die Presse nach ihrer Heirat schnell herausgefunden hatte, was sie früher für einem Job nachgegangen war, und es wurde sogar kurz darüber berichtet. Anna fürchtete, dass dies jetzt wieder hochkochen würde.

Die Wohnung war wirklich schön, die neuen Mieter würden sich über viel Luxus freuen können. Doch Anna hatte für das alles keinen Blick, sie wollte nur so schnell wie möglich wieder weg aus Christophers und Janas Gegenwart.

Nach der Übergabe wurden sie alle zum Buffet gebeten, aber Anna bekam keinen Bissen hinunter.

»Sie sollten nicht zu lange mit einer Heirat warten. Sonst schnappt Ihnen jemand anderer Ihre hübsche Freundin weg«, hörte sie Herbert zu Chris sagen.

Anna drehte sich verstohlen nach den beiden um.

»Ja, ich weiß. Aber Sie wissen ja: Viel Arbeit, wenig Zeit«, lachte Chris ihm zu. Er schaute kurz zu Anna, ihre Blicke trafen sich; für einen Moment hörte die Erde auf, sich zu drehen.

»Man sollte nicht zu lange überlegen, das Leben ist kurz«, entgegnete Herbert.

»Wir werden es beherzigen, nicht wahr, Schatz?« Jana hauchte Chris einen Kuss auf die Wange und hakte sich bei ihm unter.

»Genau.«

Anna schossen die Tränen in die Augen, sie konnte gerade noch verhindern, dass sie vor allen Leuten anfing zu heulen. »Können wir fahren?«, bat sie Herbert. »Ich habe Kopfschmerzen.«

»Oh, du Arme. Natürlich.« Er legte besorgt einen Arm um ihre Schultern und verabschiedete sich von Chris und Jana.

Anna ging sofort hinauf auf ihr Zimmer, zog die Jalousien hinunter und schmiss sich weinend aufs Bett. Sie hatte Herbert gebeten, sie nicht zu stören, und offenbar hatte sie so leidend ausgesehen, dass er es sofort eingesehen hatte.

***

Sie fand den Artikel kurz nach dem Jahreswechsel, als sie wie so oft nach Chris im Internet suchte. Er und seine Freundin waren auf einem Silvesterball abgelichtet worden, an Jana Borgmanns Finger wurde ein Diamantring entdeckt, und Chris' Vater hatte stolz die Verlobung seines Sohnes mit der jungen Kinderärztin verkündet.

Anna starrte die ganze Zeit auf den Monitor ihres PCs, immer wieder las sie den Artikel durch, hoffte irrerweise, dass der Inhalt sich doch noch verändern würde.

Doch schließlich brach es nur so aus ihr heraus, ihr ganzer Körper wurde von einem Weinkrampf geschüttelt, sie konnte die Tränen einfach nicht mehr stoppen.

Anna ließ sich auf ihr Bett fallen und zog die Beine an ihren Körper. Alles in ihr schrie seinen Namen. Ihre letzte Hoffnung, auch wenn sie winzig klein gewesen war, dass er sich aus irgendeinem Grund für sie entscheiden würde, zerbrach in Tausende kleine Stücke.

Anna weinte und weinte, war völlig außerstande, sich unter Kontrolle zu bekommen, irgendwann fielen ihr die Augen zu; sie fiel in einen unruhigen Schlaf.

Ein lautes Türenklopfen weckte sie. »Anna – komm zum Essen hinunter«, hörte sie die strenge Stimme von Herbert. Gott sei Dank kam er nicht hinein, ihre Privatsphäre, wenn sie in ihrem Zimmer war, achtete er.

»Ich fühle mich nicht gut«, krächzte Anna. Sie stand schnell auf und fuhr ihren PC hinunter, dann öffnete sie die Tür. »Ich glaube, ich habe mir einen Virus eingefangen. Bitte iss heute ohne mich.«

»Soll ich einen Arzt verständigen?« Er legte eine Hand auf ihre Stirn. »Fieber hast du nicht, aber du bist kreideweiß.«

»Ich glaube, das ist nicht nötig. Ich nehme eine Aspirin und lege mich gleich ins Bett.«

»Tu das. Soll ich dir einen Tee hochbringen?« Er schien wirklich besorgt um sie zu sein, was Anna schon wieder rührte.

»Nein, ich möchte bloß schlafen.«

»Wenn irgendetwas ist, dann rufe nach mir. Ich bin unten, falls ich es nicht höre, ich habe ja mein Handy immer dabei.«

»Ist gut, danke.« Anna bekam ein schlechtes Gewissen. Ihr Mann machte sich Sorgen um sie, während sie einer verlorenen Liebe nachtrauerte.

Aber sie konnte einfach nicht anders. Die Nachricht von Chris' Verlobung hatte sie tief getroffen. Anna fühlte sich nur noch leer, jegliche Kraft schien aus ihr gewichen zu sein. Dabei schimpfte sie mit sich, schließlich hatte sie immer gewusst, dass sie keine Chance bei ihm hatte.

Und doch war es jetzt etwas anderes. Es zu lesen, hatte etwas Endgültiges.

Anna machte die ganze Nacht kein Auge zu, unentwegt sah sie Chris vor sich, hörte seine Stimme, bildete sich sogar ein, seine Berührungen zu spüren.

Sehr gerädert stand sie am nächsten Morgen auf. Eigentlich hatte sie überhaupt keinen Hunger, aber sie wollte ihrem Mann beim Frühstück Gesellschaft leisten. Ihr schlechtes Gewissen schlug wieder mit aller Macht zu, wenn Herbert wüsste, was der Grund für ihre ›Krankheit‹ war, wie würde er da wohl reagieren?

Anna wollte es sich lieber nicht ausmalen.

»Guten Morgen, meine Liebe. Du siehst aber immer noch nicht gut aus«, musterte er sie kritisch. »Soll ich nicht doch lieber einen Arzt verständigen?«

»Nein, danke.«

Frau Müller kam mit einer Kanne Kaffee und Rühreiern, doch Anna nahm lediglich etwas zu trinken. Die Hausangestellte sah sie giftig an; nach wie vor hatte sie sich nicht an Anna gewöhnt, dabei waren Herbert und sie jetzt fast schon ein Jahr offiziell ein Paar. Er hatte sie sogar entlassen wollen, weil sie Anna nicht richtig akzeptierte, aber Anna hatte das abgelehnt. Frau Müller arbeitete bereits so lange für ihn; ihr war es egal, ob die Angestellte sie mochte oder nicht. Abfällige Blicke war sie gewöhnt und konnte damit umgehen. Nur bei *einem* Menschen war dies bisher nicht so gewesen.

»Ich habe keinen Hunger, ich wollte dir einfach Gesellschaft leisten.«

»Das ist nett von dir. Aber wenn dir nicht wohl ist, leg dich lieber wieder hin«, riet er ihr.

»Das geht schon.«

Herbert erzählte ihr, dass er jetzt genug Material für ein neues Buch zusammen hätte.

Anna hörte ihm schweigend zu. Am liebsten würde sie zurück auf ihr Zimmer gehen, sich die Decke über den Kopf ziehen und nichts mehr hören oder sehen.

Ihr war wieder zum Heulen zumute, aber genau das durfte sie jetzt in Gegenwart von Herbert nicht tun. Sie musste sich zusammenreißen, sie war ja schließlich nicht der einzige Mensch auf der Welt, der Liebeskummer hatte.

Nach dem Essen bat Herbert sie, sich etwas zu ihm zu setzen. »Ich plane für meinen Geburtstag nichts Großes«, informierte er sie.

Anna nickte, sie hatte nichts anderes erwartet. Im letzten Jahr waren sie nur zusammen essen gewesen.

»Hast du einen besonderen Wunsch?«, fragte sie ihn.

»Ja, den habe ich.« Sein Blick huschte über ihren Körper. »Aber den werde ich dir mitteilen, wenn du wieder genesen bist.«

»Warum?« Anna runzelte die Stirn. Was war denn das für ein besonderes Geschenk, das er haben wollte?

»Das wirst du dann erfahren.« Er stand auf und gab ihr einen Kuss auf die Stirn. »Leg dich wieder hin, meine Liebe. Du siehst nicht gut aus. Am besten schläfst du in deinem Zimmer, ich muss übermorgen auf jeden Fall fit sein für die Vorlesungen. Und da kann ich keine Krankheit gebrauchen. Und da ich Wert darauf lege, dass du mich begleitest, solltest du bis dahin wieder gesund sein.«

Anna fügte sich nur zu gerne seinem Wunsch und verabschiedete sich ins Bett.

Sie spürte wieder dieses Gefühl der Leere in sich, aber immerhin weinte sie nicht mehr und fiel bald in einen traumlosen Schlaf.

»Na, heute bist du wenigstens nicht mehr so blass«, empfing Herbert sie am nächsten Morgen beim Frühstückstisch.

Anna lächelte ihn scheu an. Er hatte recht, der Schlaf hatte zumindest ihrem Aussehen gutgetan, aber das änderte nichts daran, dass sie sich selbst vorkam wie in Trance.

»Meinst du, du kannst mich morgen begleiten?«

»Ich denke schon.« Anna hatte zu allem Lust, was sie von den Gedanken an Chris ablenkte, und Herberts Vorlesungen waren immer interessant. Außerdem mochte Anna die Atmosphäre von Universitäten und die jungen Leute um sich herum.

»Sehr schön.« Er wirkte zufrieden und wandte sich wieder seiner Zeitung zu.

Es war ständig das Gleiche: Sobald Anna erzählte, dass sie die Frau von Professor Gunter sei, fielen den Studenten – vor allem den männlichen – die Kinnladen herunter. Sie konnte das Unverständnis darüber deutlich in ihren Gesichtern ablesen, zumindest bei denen, die die Zeitungsartikel über ihren alten Job nicht kannten.

Eigentlich motivierte sie es noch mehr, weiter zu lernen, wenn sie ihn in die Unis begleitete. Herbert stellte ihr wieder einen Privatlehrer zur Seite, doch seit Kurzem fiel es Anna schwer, sich zu konzentrieren. Sie war fahrig, und obwohl sie sich große Mühe gab, wollte der Stoff einfach nicht in ihren Kopf. Sehr zum Missfallen ihres Mannes, der sich von dem Privatlehrer über Annas Fortschritte in regelmäßigen Abständen unterrichten ließ.

Aber es war wie verhext, seitdem sie von Chris' Verlobung wusste, war sie wie ausgewechselt. Manchmal kannte sie sich selbst nicht mehr, oft schaute sie nur stundenlang aus dem Fenster, statt sich den Lerninhalten zu widmen.

Auch heute war es nicht anders, nachdem sie sich zwei Stunden in den Erinnerungen an Chris verloren hatte, gab sie entnervt auf und ging hinunter zu ihrem Mann.

Herbert saß in seinem Arbeitszimmer und arbeitete an seinem Buch.

»Oh, hallo, meine Liebe. Kommst du nicht weiter?«

»Nein«, seufzte Anna.

Herbert reichte ihr die Hand und zog sie auf seinen Schoß. »Ich mache mir ein bisschen Gedanken um dich«, sagte er ernst.

Anna zuckte unwillkürlich zusammen. Hatte er etwas bemerkt? Dabei gab sie sich so große Mühe, sich ihre Traurigkeit nicht anmerken zu lassen. »Warum?«, fragte sie ihn vorsichtig.

»Du wirkst gedankenverloren und sogar ein wenig unglücklich. Auch der Sex mit mir scheint dich nicht ablenken zu können.« Herbert strich ihr zärtlich über das Haar. »Ich denke, ich bin wohl doch zu alt für dich, hm?«

»Nein.« Anna schüttelte den Kopf. »Du täuschst dich«, widersprach sie schnell. »Ich … ich bin momentan etwas frustriert, weil es mit dem Lernen nicht so gut klappt.« Sie hoffte inständig, dass er ihr diese Ausrede glaubte.

»Wir haben über mein Geburtstagsgeschenk gesprochen. Nun, ich denke, ich sollte dir mitteilen, was ich mir wünsche.«

»Da bin ich ja gespannt.« Anna legte die Arme um seinen Hals, ihr schlechtes Gewissen meldete sich jetzt mit aller Macht wieder zurück.

»Ich habe dir vor der Eheschließung gesagt, dass ich es nicht dulden würde, wenn du eine Affäre hättest. Erinnerst du dich?«

Anna wurde eiskalt. Wusste er etwas von Chris und ihr? Aber sie hatte ihn ja nicht mit ihm betrogen, es war ja nur ein Kuss gewesen im Park. Oder konnte er kontrollieren, wo sie im Internet surfte, und hatte herausbekommen, dass sie sich für Chris interessierte?

Aber das konnte doch nicht sein, sie löschte immer alles sofort wieder. Langsam, aber sicher setzte Panik ein. »Natürlich erinnere ich mich.« Ihre Stimme war ganz heiser. »Ich habe dich aber nicht betrogen.«

»Nun, das setze ich auch voraus«, schmunzelte Herbert. »Dennoch könnte ich verstehen, wenn du dich nach einem jüngeren Mann sehnst.«

»Das … das stimmt nicht«, flüsterte sie entsetzt.

»Ich habe dir gesagt, dass ich dir Seitensprünge gestatte, unter der Voraussetzung, dass ich dir dabei zusehen darf.« Er schaute ihr jetzt direkt in die Augen. »Und das genau ist mein Wunsch für meinen Geburtstag.«

Anna sprang von seinem Schoß auf. »Das ist nicht dein Ernst!«, keuchte sie atemlos. »Das kannst du nicht von mir verlangen.«

»Ich wünsche es mir aber. Und komm mir jetzt nicht damit, dass du so schüchtern geworden bist, das nehme ich dir nicht ab.«

»Ich mache das nicht … das … das … ist pervers!«, schleuderte sie ihm entgegen.

»… und damit dürfte dir das nicht fremd sein.«

»Ich habe so etwas noch nie getan. Ich werde hier niemandem eine Show bieten – auch dir nicht!« Ihre Stimme überschlug sich fast.

»Anna, bitte!« Herbert war aufgestanden und sah sie streng an. »Wozu habe ich denn ein Callgirl geheiratet? Da hätte ich mir ja gleich eine prüde Jungfrau nehmen können! Ich erwarte es von dir, es war meine Voraussetzung für unsere Ehe. Erinnere dich! Und ich finde, bei allem, was ich für dich getan habe, könntest du dich ein bisschen erkenntlich zeigen.«

Anna starrte ihn fassungslos an. »Das … das meinst du nicht ernst«, stammelte sie.

»Und ob. Das ist mein voller Ernst! Du siehst in der letzten Zeit aus wie ein Trauerkloß. Vielleicht fehlt dir ja dein Job mehr, als du zugeben willst. Ich bin also bereit, dir ein bisschen Abwechslung zu verschaffen. Manch eine Ehefrau wäre sicherlich froh darüber, also stell dich nicht so an!« Sein

Tonfall deutete an, dass er keinen Widerspruch duldete, immer noch sah er ihr fest in die Augen. Anna konnte seinem Blick nicht standhalten.

»Ich habe eine Nutte geheiratet, und ich erwarte nicht mehr oder weniger, als dass du dich wie eine verhältst. Du kannst auch gerne wieder zurück zu Sophie gehen und dort arbeiten, wenn dir das lieber ist, dann lassen wir uns scheiden!«

Anna schüttelte entsetzt den Kopf. »Bitte, Herbert … bitte nicht«, flüsterte sie heiser, eine Träne rollte über ihre Wange.

Sie wollte das nicht, sie wollte nicht auch noch ihn verlieren. Auch wenn sie sich überwinden musste, mit ihm zu schlafen, so gab er ihr doch Halt und so etwas wie Geborgenheit. Er kümmerte und sorgte sich um sie, nein, sie wollte ihn nicht verlieren, auf gar keinen Fall.

Er war doch ihre Familie.

»Anna …« Seine Stimme klang jetzt sanfter. Er kam auf sie zu und küsste sie auf die Stirn. »Was ist schon dabei, hm? Ein paar Stunden Sex mit einem anderen Mann – das ist doch für dich kein Problem, oder?«

Anna schloss die Augen, plötzlich breitete sich in ihr eine ungeheure Kälte aus. »Nein, das ist kein Problem«, hörte sie sich wie ferngesteuert sagen.

»Danke. Ich wusste, dass es keine Schwierigkeiten mit dir geben würde«, lächelte Herbert ihr zu. »Ich überlasse dir natürlich auch die Wahl, wer in Frage kommt.«

Anna stand von seinem Schoß auf. »Darf ich fragen, ob du das von deiner ersten Frau auch verlangt hast?«, presste sie hervor.

Herbert riss erstaunt die Augen auf. »Von Heidi? Nein, wie kommst du denn darauf? Sie war eine durch und durch anständige Frau, sie hätte das niemals gutgeheißen. Du vergisst, dass ich sie wirklich sehr geliebt habe, das hätte ich niemals von ihr verlangt.«

»Ach so.« Anna nickte und drehte sich um, sie hatte das Gefühl, sich übergeben zu müssen.

»Anna?«

»Ja?«

»Vergiss bitte nicht, unter welchen Voraussetzungen wir die Ehe geschlossen haben.«

»Natürlich nicht«, antwortete sie müde.

»Wenn alles klappt, dann darfst du dir auch etwas ganz Besonderes aussuchen. Vielleicht möchtest du ja doch einen Pool?«

Anna antwortete nicht mehr, sie ging hoch auf ihr Zimmer und schmiss sich aufs Bett. Als sie die Augen schloss, drehte sich auf einmal alles um sie herum, schnell sprang sie auf und rannte ins angrenzende Bad.

»Ui, das hätte ich ihm gar nicht zugetraut!« Karen guckte Anna ungläubig an. »Ist das sein Ernst?«

»Ja«, Anna nickte. »Ich fürchte schon.«

»Und du darfst dir den Kerl aussuchen? Also wenn du mich fragst, ist das nicht der schlechteste Deal.« Ihre Freundin zuckte mit den Schultern. »Dein Mann ist alt – also älter – und mal was Knackiges ist bestimmt nicht schlecht. Nur das mit dem Zugucken, ob er sich das wirklich gut überlegt hat? Bei manchen Männern sind schon die Tränen geflossen, wenn die braven Ehefrauen sich zu gut amüsiert haben. Das haben mir unsere männlichen Kollegen mal gesteckt.«

»Ich weiß es nicht, ich weiß nicht, wieso er das will … Aber er hat es mir vor unserer Eheschließung schon angedeutet, dass er so was in Erwägung zieht.« Anna sah ihre Freundin müde an. »Hast du einen Tipp?«

»Nimm auf jeden Fall einen von unseren Jungs, da weißt du, dass sie gesund sind.« Karen fuhr ihren Laptop hoch und öffnete die Seite von ›Exclusive Escort‹. Sie hatte Kontakt zu ein paar der männlichen Begleitungen, während Anna die Männer nur vom Sehen kannte, wenn sie ihr zufällig in Sophies Agentur begegnet waren.

»Hier. Angelo zum Beispiel, der ist sehr nett. Ein ganz Lieber, der wird es dir so leicht wie möglich machen«, riet Karen ihr. »Oder René, der ist auch okay, aber der mag es lieber etwas härter.«

»Dann werde ich Angelo vorschlagen.« Anna betrachtete nachdenklich das Bild des Mannes, im Gegensatz zu den Frauen waren die Männer ganz abgebildet, sodass man auch die Gesichter sehen konnte. Er war Anfang 30 und sah gut aus. Vom Typ her ähnelte er Chris. Sie schluckte heftig, drängte aber den Gedanken an ihn energisch weg.

»Du siehst wunderschön aus.« Herbert trat hinter Anna vor den Spiegel und betrachtete sie bewundernd. Sie antwortete nicht, sondern lächelte ihn nur mechanisch an. Angelo würde gleich kommen, alles war soweit vorbereitet. Anna hatte sich innerlich schon auf die Dinge eingestellt, die passieren würden.

Sie wusste von Karen, dass ihre Freundin mit Angelo gesprochen hatte, und er hatte ihr versichert, dass er auf jeden Fall auf Anna Rücksicht nehmen würde.

Du kannst ihm vertrauen, hatte Karen ihr am Telefon Mut zugesprochen. *Er ist ein netter Kerl.*

Angelo war auf die Minute pünktlich. Herbert öffnete ihm die Tür. Frau Müller hatte er für diesen Tag natürlich freigegeben. »Das ist meine Frau, Anna Gunter«, stellte er sie vor.

»Freut mich sehr.« Angelo musterte sie kurz. »Du bist sehr schön.«

»Danke.« Anna atmete etwas auf, Angelo schien sympathisch zu sein, Karen hatte nicht gelogen.

Sie tranken noch etwas im Salon, dann bat Herbert, nach oben zu gehen. Er setzte sich in einen Sessel in die Ecke des Schlafzimmers.

Anna versuchte, ihn so gut es ging auszublenden.

»Hab keine Angst«, flüsterte Angelo ihr zu, er gab ihr einen zärtlichen Kuss. »Wenn du irgendetwas nicht willst, dann sag sofort ›Stopp‹, okay?«

»Okay«, lächelte Anna, aber sie wusste, dass sie ihn nicht bitten würde, aufzuhören. Sie würde tun, was Herbert von ihr erwartete.

Angelo war wirklich sehr sanft zu ihr; obwohl Anna nicht verdrängen konnte, dass sie beobachtet wurden, war es nicht so schlimm, wie sie es sich vorgestellt hatte.

Er war lieb, spürte ihre Unsicherheit, als er dann richtig mit ihr schlief, flüsterte er in ihr Ohr: »Lass es uns durchziehen, okay?«

Nach den verabredeten zwei Stunden verabschiedete Angelo sich freundlich von ihr, doch Anna spürte wieder diese Übelkeit in sich aufsteigen. Doch sie wusste, dass es der Ekel vor sich selbst war, der sie verursachte.

»Das war sehr anregend.« Herbert war im Schlafzimmer geblieben und wartete bereits im Bett auf sie. »Vielen Dank für dein Geburtstagsgeschenk, Anna.« Er klopfte neben sich, es war nicht schwer zu erraten, nach was ihm jetzt der Sinn stand.

Als er endlich eingeschlafen war, stellte Anna sich unter die heiße Dusche. Erst, als sie es gar nicht mehr aushalten konnte und ihre Haut schon krebsrot angelaufen war, drehte sie das Wasser ab. Aber eines hatte der Abend ihr gebracht: Er hatte ihre Sucht geheilt, ständig nach neuen Informationen über Chris zu suchen.

Sie googelte nicht einmal mehr seinen Namen.

Herbert gab sich nach seinem Geburtstag sehr viel Mühe und verwöhnte Anna, wo er nur konnte. Er machte ihr viele Geschenke, zu ihrem Geburtstag wollte er ihr einen kleinen Hund schenken, doch sie hatte abgelehnt. Sie wollte sich nicht mehr emotional binden, man wurde nur enttäuscht, wenn man das tat.

Und sie brauchte ihre ganze Kraft, um Herberts Wünsche zu erfüllen. Irgendwie hatte sie das Gefühl, als ob ihre ganze Energie allmählich aus ihrem Körper gesogen würde. Aufs Lernen konnte sie sich längst nicht mehr konzentrieren, es fiel ihr unglaublich schwer, selbst einen einzigen Absatz zu lesen.

Herbert rügte sie dafür und ermunterte sie immer wieder, die Sache ernsthafter anzugehen, doch es funktionierte einfach nicht.

Anna erkannte, dass sie sich verändert hatte, aber sie konnte dem auch nicht entgegensteuern, manchmal war sie sich selber unheimlich.

Es war im Sommer, als Herbert den Auftrag gab, den Pool zu bauen. Anna hatte ihn nicht darum gebeten, scheinbar hoffte er aber, ihr damit eine Freude zu machen. Er sprach sie immer öfter darauf an, ob sie etwas hätte, doch sie versicherte ihm, alles wäre okay.

»Ich dachte, wir machen eine Einweihungsfeier für unseren neuen Pool«, erklärte er ihr morgens beim Frühstück.

»Schön«, antwortete Anna nur und schob lustlos das Brötchen auf ihrem Teller herum.

»Ich werde aber nur meine Freunde einladen. Und diesen Callboy, deinen Ex-Kollegen. Er hat dir doch gefallen, oder?« Herbert blickte sie prüfend an.

Anna sah erstarrt auf. »Das kannst du unmöglich von mir verlangen«, flüsterte sie heiser. »Nicht vor deinen Freunden.«

»Warum denn nicht? Anna, es hat dir doch auch Spaß gemacht, oder nicht?«, zwinkerte Herbert ihr zu.

»Ich habe es dir zuliebe getan, das weißt du ganz genau!« Ihre Stimme wurde immer schwächer. Anna zitterte am ganzen Körper. Ihr war so kalt, ganz furchtbar kalt.

»Und ich bitte dich jetzt, die ganze Sache noch mal zu wiederholen. Was ist daran so schlimm?«

»Ich werde mich nicht vor deinen Freunden so zeigen. Ich bin deine Frau, hast du gar keinen Respekt vor mir?« Annas Stimme war nur noch ein Krächzen.

»Ich verlange nur, was du mir vor der Ehe versprochen hast!«

»Das galt für dich – nicht für deine Freunde. Was kommt als Nächstes? Soll ich mit deinen Freunden auch noch Sex haben? Ihnen zur Verfügung stehen?« Anna musste sich räuspern, sonst hätte sie keinen Ton herausgekriegt.

Herbert antwortete nicht, er wirkte tatsächlich etwas ertappt.

Anna riss entsetzt die Augen auf. »Das … das kann jetzt nicht sein! Bitte, Herbert, das kann jetzt nicht wahr sein!«

Bilder schossen wie kleine Blitze durch ihren Kopf. Die Männer hielten sie fest, zerrten ihr die Kleider hinunter, drangen in sie ein, ihr Körper bestand nur noch aus Schmerzen, sie schmeckte ihr Blut, sah ihr Blut, spürte die Schläge, immer und immer wieder. Anna sprang von ihrem Stuhl auf, hatte dabei so viel Schwung, dass er nach hinten umkippte, dann rannte sie nach oben auf ihr Zimmer.

»Anna!«

Sie hörte, dass er hinter ihr herkam, schnell schloss sie die Tür.

»Anna, lass uns reden!« Er hämmerte mit der Faust an das Holz.

»Nein, es gibt nichts mehr zu reden!« Sie wollte schreien, doch es kamen nur noch ein paar heisere Töne heraus.

Anna griff nach ihren Autoschlüsseln, sie musste raus hier, das Haus drohte, sie zu ersticken. Als sie die Tür öffnete, stand Herbert immer noch davor. »Was ist schon dabei?«, versuchte er es erneut.

Anna ließ ihn stehen und rannte die Treppe hinunter.

»Warte!«, rief er ihr nach, doch sie ignorierte ihn.

»Bleib sofort stehen! Was ist denn das für ein Benehmen? Ich verlange …«

Mehr hörte sie nicht mehr, sie war schon draußen und lief zu ihrem Auto.

Hastig startete sie den Wagen, im Rückspiegel bemerkte sie, dass er aus dem Haus gelaufen war und ihr nachschaute.

Anna fuhr ziellos durch die Gegend, sie fror so entsetzlich, obwohl es draußen sommerlich heiß war. Sie hörte, dass ihr die Zähne aufeinanderschlugen, und drehte die Heizung bis zum Anschlag auf.

Da sah sie einen Park – den Park, in dem sie Chris zuletzt geküsst hatte. Anna stieg auf die Bremse, hinter ihr hupte ein Autofahrer wütend, doch das war ihr egal. Sie ließ das Auto einfach am Straßenrand stehen und ging wie magisch angezogen dort hinein.

Sie fand die Stelle am Fluss, wo sie mit ihm gesessen und ihm ihre Geschichte erzählt hatte. Anna setzte sich wieder dort hin, schaute aufs Wasser, sah sein Gesicht darin und lächelte.

Bist du glücklich, fragte sie ihn in Gedanken. *Ich wünsche es dir so sehr …*

Immer wieder rief sie sich Chris` Gesicht in Erinnerung. Sie dachte ganz fest an ihn, hoffte, dass er das große Glück gefunden hatte. Im Gegensatz zu ihr.

Du wirst nie glücklich werden, akzeptiere es doch einfach mal. Und dich wird niemals jemals wirklich lieben und mit dir zusammen sein wollen!

Anna war wie in einem Trancezustand gefangen. Sie starrte unentwegt aufs Wasser, war nicht in der Lage, den Blick davon abzuwenden. Diese Kälte von innen schien sie völlig zu lähmen.

»Hallo, junge Frau. Wie lange wollen Sie denn da noch sitzen? Es ist doch schon dunkel. Gehen Sie besser mal nach Hause. Nachts alleine in einem Park – das ist nichts für eine Frau.«

Anna hörte eine unbekannte Männerstimme, aber sie war nicht imstande zu reagieren. Sie schaute gar nicht auf, ihr Blick blieb einfach auf das Wasser gerichtet, das jetzt im Mondlicht silbern glitzerte.

Irgendwann veränderte die Farbe sich wieder. Die dunklen Töne wichen einem warmen Orangeton. Anna nahm es nur am Rande wahr.

»Hey, hören Sie mich? Hallo?«

Jemand stupste sie an der Schulter. »Sie sollen schon seit gestern hier sitzen. Wie ist denn Ihr Name?«

Anna drehte den Kopf, starrte in ein fremdes Gesicht. Sie wollte antworten, doch sie brachte keinen Ton heraus.

17

Der Fremde sprach in ein Funkgerät. Anna hörte seine Worte, aber sie drangen nicht wirklich zu ihr vor.

»Wir brauchen einen RTW. Hilflose Person, vielleicht Opfer eines Verbrechens. Sie redet nicht.«

»Es kommt gleich Hilfe.« Der Mann hockte sich neben sie. »Haben Sie einen Ausweis dabei?«

Anna zuckte mit den Schultern. Hatte sie? Sie wusste es nicht. Ratlos sah sie an sich hinunter. Nein, eine Tasche hatte sie nicht dabei.

Der Mann redete weiter auf sie ein, am Rande realisierte sie, dass er eine Polizeiuniform trug. Warum war er da? Hatte ihn jemand gerufen?

Doch wirklich interessieren tat es Anna nicht.

Kurze Zeit später kamen weitere Personen. Ein Mann stellte sich als Arzt vor. Man bat sie, mitzukommen, doch Anna blieb in dieser seltsamen Starre. Sie spürte noch, wie Arme sich um sie herumschlangen, kurz bekam sie Panik, und ihr Herz begann zu rasen. Dann verlor sie das Bewusstsein.

»Frau Gunter? Können Sie mich hören? Dann öffnen Sie doch bitte einmal die Augen.«

Anna wurde langsam klarer, sie versuchte zu erkennen, wer da mit ihr redete, aber sie kannte die Stimme nicht. Sie erschrak und öffnete die Augen, doch es gelang ihr nur sehr langsam.

»Hallo, da sind Sie ja wieder.« Ein fremder Mann lächelte ihr zu.

Anna zuckte ängstlich zusammen, dann erkannte sie aber, dass der Mann einen Arztkittel trug.

»Wie fühlen Sie sich?«

Anna runzelte die Stirn, versuchte, sich daran zu erinnern, was passiert war und warum sie jetzt hier lag, da fiel ihr alles schlagartig ein. Sie war im Park gewesen und hatte aufs Wasser geschaut.

Das Grauen packte sie wieder. Herbert – er hatte von ihr verlangt, dass sie mit seinen Freunden schlief. Anna schloss entsetzt die Augen.

»Nein, Frau Gunter. Bitte bleiben Sie wach, und reden Sie mit mir. Schlafen können Sie gleich noch zur Genüge.« Der Arzt griff nach ihrer Hand.

Anna zog sie schnell weg.

Sie wollte ihm antworten, dass sie okay sei, aber als sie etwas sagen wollte, kam kein Ton über ihre Lippen. Sie versuchte es immer wieder, aber es ging einfach nicht.

Anna erschrak. Das hatte sie schon einmal gehabt, damals …

»Was ist? Können Sie nicht sprechen?« Der Arzt musterte sie besorgt.

Anna schüttelte den Kopf.

»Mein Gott, was ist denn bloß passiert? Ich werde jemanden schicken, der Ihnen hilft, ja?«

Sie zuckte mit den Schultern und lächelte bitter. *Wer soll das denn schon sein?*

»Hier komme ich nicht groß weiter. Ich werde Ihnen einen Psychologen schicken. Aber ich kann Sie beruhigen: Sie sind nicht sexuell missbraucht worden, und in Ihrem Blut haben wir keine Hinweise auf Betäubungsmittel gefunden.«

Anna drehte den Kopf von ihm weg. *Und wenn schon?*

»Ihr Mann ist hier. Er hat Sie schon vermisst und nach Ihnen suchen lassen. Er wartet draußen. Soll ich ihn hineinbitten?«

Anna reagierte nicht mehr. Sie verfluchte die Person, die den Notarzt verständigt hatte. Warum hatte man sie nicht einfach allein gelassen?

Sie hatte einen Mann, der sie nicht liebte und sie nur geheiratet hatte, damit er ein williges Sexspielzeug hatte.

Und der Mann, den sie so liebte, würde bald eine andere heiraten.

Sie war das Letzte, sie war wirklich ganz unten. Jemand, den man nur benutzte, wenn einem danach war, und der es nie zu etwas bringen würde. Nein, man hätte sie lieber im Park lassen sollen.

»Anna, meine Güte!« Sie hörte die Stimme ihres Mannes.

Müde sah sie ihn an.

»Wundern Sie sich bitte nicht, Ihre Frau kann nicht sprechen. Ich weiß nicht, was vorgefallen ist, aber etwas Gravierendes muss das ausgelöst haben«, wurde er von dem Arzt informiert.

»Danke, Dr. Seibt.« Herbert nickte ihm zu, und der Doktor ließ ihn mit ihr alleine.

»Anna, was sollte das, hm? Du kannst doch nicht so einfach weglaufen.« Ihr Mann setzte sich zu ihr ans Bett und nahm ihre Hand in seine. Vorsichtig hob er ihre Fingerspitzen an seinen Mund und küsste sie zart.

»Warum hast du das gemacht? Ich … ich bin aus allen Wolken gefallen, als man dich alleine im Park gefunden hat.«

Anna versuchte erneut, etwas zu sagen, aber die Worte kamen einfach nicht.

»Soll ich jemanden verständigen? Deine Freundinnen? Sollen sie dich besuchen kommen?«

Sie runzelte die Stirn. Wollte sie das? Karen würde sich furchtbar erschrecken, vielleicht sollte sie lieber Stillschweigen darüber bewahren. Anna schüttelte den Kopf.

»Anna, ich kann mir denken, was dich so erschreckt hat. Ich habe zu viel von dir verlangt, dafür kann ich mich nur entschuldigen. Ich habe … ich habe dich wohl falsch eingeschätzt, das tut mir sehr leid.« Er sah sie zerknirscht an. »Es wird nicht wieder vorkommen, ich biete dir die Scheidung an, wäre dir das recht? Offenbar gehen unsere Interessen und Vorstellungen doch zu weit auseinander. Bestimmt wäre es besser, wenn sich unsere Wege trennen. Vielleicht kannst du dich dann auch erholen.«

Anna schloss die Augen. Sie konnte ihn verstehen, aber sie war jetzt nicht imstande, ihm eine Antwort zu geben. Sie wusste einfach gar nichts mehr, ihr Kopf war leer. Alles, was sie tun konnte, war mit den Schultern zu zucken.

»Überleg es dir. Komm zur Ruhe. Ich werde natürlich dafür sorgen, dass du hier die besten Therapeuten bekommst.« Er stand von ihrem Bett auf und gab ihr einen Kuss auf die Stirn. »Erhol dich gut. Ich komme morgen wieder vorbei. Hast du Wünsche, was ich dir mitbringen soll?«

Sie schüttelte den Kopf.

»Gute Besserung, meine Liebe.«

Ein paar Male kamen eine Schwester und der Arzt, um nach ihr zu sehen. Kurz darauf stellte sich eine junge Frau bei ihr vor.

Anna schaute sie verdutzt an.

»Mein Name ist Maria Meinhard. Ich bin Psychotherapeutin, vielleicht kann ich Ihnen helfen? Sollen wir uns mal unterhalten?«

Anna deutete mit der Hand auf ihren Hals.

»Ich weiß, Sie können nicht sprechen. Deswegen … Tata!«, sagte die junge Frau fröhlich und zog einen Laptop hinter ihrem Rücken hervor, »… hab ich das hier mitgebracht.«

Anna beobachtete verblüfft, dass sie das Gerät auf ihre Beine stellte und anschaltete.

»Wir können so kommunizieren – falls Sie es überhaupt möchten«, lächelte Maria Meinhard ihr zu.

Anna seufzte auf. Eigentlich wollte sie lieber ihre Ruhe haben, über Herberts Worte und die ganze Situation nachdenken. »Ich möchte alleine sein«, tippte Anna deswegen ein.

»Okay, das akzeptiere ich. Ich könnte Sie morgen besuchen kommen. Die Ärzte wollen noch ein paar Tests machen wegen der Ohnmacht. Wenn Sie mich dann auch nicht sehen möchten, bin ich sofort wieder weg«, lächelte sie ihr zu. »Den Laptop lasse ich Ihnen hier, damit Sie mit den Schwestern kommunizieren können.«

»Danke«, tippte Anna ein.

Anna schaute aus dem Fenster. Draußen war ein wunderschöner Sommertag, das Fenster war leicht geöffnet, und sie konnte hören, dass Leute sich draußen unterhielten und lachten.

Scheinbar war dort unten der Krankenhauspark.

Sie besann sich auf Herberts Vorschlag, sich scheiden zu lassen. War das die beste Lösung?

Und dann? Was sollte sie dann tun?

Anna wusste keinen Rat, sie war so müde und fühlte sich einfach nur leer.

Obwohl ihr so viel im Kopf herumspukte, fand sie doch in den Schlaf. Sie war selbst überrascht, als sie aufwachte und die Sonne in ihr Zimmer schien.

»Guten Morgen. Sie haben aber tief geschlafen«, begrüßte die Schwester sie und stellte ein Tablett auf das Wägelchen neben Annas Bett.

»Versuchen Sie, etwas zu essen, ja? Am Mittag werden Sie verlegt.«

Anna wollte eintippen, dass sie das Krankenhaus verlassen möchte, aber da war die Schwester auch schon verschwunden.

Am späten Vormittag erschien Herbert, er hatte eine Tasche dabei. »Hallo Anna.« Er beugte sich über sie und gab ihr einen Kuss. »Wie fühlst du dich heute?«

Selbst auf diese Frage wusste Anna keine Antwort.

»Pass auf, ich habe gestern Abend noch mit einem Anwalt gesprochen. Ich bin zu dem Schluss gekommen, dass eine Trennung das Sinnvollste für uns ist. Ich bin weiß Gott nicht mehr der Jüngste, und wer weiß, vielleicht findet sich ja doch noch eine Frau für mich, die … also, die meinen Wünschen eher entspricht. Ich will jetzt nicht unsensibel erscheinen, aber ich habe immer mit offenen Karten gespielt und denke, dass das der einzig vernünftige Weg ist.«

Anna horchte in sich hinein, sie konnte nicht sagen, was sie bei seinen Worten empfand. Ihre Ehe war zu Ende, sie sollte doch eigentlich traurig sein, aber da war absolut nichts.

»Ich werde dir einhundertzwanzigtausend Euro zahlen, ich denke, das ist eine faire Entschädigung. Damit kommst du auf jeden Fall erst mal über die Runden. Ich werde dir auch eine Wohnung finanzieren.«

Anna schüttelte den Kopf. »Das will ich nicht«, tippte sie hastig ein. »Behalte dein Geld.«

»Das Geld steht dir zu, das ist im Ehevertrag so geregelt«, beharrte er. »Vielleicht bist du jetzt noch zu … äh … verwirrt, um das einzusehen. Und natürlich werde ich dir helfen, wenn es nötig ist. Sobald du dir im Klaren bist, wie du dein Leben weiter gestalten möchtest, lasse es mich wissen.«

»Okay«, schrieb Anna.

»Nochmals: Es tut mir alles sehr leid. Bitte halte mich nicht für gefühllos. Ich empfinde wirklich eine tiefe Zuneigung für dich, aber wie gesagt, es ist keine Liebe, und ich hatte andere Vorstellungen von dieser Ehe.«

Sie nickte.

»Ich habe eben mit der Psychotherapeutin gesprochen, sie hat mich abgefangen. Du solltest ihre Hilfe annehmen, es wird dir vielleicht guttun, mit jemandem zu reden. Oder soll ich mich nach einer Klinik umschauen?«

Anna zuckte nur mit den Schultern.

»Soll ich morgen wiederkommen? Ich könnte verstehen, wenn du gekränkt bist.«

»Das überlasse ich dir«, tippte Anna ein.

»In Ordnung. Ich komme wieder, wenn die Scheidungspapiere vorbereitet sind.«

Am Nachmittag klopfte es zaghaft an der Tür. Die Psychotherapeutin, Maria Meinhard, kam herein und begrüßte Anna freundlich. »Hallo, ich hatte mich ja schon angekündigt. Darf ich mit Ihnen reden?«

Anna seufzte auf. Wollte sie das? Was sollte das bringen?

Aber andererseits wirkte die junge Frau sympathisch, und wirklich weiter war Anna mit ihren Grübeleien auch nicht gekommen. Sie konnte ja immer noch schreiben, wenn ihr alles zu viel werden würde. Anna nickte.

»Schön.« Frau Meinhard holte sich einen Stuhl ans Bett. »Wie fühlen Sie sich?«

»Geht so«, tippte Anna ein.

»Haben Sie irgendwelche besonderen Wünsche? Jemand, der Sie besuchen kommen soll und den wir verständigen sollen?«

Anna schüttelte den Kopf.

»Ich habe heute mit Ihrem Mann gesprochen. Er hat mir erzählt, dass Sie sich scheiden lassen. War das der Grund für Ihre Handlung?« Sie schaute Anna mitfühlend an.

»Nein«, gab Anna ihr zu verstehen. Mehr brauchte die Psychotherapeutin nicht zu erfahren. Das wäre auch ganz bestimmt nicht in Herberts Sinne.

»Haben Sie sich denn schon überlegt, wie Sie Ihr Leben gestalten wollen nach der Scheidung? Wer nimmt Sie auf, wenn Sie aus dem Krankenhaus entlassen werden?«

»Weiß nicht«, schrieb Anna ehrlich. »Ich kann bestimmt noch bei meinem Mann bleiben, bis ich eine Wohnung gefunden habe.«

»Wollen Sie das denn? Immerhin lassen Sie sich scheiden.«

Anna zuckte mit den Schultern. Was wollte sie? Sie wusste es nicht.

»Kann Ihnen jemand helfen? Eine Freundin vielleicht?«

»Ich schaffe das schon alleine«, schrieb Anna.

»Als man Sie im Park gefunden hat, wirkten Sie verwirrt. Das macht nicht gerade den Eindruck, als ob Sie konkrete Vorstellungen von Ihrem künftigen Leben haben oder mit Konflikten gut umgehen könnten«, konstatierte Maria Meinhardt. »Sie sollten sich helfen lassen, Anna. Es gibt immer eine Lösung. Ihr Mann hat mich darüber aufgeklärt, was Sie früher für eine Tätigkeit ausgeübt haben. Wenn Sie nicht in dieses Milieu zurückwollen, dann wird es schwierig, eine Arbeit zu finden.«

Anna fühlte sich durchschaut. Nein, sie hatte überhaupt keine Vorstellungen, wie es weitergehen sollte.

»Anna – ich möchte Sie nicht bedrängen. Aber Dr. Seibt und ich machen uns sehr große Sorgen. In Ihrem jetzigen Zustand möchten wir Sie nicht entlassen, wenn wir nicht wissen, dass jemand da ist, der Sie unterstützt.«

»Ich komme schon klar.«

»Das hat gestern aber nicht so ausgesehen. Es gibt hier in der Nähe eine Fachklinik, ich werde Dr. Seibt empfehlen, Sie dorthin zu überweisen, wenn sich die Blutwerte stabilisiert haben. Es sei denn, ich habe den Eindruck, dass Sie es wirklich versuchen, wieder auf die Beine zu kommen. Nur, meiner Erfahrung nach ist das in Ihrer Situation nicht so einfach. Eine kaputte Ehe, kein Job …«

»Hört sich doch toll an!« Anna grinste zynisch, als sie das eingetippt hatte.

»Finden Sie? Okay, dann gebe ich meine Empfehlung so an Dr. Seibt weiter.« Frau Meinhard durchbohrte Anna mit ihrem Blick.

Anna senkte den Kopf. Nein, auch wenn sie keinen Plan hatte, wie es weitergehen sollte – in so einer Klinik zu landen, das wollte sie nicht, zumindest DAS wusste sie genau.

»Können Sie bitte Karen Setzmann anrufen?«, schrieb sie eilig.

»Das mache ich sehr gerne. Ist die Nummer in Ihrem Handy?«

Anna nickte und zog ihr Telefon aus dem Schränkchen.

»Bin gleich wieder da.« Maria Meinhard verschwand kurz aus dem Zimmer.

Anna schloss die Augen. Also würde Karen es doch erfahren.

»Sie kommt gleich vorbei«, informierte die Therapeutin sie.

»Sie wird sich Sorgen machen«, erwiderte Anna. »Das möchte ich nicht.«

»Natürlich wird sie sich Sorgen machen. Das ist doch völlig normal. Wenn es Karen nicht gut gehen würde, würden Sie doch genauso empfinden, oder?«

Anna nickte.

»Aber dafür ist sie Ihre Freundin, Anna.« Maria Meinhard nahm ihre Hand. »Und Sie haben jegliche Art von Unterstützung verdient.«

Anna zuckte mit den Schultern.

»Wenn Frau Setzmann kommt, lasse ich Sie alleine, okay?«

»Ja«, tippte Anna nur.

»Anna!«

Eine halbe Stunde später flog die Tür auf: Karen stürmte völlig aufgelöst auf ihr Bett zu. Sie beachtete die Therapeutin gar nicht, sondern drückte Anna fest an sich, dann nahm sie ihre Hände in ihre. »Was machst du denn für bescheuerte Sachen?«, fragte sie panisch. »Was sollte das, Anna?«

»Ich weiß auch nicht«, antwortete Anna per Laptop.

»Es freut mich, dass Sie gekommen sind.« Maria Meinhard stellte sich Karen vor.

»Entschuldigen Sie, ich hab Sie gar nicht wahrgenommen.«

»Das ist kein Problem, ich kann das gut verstehen. Ich bin jetzt erst mal weg, wir sehen uns morgen, Anna.« Frau Meinhard verabschiedete sich von den beiden.

»Was war los? Scheiße, Anna, was machst du denn?«, fragte Karen sofort, als sich die Tür geschlossen hatte. »Warum irrst du in Parks herum? Und warum hast du mir denn nicht erzählt, dass du Probleme hast?«

Anna seufzte auf, sie wusste, dass ihre Freundin nicht eher Ruhe geben würde, bis sie alles wusste. Zögernd schrieb sie auf, was sich ereignet hatte.

Karens Augen wurden beim Lesen immer größer.

»Er wollte einen Gangbang? Und jetzt will der Kerl die Scheidung? Was ist das für ein Arsch!«, empörte sie sich. »Hat der Kerl keine Gefühle? Als du es vor seinen Augen mit Angelo treiben solltest, da dachte ich, das wäre halt seine Neigung. Aber dass er dich so mies behandelt – nein! Das hätte ich nie gedacht.«

»Ich hab wohl Panik gekriegt, und irgendwie war ich dann in diesem Park, wo ich mich mit Chris das letzte Mal getroffen habe. Ich weiß auch nicht, warum ich nicht mehr weggehen konnte. Ich war wie gelähmt«, tippte Anna ein.

»Mensch, Süße!« Karen nahm Anna vorsichtig in die Arme. »Das ist auch alles ein bisschen viel gewesen, was du mitgemacht hast. Dass du irgendwann mal zusammenklappst, ist ja kein Wunder.« Sie wiegte Anna wie ein Kind in ihren Armen.

Anna entspannte sich ein bisschen, zum ersten Mal, seit sie im Krankenhaus war, war ihr nicht mehr kalt. »Wenn du möchtest, kommst du erst mal mit zu mir. Und dann schauen wir weiter«, entschied Karen schließlich.

Anna sah, dass ihre Freundin weinte, und erschrak.

»Aber bitte versprich mir eines, Anna: Mach so etwas nie wieder! Du kannst immer zu mir kommen und reden, aber bitte lauf nicht mehr einfach so weg, okay?«

Karen schaute sie beschwörend an. »Hörst du mich?«

»Ich will dir nicht zur Last fallen«, wandte Anna per Laptop ein.

»Das tust du nicht. Wir lassen es ganz langsam angehen, aber wir kriegen das hin!« Karen nahm Annas Gesicht zwischen ihre Hände. »Diese Scheißkerle bekommen uns nicht klein, Süße.«

Als Karen den ersten Schock verdaut hatte, plante sie, wie Anna das Gästezimmer in Karens Wohnung umräumen könnte, um sich darin wohlzufühlen.

Anna genoss das Geplapper ihrer Freundin, irgendwann bremste sie Karens Tempo aber. Sie hatte nicht vor, lange bei ihr zu wohnen. Sie würde ja genug Geld von Herbert kassieren, um sich eine eigene Wohnung zu leisten.

Aber wie sollte es weitergehen, wenn ihre Reserven aufgebraucht waren? Im Moment konnte Anna sich nicht vorstellen, wieder bei Sophie zu arbeiten. Die Zeit mit Herbert hatte sie geprägt, auch wenn der Sex mit ihm nicht schön war, so war es doch angenehm, nicht ständig in Angst leben zu müssen, dass etwas passierte oder ihr jemand wehtat. Mal ganz davon abgesehen, dass sie ja gar nicht reden konnte.

Nein, sie würde nicht zurückgehen, auch wenn das bedeutete, dass sie schlechter bezahlte Jobs annehmen würde. Zur Not musste sie halt ihr Ziel aufgeben, sich schulisch weiterzubilden. Im Moment klappte es mit dem Lernen ja sowieso nicht.

Doch über was machte sie sich da eigentlich Gedanken? Wollte sie das alles überhaupt? Sie fand immer noch keine Antwort darauf, nur Karens Euphorie war es zu verdanken, dass sie sich zumindest teilweise damit auseinandersetzte, wie ihr weiteres Leben verlaufen könnte.

Spontan drückte sie Karens Hand, die sie daraufhin verwundert anschaute.

»Was ist?«, fragte sie Anna.

Annas Lippen formulierten nur ein Wort: »Danke.«

Karen lächelte. »Nichts zu danken.«

Maria Meinhard erkundigte sich am nächsten Tag freundlich, wie es Anna ging und was das Gespräch mit ihrer Freundin gebracht hätte.

Anna berichtete ihr, dass sie nach dem Krankenhausaufenthalt bei Karen unterkommen könnte, und die Therapeutin wirkte erleichtert.

»Das hört sich gut an. Und ich stehe Ihnen auf jeden Fall auch zur Verfügung, wenn Sie das Bedürfnis haben zu ›reden‹.« Sie setzte das Wort mit ihren Fingern in Anführungszeichen. »Apropos: Es kann sehr gut sein, dass Ihre Stimme wiederkommt, wenn Sie Ihr Leben geordnet haben. Aber Sie sollten sehr geduldig sein, so was kann dauern.«

Anna schrieb lieber nichts davon, dass sie das Problem bereits kannte. Damals konnte aber nicht die Rede von einem geordneten Leben gewesen sein. Ihr Körper hatte einen Weg gefunden, mit dem Geschehenen fertigzuwerden, so hatte Anna sich den Wiedergewinn ihrer Stimme zumindest selbst erklärt.

»Wie geht es dir, meine Liebe?« Herbert gab ihr zur Begrüßung einen Kuss und setzte sich zu ihr aufs Bett, er hatte einen riesigen Blumenstrauß mitgebracht. »Du bist immer noch erschreckend blass.«

»Geht besser«, tippte Anna in den Laptop.

»Kann ich etwas für dich tun?«

Anna schüttelte nur den Kopf.

»Ich habe die Papiere dabei. Möchtest du unterschreiben oder soll ich noch einmal wiederkommen?«

Anna staunte. Er verlor wirklich nicht viel Zeit. Aber das zeigte ihr nochmals, welchen Stellenwert sie in seinem Leben hatte. Sie schaute ihn traurig an.

Nein, geliebt hatte sie ihn nie, das konnte man nicht sagen. Aber sie hatte immerhin so viel Zuneigung für ihn empfunden, dass sie ihn sicherlich nicht so behandelt hätte wie er sie. Anna hatte ihn als ihre Familie angesehen, die einzige, die sie je besessen hatte – für ihn war sie aber offenbar nur eine Angestellte gewesen.

Sie nickte und nahm den Stift, den er ihr bereitgelegt hatte.

18

»Hast du alles?« Karen öffnete noch einmal die Schränke und kontrollierte den Inhalt. »Dann können wir also los.«

Anna rührte es, wie selbstverständlich ihre Freundin mit der Situation umging, und schon allein Karen zuliebe war Anna es sich schuldig, ihr zukünftiges Leben mit ein bisschen mehr Zuversicht anzugehen. Woher sie die nehmen sollte, war ihr allerdings noch nicht so ganz klar.

Bei Karen wartete eine kleine Überraschung auf Anna: Doro, Irina und Jasmina empfingen sie, sie hatten Karens Frühstückstisch schön gedeckt und begrüßten Anna herzlich.

Anna war verblüfft, sie hatte Karen gebeten, niemandem etwas von dem Vorfall zu erzählen. Ihre Freundin sah sie aber jetzt so lieb an, dass sie ihr unmöglich böse sein konnte. »Süße, ich weiß, ich hab versprochen, nix zu sagen. Aber … aber wir lieben dich doch alle«, erklärte Karen mit treuem Blick.

»Wir sind so froh, dass du wieder da bist. Wenn wir dir helfen können, dann sag sofort Bescheid«, bot Doro ihr an, und die anderen pflichteten ihr bei.

Anna war gerührt, sie umarmte alle fest. »Danke«, formte sie mit ihren Lippen, ihre Kolleginnen verstanden es aber sofort.

»Bedank dich nicht. Dafür sind wir doch da«, zwinkerte Irina ihr zu.

Anna setzte sich an den Tisch und hörte dem fröhlichen Geplapper der anderen zu. Niemand stellte ihr Fragen über das, was geschehen war, dafür war sie ihnen dankbar.

Als sie sich nach zwei Stunden wieder verabschiedeten, war Anna erschöpft. Karen hatte ihr Gästezimmer liebevoll für sie hergerichtet, und sie zog sich zurück, um sich etwas hinzulegen.

»Wenn etwas ist, dann … also dann komm einfach«, bot Karen ihr an. »Heute Abend habe ich einen Auftrag, ist es okay, wenn ich dich alleine lasse?«

Anna nickte. Sie hatte sowieso vor, die Zeitungen zu studieren und sich eine Wohnung zu suchen. Auch wenn Karen ihr ständig versicherte, dass sie solange, wie es ihr guttat, bleiben könne, wollte Anna ihr nicht zur Last fallen.

Und Herberts Angebot bezüglich der Wohnung wollte sie auf keinen Fall annehmen.

Sie fand tatsächlich drei Wohnungen, die für sie infrage kamen. Alle waren sofort bezugsfertig, was für Anna ein entscheidendes Kriterium war. Herbert hatte ihr angeboten, den Umzug zu veranlassen, sobald sie wieder ihre eigenen vier Wände hatte.

Anna bat Karen, am nächsten Tag für sie anzurufen, ihre Freundin wirkte zwar unglücklich darüber, dass Anna schon so schnell wieder ausziehen wollte, hatte letztendlich aber Verständnis dafür.

Und Anna hatte Glück, eine der drei Wohnungen sagte ihr zu. Sie war zwar nicht so groß wie die, die sie vorher besessen hatte, aber die Miete war günstig. Da Anna nicht wusste, wie schnell sie einen Job finden würde und wie lange sie von ihren Reserven und Herberts Geld zehren musste, kam ihr dies sehr gelegen.

Eine Woche später löste Herbert sein Versprechen ein und brachte Anna ihre Möbel. Er kam persönlich mit, damit hatte sie nicht gerechnet.

Karen warf ihm einen bösen Blick zu, sagte aber nichts weiter zu ihm.

»Anna, es freut mich, dich zu sehen«, begrüßte er sie höflich.

Sie nickte nur, nahm sich einen Zettel. »Danke für die Möbel«, kritzelte sie darauf.

»Oh, du kannst immer noch nicht sprechen?« Er guckte sie betroffen an. »Das tut mir leid. Was sagen denn die Ärzte, wie lange wird das noch andauern?«

Sie zuckte mit den Schultern.

»Ich werde dir das Geld jetzt schon anweisen lassen, mit der Scheidung dürfte ja alles glattgehen. Der Anwalt hat das Trennungsjahr vordatiert, sodass alles in einem halben Jahr über die Bühne sein dürfte«, erklärte er ihr.

»Ich werde dir keine Probleme machen«, schrieb sie.

»Ich weiß, Anna.« Er legte eine Hand an ihre Wange. »Es tut mir leid, dass es so ausgegangen ist.«

Karen lachte im Hintergrund höhnisch auf.

Herbert ignorierte sie geflissentlich. »Ich wünsche dir alles Glück der Welt.«

Die nächsten Tage war Anna damit beschäftigt, sich einzurichten. Sie kniete sich regelrecht in die Arbeit, wenigstens war sie damit abgelenkt und kam nicht so schnell ins Grübeln. Nach einer Woche war die Wohnung so weit hergerichtet, dass sie sich wohlfühlte.

Karen verabschiedete sich an diesem Abend tränenreich von ihr. »Anna, melde dich sofort, wenn etwas ist. Du kannst mich jederzeit ansimsen. Mach bloß keinen Blödsinn, hörst du?«, beschwor sie sie.

»Okay«, tippte Anna in ihren Laptop.

»Morgen komme ich, dann schauen wir wegen einer Stelle.« Karen drückte sie fest an sich.

»Ich weiß nicht, wie ich dir danken soll«, schrieb Anna.

»Werde wieder ganz gesund«, weinte Karen. »Die Mädels und ich brauchen dich.«

Anna wischte Karen die Tränen aus dem Gesicht. »Du bist so lieb«, tippte sie.

»Nein, du bist lieb! Zu lieb für diese Welt, Anna.«

Die Suche nach einer Stelle gestaltete sich schwierig. Nicht nur, weil sie keine Lehre hatte und die Schulzeugnisse, bis auf die letzten beiden, schlecht waren, sondern die Tatsache, dass sie nicht sprechen konnte, machte alles sehr kompliziert.

Ihre Reserven wären ausreichend gewesen, um eine Ausbildung zu beginnen, aber auch das konnte sie vergessen, solange ihre Stimme noch nicht wieder da war.

Schließlich fand sie, dank Doros Vermittlung, einen Job in einem Restaurant. Im Service durfte sie zwar nicht arbeiten wegen ihres Handicaps, aber als Küchenhilfe konnte sie anfangen.

Da Anna sich bereit erklärte, längere Arbeitszeiten in Kauf zu nehmen, würde sie mit dem Verdienst auch ihre Unkosten decken können und nicht an ihre Reserven gehen müssen. Vielleicht fand sie ja später noch eine Lehrstelle und würde darauf zurückgreifen müssen.

Karen beobachtete diese Entwicklung mit gemischten Gefühlen. Annas Lebensstandard hatte sich im Vergleich zu der Zeit, als sie für Sophie tätig war, drastisch verschlechtert, von der Zeit mit Herbert Gunter mal ganz abgesehen.

Doch Anna war zufrieden. Die Stelle lenkte sie von Grübeleien ab, sie musste funktionieren, und das war im Moment genau das, was sie brauchte.

Bloß nicht über alles nachdenken, was ihr widerfahren war. Die Stunden, die sie bei Maria Meinhard verbrachte, waren diesbezüglich schon quälend genug.

Anna überlegte, die Treffen abzusagen, die Therapeutin versuchte immer, tief in ihre Gefühlswelt einzudringen, aber Anna wollte das gar nicht. Sie wollte sich mit allem abfinden und die Höhen und Tiefen verdrängen.

Um alles in der Welt wollte sie verhindern, dass die Erinnerungen zu übermächtig wurden. Sie hatte Angst, dass die dunklen – und vor allem auch die wenigen hellen Augenblicke – sie lähmen könnten.

Sie fühlte sich selbst wie taub an, doch genau das half ihr im Moment am meisten.

***

»Hast du schon gesehen?« Karen schob Anna eine Zeitung hin.

»Ich lese keine Zeitungen«, schrieb Anna.

»Doch, guck mal!«, beharrte ihre Freundin.

Anna wollte sich weigern, aber Karen blieb hartnäckig. Fast schon ängstlich schaute Anna hinein, sie befürchtete, etwas von einer ganz bestimmten Person lesen zu müssen. Christopher müsste ja eigentlich mittlerweile verheiratet sein.

Doch zu Annas Verblüffung war dort ein Foto von Herbert Gunter abgedruckt, neben ihm stand eine schöne junge Frau und lächelte ihn an.

Nach der überraschenden Trennung von seiner zweiten Frau Anna im Sommer dieses Jahres scheint Professor Herbert Gunter eine neue Partnerin an seiner Seite zu haben. Claudia Schäfer ist Studentin und begleitet ihn auf einer Lesereise für sein neues Buch.

»Er hat wirklich nicht viel Zeit verloren«, spottete Karen. »Ich wüsste ja gerne, ob sie auch wirklich eine Studentin ist.«

Anna zuckte mit den Schultern. Ihr war es egal. Sie konnte bloß für die junge Frau hoffen, dass diese in der Lage war, die Neigungen von Herbert besser zu befriedigen.

»Sollen wir mal ausgehen?«, schlug Karen vor.

Anna schüttelte den Kopf. »Muss arbeiten«, schrieb sie.

»Schon wieder? Du schuftest viel zu viel«, schimpfte ihre Freundin. »Du machst ja fast täglich 12-Stunden-Schichten. Ist das überhaupt erlaubt?«

Anna war es egal, Hauptsache, sie hatte eine Beschäftigung. Eine Beschäftigung, die sie vom Grübeln abhielt und weiter betäubte.

»Mir geht es gut«, tippte Anna ein und lächelte Karen zu.

Für Annas Verhältnisse stimmte dies sogar. Sie hatte sich mit ihrem jetzigen Leben arrangiert, konzentrierte sich auf die Arbeit, und versuchte, alles andere auszublenden.

»Glaube ich dir nicht. Du bist immer noch ein Schatten deiner selbst. Du bist zu blass, und lachen tust du auch nicht mehr. Und reden kannst du immer noch nicht. Was sagt denn die Therapeutin?« Karen musterte sie besorgt.

»Alles okay«, log Anna. Sie hatte Maria Meinhard seit vier Wochen nicht mehr aufgesucht, sie war es leid, ihre Fragen zu beantworten, wollte nicht mehr in alten Sachen herumstochern.

»Wann gehen wir denn mal aus?«, bohrte Karen weiter.

Anna seufzte innerlich auf. Sie hatte überhaupt keine Lust, wegzugehen. Meist war sie nach der Arbeit so erschöpft, dass sie sich nur noch nach ihrem Sofa sehnte.

»Keine Lust«, tippte sie deswegen ein.

Karen nahm ihre Hände. »Du musst wieder anfangen zu leben, Süße.«

»Es geht mir gut«, wiederholte Anna noch einmal.

***

Anna betrat die Küche des Restaurants und rieb sich erst mal die Hände. Es war kühl draußen geworden; der November zeigte sich von seiner unfreundlichen Seite. Wie immer erschien sie pünktlich um zwölf zu ihrer Schicht, die heute wieder bis Mitternacht dauern würde.

Ihre Kollegin begrüßte sie freundlich, auch der Koch war schon da und zwinkerte Anna zu. Sie kam mit den Angestellten des Restaurants gut aus, sie hatten sie schnell akzeptiert und kamen mit ihrem Handicap klar. Ab und zu durfte sie auch in der Bar aushelfen, wenn viel Betrieb war und der Barkeeper Unterstützung brauchte. Anna mochte diesen Job gerne, auch wenn es ihr unangenehm war, nicht antworten zu können, wenn Gäste sie etwas fragten.

Der Koch trug ihr auf, was sie zu tun hatte. Anna begann, das Gemüse zu putzen. Wie immer war sie völlig in diese Tätigkeit versunken, plötzlich registrierte sie, wie Magdalena, eine weitere Küchenhilfe, ihr die Hand auf die Schulter legte.

Anna starrte sie erschrocken an.

»Da ist jemand für dich, der dich sprechen möchte«, sagte sie zu Anna.

Anna deutete mit dem Finger überrascht auf sich.

»Ja, für dich«, nickte Magdalena ihr zu. »Er wartet an der Bar.«

Er? Anna runzelte die Stirn. Wer konnte das sein? Hatte Herbert noch etwas mit ihr zu klären? Aber das Scheidungsverfahren lief. Anfang des nächsten Jahres rechneten sie mit einem Termin.

Anna putzte sich die Hände an einem Handtuch ab und ging neugierig nach draußen.

Doch sie kam nicht weit, bereits nach ein paar Schritten blieb sie wie angewurzelt stehen.

Dort an der Bar saß Christopher Morgan.

Anna realisierte es zunächst gar nicht, ihr Körper schien aber eher zu reagieren, und ihre Beine verweigerten ihren Dienst.

Sie konnte nur da stehen und ihn anschauen.

Geh zurück, schrie alles in ihr, aber selbst das gelang ihr nicht. Sie war wie gelähmt, komplett in einer seltsamen Starre gefangen.

Zu ihrem Entsetzen merkte sie, dass Chris sie jetzt entdeckt hatte. Er sprang vom Barhocker auf und kam auf sie zu.

Annas Puls raste, sie wollte unbedingt weg von hier, aber es ging einfach nicht.

»Anna!« Er lächelte ihr zu, seine Stimme war ganz sanft. Anna hatte schon vergessen, wie sie klang. »Wie geht es dir? Es war gar nicht so einfach, dich zu finden.«

Sie guckte in seine dunklen Augen, diese Augen, die sie mal so fasziniert hatten.

»Können wir reden? Etwas ungestörter?«, fragte Chris sie. »Anna?«

Hinter ihr öffnete sich eine Tür, und ein Kellner kam heraus. »Anna, ihr könnt hier nicht stehen bleiben, ihr blockiert den Eingang zur Küche«, wies er sie an.

In Anna kam wieder etwas Leben, sie nickte ihm zu.

»Anna, sag doch bitte was«, bat Chris sie.

»Anna spricht nicht!«, mischte sich der Kellner noch einmal ein.

»Was?« Chris schaute sie entsetzt an. »Aber was ist denn passiert?«

Er packte Anna sanft am Arm, dann schob er sie in einen Gang, der zu den Toiletten führte. »Hattest du einen Unfall?«

Chris betrachtete sie immer besorgter, dann packte er sich an den Kopf. »Ach, warte, du kannst ja nicht reden«, sagte er hastig, er wirkte völlig fahrig. »Ich hole etwas zum Schreiben, bitte bleib hier, okay?«

Endlich ging ein Ruck durch Anna, sie nickte und sah ihm verwundert nach.

Mit einem Block und einem Stift kehrte er zurück. »Was ist denn bloß geschehen, Anna?«

Sie schüttelte den Kopf, nahm aber den Block. »Ich muss weiterarbeiten«, schrieb sie darauf.

»Wann hast du denn Feierabend?«, hakte Chris nach. Er wirkte richtig aufgeregt und ließ sie keine Sekunde aus den Augen.

»Um 0.00 Uhr«, kritzelte Anna auf den kleinen Block. »Aber danach möchte ich direkt nach Hause.«

»So lange?« Chris starrte auf das Geschriebene. »Geht es nicht früher? Soll ich mal mit deinem Chef reden?«

Anna schüttelte heftig den Kopf. Sie wollte keine Umstände machen und den Job auf jeden Fall behalten. Und außerdem konnte sie sich nicht vorstellen, dass es so furchtbar wichtig war, was er von ihr wollte. Immerhin hatte sie schon lange nichts mehr von ihm gehört.

»Okay, ich warte auf jeden Fall!« Er fuhr sich mit den Fingern durch die Haare.

»Warum?«, schrieb Anna.

»Ich … ich habe von der Trennung gelesen. Von dir und Professor Gunter. Und ich wollte wissen, ob es dir gut geht. Und ich wollte dich unbedingt wiedersehen.«

»Es geht mir gut, danke.«

»Das glaube ich dir aber nicht. Warum kannst du dann nicht reden?« Chris fasste sie sanft an den Schultern, seine Finger streichelten sie zärtlich.

Anna spürte, dass ihre Haut an den Stellen, wo er sie berührte, etwas wärmer wurde.

»Anna, der Koch wird langsam unruhig!« Der Kellner lugte um die Ecke.

Anna nickte ihm zu und bedeutete, dass sie kommen würde.

»Ich warte auf dich!«, rief Chris eifrig.

Anna seufzte. Sie wusste nicht, was sie mit ihm bereden sollte, und das, was geschehen war, ging ihn nun wirklich nichts an. Außerdem wollte sie vermeiden, dass er wieder ihre Gedanken beherrschte. Sie hatte sich gerade so gut eingerichtet.

»Das musst du nicht«, schrieb sie und reichte ihm den Block zurück.

Natürlich ging ihr Chris den restlichen Tag nicht mehr aus dem Kopf. Dauernd fragte sie sich, ob er sich wirklich Sorgen wegen der Trennung gemacht hatte. Und was seine Freundin überhaupt dazu sagen würde, dass er hier war.

Chris sah so gut aus, er hatte sich überhaupt nicht verändert, während sie mit dem Tuch um den Kopf, der Kochschürze und der verwaschenen Jeans mit Sicherheit einen abgerissenen Eindruck machte.

Doch eigentlich konnte es ihr egal sein, wie sie ihm gegenübertrat. Er war ja schließlich verlobt oder sogar verheiratet, und seinen Mitleidsbesuch konnte er sich auch sparen.

Vielleicht ist er ja auch gleich weg und hat gar nicht gewartet, redete sie sich ein.

Aber wirklich daran glauben konnte sie nicht.

Als sie Feierabend hatte, überlegte sie, einfach aus dem Personaleingang hinauszuhuschen. Aber das wäre feige, und wenn er schon den ganzen Tag in ihrem Kopf herumspukte, dann wollte sie jetzt auch endlich hören, was er von ihr wollte.

Sie band sich einen Zopf, zog ihre Jacke über und trat durch die Küchentür hinaus ins Lokal.

Um diese Zeit war das Restaurant noch halbvoll, sie musste ein bisschen suchen, da sah sie ihn an einem Tisch an der Wand sitzen. Anna zückte ihren Schreibblock und ging zu ihm.

»Hallo Anna.« Chris stand auf und lächelte sie an.

Er hat immer noch dieses umwerfende Lächeln, schoss es ihr durch den Kopf. »Schön, dass du gekommen bist! Ich hoffe, du bist nicht zu müde.«

Anna machte eine Handbewegung, deutete an, dass es gerade noch so ging.

Chris half ihr aus der Jacke, rückte ihr einen Stuhl zurecht und setzte sich ihr gegenüber hin.

Sie warf einen Blick auf seine Hände, zu ihrer Verwunderung entdeckte sie keinen Ehering. Das musste natürlich nichts heißen, vielleicht trug er ihn nur einfach nicht.

»Wie geht es dir?«, fragte er sie wieder.

»Gut«, schrieb sie auf.

»Wie geht es dir wirklich?«, hakte er intensiver nach. »Darf ich ehrlich sein? Du bist blass und dann die Sache mit deiner Stimme. Ich mache mir Sorgen, bitte glaub mir das ...« Er schien sie mit seinem Blick durchbohren zu wollen.

»Ich verstehe nicht, warum dich das noch interessiert«, kritzelte sie auf den Block.

»Als wir uns das letzte Mal gesehen haben – im Park, da habe ich dir gesagt, dass ich dich liebe. Erinnerst du dich?« Jetzt unterbrach Chris den Blickkontakt.

»Glaubst du, dass ich das vergessen könnte?«, schrieb sie.

»Nein, natürlich nicht.« Er lachte bitter auf. »Anna, daran hat sich nichts geändert. Es vergeht kein Tag, an dem ich nicht an dich denke, und ich vermisse dich ganz schrecklich«, fügte er leise hinzu.

Anna schaute ihn wie erstarrt an. Das konnte er wohl kaum ernst meinen, das war einfach unmöglich. »Aber du bist doch verlobt? Oder seid ihr schon verheiratet?«, schrieb sie verwirrt.

»Nein. Verlobt, das stimmt. Aber ich kann mich nicht dazu aufraffen, sie zu heiraten. Weil es falsch wäre. Ich liebe dich, Anna. Und alles andere wäre ihr gegenüber unfair.«

»Findest du es also fair, sie hinzuhalten?« Anna wartete gespannt auf seine Antwort. Immer noch weigerte sie sich zu glauben, was hier gerade passierte. Wahrscheinlich würde gleich ihr Wecker klingeln, und sie würde in ihrem Bett liegen und zur Arbeit müssen.

»Nein, das ist es nicht. Die Verlobung ist auch nicht auf meinem Mist gewachsen. Mein Vater hat mich dahin gedrängt, und ich habe schließlich nachgegeben. Jana war so glücklich, sie ist ein ganz lieber Mensch, und ich weiß, dass sie mich liebt. Vielleicht hätte ich mich mit allem auch irgendwie abgefunden, da … da habe ich den Artikel über Professor Gunter entdeckt und bin aus allen Wolken gefallen. Ich hätte nie versucht, in eure Ehe einzubrechen, aber ich wusste, wenn ich dich jetzt nicht aufsuche, würde ich es mir nie verzeihen. Ich möchte so gerne wissen, warum die Ehe gescheitert ist. Alles, was dich betrifft, interessiert mich. Hast du vielleicht einen anderen Mann kennengelernt?« Chris nahm vorsichtig ihre Hände in seine.

Sie waren so warm, während Annas immer eiskalt waren – wie ihr ganzer Körper seit dem Krankenhausaufenthalt, jedenfalls kam ihr das so vor.

Anna wollte sie ihm entziehen, aber Chris hielt sie ganz fest. Es war ein schönes Gefühl, kurz beließ Anna es bei dieser Geste. Endlich löste sie sich von ihm und nahm den Stift. »Nein, ich habe niemand anderen. Herbert und ich haben nicht zusammengepasst, es ging nicht«, schrieb sie. Mit der Wahrheit konnte sie ja unmöglich herausrücken.

»Und du arbeitest jetzt hier?«

Anna nickte.

»Wie kommt es?«

»Ich möchte nie wieder mit einem Mann schlafen«, antwortete Anna.

Chris schaute sie betroffen an. »Also ist etwas passiert, oder? Was ist geschehen, Anna? Bitte, sag es mir doch!«

Wieder griff er nach ihrer Hand, er küsste ihre Fingerspitzen und legte sie an seine Wange. »Bitte, Anna …«

Anna musterte ihn fasziniert, er berührte etwas in ihr, immer noch, obwohl das alles andere als gut war. Sie musste sich gegen ihn wappnen, aber das war gar nicht so einfach. »Ich kann es nicht sagen«, schrieb sie mit der freien Hand.

»Ich weiß, dass es schwierig sein muss für dich, mir zu vertrauen. Ich habe dich so oft enttäuscht und war gemein zu dir. Ich weiß auch gar nicht mehr, wie oft ich dich schon um Verzeihung gebeten habe, wie sollst du mir noch irgendetwas glauben können, aber …«

Er wirkte fast schon verzweifelt. »Bitte sag mir doch, was los ist!«

Anna stand auf und griff nach ihrer Jacke. Sie schüttelte nur den Kopf.

»Geh nicht, bitte!« Er war ebenfalls aufgestanden.

»Chris, was soll das alles hier? Geh zu deiner Verlobten, du sagst doch selbst, dass sie so ein lieber Mensch ist. Lass mir meinen Frieden«, schrieb sie hastig.

»Beantworte mir nur eine Frage! Liebst du mich noch?«

Anna sah sich etwas verstört um. Sie zogen bereits die Blicke der anderen Leute auf sich. Ihr war das unangenehm, immerhin arbeitete sie ja in diesem Restaurant, und sie wollte nicht auffallen.

»Bitte beantworte mir nur diese eine Frage, ja?« Chris' Stimme klang ganz heiser.

Anna nahm wieder den Stift. »Ich kann dir darauf keine klare Antwort geben. Ich weiß es selbst nicht.«

»Okay, das verstehe ich. Du bist verwirrt, und ganz offenbar ist etwas ganz Gravierendes geschehen. Und ich werde nicht eher aus der Stadt verschwinden, bis ich es herausgefunden habe und du mir eine Antwort auf meine Frage gegeben hast.« Chris nahm ihr Gesicht zwischen seine Hände.

»Und wenn deine Antwort ›Ja‹ lauten sollte, dann möchte ich mit dir zusammen sein, Anna. Ich weiß, das kommt jetzt alles plötzlich, aber es ist mein völliger Ernst. Egal, wie lange es dauert, und egal, was deine Probleme sind. Ich will nicht länger so dumm sein und dagegen ankämpfen, denn das bringt nichts.«

Anna sah ihn ungläubig an. Sie konnte sich an eine Zeit erinnern, da wäre sie wegen seiner Worte wohl die glücklichste Frau auf der Welt gewesen. Aber jetzt konnte sie das nicht einordnen, schob das alles ganz schnell von sich.

»Ich bin nicht mehr dieselbe wie vor anderthalb Jahren. Ich habe Probleme, und ich komme mit mir selbst nicht zurecht. Ich weiß nicht, ob ich mich je wieder auf einen Mann einlassen möchte.«

»Dann warte ich so lange, bis du es weißt«, erklärte er entschieden.

»Und deine Freundin? Deine Familie?«, schrieb Anna hastig.

»Müssen damit klarkommen. Ich kann dich nicht vergessen, ich liebe dich«, sagte er zärtlich. »Gib mir noch eine Chance, Anna!«

»Du weißt nicht, was du da sagst. Ich kann dir kein Versprechen geben.« Sie schüttelte den Kopf.

»Lass uns Zeit miteinander verbringen. Vielleicht wird dir dann einiges klarer«, bat er sie.

Sie konnte sehen, dass Tränen in seinen Augen glitzerten, sie spürte einen winzig kleinen Stich in ihrem Herzen. »Ich habe übermorgen frei«, schrieb sie.

Chris' Miene hellte sich auf. »Wo sollen wir uns treffen? In meinem Hotel? Oder in dem Park? Schlag du was vor!«

Anna überlegte, wollte zuerst auf seinen Vorschlag mit dem Park eingehen, da fiel ihr aber ein, dass die Kommunikation dort wohl schwierig werden würde. Immer auf einen Block zu schreiben, war lästig, und einen Laptop mitzuschleppen, war ebenso ungünstig.

Sie gab sich einen Ruck. Chris war nun wirklich kein Fremder, und sie wusste, dass sie ihm vertrauen konnte. Anna notierte ihre Adresse.

»Da wohnst du jetzt?«

Anna nickte.

»Um wie viel Uhr soll ich bei dir sein?« Er wirkte richtig aufgekratzt.

Anna wunderte sich immer mehr über sein Verhalten. »Gegen 13 Uhr?«

»Ich werde da sein. Anna … ich … ich … danke«, stammelte er.

Sie lächelte ihm scheu zu.

Sie wusste nicht, ob das hier alles real war oder nur ein Traum. Vielleicht war es auch ein riesengroßer Fehler, ihn wieder näher an sich heranzulassen.

Aber viel konnte Anna nicht mehr verlieren; vielleicht würde sie mit ihm eine Freundschaft aufbauen können. An mehr wollte sie einfach nicht denken.

19

Anna schickte Karen eine Nachricht und berichtete ihr, dass Chris da gewesen sei und ob sie sich erklären könne, woher er wüsste, wo sie arbeitete.

Karen meldete sich prompt und schrieb zurück, dass Chris in der Agentur gewesen sei. Sophie hätte ihm verraten, dass er Karen fragen solle. Zuerst hatte Karen nichts sagen wollen, aber er wäre so aufrichtig rübergekommen, dass sie ihm erklärt habe, wo Anna arbeitete.

Bist du jetzt sauer, Süße?

Nein. Ich weiß zwar nicht, was das alles bringen wird, aber es war auf jeden Fall schön, dass er da war, schrieb Anna.

Anna stand lange vor dem Spiegel und überlegte, was sie anziehen sollte. Schließlich entschied sie sich doch nur für eine Jeans und einen einfachen Pulli. Sie schminkte sich kaum, ließ ihre Haare offen und harrte der Dinge, die da kommen würden.

Sie war noch nicht einmal aufgeregt, dabei würde gleich der Mann vor ihr stehen, den sie doch einmal so verzweifelt geliebt hatte. Aber in ihrem Inneren spürte sie kaum etwas. Das Selbstbetäuben klappte wohl einfach zu gut.

Pünktlich um eins klingelte es an der Tür. Da stand er vor ihr, mit einem schüchternen Lächeln im Gesicht und einem wundervollen Strauß roter Rosen.

Anna riss die Augen auf, die Blumen waren wunderschön. »Danke«, formulierte sie mit ihren Lippen.

»Ich danke dir, dass du mich empfängst«, grinste er verlegen.

Anna ließ ihn an sich vorbei in ihre Wohnung, sie deutete ihm an, dass er ins Wohnzimmer gehen solle, dort stand schon der Laptop auf ihrem Couchtisch.

»Es ist gemütlich hier«, meinte Chris, als sie die Rosen in einer Vase auf den Tisch stellte.

»Es ist sehr klein, aber für mich allein reicht es«, tippte sie hastig ein. »Möchtest du etwas essen? Ich könnte was kochen.«

»Nein, danke, ein Glas Wasser wäre schön.« Chris schaute sie aufmerksam an, er knetete seine Hände, offenbar war er recht nervös.

Anna brachte es ihm und setzte sich neben ihn aufs Sofa. Er musterte sie eindringlich. »Wie geht es dir?«

»Okay«, schrieb sie.

»Ich kann das nicht wirklich glauben. Deine Blässe und dass du stumm geworden bist … Willst du mir nicht erzählen, was geschehen ist? Ich bin fast durchgedreht vor Sorge, seit ich dich vorgestern wiedergesehen habe.«

Anna senkte den Kopf. Was passiert war, konnte sie ihm unmöglich erzählen. Doch andererseits war es vielleicht besser, ihm die Wahrheit zu sagen. Immerhin hatte er beteuert, dass er sie lieben würde und dass er mit ihr zusammen sein wolle. Vielleicht würde ihn das alles wieder davon abbringen, wenn er Annas Geschichte kannte. Er hatte es zumindest verdient, dass sie ehrlich zu ihm war. Danach konnte er entscheiden, ob er nicht doch lieber wieder gehen wollte.

Sie atmete tief durch.

»Die Ehe mit Herbert war ein Arrangement«, begann sie zögerlich.

»Das habe ich mir schon gedacht, du hattest es ja im Park bereits angedeutet.« Chris sah sie gespannt an.

»Er bot mir die Heirat an, damit verbunden auch sein Vermögen nach seinem Tod, da er keine nahen Verwandten hat. Er finanzierte mir alles, was ich wollte. Im Gegenzug hatte ich ihm zur Verfügung zu stehen, wann er Lust hatte. Du verstehst?«

»Ja.« Chris' Miene verfinsterte sich.

Anna zweifelte, ob es richtig war, ihn einzuweihen, aber sie wollte das jetzt hinter sich bringen. »Dann wollte er, dass ich vor seinen Augen Sex mit einem anderen Mann habe.« Ihre Finger tippten jetzt langsamer, ein komisches Gefühl breitete sich in ihr aus, als ob sie plötzlich einen Stein im Magen hätte. Anna war irritiert darüber.

»Hast du … hast du es getan?« Chris' Stimme war heiser.

»Ich wollte zuerst nicht, aber es gehörte mit zu unserer Vereinbarung. Vor der Eheschließung hatte er es auch schon angedeutet. Ich wollte ihn nicht verlieren, also habe ich zugestimmt.«

Chris verbarg sein Gesicht hinter seinen Händen, dann fasste er sich wieder. »Wie … also war es sehr schlimm für dich?«

Anna schüttelte den Kopf. »Es war nicht einfach, aber ich hatte einen Ex-Kollegen gefragt. Er war sehr nett und rücksichtsvoll.«

»Okay.« Chris atmete tief durch. »Wie ging es weiter?«

»Herbert war das nicht mehr genug. Er …« Anna stoppte ab, ihr wurde eiskalt. Sie schluckte heftig, dann schrieb sie aber mit zitternden Händen weiter. »… er wollte zur Einweihung des neuen Pools im Garten eine Feier geben. Nur seine Freunde sollten kommen, und ich sollte wieder mit meinem Ex-Kollegen Sex haben.«

»Was?« Chris sprang auf und ging ein paar Schritte im Wohnzimmer herum.

Anna war zusammengezuckt wegen seiner heftigen Reaktion und sah ihn erschrocken an, er schien dies zu bemerken und setzte sich wieder neben sie.

»Tut … tut mir leid, Anna. Ich war … also … okay«, stotterte er, dann deutete er auf den Monitor und nickte.

»Ich habe mich geweigert und ihn gefragt, was wohl als Nächstes käme und ob er erwarten würde, dass ich auch noch mit seinen Freunden Sex haben sollte. Er hat nicht geantwortet, aber an seiner Reaktion konnte ich erkennen, dass er genau das beabsichtigte.«

Anna schnürte es ganz plötzlich die Kehle zu. Sie spürte einen dicken Kloß in ihrem Hals. Sie würde doch jetzt nicht etwa anfangen zu weinen, schon seit dem Tag, als Herbert von ihr gewollt hatte, dass sie mit einem Mann vor seinen Augen schlafen würde, hatte sie keine Träne mehr vergossen.

»Ich fasse das nicht. Was für ein perverses Arschloch!«, stieß Chris wütend hervor und rief entsetzt: »Hast du es getan?«

»Nein.« Annas Hände zitterten immer mehr beim Schreiben. »Das konnte ich nicht. Seit der Nacht, wo ich von den Männern überfallen worden bin, kann ich nicht mit mehreren, es tut so weh und …« Anna hörte auf zu tippen, sie spürte, wie es heiß über ihre Wangen rann, verblüfft bemerkte sie, dass Tränen auf ihre Hände tropften.

»Schon gut, schon gut.« Chris zog sie vorsichtig in seine Arme.

Anna ließ es geschehen, er strahlte so eine Wärme aus, sie genoss es, dass er sie festhielt.

Er streichelte sanft über ihren Rücken.

Anna dachte jetzt nicht mehr nach, sie atmete den vertrauten Duft seiner Haut ein und schmiegte ihr Gesicht an seinen Hals. Zögernd schlang sie die Arme um seinen Oberkörper. Chris zog sie noch ein Stück näher an sich heran. »Alles ist gut, Anna, alles gut«, flüsterte er immer wieder. »Niemand wird so etwas je wieder von dir verlangen, ich pass auf dich auf, meine Schöne.«

Anna verlor komplett die Fassung. Ein ungeheurer Schmerz breitete sich mit aller Wucht in ihr aus, er brach ihr Innerstes total auf, so, als ob er nur irgendwo auf diesen Moment gelauert hätte.

Sie schluchzte unkontrolliert, mehr unbewusst klammerte sie sich an Chris fest, als ob er sie vor dem Sturz in die Tiefe bewahren könne. Sie krampfte ihre Hände in sein Shirt, ein Beben rollte durch ihren Körper; der Weinkrampf schüttelte sie regelrecht durch.

Chris flüsterte ihr Kosewörter ins Ohr, streichelte sie zärtlich und hauchte ihr kleine Küsse auf den Hals. »Nie wieder wird so etwas geschehen, nie mehr. Hab keine Angst, keiner wird dir mehr etwas antun.«

Anna hatte völlig ihr Zeitgefühl verloren, sie hätte nicht sagen können, wie lange sie in seinen Armen geweint hatte. Es hätten Minuten sein können oder Stunden, alles in ihr hatte so wehgetan, dass der Schmerz jegliches andere Empfinden überdeckt hatte.

Sie löste sich schließlich von ihm und schaute ihn zerknirscht an. Sein Shirt war an einer Stelle total durchnässt, mit ihrer Hand strich sie vorsichtig über diese Stelle.

»Tut mir leid«, tippte sie in ihren Laptop.

»Das ist kein Problem, Anna. Wirklich nicht. Geht es wieder?« Chris streichelte ihr sanft durchs Haar.

Anna nickte.

»Möchtest du erzählen, wie es weitergegangen ist?«, fragte er behutsam nach.

Sie schluckte, legte ihre Finger wieder auf die Tasten. »Ich bin aus dem Haus gerannt und habe mich ins Auto gesetzt. Bin einfach losgefahren, ohne Ziel, und irgendwie in diesem Park gelandet. An der Stelle, an der ich dir damals alles erzählt habe,

habe ich mich ins Gras gesetzt und auf den Fluss geschaut. Und plötzlich konnte ich mich nicht mehr bewegen. Ich habe bis zum nächsten Tag da gesessen und bin dort gefunden worden.«

»Oh Gott!« Chris stöhnte auf. In seinen Augen schimmerten Tränen. »Aber man hat dich gefunden. Zum Glück!«

Anna nickte. »Im Krankenhaus hat Herbert mir vorgeschlagen, sich scheiden zu lassen. Ich war nicht die, die er in mir gesehen hatte.«

»Und weiß du, was ich in dir sehe?« Chris blickte sie voller Liebe an. »Die Frau, bei der ich mich so lange dagegen gewehrt habe, einzusehen, wie sehr ich sie liebe.«

Anna schluckte, als sie den Ausdruck in seinen Augen entdeckte. Die Wärme seiner Hände strahlte auf ihren ganzen Körper aus. »Ich weiß nicht, was ich antworten soll«, tippte sie ehrlich ein und guckte ihn bedauernd an.

»Das ist okay, ich bin froh, dass du ehrlich zu mir bist. Du hast so unendlich viel durchgemacht, Anna. Und trotzdem lässt du mich jetzt wieder in deine Nähe. Das reicht mir erst mal für den Anfang.«

»Danke«, schrieb sie.

»Sollen wir etwas zu essen bestellen?«, fragte Chris nach einer Weile.

Anna war richtiggehend erschöpft. Nachdem sie ihm die Wahrheit ›erzählt‹ hatte, hatte sie sich auf dem Sofa zurückgelehnt und die Augen geschlossen.

Anna nickte, sie rappelte sich wieder hoch. »Ich kann auch etwas kochen.«

»Nein, lass nur!« Er streichelte über ihre Wange. »Du siehst so müde und blass aus, ruh dich aus.«

»Es geht schon wieder«, tippte sie hastig.

»Nichts geht, Anna«, betonte er ernst. »Du bist nur noch ein Schatten deiner selbst. Und ich werde dich in der nächsten Zeit ein bisschen aufpäppeln, wenn du mich lässt.«

»Aber was ist mit deinem Job? Wann musst du zurück? Und deine Verlobte wird sich doch Gedanken machen und deine Eltern bestimmt auch.«

»Ich habe in den letzten Monaten so viel gearbeitet, dass mir Urlaub mehr als zusteht, denn ich hatte seit Silvester noch keinen einzigen Tag frei. Jana wollte zwar unbedingt verreisen, aber ich habe mich mit Arbeit zugeschüttet. Wohl in erster Linie, weil ich gehofft habe, auf diese Weise nicht so viel an dich denken zu müssen. Ich habe mir jetzt eine Auszeit genommen, ich musste unbedingt zu dir. Wenn ich doch bloß gewusst hätte, was der feine Herr Professor so von dir verlangt, wäre ich schon viel früher gekommen.« Chris ballte kurz seine Hände zu Fäusten und starrte wütend auf den Wohnzimmertisch. Dann schien er sich aber wieder zu fangen. »Natürlich gab das ein großes Palaver mit Jana und meinen Eltern, aber das ist mir total egal geworden. Ich musste dich sehen und wissen, was jetzt mit dir ist.«

»Aber du kannst dich doch nicht gegen deine Familie stellen«, wandte Anna ängstlich ein. Sie konnte kaum glauben, dass das wirklich der Fall sein sollte.

»Anna, meine Familie ist mir unglaublich wichtig. Meine Eltern sind ganz wunderbare Menschen, die allerdings einen sehr konkreten Lebensentwurf haben. Dazu gehört auch, dass aus ihren Kindern was wird, und dass diese – ebenso wie sie selbst – zu den angesehenen Bürgern der Stadt gehören und Wohlstand anhäufen. Bis vor einiger Zeit war mir das auch ebenso wichtig wie ihnen. Aber ich habe durch dich gemerkt, dass es noch viel mehr gibt, als sein Leben lang nach der Anerkennung von anderen zu streben. Weißt du eigentlich, wie viel du mir gegeben hast? Ich glaube, das ist dir gar nicht bewusst.«

Chris streichelte über Annas Haare und lächelte sie mit einer Liebe an, die ihr für einen Moment den Atem nahm. Ihr Herz schlug plötzlich schneller, und ein Kribbeln machte sich ganz leicht in ihrem Körper breit. Seine Wirkung auf sie machte sich langsam wieder bemerkbar. Anna war richtig erschrocken darüber und bekam fast schon Angst davor.

»Als wir im Zoo waren und die Tage danach, als ich so oft bei dir war – ich glaube, ich war seitdem nicht mehr so glücklich gewesen wie damals. Nur, mir das einzugestehen, dafür habe ich lange gebraucht. Sehr lange, ich hoffe bloß, nicht zu lange.« Er sah sie mit so einem treuen Blick an, dass Anna spontan lächeln musste.

»Ich habe dir sehr wehgetan, ich weiß. Und ich werde alles daransetzen, das wieder auszubügeln. Und was die anderen darüber denken, ist mir so was von gleichgültig geworden«, fügte er kämpferisch hinzu.

In Anna krabbelte ein ganz warmes Gefühl hoch, er schien es so ehrlich zu meinen, und doch war das alles noch so unbegreiflich. Sie legte ihre Finger wieder auf die Tasten. »Weißt du, was auf dich zukommen könnte?« Sie hielt den Atem an und wartete gespannt auf seine Antwort.

»Ja, Anna. Das weiß ich nur zu gut. Das war wohl auch mit ein Grund, warum ich so lange gebraucht habe, um jetzt hier zu sein. Aber wenn die mir zu Hause blöd kommen, bin ich auch bereit, in eine andere Stadt zu ziehen. Ich habe in der letzten Zeit viele Projekte entwickelt und betreut, ich habe viel Lob für meine Arbeit bekommen. Ich bin eingebildet genug, um anzunehmen, dass ich überall einen guten Job kriege. Aber das ist alles nicht wichtig. Wichtig ist nur, dass du an meiner Seite bist. Ich will dich nicht bedrängen, ich lasse dir Zeit, Anna, versprochen, aber ich wünsche mir nichts so sehr, als dass du mir eine Chance gibst.« Er wandte den Blick ab, seine Stimme klang ganz rau. »Bitte, glaub mir …«

Anna war sehr berührt, sie schaltete jetzt einmal ihre Zweifel aus und legte einen Arm um ihn herum. Zärtlich streichelte sie seine Wange.

»Mein Gott, Anna. Wenn dir etwas passiert wäre oder wenn du Herbert nachgegeben hättest. Ich … ich darf gar nicht daran denken«, flüsterte er. »Ist deine Stimme seitdem weg?«

Anna nickte. Sie fasste sich ein Herz und tippte wieder. »Ich hatte das schon einmal. Als ich das erste Mal mit einem Mann schlafen musste, war danach auch die Stimme weg. Sie kam wieder, als ich mich mit allem abgefunden hatte.«

»Es besteht also die Hoffnung, dass sie wiederkommt?«, hakte Chris nach.

»Ja, aber niemand kann sagen, wann das sein wird.«

»Wir warten zusammen, und danach möchte ich, dass du mich totquatschst, okay?« Er grinste frech.

»Du weißt nicht, was du da sagst«, Anna gluckste, als sie das eintippte.

»Anna?«

Sie sah ihn fragend an.

»Darf ich dich halten? So wie damals in deiner Wohnung, als du auf mir gelegen hast auf dem Sofa.« Sein Blick hätte Polkappen zum Schmelzen bringen können.

Anna schluckte, im nächsten Augenblick nickte sie aber. Sich etwas Wärme bei ihm zu holen, war einfach zu verlockend.

Chris streckte sich auf dem Sofa aus und reichte ihr seine Hand.

Anna ließ sich zu ihm hinunterziehen, kam auf ihm zu liegen.

Er drückte ihren Kopf an seinen Hals und umschlang sie mit seinen Armen.

Anna konnte den Schlag seines Herzens hören, wieder hatte dieses Geräusch eine beruhigende Wirkung auf sie.

Sie blieben eine Zeitlang so liegen. Chris streichelte zärtlich über ihren Kopf, dann fiel ihr ein, dass er doch etwas zu essen bestellen wollte. Sie sah auf und konnte zu ihrem Entsetzen sehen, dass eine Träne über seine Wange lief. Sie schaute ihn ängstlich an.

»Ich bin so froh, dass ich hier bei dir bin, Anna. Nichts ist passiert«, beruhigte er sie sofort.

Anna deutete auf sich und nickte.

»Es ist schön, dass es dir genauso geht«, lächelte er.

Anna schaute ratlos auf ihre Pizza, eigentlich hatte sie keinen Appetit, weil sie zu aufgewühlt war. Aber von Chris erntete sie so einen strengen Blick, dass sie doch immerhin die Hälfte davon aufaß.

»Meinst du, du könntest ein paar Tage frei bekommen?«

»Ich hab Angst, den Job zu verlieren, ich weiß nicht«, tippte sie ein.

»Aber dir steht doch Urlaub zu, oder?«, beharrte er.

»Ja, schon. Aber so lange bin ich ja noch nicht dabei, und es ist der erste richtige Job«, wandte sie ein.

»Hast du was dagegen, wenn ich mal deinen Chef frage? Ich meine, nur, wenn du Lust hast, ein paar Tage mit mir zu verbringen.«

Anna brauchte das nicht zu hinterfragen, die paar Stunden, die er jetzt hier war, waren mit Abstand das Angenehmste, was sie seit Langem erlebt hatte. »Lust hätte ich schon«, schrieb sie ehrlich.

»Dann gehen wir morgen mal gemeinsam dorthin, okay?«, schlug Chris vor.

Anna nickte.

Sie bummelten durch die Straßen. Anna hatte einen kleinen Block dabei, aber wirklich viel redeten sie nicht. Das war auch nicht nötig. Chris hatte den Arm um sie gelegt, und sie hatte das Gleiche bei ihm getan. Und es fühlte sich so gut an, so richtig. Irgendwas schien er in ihr auslösen zu können, dass sie bei ihm ihre Gewohnheiten und Grundsätze über den Haufen warf.

Sie begann, wieder zu fühlen.

Das war einerseits sehr schön, andererseits machte es ihr aber auch große Angst. Was wäre, wenn Chris doch wieder gehen würde? Wenn seine ganzen Beteuerungen nicht ernst gemeint wären? Konnte das sein?

Doch Anna wollte sich das im Moment nicht vorstellen; aber konnte sie sich auf ihre Menschenkenntnis überhaupt noch verlassen?

Alles schien ins Wanken geraten zu sein, ihre Welt war – wieder einmal – im Umbruch. Vor ein paar Tagen hatte sie noch geglaubt, in ihr Leben Struktur hineinbekommen zu haben, ihr Job hatte sie angetrieben. Jetzt war das alles wieder infrage gestellt worden – durch ihn. Wieder einmal durch ihn.

Zu ihrer Verblüffung standen sie plötzlich vor ihrer Wohnung. Sie hatte vor lauter Grübeln gar nicht bemerkt, dass sie schon da waren.

Sie zeigte auf ihn und dann auf die Tür.

»Wenn ich darf, gerne«, freute Chris sich.

Anna rieb sich die Hände, sie hätte besser mal Handschuhe mitnehmen sollen, denn sie waren eiskalt.

Chris umfasste sie sofort mit seinen, wie sie schon erwartet hatte, waren seine angenehm warm. Er rieb sie ganz sachte, dann hauchte er kleine Küsse darauf.

Anna lächelte ihm zu, es war so schön, wenn er das tat. Sanft entzog sie ihm ihre Hände.

»Möchtest du ein heißes Bad nehmen?«, fragte Chris sie.

Anna überlegte kurz, sie war wirklich ganz schön durchgefroren. Sie nickte.

»Okay, wenn etwas ist, dann schicke mir eine Hilfe-Whatsapp«, grinste er sie an.

Anna lächelte und verschwand im Badezimmer.

Als sie sich ausgezogen hatte, betrachtete sie sich kritisch im Spiegel. Sie war wirklich blass; um ihre Augen lagen tiefe Ränder. Sie sah aus wie ein Gespenst, dabei schlief sie schon so viel. Als sie aus dem Bad kam, fand sie Chris auf dem Sofa vor.

Er saß vor ihrem Laptop und tippte etwas ein. »War es okay, dass ich mal eben meine Mails gecheckt habe?«

Anna nickte.

»Ich habe Max informiert, wo ich bin. Er ist der Einzige, der weiß, dass ich zu dir gefahren bin«, erklärte Chris ihr.

Sie riss erstaunt die Augen auf.

»Ja, er hat mich für verrückt erklärt. Aber er weiß auch, wie hinreißend du bist«, zwinkerte Chris ihr zu. »Er wird die Klappe halten.«

Er kam auf sie zu. »Soll ich gehen? Dann sag mir nur, wann ich morgen hier sein soll, wegen des Gesprächs mit deinem Chef.«

Anna setzte sich vor ihren Laptop. »Du musst nicht gehen. Ich bin sehr froh, dass du hier bist.«

Über sein Gesicht huschte ein Lächeln. »Frag mich mal.«

Sie legten sich wieder aufs Sofa, in Chris' Lieblingsposition, wie er es nannte. Anna genoss einfach den Moment, achtete weder auf die Zeit noch auf das, was gerade im Fernsehen lief. Erst, als er sie sanft ansprach, realisierte sie, dass es schon spät war.

»Hey, schmeiß mich ruhig raus …«

Anna hob den Kopf; sie formulierte mit ihrem Mund das Wort »Bleib!«.

»Wirklich? Ich will dir nicht auf den Nerv gehen.«

Sie schüttelte den Kopf und stand vorsichtig auf. »Du kannst hier schlafen«, tippte sie ein.

»Okay, dein Sofa ist auch sehr bequem«, beteuerte er ihr.

»Könntest du mich einfach nur im Arm halten?«, bat sie ihn und schluckte heftig.

Chris nahm ihr Gesicht zwischen seine Hände. »Sehr, sehr gerne, Anna.«

20

Als Anna erwachte, lag sie zu ihrer Verwunderung in ihrem Bett. Sie überlegte kurz, konnte sich aber nicht erinnern, wie sie dorthin gekommen war. Erst jetzt spürte sie, dass ein Arm um sie geschlungen war, sie erschrak für einen kurzen Moment, da fiel ihr ein, dass das nur Chris sein konnte.

Sie drehte sich vorsichtig zu ihm herum, er lag vollständig bekleidet auf der Bettdecke, während sie damit zugedeckt war.

Anna wandte sich ihm ganz zu; er schien tief und fest zu schlafen. Sie betrachtete ihn eine Weile, widerstand dem Drang, seine Gesichtskonturen mit ihrem Finger nachzufahren. Wieder wurde ihr bewusst, was für ein attraktiver Mann er doch war. Und er war jetzt hier bei ihr, und er wollte sie, tatsächlich sie. Anna.

So langsam kam diese Tatsache bei ihr an, sie konnte sie auch schlecht wegschieben, jetzt, wo er hier mit ihr in einem Bett lag. Würde er wirklich seine Verlobte für sie aufgeben, den – sehr wahrscheinlichen – Konflikt mit seinen Eltern suchen, alles nur ihretwegen?

So langsam hatte sie immer mehr das Gefühl, dass sie ihm glauben konnte, und zu ihrer eigenen Verblüffung reagierte sie doch verräterisch auf seine Berührungen und seine Nähe.

Anna hatte Angst, dass er frieren könnte, schließlich war er ja nicht zugedeckt. Vorsichtig streichelte sie über die Haut seiner Arme, sie war ein bisschen kühl. Sie versuchte, sich aus seiner Umarmung zu winden, um für ihn eine Decke zu holen, doch gerade, als sie glaubte, es geschafft zu haben, zog er sie fest an sich und öffnete die Augen.

»Hey, Anna Gunter. Wo willst du hin?« Er beugte sich über sie und machte die kleine Nachttischlampe an.

Anna zupfte an ihrer Decke und deutete dann auf ihn.

»Ich wollte nicht mit dir darunter«, gestand er verlegen. »Nicht, dass du denkst … also …«

Anna legte einen Finger auf seine Lippen und wies wieder auf die Decke.

»Liebend gerne«, grinste er schüchtern.

Sie stand auf und zog sich ihre Hose aus. Ihr war sehr wohl bewusst, dass er sie beobachtete, aber sie hatte keine Scheu vor ihm.

Er hatte ebenso seine Jeans ausgezogen und hob einladend die Decke. Anna krabbelte zu ihm und schmiegte sich an seinen warmen Körper. Chris löschte das Licht und legte einen Arm um sie herum. Sein Gesicht war dicht vor ihrem. »Schlaf gut, meine schöne Anna.«

Anna zögerte kurz. Schließlich folgte sie aber ihrem Bauchgefühl und gab ihm einen kleinen Kuss. Es war wie ein Stromschlag, der durch ihren Körper zuckte. Doch diese Empfindung schreckte sie nicht, sondern im Gegenteil, sie fühlte sich so gut an.

Anna lächelte und wiederholte den Kuss.

Chris blieb völlig passiv. Erst, als sie den Druck auf seine Lippen verstärkte, kam er ihr entgegen. Scheu stupste Anna mit ihrer Zunge an seine Lippen.

Chris ging bereitwillig auf die Aufforderung ein.

Die Sanftheit des Kusses berauschte Anna richtig. Wie oft hatte sie sich danach gesehnt, Chris zu küssen, ihn zu schmecken? Alle ihre Sehnsüchte legte sie in diesen Kuss. Wie von selbst schmiegte sie sich noch enger an ihn heran, begann, endlich wieder etwas zu fühlen – und zu genießen.

»Hey …« Nach einer kurzen Zeit löste sich Chris atemlos von ihr. »Ich liebe dich, und ich liebe es, dich zu küssen. Aber … also …« Er lächelte etwas verlegen. »Du richtest damit ganz schön was in mir an.«

Anna nickte, sie verstand, was er meinte, sie konnte es ja selbst deutlich an ihrem Oberschenkel spüren. Doch für mehr als einen Kuss fehlte ihr ganz eindeutig der Mut, sie rückte von ihm ab.

»Ich liebe dich, Anna«, flüsterte er leise.

Anna küsste ihn noch einmal ganz sachte.

»Ich werde alles dafür tun, damit wir beide glücklich werden. Wenn du es auch willst.« Seine sanfte Stimme bescherte ihr eine Gänsehaut.

Anna schmiegte ihren Kopf an seine Halsbeuge, mit ihrem Finger malte sie ein ›Ja‹ auf seinen Rücken.

Chris rückte ein Stück von ihr ab. »Ja? Ja, wirklich?«

Anna nickte.

Chris schluckte heftig. »Du wirst es nicht bereuen.«

Anna war richtig aufgekratzt, aber irgendwann gewann ihre Müdigkeit, und ihr fielen die Augen zu. Doch zum ersten Mal seit sehr langer Zeit schlief sie mit einem Lächeln auf den Lippen ein.

Als sie die Augen aufschlug, war es schon hell. Hektisch sah sie auf die Uhr, es war bereits halb zehn. Die Betthälfte neben ihr war leer, wenn sie nicht so zerwühlt gewesen wäre, hätte sie fast angenommen, alles nur geträumt zu haben.

Ist Chris weg? Ein Kloß setzte sich in ihrer Kehle fest, doch noch bevor sie Angst bekommen konnte, dass es tatsächlich so war, hörte sie ein Scheppern aus ihrer Küche. Sie musste grinsen und lief schnell dorthin.

»Oh Mist, jetzt habe ich dich geweckt, mir ist die Pfanne runtergefallen!« Ein sehr zerknirscht aussehender Chris mit zerstrubbelten Haaren kam auf sie zu und zog sie in seine Arme. »Tut mir leid.«

Anna schüttelte den Kopf.

»Guten Morgen«, murmelte er an ihren Lippen und gab ihr einen kleinen Kuss.

Anna erwiderte ihn schüchtern.

Nein, sie hatte sich nichts eingebildet, sie spürte tatsächlich wieder etwas. So, als ob sich ihr Körper daran erinnern würde, dass hier der Mann vor ihr stand, den sie liebte. Sie lächelte ihn glücklich an.

»Hey, was ist? So gute Laune am frühen Morgen?«, grinste er.

Da sie nicht antworten konnte, nahm sie sein Gesicht zwischen ihre Hände und küsste ihn etwas leidenschaftlicher.

»Daran könnte ich mich gewöhnen.«

Anna nickte.

»Ach ja, dein Handy hat ein paar Nachrichten gemeldet.« Er deutete auf die Anrichte in der Küche.

Karen, schoss es Anna durch den Kopf. Und ihre Vermutung wurde bestätigt. Ihre Freundin hatte ihr bereits etliche Nachrichten zukommen lassen. Anna schmunzelte innerlich über ihre Neugier.

Es ist alles in Ordnung. Chris ist hier, er hat gesagt, dass er mich noch liebt und dass er mit mir zusammen sein will. Er bleibt jetzt für ein paar Tage hier, ich melde mich wieder bei dir!

simste sie.

Die Antwort kam prompt – und sie war sehr kurz:

YES!

Nach dem Frühstück fuhren sie zu Annas Arbeitsstelle. Sie war nervös, wollte auf keinen Fall, dass die Bitte um ein paar freie Tage ihren Arbeitgeber verärgerte.

Chris ging mit ihr an der Hand hinein und wandte sich an den Besitzer. Es war ein kurzes Gespräch. Annas Chef ließ sich erweichen und gab ihr die Tage frei.

»So, und was machen wir jetzt?«, erkundigte sich Chris, als sie wieder draußen waren.

Anna zog einen Zettel hervor. »Willst du noch im Hotel wohnen bleiben?«

»Nimmst du mich denn bei dir auf?«, fragte er sie mit treuem Hundeblick.

Sie zwickte ihn in die Nase und strahlte ihn an.

»Liebend gern!« Er gab ihr einen zärtlichen Kuss und zog sie mit zum Auto.

Chris hatte seine Sachen schnell geholt, dann steuerte er mit Anna den Parkplatz des Zoos an. »Lust?«

Anna nickte begeistert.

»Diesmal zahle ich aber den Eintritt!«

Eng umschlungen schlenderten sie an den Gehegen entlang. »Hier habe ich dich das erste Mal so richtig glücklich gesehen«, raunte er an ihrem Ohr. »Du sahst so süß aus, ich hätte dich anknabbern können.« Zur Bekräftigung seiner Worte biss er ihr leicht ins Ohrläppchen.

Anna strahlte ihn an.

»Ich hätte dich ab da nie mehr gehen lassen dürfen. Mann, war ich ein Idiot!«

Anna blieb stehen, wurde plötzlich sehr ernst. Sie zückte ihren Block. »Jana?«, schrieb sie darauf, gespannt wartete sie auf seine Antwort.

»Ja, du hast recht. Ich muss es ihr so bald wie möglich sagen. Am liebsten würde ich sie sofort anrufen, aber das gehört sich nicht, ich muss mit ihr persönlich reden«, seufzte Chris. »Ich könnte heute Abend nach Hause fahren und morgen wieder hier sein. Aber dann müsste ich dich alleine lassen, und das will ich auch nicht. Ich überlasse dir die Entscheidung.« Er zog sie an sich und sah sie ernst an. »Ich werde alles dafür tun, um Zweifel an meiner Aufrichtigkeit auszuräumen.«

Anna schluckte. Natürlich wollte sie nicht, dass er fortfuhr. Aber sie fand es seiner Verlobten auch nicht richtig gegenüber, dass er sie noch länger hinhielt. »Rede mit ihr, alles andere ist nicht fair«, schrieb sie.

»Heute noch?«

Anna nickte.

»Gut, ich fahre gleich los. Also bin ich morgen Vormittag wieder bei dir. Okay?«

»Ja«, formte sie mit ihren Lippen.

Anna war kurz davor, die Stunden zu zählen, bis er wieder bei ihr sein konnte. Sie fragte sich, ob es ein Fehler war, ihn dazu ermuntert zu haben, direkt zu fahren. Immer noch schwang die Angst in ihr mit, dass er nicht wiederkommen würde. Chris hatte ihr mehrfach versichert, dass er es kaum abwarten könne, wieder bei ihr zu sein. Und irgendwie glaubte sie ihm das auch, zumindest wollte sie das glauben.

Sie schrieb Mails mit Karen, um die Zeit totzuschlagen. Ihre Freundin war ganz aus dem Häuschen und machte ihr Mut.

> Ich glaube schon, dass er es ernst meint. Den Eindruck hatte ich auf jeden Fall, als

ich mit ihm gesprochen habe. Und wenn er nur mit dir in die Kiste hüpfen wollte, dann wäre er schon wieder verschwunden und würde sich nicht so eine Mühe geben.

Ich wünschte, er wäre schon wieder hier, gestand sie ihrer Freundin.

Morgen hast du ihn wieder. Und wer weiß, vielleicht kommt ja deine Stimme dann auch bald zurück.

Ich hoffe es, schrieb Anna.

Doch trotz aller Beteuerungen machte sie in dieser Nacht kein Auge zu. Sie überlegte, ob sie Chris eine Nachricht schicken sollte, aber sie wollte ihn nicht bedrängen. Vielleicht ging es ihm ja auch nicht so gut nach dem Gespräch mit Jana.

Sehr angespannt lief sie am nächsten Morgen durch die Wohnung. Sie hatte schon alles auf Hochglanz geputzt, um sich abzulenken, gegen elf Uhr morgens ging endlich die Türklingel. Anna hastete hin und öffnete die Wohnungstür.

Sie hörte, dass jemand ziemlich schnell die Treppen hinaufgelaufen kam.

Er war es.

Mit einer einzelnen roten Rose stand er vor ihr. »Es ist alles geklärt!«

»War es sehr schlimm?«, tippte sie in ihren Laptop.

»Ja«, nickte er. »Ich habe ihr nicht gerne wehgetan. Ich kam mir auch schäbig vor, eigentlich hätte ich das Gespräch schon vor langer Zeit führen müssen, egal, ob ich dich je wieder für mich gewinne oder nicht. Aber jetzt ist es raus. Ich war heute auch noch bei meinen Eltern und habe es ihnen mitgeteilt.«

»Und?«, fragte Anna ängstlich.

»Sie haben wie erwartet reagiert. Es war kein schönes Gespräch, aber wenn sie sich damit nicht abfinden, kann ich ihnen nicht helfen. Nur du bist wichtig für mich.«

Anna gab ihm einen Kuss, danach legte sie ihre Finger wieder auf die Tasten.

»Ich hoffe, du wirst nicht enttäuscht«, schrieb sie.

»Nein, ganz bestimmt nicht. Da bin ich mir sicher«, lächelte er ihr zu.

»Jana tut mir leid«, schrieb Anna. »Ich weiß, wie es ist, dich zu verlieren.«

»Und ich weiß, wie es ist, dich zu verlieren, Anna. Das will ich bestimmt kein zweites Mal mehr erleben.« Er beugte sich zu ihr hinüber und gab ihr einen zärtlichen Kuss. Schon wieder breitete sich in Anna dieses verlockende Kribbeln aus. Doch sie war zu aufgewühlt, um den Kuss richtig genießen zu können, wieder wandte sie sich dem Laptop zu.

»Tut es dir nicht leid, dass deine Eltern jetzt wütend sind?«

Chris schüttelte den Kopf. »Mir tut es leid, dass sie nicht akzeptieren, dass ich meine eigenen Entscheidungen treffe.«

»Wissen sie von mir?«

»Sie wissen, dass ich eine andere Frau liebe. Mehr habe ich ihnen noch nicht erzählt.«

Anna schluckte. Wenn sie jetzt schon so reagierten, ohne sie genauer zu kennen, wie würde es dann sein, wenn sie tatsächlich alles wussten? Würden sie ihrem Sohn das wirklich verzeihen können? Was für Folgen könnte das für ihn haben? Anna wurde ganz schwindelig, sie war nicht gut für ihn, sie brachte alles durcheinander.

»Anna?« Chris streichelte über ihre Wange. »Ich kann dir nicht versprechen, dass meine Eltern dich akzeptieren werden. Aber bitte glaube mir, dass mir das wirklich egal ist. Ich hatte lange genug Zeit, um mir darüber klar zu werden. Und ich habe meine Entscheidung getroffen – für dich.«

Anna schaute ihn voller Liebe an. »Ich hoffe, du wirst es nicht bereuen«, tippte sie ein.

»Ich bereue nur, dass ich so viel Zeit verschwendet habe.«

Chris' Magen knurrte plötzlich, verlegen grinste er sie an. »Ich habe nicht gefrühstückt, sondern bin direkt zu meinen Eltern gefahren. Und nach dem Gespräch hatte ich keinen Hunger mehr«, berichtete er mürrisch.

»Ich hab auch noch nicht gefrühstückt, ich mache direkt etwas.«

»Du hast noch nichts gegessen? Dann mal los!« Er sprang vom Stuhl auf und half ihr, alles vorzubereiten.

Sie verbummelten den ganzen Tag bei ihr zu Hause. Draußen tobte ein Herbststurm mit viel Regen und Wind, und in ihrer Wohnung war es einfach zu gemütlich. Chris zeigte Anna auf seinem Laptop seine neusten Projekte, fasziniert hörte sie ihm zu. »Und wenn ich für uns irgendwann mal ein Haus plane, dann möchte ich, dass du mir dabei hilfst.«

Annas Herz machte einen Riesenhüpfer, sie freute sich über seine Worte, es klang alles so einfach und unbeschwert. »Ich kann das doch gar nicht«, tippte sie ein.

»Natürlich kannst du das. Wir beide schaffen alles, was wir wollen«, widersprach er sanft. »Hörst du?«

Anna nickte und lächelte ihn glücklich an.

»Es war sehr einsam letzte Nacht ohne dich«, seufzte Chris, als sie spätabends im Bett lagen. Er zog Anna eng an sich. »Nach dem Gespräch mit Jana habe ich in einem Hotel übernachtet.«

»Ich – habe – dich – auch – vermisst«, malte Anna mit einem Finger auf seinen Bauch.

»Und das habe ich am meisten vermisst.« Chris beugte sich über sie und küsste sie zärtlich.

Sofort liefen ihr kleine Schauer über den Rücken, es war schon verrückt, was für eine Wirkung er auf sie hatte. Anna erwiderte den Kuss nur zu gerne, sie war so froh, dass Chris wieder da war; langsam kam es wirklich bei ihr an, dass sie ein Paar waren. Ein richtiges Liebespaar, so, wie sie es sich schon immer gewünscht hatte.

Chris' Lippen wanderten über ihr Gesicht, hauchten viele kleine Küsse darauf, dann glitten sie weiter ihren Hals hinab. Anna bekam eine Gänsehaut nach der anderen. Als sie spürte, wie sich seine Hand unter ihr Schlafshirt schob, hielt sie kurz den Atem an.

Chris schien ihr Zögern zu bemerken. »Soll ich aufhören?« Seine dunklen Augen sahen sie liebevoll an.

Anna schüttelte den Kopf, es war einfach zu schön, wenn er sie so berührte.

»Du kannst mich jederzeit stoppen«, raunte er an ihren Lippen. »Schließ deine Augen«, bat er mit einschmeichelnder Stimme. Vorsichtig schob er ihr Shirt weiter nach oben, jeden freien Zentimeter Haut bedeckte er mit Küssen.

Anna wurde unruhiger, es gelang ihm mühelos, ihre Erregung immer mehr anzufachen. Sie zitterte, als er das Shirt schließlich über ihre Brüste schob. Ganz zart küsste er ihre aufgerichteten Spitzen, ließ langsam seine Zunge um ihre Vorhöfe kreisen. »Darf ich dir das Shirt ausziehen?«

Anna nickte stumm und half ihm, sie davon zu befreien.

Er wandte sich wieder ihren Brüsten zu, als er zärtlich an einer Brustwarze saugte, wand sich Anna unter seinen Liebkosungen. Sie spürte deutlich, wie sich Nässe zwischen ihren Schenkeln bildete und ein süßer Schmerz durch ihren Unterleib zog.

Chris schob seine Hand langsam in ihr Höschen.

Anna konnte es kaum noch erwarten, bis er sie dort berührte. Als er mit einem Finger durch ihre heiße Feuchtigkeit glitt, stöhnte Chris heiser auf. »Du machst mich total verrückt, Anna.«

Langsam zog er ihren Slip hinab, mit seiner Hand spreizte er ein wenig ihre Beine. Immer wieder glitten seine Finger durch ihre Nässe, da spürte sie, wie er sich zwischen ihre Schenkel legte und mit seiner Zunge ihren empfindlichsten Punkt reizte.

Anna bäumte sich ihm entgegen, sie hielt es kaum noch aus vor Lust.

Vorsichtig drang Chris mit seiner Zunge in sie ein.

Anna wurde kurz schwarz vor Augen. Mit ihren Händen suchte sie Halt im Bettlaken, sie spürte, wie sich eine heiße Welle in ihr aufbaute, sie keuchte laut, dann explodierte es in ihr. Immer wieder baute sich ein Höhepunkt in ihr auf, ihr ganzer Körper schien davongetragen zu werden.

Als sie wieder halbwegs klar war, lag Chris neben ihr und hauchte ihr einen Kuss auf die Lippen. »Du schmeckst einfach unwiderstehlich.«

Anna streichelte über sein Gesicht, sie hatte ein schlechtes Gewissen, dass er zu kurz gekommen war. Scheu tippte sie ihn auf seine Brust und sah ihn fragend an.

»Es war wunderschön, Anna. Du bist so eine unglaublich sinnliche Frau«, flüsterte er.

Doch sie wollte es nicht dabei belassen. Ihre Lust auf ihn war noch nicht gestillt; sie spürte deutlich an ihrem Oberschenkel, dass ihn das alles auch nicht kaltgelassen hatte. Anna drückte ihn auf den Rücken und setzte sich auf seine Hüften. Sie lächelte ihm zu, ihre Hände krabbelten unter sein Shirt.

»Nur, wenn du es wirklich willst«, stöhnte Chris, seine Augen waren noch eine Nuance dunkler als sonst.

Anna küsste sich seinen Oberkörper hinab, bewunderte wieder seinen durchtrainierten Körper. Auch das hatte sie so schmerzlich in den vergangenen Monaten vermisst, ihn zu berühren und streicheln zu dürfen. Anna zupfte am Bund seiner Shorts, Chris' Atem beschleunigte sich sofort. Sie schob den Stoff über seine steil aufgerichtete Männlichkeit und streifte ihn dann ganz ab. Anna umfasste sein Glied mit beiden Händen, langsam glitt sie daran auf und ab.

»Baby, das geht nicht lange gut«, seufzte er auf.

Anna lächelte und nahm die empfindliche Spitze mit ihrem Mund auf.

»Bitte, darf ich dich ganz spüren?«

Anna setzte sich auf ihn, ließ seine Männlichkeit durch ihre Nässe gleiten, stimulierte ihn immer weiter.

Chris legte seine Hände auf ihre Hüften und drückte sie ganz leicht hinunter. Stück für Stück nahm Anna ihn in sich auf, jetzt hielt auch sie den Atem an. Als er ganz in ihr war, zog sie Chris zu sich hinauf.

»Ich liebe dich«, seufzte er und küsste sie hingebungsvoll.

Anna lächelte in seinen Kuss hinein, dann begann sie, sich langsam auf ihm zu bewegen. Er hielt sie ganz fest, gab ihr Halt und ließ sie dabei keine Sekunde aus den Augen. Anna genoss das Gefühl, so völlig ausgefüllt von ihm zu sein, es war unvergleichlich. Sie ließ sich einfach treiben, hielt sich an ihm fest; schon bald baute sich ein gigantischer Höhepunkt in ihr auf.

Ihr Atem ging nur noch stoßweise, ihre Fingernägel bohrten sich in seinen Rücken; als sie sich um ihn zusammenzog, stöhnte Chris laut auf, presste sie fest an sich und schloss die Augen.

Für einen Moment verharrten beide in dieser Position. Anschließend drehte Chris sich mit ihr, sodass Anna auf dem Rücken zu liegen kam. Immer noch war er tief in ihr, sie spürte, dass er leicht zuckte, und lächelte ihn verliebt an.

»Ich weiß nicht, wie du das anstellst, aber ich kann gar nicht aufhören zu kommen«, murmelte er an ihren Lippen.

Sie streichelte sanft über seinen Rücken, gab ihm Zeit, sich ganz zu beruhigen. Als er sich aus ihr zurückzog und sie seine warme Flüssigkeit zwischen ihren Schenkeln spürte, schmiegte sie sich eng an ihn.

Es war wie ein Bann, der gebrochen war, in dieser Nacht fanden beide keinen Schlaf. Immer wieder schenkten sie sich einander, es war für Anna so viel mehr als eine körperliche Vereinigung. Chris erreichte sie bis in ihre Seele, und sie wusste, dass sie ihn von ganzem Herzen liebte.

Immerhin schafften sie es am nächsten Tag, sich zu einem Spaziergang aufzuraffen. Das Wetter hatte sich beruhigt, es war zwar kalt, aber die Sonne schien vom blauen Himmel. Chris schlug vor, in die Stadt zu fahren und dort ein wenig zu bummeln, und so schlenderten sie engumschlungen durch die City.

Vor einem Hochhaus hatte sich eine Menschentraube gebildet, alle sahen nach oben.

Chris und Anna folgten ihren Blicken, ganz oben war eine Plattform angebracht, von der ein Mann, mit Seilen gesichert, hinunterspringen wollte.

»So was ist bestimmt total cool!«, rief Chris begeistert.

Anna schüttelte nur den Kopf.

»Sollen wir auch mal hochgehen?« Er blickte sie mit leuchtenden Augen an.

Anna kramte schnell nach ihrem Block. »Nein, bitte nicht«, kritzelte sie darauf.

»Ach komm schon, Anna. Nur mal gucken«, bat er sie und nahm ihre Hand.

Er zog sie ins Innere des Gebäudes, ein junger Mann erklärte ihnen, in welches Stockwerk sie mussten.

Annas Herz schlug ihr bis zum Hals, sie hatte Angst, dass Chris wirklich springen wollte. Sie wollte sich gar nicht ausmalen, was da alles passieren konnte. Sie schluckte heftig, ihr Hals war schon ganz trocken.

Oben angekommen, wurden sie von zwei weiteren Männern empfangen. »Na, noch ein Mutiger? Oder eine Mutige?«, fragte einer der beiden.

»Nein, nur ich möchte es unbedingt probieren«, erwiderte Chris eifrig.

Anna zupfte aufgeregt an seinem Ärmel, sie schüttelte den Kopf, als er sie ansah.

»Es kann doch nichts passieren«, beruhigte er sie, und die beiden Männer pflichteten ihm bei.

Annas Puls raste, sie bekam regelrechte Schweißausbrüche. Die Sorge um ihn überwog alles, mit wild klopfendem Herzen beobachtete sie, wie Chris instruiert wurde und er dann in die Gurte stieg. Sie eilte wieder zu ihm, schüttelte immer wieder den Kopf, krallte sich regelrecht an ihm fest.

»Es wird nichts passieren. Bitte, es muss ein tolles Gefühl sein«, lächelte Chris ihr zu. Er wurde zu einer Rampe geführt, von dort aus sollte er springen.

Anna beobachtete, wie er einen Schritt nach dem anderen tat. Als er bereit war, entfuhr ihrer Kehle ein heiserer Schrei.

»NEIN!«

21

Chris drehte den Kopf ruckartig zu ihr herum. Mit weit aufgerissenen Augen starrte er sie an. »Anna!«

Plötzlich huschte ein Strahlen über sein Gesicht, er entschuldigte sich bei den beiden Männern, und bat sie, die Gurte zu lösen.

Anna registrierte mit Erleichterung, dass Chris wieder losgemacht wurde. Zögernd trat sie auf ihn zu, erst jetzt bemerkte sie, dass Tränen über ihre Wangen rollten.

Er kam auf sie zu und nahm ihr Gesicht in seine Hände. »Anna, deine Stimme …«

»W… was?«, stammelte sie. Im ersten Moment wusste sie gar nicht, was er meinte.

»Du hast eben geschrien. Deine Stimme ist wieder da! Zumindest eben war sie das.«

Anna runzelte die Stirn, es war ihr gar nicht bewusst gewesen. »Meine Stimme«, flüsterte sie heiser, sie räusperte sich ein paarmal. »Ich kann wieder sprechen.«

Endlich begriff sie, was gerade geschehen war. »Meine Stimme«, wiederholte sie noch einmal.

»Gott sei Dank, Anna!« Chris umarmte sie glücklich. »Ich bin so froh, ich bin so froh«, murmelte er.

Anna stieß ihn von sich und schlug ihn gegen die Schulter. »Mach nie wieder so etwas Leichtsinniges!«

»Wenn ich damit so etwas Tolles bewirke – wer weiß!«, grinste Chris sie frech an.

»Was ist denn jetzt?«, mischte sich einer der jungen Männer ungeduldig ein.

»Bitte nicht«, krächzte Anna.

»Ich kann das meiner Frau nicht antun.« Chris zuckte theatralisch mit den Schultern. »Ein anderes Mal vielleicht.«

»Nein!«, widersprach Anna streng.

»Sie sehen ja: Wenn meine Chefin ›Nein‹ sagt, dann muss ich mich fügen.«

»Auch eine gute Ausrede«, zwinkerte der junge Mann ihm zu.

»Ich denke, das müssen wir feiern.« Chris hauchte Anna einen Kuss auf die Stirn. »Sollen wir heute Abend schick essen gehen?«

»Gerne.«

Sie konnte es selbst noch gar nicht richtig fassen. Ihre Stimme war wieder da – einfach so. Der Schreck war wohl heilsam gewesen. »Aber ich möchte mich vorher noch umziehen«, bat sie ihn.

»Natürlich. Alles, was du willst!« Chris nahm sie plötzlich hoch und wirbelte sie herum. »Du kannst reden! Ich hoffe, du hast mir heute Abend viel zu erzählen.«

Anna wollte sich ganz besonders schön machen. Es gab wirklich einiges zu feiern. Chris und sie waren fest zusammen, das alleine war schon unglaublich genug – und dann noch ihre Stimme, die zu ihrer Erleichterung wieder da war. Bevor sie ins Schlafzimmer verschwand, um sich umzuziehen, rief sie noch Karen an, die mit Sicherheit schon ungeduldig auf Neuigkeiten wartete.

»Hallo Karen«, sagte Anna mit rauer Stimme ins Telefon.

»Hallo Anna«, antwortete diese fröhlich, dann stutzte sie. »Anna! Du kannst ja wieder sprechen!«

Anna musste das Handy etwas von ihrem Ohr weghalten, so sehr schrie ihre Freundin.

»Ja«, lachte Anna.

»Wie kam das denn?«

Anna erzählte die Begebenheit auf dem Hochhaus. Und nun wollte Karen alles von Chris wissen. Die Neuigkeit, dass er jetzt ganz offiziell von seiner Freundin getrennt war, versetzte Karen in lautes Entzücken. »Das ist so toll, das ist ja so toll!«

»Ja, aber seine Familie macht mir Sorgen. Sie werden nicht erfreut sein, wenn sie von meiner Vergangenheit hören.«

»Na und? Ihr beide liebt euch, er meint es bestimmt ernst. Das wird schon, Süße«, versuchte Karen, ihr Mut zu machen.

Anna hoffte, dass sie recht behielt.

Anna schlüpfte in ein Kleid und trat hinaus zu Chris. Er hatte eine Jeans und ein Jackett übergezogen, natürlich sah er wieder einmal umwerfend aus. Als er Anna entdeckte, leuchteten seine Augen. »Wow! Anna, du bist die schönste Frau der Welt.«

»Lüg nicht so unverschämt!«, schimpfte sie leise mit ihm.

»Nein, im Ernst. Das ist die Wahrheit.«

Sie schlenderte auf ihn zu und legte die Arme um seinen Hals. »Und du bist sehr sexy.«

»Ja? Sollen wir dann überhaupt essen gehen?« Er wackelte scherzhaft mit den Augenbrauen.

Er wählte ein sehr exklusives Restaurant, Anna kannte es leider nur zu gut, mit Herbert war sie oft hier gewesen. Fast erwartete sie schon, ihn hier zu treffen. Sie brauchte keinen Blick in die Speisekarte zu werfen, sie wusste schon, was sie essen wollte.

»Du kennst dich aber gut aus«, staunte Chris.

»Ja, ich war mit Herbert einmal in der Woche hier«, erklärte sie ihm.

Prompt begrüßte der Kellner sie mit Namen.

»Oh, verstehe.« Chris' Miene verfinsterte sich. »Magst du mir etwas über deinen Exmann – also zukünftigen Exmann – erzählen?«

»Außer seiner Forderungen, die du kennst, haben wir uns gut verstanden. Ich habe viel von ihm gelernt, und das Leben mit ihm war angenehm.«

»Aber er ist doch so viel älter als du.« Chris runzelte die Stirn. »Eure Interessen dürften wohl kaum die gleichen gewesen sein.«

»Ich habe mich für seine Arbeit interessiert, und er hat mich immer mit einbezogen. Natürlich hatte er bei manchen Sachen andere Ansichten als ich, aber im Großen und Ganzen war es schon okay.«

»Gut«, grummelte er unwillig. »Aber eine Ehe sollte doch nicht nur okay sein ...«

»Nein, aber es ist zumindest nicht die schlechteste Basis dafür«, wandte Anna ein.

»Na ja, ich darf dazu gar nicht viel sagen. Die Beziehung mit Jana war auch nicht die große Liebe.« Er stierte nachdenklich in sein Weinglas. »Ich hätte mich nie darauf einlassen dürfen.«

»Wie ist sie denn so vom Typ her?«, hakte Anna nach, es interessierte sie brennend.

»Jana ist eine wirklich tolle Frau. Sie ist lieb und nicht so oberflächlich wie andere. Man kann gut mit ihr reden, sie ist intelligent und wortgewandt.«

Anna schluckte. Jetzt war sie sich nicht mehr so sicher, ob sie das wirklich hören wollte. Chris griff nach ihrer Hand. »Aber trotz alledem hat mir immer etwas gefehlt. Was du mit mir anstellst, ist unvergleichlich, Anna. Du bist unvergleichlich.«

Anna wurde es ganz warm. »Das kann ich nur zurückgeben. Wo habt ihr euch denn kennengelernt?«

»Auf einer Fete bei meinem Bruder. Sie kannten sich noch von der Uni«, erklärte Chris. »Sie ist mir sofort aufgefallen. Einmal wegen ihres Äußeren, dann hat sie nicht so geschwollen dahergeredet wie die anderen angehenden Ärzte. Wir haben uns verabredet und fanden uns direkt sympathisch. Irgendwann habe ich mir wohl eingeredet, dass ich sie liebe. Aber jedes Mal, wenn ich an dich gedacht habe, war da ein ganz anderes Gefühl.«

Er lächelte sie an. »Du bist es, Anna. Verstehst du? Du bist die Frau in meinem Leben. Und ich gebe dich nie wieder her.«

Anna hatte einen Kloß im Hals. »Hört sich gut an.«

»Anna …« Chris räusperte sich. »Ich kann ja nicht ewig hierbleiben. Irgendwann muss ich wieder zurück in die Firma. Und Pendeln ist auf Dauer ein wenig mühsam. Ich wollte dich fragen, ob du nicht mit mir kommen möchtest. Wir suchen uns eine schöne Wohnung, und Arbeit findest du dort mit Sicherheit auch. Oder du machst die Schule weiter, ich werde dich dabei auch unterstützen. Bitte sag Ja – ich will nicht ohne dich sein.«

Er schaute sie aus seinen tiefdunklen Augen mit einem Ausdruck an, der Annas Puls sofort beschleunigte.

»Ich meine, wenn du partout nicht hier weg möchtest, dann werde ich sicherlich auch hier eine Stelle finden. Oder ich mache mich selbstständig, das würde schon irgendwie gehen.«

»Meine Freundinnen sind hier«, überlegte Anna laut. »Ich würde sie sehr vermissen.«

»Gut, das verstehe ich natürlich.«

Aber das war auch der einzige Punkt, der Anna am Herzen lag. Es hielt sie wirklich nichts in dieser Stadt, hier hatte sie schon so viel erleben müssen; vielleicht wäre ein Neuanfang zusammen mit Chris ein wichtiger Schritt. Sie lächelte ihn verliebt an. »Ich möchte mit dir zusammen sein. Und es ist mir egal, wo das sein wird.« Plötzlich verfinsterte sich ihre Miene. »Aber … aber was ist mit deinen Eltern? Wenn sie mich nicht akzeptieren, ist es dann nicht schwierig in deiner Stadt?«

Ihr Herz klopfte wie wild, als sie auf seine Antwort wartete.

»Anna …« Er streichelte zärtlich über ihre Hand. »Wenn sie dich nicht mögen sollten oder irgendwelche Vorbehalte haben, ist das ihr Problem, nicht meines. Wenn du nichts dagegen hast, würde ich es gerne in meiner Heimatstadt versuchen. Für den Anfang ist es das Einfachste, denke ich. Aber ich habe keine Probleme damit, mir woanders eine Existenz aufzubauen, solange du nur bei mir bist.«

Anna lächelte ihm schüchtern zu. »Lass es uns versuchen!«

Chris sprang auf und umrundete den Tisch.

Anna beobachtete ihn verdutzt.

Da zog er sie vom Stuhl hoch und nahm sie fest in seine Arme. »Du machst mich unglaublich glücklich, Anna«, flüsterte er an ihrem Hals.

»Du mich auch«, erwiderte sie scheu.

Chris setzte sich wieder auf seinen Platz.

Die anderen Gäste schauten überrascht zu ihnen hin.

»Sie will mich«, zwinkerte er ihnen zu.

»Das ist schön«, antwortete ein älterer Herr prompt.

Anna spürte, dass sie knallrot wurde.

»Wir müssten allerdings erst einmal eine kleine möblierte Wohnung nehmen. Ich habe Jana angeboten, dass sie in unserer Wohnung bleiben kann. So können wir gemeinsam nach etwas suchen, was uns gefällt. Und du kannst dir überlegen, was du machen möchtest: Ausbildung, arbeiten gehen, Schule oder einfach nur einen hart arbeitenden Architekten umsorgen. Mir ist alles recht, wobei ich die letzte Option außerordentlich reizvoll finde«, grinste er.

»Ich habe nach der mittleren Reife eigentlich direkt weitermachen wollen. Aber die Dinge hatten sich so entwickelt, dass ich mich nicht mehr richtig konzentrieren konnte«, gestand sie Chris.

»Inwiefern? Was meinst du damit?« Er wurde direkt hellhörig.

»Es war, nachdem ich mit meinem Kollegen … also, du weißt schon«, flüsterte Anna heiser. »Danach klappte es nicht mehr mit dem Lernen.«

»Ich verstehe. Wenn ich daran denke, dass ich dir das alles hätte ersparen können«, grummelte Chris nachdenklich.

»Es ist passiert, wir sollten es vergessen.«

»Okay, du überlegst dir in Ruhe, was du zukünftig machen möchtest. Für mich ist alles okay, solange du dich damit wohlfühlst.«

»Wenn es dir lieber ist, dann behalte deine Wohnung hier«, schlug Chris vor.

Anna schaute ihn überrascht an. »Das … das wäre auch in meinem Sinne.« Sie atmete innerlich etwas auf. Sie fand es beruhigend, einen Rückzugsort für sich zu haben. Und ihre Ersparnisse waren groß genug, um die Wohnung für einen längeren Zeitraum zu finanzieren.

»Wegen der Miete mach dir keine Gedanken«, riss Chris sie aus ihren Grübeleien. »Das ist kein Problem.«

»Wie bitte? Nein, ich werde die Wohnung selbst bezahlen«, protestierte sie.

»Anna, ich bin kein armer Mann. Behalte dein Geld für dich, okay?«

»Nein, das kommt nicht infrage!« Sie schüttelte energisch den Kopf.

»Anna …«

»Nein!«

»In Ordnung, ich will keinen Streit.« Er ergab sich gespielt leidend in sein Schicksal. »Mach, was du willst.«

»Ich könnte Max schon mal anrufen, dass er sich ein paar möblierte Wohnungen als Übergangslösungen für uns anschaut«, dachte Chris später im Bett laut nach. »Wäre dir das recht? Er ist schließlich vom Fach und kennt meinen Geschmack. Er könnte eine Vorauswahl treffen.«

»Wenn es ihm nichts ausmacht«, schnurrte Anna zufrieden. Sie streichelte über seinen festen Bauch und genoss die angenehme Trägheit, nachdem sie sich geliebt hatten. »Wie geht es ihm denn? Hat er eine feste Beziehung?«

»Max? Nein!« Chris grinste ein wenig. »Ich weiß auch nicht, wo es bei ihm klemmt. Angebote hat er viele, ich habe manchmal das Gefühl, er erkennt die Signale nicht.«

Anna lächelte in sich hinein. Sie hatte noch gut in Erinnerung, wie schüchtern Chris' Freund war. Wahrscheinlich hatte Chris mit seiner Vermutung recht. »Na, damit hapert es ja bei vielen Männern«, gluckste Anna.

Chris hob den Kopf, dann drehte er sie mit einer schnellen Bewegung auf den Rücken. »Wie meinst du das denn?« Es blitzte in seinen Augen auf.

Anna prustete los. »Als ob du das nicht am besten wüsstest!«

»Na warte, du freches Luder …« Er ließ seine Hand an ihrer Taille hinabgleiten und kitzelte sie kräftig.

»Nicht!«

»Nichts da, ich kenne keine Gnade!« Chris setzte sich mit einer geschickten Bewegung auf ihren Bauch und war wirklich erbarmungslos. Erst als Anna japsend nach Luft rang, ließ er von ihr ab. »Ich rufe Max direkt morgen mal an.«

»Tu das«, murmelte Anna und küsste sanft sein Ohrläppchen.

***

»Ich muss euch etwas sagen …« Anna öffnete eine Flasche Champagner und füllte die Gläser ihrer Freundinnen, die sie erwartungsvoll ansahen.

»Du machst es aber spannend«, beschwerte Irina sich.

»Karen hat uns schon verraten, dass dein Traumprinz wieder aufgekreuzt ist«, nickte Doro eifrig.

»Wo ist er eigentlich?« Karen sah Anna neugierig an.

»Er trifft sich heute Abend mit ein paar Geschäftspartnern im Auftrag seiner Firma«, erklärte Anna ihnen.

»Ich dachte, er hat Urlaub«, sagte Jasmina enttäuscht. »Ich würde ihn doch so gerne mal kennenlernen.«

»Vielleicht kommt er ja zurück, wenn ihr noch da seid«, tröstete Karen sie.

»Wir werden bestimmt noch da sein«, kicherte Doro. »Als ob wir uns den Kerl entgehen ließen.«

»Aber was wolltest du uns denn mitteilen?«, mischte Irina sich ein.

»Okay …« Anna knetete ihre Hände. Für sie war das ein großer Augenblick, und sie war viel nervöser als an dem Tag, als sie ihre Freundinnen von der Hochzeit mit Herbert Gunter in Kenntnis gesetzt hatte. Aber das konnte man wirklich nicht miteinander vergleichen. »Chris hat mich gebeten, mit ihm zu gehen. Er will sich mit mir zusammen eine Wohnung in seiner Heimatstadt nehmen«, berichtete sie aufgeregt.

Ihre Freundinnen schauten sie überrascht an.

Karen fand als Erste ihre Sprache wieder. »Süße, das ist wundervoll. Ich freue mich für dich.«

Anna konnte sehen, dass sie Tränen in den Augen hatte, sie hatte selbst einen dicken Kloß im Hals. »Ich werde euch aber furchtbar vermissen«, schluckte sie, die ersten Tränen kullerten über ihre Wangen.

»Wir dich auch!« Irina war aufgestanden und umarmte Anna herzlich. »Aber ich glaube, ich kann für alle hier sprechen:

Wir wünschen dir alles Glück der Welt. Du hast es dir so sehr verdient.«

»Und du kannst immer zu uns kommen oder uns anrufen«, meinte Doro.

Anna umarmte jede von ihren Freundinnen einzeln und drückte alle so fest sie konnte an sich. »Ich hab euch alle wahnsinnig lieb«, schluchzte sie auf.

»Wir dich auch«, weinte Karen leise.

Aus dem berührenden Moment wurde schnell lustiges Gekicher. Karen, Doro, Irina und Jasmina brachten Anna auf andere Gedanken, und die Wehmut verflog rasch.

Das Türklingeln unterbrach die mittlerweile schon beschwipste Damenrunde, und ihre Freundinnen sahen gespannt auf, als Chris das Wohnzimmer betrat.

»Hallo Ladies«, grüßte er freundlich in die Runde.

»Hallo Chris«, begrüßte Karen ihn. »Wir haben gehört, dass du uns unsere Anna entführen willst.«

»Stimmt genau.«

»Ich bin Karen. Versprich uns, dass du sie gut behandelst, ja?«, bat sie ihn mit Tränen in den Augen.

»Das mache ich auf jeden Fall«, versicherte er ihr.

»Und bring sie uns zurück, wenn sie nicht mehr will!« Doro drohte ihm gespielt böse mit dem Finger.

»Auch das«, nickte Chris brav.

»Er sieht gut aus. Ich kann dich verstehen.« Jasmina schaute Anna keck an. Im nächsten Moment wandte sie sich an Chris. »Hast du noch einen Bruder?«

»Ja, den hab ich. Aber der sieht nicht halb so gut aus wie ich«, antwortete Chris frech. »Und außerdem ist er vergeben.«

»Schade«, seufzte Jasmina leidend auf.

Chris schlug sich tapfer in der Damenrunde. Ihre Freundinnen blieben noch zwei weitere Stunden, dann brachen alle auf. Anna wurde noch mal umarmt und geherzt, wieder kullerten einige Tränchen, auch Chris wurde herzlich verabschiedet.

»Sie sind klasse«, urteilte Chris, als sie die Wohnung wieder für sich hatten.

»Ja, das sind sie. Sie sind, jede für sich, ganz tolle Frauen«, lächelte Anna wehmütig. »Ich wünsche ihnen so sehr, dass sie auch da raus kommen.«

***

Anna musste sich eingestehen, sehr aufgeregt zu sein, als sie an der schweren Haustür klingelte. Chris hatte ihr angeboten, sie zu begleiten, doch Anna wollte das hier ganz bewusst alleine machen.

Frau Müller öffnete die Tür und sah sie zuerst überrascht, dann gewohnt feindselig an. »Was wollen Sie hier?«, fragte sie von oben herab.

»Ich möchte kurz mit meinem Mann sprechen«, antwortete Anna genauso unterkühlt.

»Moment!« Frau Müller schloss die Haustür wieder.

Anna verdrehte genervt die Augen.

Herbert erschien persönlich und bat Anna sofort hinein. »Du siehst gut aus, meine Liebe. Ich nehme an, dass es dir besser geht?« Er musterte sie ausgiebig.

»Ja.«

»Oh, du kannst wieder sprechen. Warst du in Therapie?«

»Nein, das kam von selbst wieder.« Anna setzte sich auf ein Sofa im Wintergarten. Sie sah sich kurz um und fragte sich, wo seine junge Begleiterin wohl war, aber nach ihr zu fragen, erschien ihr zu indiskret. »Ich will dich auch gar nicht lange aufhalten, Herbert. Es ist nur eine Formsache, über die ich dich unterrichten möchte.«

»Nur zu, du machst mich neugierig.«

»Ich werde morgen die Stadt verlassen. Meine neue Adresse lasse ich dir zukommen, sobald ich weiß, wo ich genau wohnen werde. Falls es noch etwas zu besprechen oder zu unterzeichnen gibt, hast du ja für alle Fälle noch meine Handynummer.«

»Oh, du ziehst weg? Das … das überrascht mich. Du hattest doch eine Arbeitsstelle in diesem Restaurant?« Er wirkte ehrlich verblüfft.

»Nicht mehr, ich habe die Stelle gekündigt. Ich werde mit meinem Freund zusammenziehen.«

»Oh, das … das freut mich.« Jetzt schien er wirklich überrascht. »Kennst du ihn … also kennst du ihn schon länger?«

»Ja. Ich kannte ihn schon vor unserer Ehe. Nach unserer Trennung hat er den Kontakt wieder aufgenommen. Du kennst ihn übrigens auch: Christopher Morgan.«

Herbert Gunter lächelte sie jetzt an. »Also doch! Ich habe mich immer schon gefragt, was das Besondere zwischen euch beiden ist. Man konnte spüren, dass da etwas ist, wenn ihr euch begegnet seid. Ich habe es aber nicht für Liebe gehalten, denn sonst hättest du mich wohl kaum geheiratet – und er dich nicht einfach so aufgegeben.«

»Es war etwas kompliziert«, gestand sie ihm.

»Lass mich raten: Er hatte Probleme mit deiner Vergangenheit?«

»Ja.«

»Gut, das ist für viele Männer sicher auch nicht leicht zu verdauen. Aber wie man sieht, setzt sich die Liebe letztendlich doch durch.« Herbert griff nach Annas Hand und hauchte ihr einen Kuss darauf. »Ich wünsche dir alles Gute, meine schöne Anna. Und ich bitte dich nochmals, meine Entschuldigung anzunehmen.«

»Ich habe dir schon längst verziehen.« Sie streichelte ihm durchs Gesicht. »Und alles in allem hatte ich eine schöne Zeit mit dir.«

»Es freut mich, dass du es so siehst. Ich kann das nur bestätigen.«

»Und was ist mit dir? Ich habe ein Bild von deiner neuen Lebensgefährtin gesehen.« Anna war diesbezüglich sehr neugierig.

»Claudia ist in der Uni. Wir verstehen uns gut, unsere Neigungen ergänzen sich«, räusperte er sich.

»Ich wünsche dir ebenfalls alles Gute.«

Anna stand auf, um zu gehen. »Wie gesagt, ich melde mich wegen der Adresse.«

Herbert begleitete sie zur Tür, dann gab er ihr noch einen Kuss auf die Wange. »Wir sehen uns spätestens vor Gericht.«

»Genau.« Sie erwiderte den kleinen Kuss. »Mach's gut.«

22

»Du musst nicht nervös sein. Es gibt keinen Grund dafür.« Chris nahm ihre Hand und streichelte zärtlich darüber.

Anna fühlte sich ertappt, dabei dachte sie eigentlich, dass sie ihre Aufgeregtheit gut im Griff hatte. Seit einer Stunde waren sie jetzt unterwegs, und mit jedem Kilometer, der sie näher an Chris' Heimatstadt brachte, wurde sie zappeliger.

Wie würde es bloß dort werden? Würde sie überhaupt eine Chance bekommen, in seiner Welt bestehen zu können?

Auch, wenn er ihr andauernd versicherte, dass es ihm egal sei, was die anderen über sie dachten: Würde er es wirklich ausblenden können, wenn sein Umfeld sie nicht mögen würde? Oder würde sie am Ende wieder alleine dastehen?

»Na ja«, antwortete sie zerknirscht.

»Anna, ich verstehe, dass du angespannt bist. Ich entführe dich in eine völlig andere Stadt, wo du nichts und niemanden kennst. Aber ich kann dir nur immer wieder beteuern, dass du das Wichtigste für mich bist.« Er führte ihre Hand zu seinen Lippen und hauchte einen Kuss darauf.

»Verzeih mir, ich … also … es soll nicht so aussehen, als ob ich an deinen Worten zweifeln würde, aber für mich ist das alles noch so irreal.«

»Ich weiß, Anna. Und mir ist bewusst, was du schon alles durchgemacht hast und dass es dir schwerfällt, mal an etwas Positives zu glauben ...« Er ließ ihre Hand los; zu ihrer Verwunderung steuerte er einen Parkplatz an.

Chris stieg aus und kam zu ihrer Seite, er öffnete die Beifahrertür und hockte sich vor sie hin. »Anna – ich werde dir die Welt zu Füßen legen, wenn du mich lässt.« Er sah sie so treuherzig an, dass sie schon grinsen musste.

»Das musst du zwar nicht, aber es hört sich trotzdem toll an.«

Chris beugte sich zu ihr und gab ihr einen langen Kuss. »Ich liebe dich so sehr, meine Schöne«, raunte er an ihren Lippen.

»Max erwartet uns um vierzehn Uhr an einer Wohnanlage. Dort soll es sehr schöne möblierte Wohnungen geben, ich hoffe, er behält recht«, knurrte Chris, als sie schließlich die Stadtgrenze passiert hatten.

Anna schaute sich neugierig um. Das, was sie bisher von Chris' Heimatstadt gesehen hatte, gefiel ihr ganz gut. Jetzt war sie natürlich gespannt, wie das Treffen mit Max werden würde. Er erwartete sie bereits vor dem Eingangsbereich des Wohnkomplexes.

Als er Anna sah, strahlte er sie schon von Weitem an. »Marie ... Ah! Entschuldige, du heißt Anna, hat Chris mir verraten«, verbesserte er sich sofort. Etwas schüchtern reichte er ihr die Hand.

»Hallo Max, schön dich zu sehen.«

»Die Freude ist ganz auf meiner Seite. Du hast dem lieben Chris ja ganz schön den Kopf verdreht.«

»Ja, hat sie.« Chris legte einen Arm um Annas Schultern und hauchte ihr einen Kuss auf die Schläfe. »Nur ich bin manchmal ein bisschen langsam.«

»Nun ja, ich muss zugeben, ich war sehr ... überrascht, als Chris mir seine Gefühle für dich offenbart hatte«, begann Max zögernd. »Aber du sollst wissen … hach, wie sag ich das jetzt bloß …« Er kratzte sich verlegen am Kopf. »Ich meine, das, was gewesen ist … also ich fand's schön mit dir, Anna, aber das soll jetzt nicht irgendwie zwischen uns stehen. Verstehst du, was ich sagen will? Wahrscheinlich nicht, oder? Herrje, ich meine, du bist jetzt Chris' Freundin, und ich freue mich für dich und alles, was uns beide mal verbunden hat, ist schöne Vergangenheit«, stammelte er weiter.

Anna hatte ihn die ganze Zeit mit großen Augen angesehen, dass er so dermaßen verlegen war, rührte sie fast schon, aber letztendlich verstand sie, was er ausdrücken wollte.

»Danke, Max«, lächelte sie ihm zu.

»Ich wünsche euch jedenfalls alles Gute«, atmete er erleichtert auf.

»Das hättest du auch einfacher formulieren können«, neckte Chris ihn.

»Blödmann!«, schimpfte Max und knuffte ihn an die Schulter. »Aber ihr seid sicher neugierig auf die Wohnungen, oder?«

»Und wie!«, nickte Chris.

Anna staunte, als sie die luxuriösen Wohnungen begutachteten. Sie waren allesamt edel eingerichtet, wenn auch für ihren Geschmack etwas zu modern.

»Meinst du, eine von denen käme für den Übergang infrage?« Chris hatte sich hinter sie gestellt und umschlang sie mit seinen Armen.

»Ja, auf jeden Fall. Aber die sind doch bestimmt sehr teuer, oder?« Zaghaft biss sie sich auf die Unterlippe.

»Nein, das geht schon in Ordnung. Ich fand die Mittlere am schönsten – und du?«

»Ja, die gefiel mir auch am besten.«

»Okay, dann kannst du uns den Schlüssel geben«, grinste Chris Max an. »Wir bleiben direkt hier.«

»Alles klar.« Max übergab den Schlüssel an Anna. »Ich muss jetzt auch los, der Makler braucht die anderen Schlüssel zurück, und ich muss ins Büro. Wann kommst du wieder arbeiten?«

»Erst nach Weihnachten«, erwiderte Chris.

»Alles klar«, zwinkerte Max Anna zu. »Man sieht sich.«

Als sie die Koffer hochgebracht hatten, zog Chris Anna zu sich auf den Schoß. »Unsere erste gemeinsame Wohnung. Vielleicht ein bisschen steril, aber ich werde es dir schon gemütlich machen.«

»Meinst du, das schaffst du?«, neckte sie ihn.

»Spielend«, lachte er. »Schön, dass du hier bist. Hast du Lust, etwas in die Stadt zu gehen? Es gibt ein paar sehr schöne Weihnachtsmärkte.«

»Sehr gerne«, freute sich Anna.

Anna sog die Atmosphäre des Weihnachtsmarktes in sich ein. Sie liebte die Gerüche und die festliche Beleuchtung. Die beiden letzten Weihnachten mit Herbert waren auch sehr schön gewesen, jetzt fragte sie sich, wie es wohl mit Chris werden würde.

»Hallo Marc, hallo Evelyn.« Seine Stimme riss sie aus ihren Gedanken; erschrocken drehte sie sich um.

Vor ihnen stand ein Pärchen, die Augen der beiden waren neugierig auf Anna geheftet.

»Darf ich euch vorstellen? Das ist Anna Gunter, meine Freundin.« Er legte einen Arm um ihre Taille und zog Anna dicht an sich.

»Das sind Evelyn und Marc, gute Freunde von mir«, stellte Chris sie vor.

»Freut mich.« Anna gab beiden die Hand und wurde ganz aufgeregt. Wussten die beiden, wer sie war und was für einem Job sie nachgegangen war? Sie schaute hilfesuchend zu Chris, der ihr unmerklich zuzwinkerte.

»Hallo Anna.« Beide begrüßten sie freundlich. »Seid wann seid ihr in der Stadt?«, erkundigte Marc sich.

»Ein paar Stunden erst. Wir haben ein Appartement in der Postallee, ab morgen suchen wir eine richtige Wohnung«, erklärte Chris ihnen.

»Dann behält Jana eure alte Wohnung?«, hakte Evelyn nach.

Anna war es unangenehm, dass die Sprache auf Chris' Exfreundin kam, das schlechte Gewissen brandete in ihr auf. Doch darauf würde sie sich wohl einstellen müssen, dass der Name immer wieder auftauchen würde.

»Ja, das tut sie. Deswegen will ich auch schnell eine Wohnung finden, damit ich meine Sachen holen kann.«

»Na ja, wir müssen auch mal weiter.« Evelyn und Marc verabschiedeten sich freundlich von den beiden.

Etwas zweifelnd sah Anna Chris an. »Wissen sie … also wissen sie von meiner Vergangenheit?«

»Von mir und Max nicht. Ich weiß nicht, wie neugierig sie sind und wie viele Anna Gunters es so gibt, die man im Internet finden kann. Ich habe auch nicht vor, meine Freunde oder Eltern aufzuklären. Sie sollen dich vorbehaltlos kennenlernen, wenn sie es herausfinden sollten, kann man halt nichts machen.«

Bei Chris hörte sich das so einfach an, doch Anna wollte sich lieber gar nicht vorstellen, was passieren würde, wenn alles ans Tageslicht kam.

»Und wenn wir schon einmal dabei sind: Ich werde meine Eltern und meinen Bruder anrufen, dass ich wieder da bin. Und sie werden dich ganz bestimmt kennenlernen wollen. Wäre es okay, wenn wir uns mit ihnen treffen?«

Anna schluckte heftig. Es war ja nicht so, dass diese Tatsache überraschend kam, aber jetzt, wo es so weit war, bekam sie doch weiche Knie. »Ja«, nickte sie ihm zu, doch es klang nicht sehr überzeugend.

»Sollten sie dir nicht nett genug gegenübertreten, werden wir das Treffen sofort wieder abbrechen, okay?«

»Okay«, flüsterte Anna heiser.

Sie gingen noch in eines von Chris' Lieblingsrestaurants, als sie in der Wohnung ankamen, setzte er sein Vorhaben in die Tat um und meldete sich bei seinen Eltern zurück.

Anna wollte nicht lauschen, sie ging in die Küche und schaute sich den Inhalt der Schränke an. Trotzdem konnte sie nicht verhindern, dass Wortfetzen zu ihr hinüberdrangen.

»Ja, sie ist mit hierhergekommen, und ich bin sehr glücklich darüber …« Chris' Stimme klang entschlossen und sehr autoritär. »Natürlich ist das meine Sache, ich wollte euch nur davon in Kenntnis setzen, dass ich zurück bin.«

Anna wurde unruhig, das hörte sich ja nicht so gut an, oder?

»Okay, ich werde sie fragen …« Sie vernahm Chris' Schritte, dann stand er im Türrahmen. »Hast du morgen Abend Zeit, um mit mir zu meinen Eltern zu fahren?«

»Natürlich«, krächzte Anna heiser.

»Ja, das geht klar. Oliver und Tanja kommen auch? Alles klar!«, mit diesen Worten legte er auf.

»Hey. Sie werden dich schon nicht auffressen«, versuchte Chris, sie zu beruhigen.

»Ja, schon klar.« Anna strich sich nervös eine Haarsträhne hinters Ohr.

»Das mache ich nämlich jetzt«, raunte er ihr zu.

***

»Mein Bruder und seine Freundin sind schon da«, erklärte Chris ihr, als sie am nächsten Abend aus dem Auto stiegen. Vor ihnen lag ein imposantes Haus, zwar nicht so groß wie Herberts Villa, aber es flößte Anna Respekt ein. Sie wäre am liebsten wieder ins Auto zurückgekrochen, doch Chris hatte schon ihre Hand genommen. »Beruhige dich. Du bist das hinreißendste Geschöpf, das ich kenne. Und umwerfend schön noch dazu.«

Anna versuchte ein Lächeln. Sie atmete tief durch und ließ sich von Chris zur Haustür ziehen. Wie bei Herbert gab es eine Hausangestellte, die ihnen freundlich öffnete.

Chris hielt Annas Hand ganz fest, sie wurden in ein großes Wohnzimmer geführt, wo seine Eltern und sein Bruder samt Freundin auf den Sofas saßen. Anna kannte ihr Äußeres schon von den Fotos im Internet. Chris ähnelte seinem Vater, während sein Bruder mehr nach der Mutter schlug.

»Hallo Chris, hallo Anna!« Oliver war sofort aufgesprungen und kam auf die beiden zu. »Schön, dich kennenzulernen. Das ist Tanja Clement, meine Lebensgefährtin.« Oliver war Anna auf den ersten Blick sympathisch.

»Hallo Anna.« Tanja war wesentlich reservierter.

Annas Nervosität nahm direkt wieder zu.

»Wie du dir sicher schon gedacht hast: Das sind meine Eltern: Jasper und Viktoria Morgan«, wandte Chris sich an Anna. »Und das ist meine Anna«, lächelte Chris.

Sie trat einen Schritt auf die beiden zu. »Guten Abend, vielen Dank für die Einladung.« Sie musste sich räuspern und hoffte inständig, dass man ihr laut klopfendes Herz nicht hören konnte.

»Anna Gunter, richtig?«, fragte Jasper Morgan sie kühl.

Anna nickte, ihr Pulsschlag legte noch mal an Geschwindigkeit zu.

»Sie sind mit Professor Gunter verheiratet, leben aber von ihm getrennt – offensichtlich«, fuhr Chris' Vater fort.

»Ja, die Scheidung läuft«, erwiderte Anna.

Wenn er von Herbert weiß, dann weiß er alles, schoss es ihr durch den Kopf. Im Internet gab es Artikel über Professor Gunter und sie, direkt nach der Hochzeit hatte man natürlich überall erwähnt, dass sie ein Callgirl gewesen war.

Anna lugte verstört zu Chris hinüber, seine Wangenmuskeln waren angespannt, und er sah seinen Vater mit einem deutlich warnenden Blick an.

»Entschuldigen Sie, dass ich Sie direkt mit diesen Details überfalle, aber ich möchte nicht so tun, als wüsste ich nicht, wer Sie sind«, sagte Chris' Vater freundlich – doch das Lächeln erreichte nicht seine Augen.

»Ich wusste gar nicht, dass du so neugierig bist!« Chris' Stimme klang eisig.

Anna wäre am liebsten in den Boden versunken. Was sollte sie bloß hier? Sie hatte hier absolut nichts verloren.

»Meine Güte – was ist denn los?«, mischte Oliver sich ein. »Was ist denn mit Anna? Bist du eine verkappte Massenmörderin?«, lachte er sie an.

»Das nicht gerade. Aber eine Prostituierte, nicht wahr, Anna? Korrigieren Sie mich bitte, wenn das nicht stimmen sollte und ich einer Verwechslung aufgesessen bin. Aber das sind Sie doch, oder?« Jasper Morgan griff hinter sich und holte ein Foto von Herbert und Anna hervor. Es war bei der Wohnungsübergabe gemacht worden, als es den kleinen Empfang gegeben hatte.

Anna konnte nichts mehr äußern, sondern nickte nur.

»Echt?« Oliver starrte sie mit großen Augen an, auch seine Freundin wirkte geschockt. »Wow …«, stammelte er.

»Das reicht jetzt!«, zischte Chris seinem Vater zu. »Annas Vergangenheit steht hier nicht zur Debatte.«

»Oh doch, das tut sie!«, ergriff seine Mutter das Wort. Bisher hatte sie sich im Hintergrund gehalten, jetzt trat sie neben ihren Mann. »Es geht nicht nur dich etwas an, sondern uns auch. Und ich kann es nicht fassen, dass du wegen so einer Frau Jana aufgegeben hast.«

»Eben. Unser Name hat einen exzellenten Ruf, das muss ich dir wohl nicht sagen. Und wenn deine … Affäre mit dieser Person in die Öffentlichkeit kommt, wird unsere Reputation in den Dreck gezogen, das ist dir doch wohl klar, oder?« Sein Vater musterte Chris mit strengem Blick.

»Selbst wenn dem so wäre, interessiert es die Presse bloß für eine kurze Zeit, und dann ist alles wieder vergessen!« Chris machte eine abfällige Handbewegung. »Jedenfalls ist mir der Ruf der Firma ganz egal. Ich liebe Anna und bin sehr froh, dass sie an meiner Seite ist.« Er warf ihr einen verliebten Blick zu, aber Anna konnte sich darüber nicht freuen.

»Was soll die Aufregung?« Oliver zuckte mit den Schultern. »Wir leben doch nicht mehr im Mittelalter.«

Anna fühlte sich unter den abfälligen Blicken von Chris' Eltern immer unwohler. Sie hätte am liebsten sofort die Flucht ergriffen und hoffte inständig, dass Chris und sie bald gehen konnten.

»Gerade so etwas bleibt doch in den Köpfen der Menschen haften!«, spie Chris' Vater seinem Sohn entgegen. »Seit Generationen genießen unsere Familie und unsere Firma einen untadeligen Ruf. Und jetzt kommst du und gefährdest das alles wegen eines Hirngespinstes!«

»Überleg dir lieber mal ganz genau, was du sagst!« Chris wurde lauter. »Anna ist die Frau, die ich liebe. Wenn ihr das nicht akzeptieren könnt oder wollt, tut es mir leid für euch. Ich werde Anna nicht aufgeben, nur weil ihr euch wegen so einem Scheiß Sorgen macht!«

»Unsere Familienehre ist kein Scheiß!«, schrie Jasper Morgan los.

Anna wich erschrocken ein paar Schritte vor ihm zurück. Sie wollte etwas sagen, doch sie brachte keinen Ton heraus.

»Vater – jetzt mach mal halblang!« Oliver kam seinem Bruder wieder zu Hilfe. »Wie viele bekannte Schauspieler haben eine ›zweifelhafte‹ Vergangenheit? So was ist heutzutage doch wirklich kein Problem mehr!«

»Ich kann deine Eltern verstehen«, meldete sich Tanja vorsichtig zu Wort. »Überleg doch mal: Eine Prostituierte in der Familie ist nicht gerade das, was man sich wünscht.«

»Aber auch kein Beinbruch, meine Güte!« Oliver verdrehte genervt die Augen. »Wir haben ja noch nicht einmal die Gelegenheit gehabt, Anna kennenzulernen. Stattdessen fallt ihr über sie her und macht euch nur Gedanken über euch selbst. Chris wird schon seine Gründe haben, warum er sich in Anna verliebt hat.«

»Natürlich hat er das«, ätzte sein Vater spöttisch, dann wandte er sich an Anna.

Sie war mittlerweile immer weiter Richtung Tür zurückgewichen.

Chris hatte das gar nicht bemerkt, viel zu sehr war er damit beschäftigt gewesen, seine Eltern und Tanja fassungslos anzustarren.

»Sie sind zweifellos eine bildschöne junge Frau, Anna. Aber Sie sind nicht das, was wir uns in unserer Familie wünschen. Sie sind hier nicht länger willkommen«, sagte er nur knapp. »Aber wenn es ums Geld gehen sollte, wir alle wissen ja, dass Sie käuflich sind: Wie viel Geld verlangen Sie, damit Sie meinen Sohn freigeben?«

Anna blickte ihn entsetzt an, dann hielt sie es nicht mehr aus und rannte davon.

»Das vergesse ich euch nie!«, hörte sie Chris schreien.

Im nächsten Moment vernahm sie schon seine Schritte hinter sich.

Anna lief hastig auf sein Auto zu, sie hatte vergessen, ihren Mantel zu holen, doch um nichts in der Welt wollte sie das

Haus noch einmal betreten. Es war alles genau so gekommen, wie sie es befürchtet hatte; sie wollte sich gar nicht ausmalen, was dies für die Beziehung zu Chris bedeuten konnte.

Zwei Arme umfingen sie und drehten sie behutsam zu sich um. »Anna – es tut mir so leid, so schrecklich leid!« Seine Stimme klang verzweifelt, und seine Augen baten sie um Vergebung. »Ich habe nicht gewusst, dass sie sich schon über dich informiert hatten. Ich hätte dich doch dem Ganzen sonst niemals ausgesetzt!«

Anna schüttelte nur den Kopf. »Ich kann sie verstehen. Du bist ihr Sohn, sie lieben dich und wollen nur das Beste.«

»Wenn sie das wollen würden, würden sie sich mit mir freuen, Anna!« Seine Stimme klang entschieden. Er hielt er ihr die Autotür auf. »Lass uns hier abhauen!«

Während der Fahrt griff er nach ihrer Hand und streichelte zärtlich darüber. »Ich werde noch einmal in Ruhe mit ihnen reden. Vielleicht kommen sie zur Besinnung. Ich meine, ich hab ja auch länger gebraucht, um zu begreifen, was für ein wertvoller Mensch du bist.«

»Chris, du solltest dich nicht meinetwegen mit ihnen streiten. Das … das möchte ich nicht.«

»Oh, ich habe nicht vor, weiter mit ihnen zu streiten. Das kann sehr leicht vermieden werden, indem sie dich als Frau an meiner Seite anerkennen«, sprach er mit entschlossener Stimme. »Allerdings ist das, was eben geschehen ist, nicht so leicht zu entschuldigen.«

»Aber … aber ich habe Angst, dass du auf Dauer unglücklich wirst.« Eine Träne kullerte über ihre Wange. »Ich bin es gewohnt, dass die Menschen mich ablehnen. Bis auf meine Freundinnen und dich hat mich noch nie jemand wirklich respektiert. Aber du … du hast einen tollen Ruf und eine Familie, die dich liebt!« Annas Stimme brach weg.

»Anna …« Chris nahm ihre Hand und führte sie an seine Lippen. »Du weißt sehr gut, dass ich eine Zeitlang genauso gedacht habe. Dass ich Angst hatte, mit deiner Vorgeschichte nicht klarzukommen, und vor lauter Feigheit es nicht gewagt habe, mich gegen meine Familie zu stellen. Aber ich habe in dieser Zeit unter deinem Verlust mehr gelitten, als ich das jemals für möglich gehalten hätte. Für nichts auf der Welt möchte ich dich wieder verlieren. Geht das jetzt endlich mal in dein hübsches Köpfchen?« Er sah kurz zu ihr hinüber.

»Ich hoffe, du wirst es nicht bereuen«, schluckte Anna.

»Wo ist dein Mantel?«, fragte Chris sie verdutzt, als sie in ihrem Appartement angekommen waren.

»Der ist noch bei deinen Eltern«, antwortete sie zerknirscht. »Ich habe ihn vergessen.«

»Soll ich ihn noch holen fahren?«

»Nein, bleib hier, bitte«, flüsterte Anna heiser. Sie schmiegte sich dicht an ihn an und umklammerte ihn fest mit ihren Armen. Nein, sie wollte ihn nicht verlieren, niemals wieder. Doch die Zweifel, ob sie das wirklich alles schaffen würden, blieben.

Chris zog sie mit aufs Sofa und bedeutete ihr, dass sie sich auf seinen Bauch legen sollte. Anna liebte diese Position genauso wie er, und je länger er ihr über den Rücken streichelte und sie seinem Herzschlag zuhören konnte, desto mehr beruhigte sie sich. Chris sagte kein Wort, sie konnte sich vorstellen, dass es in seinem Kopf arbeitete. Wie schlimm musste das alles für ihn sein?

Die Türklingel riss sie jäh auseinander.

Anna fuhr erschrocken hoch und guckte Chris überrascht an.

»Außer Max weiß eigentlich niemand, dass wir hier wohnen.« Er zuckte mit den Schultern und betätigte den Türsummer.

Es dauerte eine kleine Weile, bis der Besucher oben war.

Chris und Anna staunten, als sie Oliver entdeckten, der Annas Mantel dabeihatte.

»Na, ihr zwei?« Grinsend reichte er Anna das Kleidungsstück.

Chris bat ihn, einzutreten, sein Bruder sah sich in der kleinen Wohnung um. »Gar nicht schlecht für den Übergang.«

»Woher wusstest du, dass wir hier sind?«, erkundigte Chris sich.

»Ich habe Max angerufen.« Er wandte sich an Anna. »Es tut mir so leid, was meine Eltern da von sich gegeben haben. Sie leiden unter akutem Standesdünkel, ich weiß nicht, ob ich das therapieren oder rausoperieren kann«, lächelte er ihr zerknirscht zu.

»Schon gut.« Sie erwiderte sein Lächeln, Chris' Bruder war ihr sehr sympathisch, und dass er jetzt hier war, tat nicht nur ihr gut. Sie spähte zu Chris hinüber, der genauso erleichtert wirkte.

Sie setzten sich ins Wohnzimmer. Chris bot ihm etwas zu trinken an.

»Ich hätte mir gewünscht, dass unsere erste Begegnung etwas entspannter verläuft«, wandte Oliver sich Anna zu. »Aber nun gut, dann hole ich das hier mal nach: Schön, dich kennenzulernen, Anna«, prostete er ihr zu.

»Ich … ich freu mich auch.«

»Ich hoffe sehr, dass sich unsere Eltern bald einkriegen«, seufzte Oliver. »Und Tanja habe ich schon die Meinung gegeigt. Sie hat sich gut mit Jana verstanden, die Trennung hat sie Chris immer noch nicht verziehen.«

»Das ist aber kein Grund, direkt solche Vorurteile zu haben«, knurrte Chris. »Und davon abgesehen: Wenn die beiden sich nicht beruhigen sollten, werde ich mit Anna die Stadt verlassen und mich irgendwo anders selbstständig machen. Ich bin nicht darauf angewiesen, hierzubleiben.«

»Und klein beigeben? Warum?« Oliver runzelte die Stirn. »Lass sie doch alle erst mal schief gucken, die beruhigen sich auch wieder.«

»Ich möchte das Anna aber nicht zumuten. Wir haben das nicht nötig, uns solchem Gerede auszusetzen. Wir tun nichts Verbotenes, oder?«

»Nein, natürlich nicht. Aber gerade WEIL ihr nichts Verbotenes tut, solltet ihr euch auch nicht verkriechen«, gab Oliver zu bedenken.

»Das ist leichter gesagt, als getan, wenn man davon nicht betroffen ist.« Chris wurde ernst. »Anna hat sehr viel durchmachen müssen, vieles auch durch mein Verschulden. Ich möchte mit ihr zur Ruhe kommen und nicht noch mehr Wirbel verursachen. Wenn das hier in unserer Stadt nicht geht – dann eben woanders.«

»Ich würde dich aber trotzdem bitten, nichts zu überstürzen und abzuwarten. Vielleicht beruhigen sie sich wieder«, sagte Oliver besänftigend.

»Gut, vielleicht hast du recht«, nickte Chris, dann sah er zur Anna. »Aber was ist mit dir? Fühlst du dich denn hier jetzt überhaupt noch wohl?«

Anna streichelte ihm sanft über die Wange. »Es sind deine Eltern, die Entscheidung musst du treffen. Ich habe dir schon einmal gesagt, ich bin vieles gewöhnt, aber ich könnte es nicht ertragen, wenn du unter der Situation leidest.«

»Du bist süß, Anna«, grinste Oliver sie an. »Mach dir um Chris mal keine Gedanken, der kann einiges aushalten.«

»Bei dem Bruder musste ich das ja auch«, stöhnte dieser auf.

Oliver blieb noch eine Weile, er hatte eine angenehme, lustige Art. Anna hatte das Gefühl, dass er sie aufrichtig mochte. Sie fand es schön, dass die beiden Brüder sich so gut verstanden, es musste toll sein, so einen engen Verbündeten zu haben.

In der Nacht fand sie kaum Schlaf, auch Chris war lange wach, das konnte sie erkennen. Aber sie wagte es nicht mehr, ihn auf seine Eltern anzusprechen. Alles war gesagt, und jetzt konnte sie nur hoffen, dass sich die Angelegenheit vielleicht doch noch einrenken würde.

Er schien zu merken, dass sie auch nicht schlafen konnte, denn plötzlich schlang sich ein Arm um sie herum, und er zog sie fest an sich. »Anna?«

»Hm?«

»Was hältst du davon, wenn wir meinen Eltern noch etwas Zeit geben – falls sie sich nicht beruhigen wollen, dann gehen wir fort von hier. Und bis dahin sollten wir auch keine andere Wohnung suchen.«

Anna drehte sich in seinen Armen herum. »Für mich ist alles okay, solange du bei mir bist.«

23

Chris nahm sich in den nächsten Tagen viel Zeit, um Anna seine Stadt zu zeigen. Bis Weihnachten war es nicht mehr lange hin, sie überlegte, was sie ihm schenken könnte. Aber so recht wollte ihr nichts einfallen, bis sie einen Blick in das Fenster eines Fotografenstudios erhaschte. Sie erinnerte sich daran, dass ihm damals die Fotos, die von ihr für die Agentur geschossen worden waren, so gut gefallen hatten.

Anna nahm sich vor, neue anfertigen zu lassen. Die Bilder in der Auslage gefielen ihr recht gut, jetzt musste sie bloß einen Tag abpassen, in dem Chris länger im Büro war.

Sie hatte Glück, einen Tag später verabschiedete er sich für ein paar Stunden. Auch wenn er noch Urlaub hatte, so stand er doch in ständigem Kontakt mit seinem Chef.

»Ich beeile mich«, versprach er ihr mit sehnsüchtigem Blick.

»Das musst du nicht. Ich werde etwas bummeln gehen.« Sie gab ihm zum Abschied einen zärtlichen Kuss auf die Nase.

»Ich werde dich heute Abend schick ausführen, okay?«

»Okay«, nickte sie freudig und beschloss direkt, sich etwas Hübsches dafür zu kaufen.

Der Fotograf war wirklich gut, und es entstand sofort eine lockere Atmosphäre. Er überredete sie, auch etwas gewagtere Aufnahmen machen zu lassen.

Anna zögerte zunächst, schließlich stimmte sie zu.

Anna bestaunte am Ende die Bilder, sie waren ebenso professionell wie die, die damals die Escort-Agentur in Auftrag gegeben hatte. Sie suchte sich die schönsten Aufnahmen aus, man versprach ihr, dass die Bilder in ein paar Tagen fertig sein würden.

Anna bummelte durch ein paar Boutiquen und erstand neben einer schönen Bluse auch noch etwas reizvollere Unterwäsche. Als sie die Dessous sah, legte sich kurz ein Schatten über sie. Früher hatte sie solche Sachen für berufliche Zwecke eingekauft. Es kam ihr so vor, als wäre diese Zeit schon Ewigkeiten her; trotzdem war sie leider präsenter denn je zuvor.

Chris wollte sich am Wochenende wieder bei seinen Eltern melden, von Oliver wusste er aber, dass sich ihre Einstellung zu Anna nicht geändert hatte. Chris würde alleine hinfahren, Anna war das nur recht so. Sie hatte Angst, aus dem Haus geschmissen zu werden, und sie wusste nicht, ob sie nochmals die Kraft hatte, die Abneigung seiner Eltern so offen zu ertragen.

***

»Ich bin so schnell wie möglich wieder da. Wenn meine Eltern ihre Einstellung wirklich nicht geändert haben, werde ich mich nach einem Job in einer anderen Stadt umschauen.«

»Ich hoffe so sehr, dass du das nicht tun musst«, sagte Anna leise. Sie fühlte sich schuldig an dieser Situation, wie gerne würde sie es einfach für Chris machen, aber das lag nicht in ihrer Hand.

Immer wieder drehten sich Annas Gedanken um Chris' Eltern. Sie konnte deren Ablehnung sogar verstehen, aber war das wirklich richtige Elternliebe?

Anna hatte selbst keinen Vergleich, da sie nie eine Familie besessen hatte. Aber bedeutete Liebe nicht, dass man dem anderen nur das Beste wünschte? Ihm sein Glück gönnte?

Und sie konnte sich nicht vorstellen, wie die Gesellschaft auf sie als Frau an Chris' Seite reagieren würde. Würde sie ihm wirklich alles verbauen? Natürlich wollte sie das nicht, nie würde sie ihm schaden wollen. Aber wenn dem so wäre, wollte sie das von Chris selbst hören.

Anna wartete nervös, sie überlegte, ob sie ihn auf seinem Handy anrufen sollte, da hörte sie, wie sich der Wohnungsschlüssel in der Tür drehte. Aufgeregt sprang sie auf und versteckte ihre Hände hinter ihrem Rücken, damit er nicht sah, wie sehr sie zitterte.

Chris stürmte förmlich in die Wohnung.

Als Anna sein Gesicht sah, war ihr klar, wie das Gespräch gelaufen sein musste.

»Sie … sie haben ihre Meinung nicht geändert, oder?«, fragte sie ihn mit bebender Stimme.

»Nein, leider nicht. Aber das ist jetzt nicht mehr wichtig, ich habe mit ihnen abgeschlossen. Mein armer Engel, es tut mir so leid, dass meine Eltern dich ablehnen. Ich hätte das ahnen müssen, und ich hätte dich dem allen niemals aussetzen dürfen.«

»Es tut mir leid für dich, nicht für mich selbst.«

»Ich fahre morgen zu meiner Firma und kündige. Und dann fangen wir beide noch mal von vorne an, ja?« Chris küsste ihr behutsam die Tränen aus dem Gesicht.

»Ja.«

»Und wir überlegen uns jetzt, wo wir Weihnachten verbringen. Warst du schon einmal in den Bergen?«

»Nein.«

»Hast du Lust? Wir könnten eine kleine Hütte mieten und uns dort ein paar schöne Tage machen.« Sanft hauchte er ihr einen Kuss auf die Lippen.

»Hört sich gut an«, flüsterte Anna und intensivierte den Kuss.

***

»Ich hoffe, es gefällt dir.« Sie war richtig aufgeregt, als sie Chris ihr Geschenk gab. Sie saßen vor einem gemütlichen Kaminfeuer auf dem Boden der kleinen Berghütte.

»Danke, Anna.« Schnell streifte er das Papier ab.

Seine Augen weiteten sich überrascht, als er die Fotos sah. »Wow – die sind wunderschön geworden«, stammelte er, dann betrachtete er sie aus dunklen Augen. »Und manche sind ja echt sexy. Anna – ich hoffe doch sehr, dass der Fotograf eine Fotografin war!«, funkelte er sie gespielt böse an.

»Ähm … na ja«, kicherte sie leise.

»Endlich habe ich mal professionelle Fotos von dir mit deinem hübschen Gesicht«, grinste er frech. »Das hier kommt auf meinen Schreibtisch im Büro«, sagte er entschieden und deutete auf eines.

»Erst mal musst du ein neues Büro haben«, erinnerte sie ihn.

Chris sah sie hochmütig an. »Das Architekturbüro Winkler wollte sich im neuen Jahr melden. Aber ich gehe davon aus, dass ich die Stelle bekomme. Ich bin gut …«

»Ich weiß, natürlich, mein Schatz«, neckte sie ihn.

Anna konnte es nicht leugnen, dass sie es kaum erwarten konnte, mit ihm in eine andere Stadt zu ziehen. Und sie war positiv überrascht gewesen, wie viele Zusagen Chris schon in der Tasche hatte. Doch sein Favorit war ein Architekturbüro in der Hauptstadt, dort hatte er für seine Bewerbung zwar große Konkurrenz, aber Chris war erstaunlich gelassen, was das anging.

Anna beneidete ihn um sein Selbstbewusstsein, und auch die Tatsache, dass er dieses Weihnachten ohne seine Familie feierte, schien ihn nicht sehr zu belasten. Dabei hatte Anna es ihm immer wieder angeboten, mit seinen Eltern zu feiern, sie wäre dann zu Hause geblieben, doch Chris hatte das vehement abgelehnt.

Zu Silvester wollte Chris' Bruder mit seiner Freundin nachkommen. Anna war etwas angespannt deswegen, weil Tanja anfangs nicht gut auf sie zu sprechen gewesen war, doch Oliver hatte ihr wohl ins Gewissen geredet, und sie hatte Anna angerufen und sich für ihre ablehnende Haltung entschuldigt. Trotz allem hoffte Anna inständig, dass sie sich verstehen würden.

»Frohe Weihnachten, Schönheit«, riss Chris' sanfte Stimme sie aus ihren Gedanken.

»Für mich?«

»Anna!«, prustete er los. »Für wen denn sonst?«

Sie schaute auf das kleine Päckchen, das er ihr hinhielt, und griff zögernd danach. Es war so hübsch verpackt, dass sie sich gar nicht traute, es zu öffnen.

»Anna …«, drängelte Chris und schaute sie gespannt an. »Willst du es gar nicht auspacken?«

»Doch.« Vorsichtig löste sie die Schleife und wickelte es aus dem Geschenkpapier. Es war ein Kästchen von einem Juwelier, als sie es öffnete, erblickte sie einen wunderschönen Ring mit einem funkelnden Stein in der Mitte. Er war sehr zierlich und glitzerte in einer Weise, wie es nur Diamanten konnten.

Anna schaute ihn verblüfft an. »Er … er ist wunderschön …«

»Darf ich?« Chris nahm den Ring und griff nach Annas Hand.

»Anna, ich weiß, du bist noch verheiratet, deswegen sollte ich damit lieber warten – aber ich kann nicht«, stammelte er verlegen. »Ich möchte dich fragen … also … Willst du mich heiraten?«

»W… was?«, krächzte sie hervor. Ihr Herzschlag kam ins Stolpern; sie brachte erst mal keinen Ton mehr heraus. Ihr fiel Herberts Heiratsantrag ein, den er auch an Weihnachten gestellt hatte. Obwohl das natürlich nicht zu vergleichen war.

»Okay, das … das kommt vielleicht jetzt sehr plötzlich, aber ich habe schon so viel Zeit vergeudet, wir hätten schon längst ein Paar sein können und …«

Anna legte einen Finger auf seine Lippen, die ersten Tränen kullerten bereits über ihre Wangen, doch das war ganz egal, denn sie war wohl der glücklichste Mensch auf der ganzen Welt.

»Ja, ich will dich heiraten«, nickte sie ihm unter Tränen zu.

Chris presste sie an sich. »Ich liebe dich so sehr, so sehr, Anna!«, flüsterte er ihr immer wieder zu. »Du wirst es nicht bereuen, ich werde dich auf Händen tragen, dir jeden Wunsch erfüllen und …«

Anna gab ihm einen zärtlichen Kuss. »Das alles musst du gar nicht tun. Bleib einfach nur ein ganzes Leben lang bei mir, okay?«

»Okay«, strahlte er sie an.

»Na, Donnerwetter! Ihr habt es aber eilig«, lachte Oliver, als er den Verlobungsring an Annas Hand blitzen sah.

Seine Freundin Tanja guckte überrascht zwischen Chris und Anna hin und her.

»Eilig kann man das nicht nennen, wenn man bedenkt, wie lange ich Anna schon kenne«, lächelte Chris ihm zu.

»Mein Glückwunsch!« Oliver umarmte Anna und klopfte seinem Bruder auf die Schulter. »Da werden aber einigen die Augen rausfallen.«

»Mir egal«, knurrte Chris. »Sie bekommen eine Einladung zur Hochzeit. Wenn sie aber nicht kommen werden, ist mir das auch schnuppe.«

»Ich denke, sie werden über kurz oder lang nicht umhinkommen, deine Beziehung zu Anna zu akzeptieren«, sagte Chris' Bruder. »Aber du weißt ja, wie stur Vater ist. Mutter ist schon etwas ins Wanken gekommen, als sie hörte, dass du die Stadt verlassen willst.«

»Ich erwarte eine Entschuldigung für ihr Verhalten. Vorher geht gar nichts!«, erklärte Chris entschieden.

»Kann ich verstehen«, nickte Oliver. »Aber jetzt sag mir erst mal: Wo können wir essen gehen? Wir haben Hunger.«

»Ich habe etwas vorbereitet, wenn es euch recht ist, können wir hier essen«, meldete sich Anna aufgeregt zu Wort.

»Perfekt!« Oliver reckte den Daumen nach oben.

»Kann ich dir helfen?«, bot Tanja an.

»Ich bin fast fertig, aber der Tisch müsste noch gedeckt werden«, lächelte Anna ihr zu.

»Ich habe Chris noch nie so glücklich gesehen«, vertraute Tanja Anna in der Küche an. »Auch Oliver meint das. Du tust ihm gut, und ich kann mich nur noch mal entschuldigen für mein Verhalten am Anfang.«

»Das ist schon okay. Ich kann es ja verstehen«, antwortete Anna. »Schon vergessen.«

»Danke, Anna.«

Anna atmete auf, als sie bemerkte, dass es ihren Gästen schmeckte. Nach dem Essen blieben Tanja und Oliver noch eine Weile da, es war sehr angenehm mit den beiden. Plötzlich wurde Tanja ernst und sah Anna neugierig an. »Darf … darf ich dich mal etwas fragen?«

»Ja, klar.«

»Du musst ja nicht antworten, aber wie … also wieso bist du denn Callgirl geworden?« Tanja errötete bei der Frage, aber offenbar siegte ihre Neugier über die Scham.

»Ich weiß nicht, ob Anna das erzählen möchte«, mischte Chris sich sofort ein und sah Anna besorgt an.

Anna senkte den Blick. Eigentlich war das kein Thema für einen lockeren Abend. Aber sie konnte auch das Interesse verstehen, ihre frühere Welt war so ganz anders als die von Tanja und Oliver. »Das … das ist eine längere Geschichte.«

»Nur wenn du es erzählen willst«, sagte Oliver direkt.

Anna kämpfte mit sich. Sie wollte ihre Vergangenheit so gerne vergessen, aber Oliver gehörte zu Chris' Familie, und er schien sehr nett zu sein. Sie gab sich einen Ruck und begann mit stockender Stimme zu reden, sie ersparte den beiden allzu schlimme Details, die auch Chris noch nicht kannte. Und natürlich blieb auch die Ehe mit Herbert außen vor.

Als sie fertig war, registrierte sie die Betroffenheit in den Augen von Tanja und Oliver.

»Scheiße, Anna, du hast es wirklich nicht leicht gehabt«, bemitleidete sie Chris' Bruder.

»Wie kann man so etwas nur ertragen?« In Tanjas Augen glitzerten Tränen. »Ich würde daran kaputtgehen.«

»So leicht passiert das nicht«, versicherte Anna ihr. Jetzt tat es ihr leid, dass sie darüber gesprochen hatte, sie wollte nicht, dass die beiden so geschockt waren.

»Und wo wir schon mal bei der Wahrheit sind, muss ich auch gleich noch was beichten: Ich habe Anna nicht in einem Club kennengelernt. Max Keller hatte sie gebucht, es war auf einer Messe, als ich sie das erste Mal gesehen habe …«, gestand Chris.

»Ach nee – der gute Max«, grinste Oliver. »Sieh mal an …«

»Und ich habe Anna auch gebucht«, fuhr Chris fort.

Sein Bruder knuffte ihm in die Rippen. »Alter – was hast du?«

»Du hast mich schon verstanden. Ich konnte nicht widerstehen«, beichtete er mit betont schuldbewusstem Blick. Er hauchte Anna einen Kuss auf die Wange. »Und ich habe mich wie das größte Arschloch benommen. Aber ich kam nicht von Anna los, und ich bin sehr, sehr froh, dass sie mir mein Verhalten verziehen hat.«

»Ihr hattet schon einen sehr eigenwilligen Start«, staunte Tanja.

»Kann man wohl sagen«, grinste Chris verlegen.

»Hast du noch was von dem Whiskey?« Oliver schüttelte fassungslos den Kopf, dann lächelte er Anna lieb zu. »Ich wünsche dir gute Nerven mit meinem Bruder.«

***

Anna tigerte nervös in dem Hotelzimmer hin und her. Dauernd schaute sie auf ihre Uhr, Christopher hätte längst zurück sein müssen.

Vielleicht hat es nicht geklappt, schoss es ihr durch den Kopf. Chris war sehr erpicht auf diesen Job gewesen, obwohl er bereits mehrere Zusagen hatte, wollte er unbedingt diesen einen haben.

Endlich hörte sie die Tür aufgehen, schnell drehte sie sich um. Als Erstes kam ein Strauß roter Rosen zum Vorschein, dann ein strahlendes Gesicht.

»Und?«, fragte Anna aufgeregt, sie wusste gar nicht, wohin mit ihren Händen, und spielte nervös mit ihren Fingern.

Chris grinste noch breiter und zog eine Flasche Champagner hinter seinem Rücken hervor. »Ab März werde ich bei der Agentur Winkler arbeiten!«

Anna flog förmlich in seine Arme, sie bedeckte sein Gesicht mit Küssen. »Ich freu mich so, ich freu mich so.«

»Und das ist noch nicht alles!« Er umarmte sie trotz Blumen und Champagner ganz fest und gab ihr einen leidenschaftlichen

Kuss. »Sie bieten mir einen Job in den USA an. In einem halben Jahr könnten wir rübergehen, zunächst für drei Jahre. Was hältst du davon?«

Anna schnappte staunend nach Luft. »USA? Echt?«

»Ja, echt. Anna, wir könnten dort ganz unbefangen starten, ohne dass jemand von deiner Vergangenheit weiß. Wie wäre das?«

Anna brauchte nicht lange zu überlegen. Ein neues Land, neue Leute – die Antwort fiel ihr nicht schwer. »Das … das hört sich wundervoll an.«

Chris strahlte über das ganze Gesicht. »Und wenn mit deiner Scheidung alles glattgeht, planen wir sofort die Hochzeit.«

»Ich bin so stolz auf dich.«

»Aber ich habe noch mehr Neuigkeiten.« Chris schob sie sanft von sich und angelte nach dem Champagnerkübel. Statt die Flasche einzukühlen, füllte er ihn mit Wasser und stellte den Rosenstrauß dort hinein.

»Was denn für Neuigkeiten?«, fragte Anna ihn neugierig.

»Warte …« Er füllte den Champagner in zwei Gläser ein. Dann zog er Anna mit zum Bett und deutete ihr an, sich zu setzen.

»Du machst es aber spannend«, maulte Anna.

»Erst möchte ich mit dir anstoßen!« Chris zog sie kurzerhand auf seinen Schoß.

Sie ließ ihr Glas leicht an seines klingen. »Auf den neuen Job.«

»Auf den Job.« Chris ließ sich ausgiebig Zeit und trank einen Schluck. »Und auf deine baldige Scheidung …«

»Chris bitte – was hast du denn noch für Neuigkeiten? Bitte sag es mir!«, bettelte Anna.

»Okay, du ungeduldiges Weib«, lachte er. »Für meinen Job in der Agentur brauche ich eine Assistentin. Und da ich sehr anspruchsvoll bin, wird es nicht leicht sein, diesen Posten zu besetzen.«

Anna nickte. »Das kann ich mir denken.«

»Ach? Kannst du das?«, schmunzelte er. »Ich weiß nicht so recht ...«

Sie runzelte die Stirn. »Wieso? Ich verstehe nicht. In der anderen Agentur hast du doch auch eine gehabt.«

»Ja, eben. Aber ich bin sehr wählerisch. Ich nehme nicht jede.«

»Das glaube ich.« Anna zwickte ihn in die Nase. »Habt ihr schon eine Annonce aufgegeben?«

»Nein. Das brauchen wir nicht. Ich hab da schon jemanden im Auge. Ich muss sie nur noch fragen.«

»Dann mach das.« Anna konnte sich vorstellen, dass Chris wählerisch war. Er war sich selbst gegenüber sehr streng, und er hatte bestimmt auch hohe Ansprüche an seine Assistentin. Vielleicht wollte er ja die Dame fragen, die vorher für ihn gearbeitet hatte?

»Waren das die Neuigkeiten?«

»Anna ...« Er lachte immer mehr. »Ich möchte, dass du meine Assistentin wirst!«

Anna starrte ihn ungläubig an. »ICH? Aber ... aber ich habe doch überhaupt keine Ausbildung, ich weiß gar nicht, was ich machen soll!«

»Es ist ein ganz normaler Bürojob. Aufträge eingeben, Termine koordinieren, einem ungeschickten Architekten helfen, die Modelle zu basteln – das hasst er nämlich wie die Pest ...« Chris sah sie aus treuen Augen an. »Und dem Stararchitekten ab und zu mal ein bisschen den Nacken massieren ...«

»Aber ...«

»Anna – du musst keine Angst haben. Tippen kannst du, das habe ich ja schon mitbekommen. Und das andere wird sich ergeben, du wirst das locker schaffen. Ich würde mich freuen, wenn ich dich an meiner Seite hätte. Es sei denn, du möchtest nicht, das ist dann etwas anderes.« Er küsste ihr zart auf die Lippen. »Was meinst du?«

»Ich … ich … also … was ist, wenn ich dich enttäusche?« Anna war sehr unsicher. »In dem Fall bist du doch bestimmt sauer auf mich und … also vielleicht belastet das dann unsere Beziehung.«

»Wenn der Job nicht das Richtige für dich ist, kannst du dich ja immer noch anderweitig umschauen. Ich könnte auch verstehen, wenn du eine Ausbildung machen möchtest. Ich weiß nur nicht, wie einfach das in den USA sein wird. Es ist bloß ein Vorschlag, Anna. Ich bitte dich, es dir ernsthaft zu überlegen.« Chris drückte sie fest an sich. »Mich würde es freuen, aber alles andere ist auch völlig in Ordnung.«

Anna senkte den Blick. Sollte sie es wirklich machen?

Natürlich war es verlockend, für Chris zu arbeiten, sie genoss es auch zu sehr, in seiner Nähe zu sein. Und so leicht bekam sie mit Sicherheit keinen Job angeboten, mit ihrer Vorgeschichte. Aber andererseits hatte sie Angst vor dem Versagen und dass es eben doch eine Belastung für sie beide sein könnte.

Anna gab sich einen Ruck. So dumm war sie doch schließlich auch nicht, und man konnte alles lernen. Wenn sie die Chance nicht ergriff, würde sie sich mit Sicherheit darüber ärgern. »Okay, Chef«, sagte sie leise.

»Ja? Ja, du machst es?« Chris legte eine Hand in ihren Nacken und zog ihren Kopf dicht zu seinem. »Ich freue mich, Anna. Ich werde auch ganz besonders nett zu dir sein.«

»Eben das sollst du nicht!« Sie stieß ihn leicht von sich. »Ich möchte keine Sonderbehandlung, nur weil ich deine Freundin bin.«

»Verlobte!«, verbesserte er sie grinsend.

»Also schön: Weil ich deine Verlobte bin!«

»Also kann ich dich genauso mit meinen Launen nerven wie die anderen Ladies?«, lachte er. »Du weißt gar nicht, was du da sagst.«

»Bitte, Chris. Ich möchte wirklich keine andere Position haben als die anderen«, bat sie ihn.

»Natürlich hast du die. Aber ich verspreche, mir nichts anmerken zu lassen, okay?«

»Okay«, nickte sie erleichtert.

Chris nahm ihr das Glas aus der Hand und drückte sie sanft zurück auf das Bett. »Und jetzt möchte ich eine Belohnung haben.«

Chris und Anna verbrachten noch drei Tage in der neuen Stadt. Die Zeit nutzten sie, um sich nach Wohnungen umzusehen. Chris' neuer Arbeitgeber half ihnen dabei und zeigte ihnen die beliebtesten Ecken der Stadt.

Er war ebenfalls ein junger Mann, überhaupt bestand das ganze Team aus vier Architekten, die alle in einem ähnlichen Alter waren. Anna hatte sie bereits kennengelernt, auch die Assistentinnen, die dort beschäftigt waren. Man hatte sie sehr nett aufgenommen, und sie hatte schon ihren neuen Arbeitsplatz gezeigt bekommen.

Sie entschieden sich schließlich für eine Penthousewohnung. Anna fand sie eigentlich viel zu teuer, aber nachdem Chris sie über sein Gehalt aufgeklärt hatte, hatte sie nur noch mit den Schultern gezuckt.

Die Wohnung war ein Traum, hatte eine schöne Dachterrasse und einen fantastischen Blick über die Dächer der Stadt. Die Einrichtung konnten sie teilweise übernehmen; und sie wurde Anfang April frei. Also mussten sie einen Monat in einem Hotel wohnen, aber das nahmen Chris und Anna nur zu gerne in Kauf.

Sehr zufrieden fuhren sie zurück. Am gleichen Abend trafen sie sich mit Oliver und Tanja. Chris' Bruder wirkte betrübt, als

Chris ihm von der erfolgreichen Jobsuche erzählte. Auch Anna tat es leid, sie mochte Oliver und seine Freundin sehr gerne; sie würde sie vermissen.

Genauso wie Karen und die anderen ihrer Ex-Kolleginnen. Durch die Entfernung war ein Treffen schwierig. Anna telefonierte viel mit ihnen.

Bevor es aber mit Chris' und Annas neuen Jobs losging, stand noch ein anderer, wichtiger Termin an. Besonders Chris fieberte ihm schon förmlich entgegen, während Anna das alles sehr gelassen anging.

»Ich hoffe, es kommt nichts dazwischen«, murrte er, als sie zusammen auf dem Weg ins Gericht waren.

»Das wird es schon nicht. Herbert ist bestimmt froh, wenn die Ehe geschieden wird.« Anna legte ihre Hand auf Chris' Bein, der sich verbissen auf den Straßenverkehr konzentrierte.

»Stimmt ja. Er hat ja schon ein neues Opfer an seiner Seite«, spuckte er verächtlich aus.

»Wenn beide sich verstehen, ist es ja okay«, wandte Anna ein.

»Verstehen? Er will ein Sexspielzeug. Mir tut sie leid!«

»Wenn sie die gleichen Neigungen hat und damit einverstanden ist – warum sollte sie einem dann leidtun?«

»Ich kann mir das nicht vorstellen«, schnaubte Chris.

»Es gibt so viele verschiedene Arten von Sexualität. Die Hauptsache ist doch, dass sich alle Beteiligten damit wohlfühlen.« Anna dachte an die Wünsche einiger Kunden zurück und beschloss, Chris besser nichts davon zu erzählen.

Chris grummelte weiter vor sich hin, schwieg aber.

Vor dem Gerichtsgebäude warteten schon Herbert Gunter und sein Anwalt. Da sich Herbert und Anna einig waren, hatten sie darauf verzichtet, einen zweiten Anwalt einzuschalten. »Anna, du siehst sehr gut aus.« Ihr Noch-Ehemann empfing sie freundlich und gab ihr einen Kuss auf die Wange. »Hast du dich vollständig erholt?«

»Ja, danke.«

»Du glaubst gar nicht, wie sehr mich das freut, meine Liebe.«

»Ach? Freut Sie das, ja? Wahrscheinlich erleichtert es Ihr Gewissen, oder?«, fuhr Chris bissig dazwischen.

»Herr Morgan. Schön, Sie wiederzusehen! Anna erzählte mir schon, dass Sie der neue Partner von ihr sind.« Herbert schien Chris' giftigen Ton geflissentlich zu überhören. »Und was mein Gewissen angeht: Immerhin habe ich mich schneller zu Anna bekannt als manch anderer. Vielleicht sollten andere Leute da mal vor ihrer eigenen Tür kehren?« Er lächelte freundlich. »Meinen Sie nicht?«

Chris schaute ihn verblüfft an, dann sah er zu Anna. »Du hast es ihm erzählt?«, fragte er sie leise, als Herbert Gunter sich zu seinem Anwalt umgedreht hatte.

»Ich habe ihm gesagt, dass wir zusammen sind. Daraufhin hat er gemeint, dass er bemerkt habe, dass zwischen uns etwas sei«, erklärte sie ihm.

Chris fuhr sich mit der Hand durch die Haare. »Wahrscheinlich haben es alle früher als ich bemerkt, was?«, lächelte er Anna zerknirscht an.

»Ich würde die Vergangenheit gerne hinter uns lassen«, bat sie ihn.

»Anna – wir müssen reingehen!«, rief Herbert ihr zu.

»Du hast ja recht. Lass uns die Altlasten endlich loswerden«, sagte Chris mit bösem Blick auf Herbert Gunter.

24

Der Scheidungsprozess ging reibungslos über die Bühne. Eigentlich war er auch nicht viel nüchterner als die Eheschließungszeremonie damals auf dem Standesamt abgelaufen.

Unwillkürlich kam Anna ihre Hochzeit mit Chris in den Sinn, und sie lächelte in sich hinein. Diese Heirat würde jedenfalls etwas ganz anderes werden, etwas Besonderes …

»Anna, kann ich dich noch einen Moment sprechen? Unter vier Augen?«, bat Herbert sie.

»Natürlich.« Anna bat Chris, einen Moment zu warten.

Der verfolgte sie und ihren Exmann mit bösen Blicken.

»Christopher Morgan hatte eben nicht so ganz Unrecht«, gestand Herbert Gunter ihr. »Ich habe natürlich ein schlechtes Gewissen, wegen dem, was in unserer Ehe geschehen ist. Ich möchte nur, dass du weißt, dass ich sehr froh bin, dass du jetzt einen Partner hast, den du wirklich liebst und der dir die Liebe entgegenbringt, die du verdient hast, Anna. Ich wünsche dir von Herzen alles Gute.«

Anna schluckte prompt gegen einen Kloß im Hals an. »Danke, Herbert. Das wünsche ich dir auch. Ich werde mich gerne an unsere gemeinsame Zeit zurückerinnern. Lass uns das Ende einfach vergessen.«

»Du bist eine ganz besondere Frau.« Herbert hauchte ihr einen Kuss auf die Wange. »Und nun geh zu deinem Architekten, bevor der noch vor Neugier und Eifersucht platzt«, grinste er.

»Warum lässt du es zu, dass er dich küsst?«, meckerte Chris.

»Weil wir nicht im Streit auseinandergehen.«

»Das ist kein Grund!«

»Chris, bitte!«

»Schon gut, ich sag ja schon gar nichts mehr«, kam es mürrisch.

»Sollen wir nicht lieber feiern?«, schnurrte Anna und legte die Arme um seinen Hals. »Ich bin frei!«

Chris zog sie dicht an sich. »Ich würde sehr gerne mit dir feiern, Anna. Aber meine süße Verlobte zieht heute Abend mit ihren Freundinnen um die Häuser, und ich kann in die Röhre gucken«, schmollte er.

Anna lachte und küsste ihn zärtlich.

»Schon besser. Aber du musst noch viel mehr tun, um das gutzumachen, dass ich dich heute Abend nicht für mich habe – an so einem wichtigen Tag.«

»Ist es denn so schlimm, dass ich mich mit Karen und den anderen treffe?« Anna wurde jetzt doch ein bisschen unsicher. »Aber ich sehe sie doch so selten, wann bin ich schon einmal hier, und wenn wir erst einmal umgezogen sind …«

Chris verschloss ihren Mund mit einem leidenschaftlicheren Kuss. »Anna, das war doch nur Spaß. Ich gönne dir die Zeit mit den Mädels! Aber morgen planen wir ganz detailliert unsere Hochzeit. Okay?«

»Okay«, atmete Anna beruhigt auf.

»Du bist ihn los, und du heiratest deinen Traumprinzen. Das ist so schön«, jubilierte Karen, als sie Anna mit ihren Freundinnen im Restaurant traf.

»Ja, ich komme mir vor wie im Märchen«, gestand Anna ihr.

»Das kannst du auch. Aber wenn es jemand verdient hat, eine Prinzessin zu sein, dann du«, zwinkerte Doro ihr zu.

»Habt ihr schon Pläne für die Hochzeit?«, erkundigte sich Jasmina.

»Wenn es nach Chris ginge, hätten wir schon einen Termin«, erklärte Anna ihr. »Wir haben uns überlegt, kirchlich zu heiraten. Einen großen Rahmen wird es nicht geben, ich habe ja keine Familie und Chris' Eltern werden nicht kommen. Was mit den anderen Verwandten ist, weiß ich nicht. Aber er meinte, wenn seine Eltern die bearbeitet haben, wird wohl von denen auch keiner erscheinen.«

Ihr tat es so leid, wie das alles gekommen war, das hatte Chris auf keinen Fall verdient. »Wir rechnen also nur mit seinem Bruder und seiner Freundin. Und natürlich allen Freunden und Bekannten.«

»Ich kann es kaum erwarten. Die Hochzeit mit diesem alten Lüstling war ja nichts fürs Herz«, seufzte Irina auf.

»Aber wie geht es euch?«, fragte Anna gespannt.

»Ich habe gute Neuigkeiten«, platzte es aus Karen heraus. »Ich habe endlich den Schuldenberg abbezahlt.«

Anna schrie vor Freude auf und fiel ihrer Freundin um den Hals. »Das ist so toll! Und was hast du jetzt für Pläne?«

»Genau, was machst du nun mit deinem Geld, wo du es für dich hast?«, grinste Irina.

»Ich werde mir einen Job suchen. Ich habe ja eine Lehre gemacht«, strahlte Karen. »Und bis dahin mache ich für Sophie weiter, ich hoffe aber, dass ich das Kapitel bald hinter mir lassen kann.«

»Ich drücke dir ganz fest die Daumen.« Anna gab ihr einen Kuss auf die Wange.

»Und ich bin verliebt«, verkündete Irina. »Also, diesmal ist es wohl nicht so einseitig. Er ist sehr nett, und er versucht, damit klarzukommen, als was ich arbeite.«

»Du könntest es ja auch sein lassen«, gab Anna zu bedenken.

»Das habe ich mir auch schon überlegt. Vielleicht hänge ich den Job bei Sophie wirklich an den Nagel.«

Doro und Jasmina hatten weniger erfreuliche Nachrichten. Jasmina war von einem ihrer Kunden übelst misshandelt worden.

»Bist du schwer verletzt worden?«, erkundigte sich Anna mitfühlend.

»Na ja, ich konnte drei Wochen nicht arbeiten«, erklärte ihre Freundin. »Ich habe den Kerl angezeigt. Sophie unterstützt mich dabei.«

»Das ist gut. Hoffentlich bekommt er eine hohe Strafe«, hoffte Anna, doch sie wusste auch, dass es bei Frauen in dieser Branche eher unwahrscheinlich war, dass diese hoch ausfallen würde.

Doro erzählte, dass ihr der Vermieter gekündigt hätte, als er herausgefunden hatte, als was sie arbeitete. Sie suchte jetzt händeringend nach einer Wohnung.

Anna zögerte keine Sekunde und bot ihr ihre an.

»Du hast deine Wohnung noch?«, fragte Doro ungläubig.

»Ja, für alle Fälle. Aber ich bin sicher, dass ich sie nicht mehr brauchen werde. Du kannst gerne darin wohnen, ich werde meiner Vermieterin Bescheid geben«, versicherte Anna ihr.

»Das wäre toll, Süße. Ich bleibe auch bestimmt nicht lange darin.« Doro drückte Anna erleichtert an sich.

Es wurde noch ein fröhlicher Abend. Anna genoss es, mit ihren Freundinnen zu plaudern und zu lachen. Sie versprachen Anna, sie schon vor der Hochzeit mal in ihrer neuen Heimatstadt besuchen zu kommen, was Anna sehr freute.

Als sie in ihre Wohnung zurückkam, war schon alles dunkel. Anna zog sich leise aus und krabbelte zu Chris ins Bett.

»Hey, Schönheit«, hörte sie ihn sagen.

»Du bist ja noch wach.«

»Ohne dich kann ich nicht schlafen«, murrte Chris. »Wie war es denn?« Er stützte sich auf einen Arm auf und musterte sie neugierig.

»Sehr schön. Wir haben viel gelacht«, kicherte Anna.

»Das freut mich.«

»Hast du was dagegen, wenn Doro hier erst mal eine Weile wohnt? Wir brauchen die Wohnung doch in den nächsten Monaten sowieso nicht«, fragte sie ihn geradeheraus.

»Was sollte ich dagegen haben?« Chris ließ seine Hand unter ihrem Schlafshirt verschwinden und streichelte über ihre nackte Haut, ein wohliges Kribbeln durchzog Annas Körper, sie seufzte leise auf.

»Hast du was dagegen, wenn ich dich ein bisschen küsse?«, grinste er sie frech an.

»Überhaupt nicht.«

***

»Da wären wir!« Chris schmiss die Hotelkarte auf das kleine Board in der Suite. »Unser Heim für die nächsten vier Wochen.«

Anna blickte sich fassungslos um. »Musste es so ein teures Zimmer sein? Ich meine, wir haben jetzt doch schon so viele Kosten.«

»Anna – es ist okay, glaube mir. Wie kann ich dich davon überzeugen, dass ich kein armer Mann bin? Und ich habe nicht vor, wochenlang in einem kleinen Zimmerchen zu hausen.«

»Du bist ein Snob!«, neckte sie ihn.

»Ja – schuldig in allen Punkten.«

Anna gab sich geschlagen, Protest war in diesem Fall wohl wirklich zwecklos. Sie öffnete einen Koffer und begann, die Kleidung in den Hotelschrank zu räumen. Morgen würde es ernst werden, beide fingen bei der Agentur Winkler an. Anna war sehr aufgeregt deswegen, während Chris das alles lockerer zu sehen schien.

Der Abschied von Oliver und Tanja war beiden schwergefallen. Aber Chris' Bruder hatte versprochen, sich ein paar Tage freizunehmen, wenn Chris und Anna in die neue Wohnung einziehen würden.

Chris hatte auch nochmals versucht, mit seinen Eltern ins Gespräch zu kommen, doch Jasper Morgan hatte sich nur bereit erklärt, mit ihm zu reden, wenn er die Affäre – wie er die Beziehung von Chris und Anna immer noch nannte – sofort beendete.

Chris hatte darüber nur den Kopf geschüttelt. Anna hingegen war den Tränen nahe gewesen. Er hatte sie sehr liebevoll getröstet, doch das schlechte Gewissen, dass sie ihn von seinen Eltern entfremdet hatte, nagte weiterhin an ihr.

Aber das galt es jetzt abzustreifen, auch wenn es ihr schwerfiel. Sie musste lernen, dass sie nicht für alles verantwortlich war – und Chris bewies ihr jeden Tag aufs Neue, wie sehr er sie liebte.

»Worüber grübelst du denn schon wieder nach, hm?« Er ließ sich aufs Bett fallen und zog Anna mit sich.

»Über uns, über unser neues Leben – und über mein altes«, gestand sie ihm. »Und über deine Eltern.«

»Oh, vergiss sie ganz schnell!« Er machte eine abfällige Handbewegung. »Vielleicht kriegen sie sich ja doch noch mal ein – und wenn nicht: Es ist nicht schlimm, wirklich. Ich habe dich, und das bedeutet mir viel, viel mehr als ein Leben als braver Sohn.«

Am nächsten Tag zappelte Anna unruhig im Auto herum; ihr Herz schlug ihr bis zum Hals, als sie die Agentur Winkler betraten. Ihre zukünftigen Kollegen erwarteten sie schon mit strahlenden Gesichtern; es gab sogar Champagner zur Begrüßung.

Dann wurden Chris und Anna getrennt, und sie bekam ihren neuen Arbeitsplatz zugewiesen. Ihr Schreibtisch stand vor Chris' Büro, wenn die Tür offen war, konnte sie ihn sehen.

Er ließ sich von Andreas Winkler die aktuellen Projekte erklären, als er Annas Blick bemerkte, zwinkerte er ihr zu.

Dann mal los, machte sie sich selbst Mut und fuhr den PC hoch.

Als sie zurück im Hotel waren, bat Anna ihn, sie über die neuen Projekte aufzuklären.

Chris nahm seinen Laptop.

Anna setzte sich im Bett zwischen seine Beine. Sie fand es faszinierend, was für Ideen die Architekten entwickelten. Für sie musste ein Haus vier Wände, Fenster und Türen haben.

Sie hörte Chris gerne zu, wenn er über seine Arbeit sprach. Man merkte ihm an, dass er das, was er tat, wirklich sehr liebte. Doch plötzlich klickte er auf eine ganz andere Seite, ein Bild von einer schönen alten Kirche tauchte vor Anna auf.

»Wie findest du sie?« Chris streichelte sanft über Annas Bauch. »Ich habe Andreas gefragt, wo man hier am romantischsten heiraten könnte; er hat mir diese Kirche empfohlen. Sie liegt ungefähr dreißig Kilometer von hier entfernt, etwas ländlicher.«

»Sie ist wunderschön«, staunte Anna.

»Sollen wir sie uns am Wochenende mal anschauen? Wir müssen langsam mal mit unserer Planung weitermachen, ich will dich endlich heiraten, Anna.«

»Klingt gut«, seufzte Anna auf.

Die ersten Tage im neuen Job waren für Anna noch recht verwirrend, aber nach und nach bekam sie mehr Routine. Chris schickte ihr ab und zu kleine Liebesschwüre auf ihren PC und lockerte damit den Alltag etwas auf. Aber auch er war sehr eingespannt. Das Büro hatte einen großen Auftrag an Land gezogen, und Chris sollte die Planung übernehmen. Chris' Ruf als Architekt war so langsam auch bis in diese Stadt vorgedrungen, und so kamen nach und nach immer mehr Anfragen, die speziell ihn als Architekten verlangten.

Und auch die Planung der Hochzeit lief gut. Chris und Anna hatten sich jetzt endlich auf einen Termin Ende Mai festgelegt, die kleine Kirche, die Chris ihr im Internet gezeigt hatte, war auch schon gebucht, und die Einladungen waren in Druck gegeben worden.

Anna war sehr nervös wegen seiner Familie.

Chris rechnete nicht mit den Zusagen von seinen Eltern oder näheren Verwandten. Anna kam darüber immer noch nicht hinweg, auch wenn Chris ihr stets versicherte, dass es zwar schade, ihm aber letztendlich egal sei.

Tanja und Oliver erschienen beide, um Anna und Chris beim Umzug zu helfen. Anna war darüber sehr erfreut, denn sie wollte ein Brautkleid aussuchen und war froh, dass sie das jetzt nicht alleine machen musste. Die beiden Frauen ließen deswegen die Männer beim Möbelaufbauen zurück und fuhren in die City.

»Weißt du schon, was du möchtest?«, fragte Tanja sie, als sie an den verschiedenen Geschäften vorbeischlenderten.

»Ich möchte kein reinweißes Kleid, das wäre wohl nicht passend für mich«, meinte Anna unsicher.

»Warum sollte es nicht passend sein?«

»Na ja, Weiß ist doch die Farbe der Unschuld, oder?«

»Ach so«, kicherte Tanja. »Ich möchte nicht wissen, wer von den ganzen Bräuten, die schon geheiratet haben, wirklich unschuldig war. Mach dir keine Gedanken, Anna.«

Anna wurde schon im ersten Brautmodengeschäft fündig. Sie hatte zwar keinen besonderen Schnitt im Kopf gehabt, aber als sie das elfenbeinfarbene Corsagenkleid vor sich sah, wusste sie sofort, dass es DAS Kleid war.

Aufgeregt probierte sie es an. Als sie damit aus der Umkleidekabine trat, reckte Tanja sofort den Daumen nach oben. »Das ist wie für dich gemacht«, nickte sie Anna anerkennend zu.

»Ja, oder?« Anna strahlte glücklich zurück. Der Preis war zwar recht happig, aber sie hatte von Chris die Order bekommen, nicht aufs Geld zu achten.

»Es ist ein Traum.« Sie betrachtete sich lange im Spiegel; ein dicker Kloß setzte sich in ihrem Hals fest. Sie konnte es nicht verhindern, die ersten Tränen kullerten über ihre Wangen.

»Hey, was ist denn los?« Tanja kam zu ihr und streichelte ihr durchs Gesicht.

»Entschuldige … Ich hätte nie geglaubt, dass ich mal so heiraten würde. Und dass ich einen Mann finden würde, der mich will.«

»Und wie er dich will«, lächelte diese. »Er hat es Oliver schon ein paarmal gesagt, und wenn man sieht, wie er dich anschaut, dann merkt man es auch sofort.« Sie nahm Anna in den Arm, dann wandte sie sich an die Verkäuferin. »Wir nehmen das Kleid hier.«

***

»Nein, das verstehe ich nicht. Aber was bleibt mir anderes übrig, als es zu akzeptieren«, meckerte Chris in sein Handy.

Anna senkte den Kopf, sie konnte sich schon denken, was das für eine Art von Gespräch war. »Wieder eine Absage?«, fragte sie Chris traurig, als dieser das Telefon weglegte.

»Ja«, knurrte er. »Meine Patentante. Sie meinte, sie würde schon gerne zur Hochzeit kommen, aber mein Vater würde ihr dann die Hölle heißmachen.«

»Schade.« Anna seufzte. Bis jetzt hatten alle seine Verwandten abgesagt; so wie es aussah, würde tatsächlich niemand von seiner Familie an der Hochzeit teilnehmen.

»Was soll's? Umso lockerer wird die Feier hinterher«, zwinkerte Chris ihr zu. »Aber du hattest mir noch gar nicht erzählt, wie dein Kleid aussieht …«

Anna musste jetzt doch lachen. Seit Tagen versuchte er schon, ihr das Geheimnis zu entlocken, doch sie blieb natürlich hart. »Nein, hatte ich nicht. Stimmt!«

»Nur ein kleiner Tipp«, quengelte Chris.

»Keine Chance«, sie biss ihm sanft in die Nase. »Und jetzt komm essen …«

Der Anruf kam zwei Tage später. Anna räumte gerade das Geschirr in die Spülmaschine, als sie hörte, dass Chris ans Telefon ging.

»Jana«, vernahm sie seine verblüffte Stimme.

Unwillkürlich stoppte Anna in ihrer Bewegung. Es war nicht richtig zu lauschen, aber wenn die Ex-Verlobte von Chris anrief, war sie natürlich neugierig.

»Und diese Bemerkung konnte er sich nicht verkneifen?«, hörte sie Chris mürrisch sagen.

Sie fragte sich fieberhaft, was das wohl zu bedeuten hatte, aber sie würde sich wohl oder übel gedulden müssen, bis Chris es ihr von sich aus erzählte. Sie fing noch einige Gesprächsfetzen auf, konnte sich aber keinen Reim darauf machen.

»Danke jedenfalls. Dir auch noch einen schönen Abend«, hörte sie Chris sagen, er kam zu ihr in die Küche. Sein Gesichtsausdruck verhieß nichts Gutes.

»Anna …« Er ging auf sie zu und küsste sie sanft auf die Stirn, dann drückte er sie auf einen Küchenstuhl.

»Was ist denn?« In ihr schrillten sofort sämtliche Alarmglocken, so ernst hatte er schon lange nicht mehr ausgesehen.

Er hockte sich vor sie hin und nahm ihre Hände in seine. »Hör zu, das … das war Jana gerade am Telefon …«

»Das habe ich mitbekommen«, nickte Anna.

»Es ist Folgendes: Sie war gestern auf einem Empfang eingeladen, ihr neuer Freund ist wohl Oberarzt in einer Kinderklinik, und es war so eine Wohltätigkeitsveranstaltung, deswegen wurden auch die dortigen Käseblättchen auf die beiden aufmerksam …«

Sie hat einen neuen Freund? Anna freute sich über die Nachricht, dann besann sie sich aber darauf, was Chris ihr erzählte.

»… sie wurde gefragt, warum sie nicht mehr mit mir zusammen sei; ihr netter Freund hat geantwortet, dass ich jetzt Damen aus einem anderen Milieu bevorzugen würde.« Chris guckte sie nervös an.

»Wie … wie bitte?«

»Natürlich haben die Journalisten sofort nachgehakt, und der Kerl hat sie über dich und mich aufgeklärt. Jana sagte, dass ihr das sehr unangenehm sei, ich glaube ihr das auch, sie ist nicht der Typ, der nachkartet.«

»Und … und jetzt?«

»Sie wollte uns warnen, es könnte sein, dass ein paar Reporter schnüffeln werden. Es wird wohl nicht lange dauern, bis sie wissen, wo ich bin und wer du bist. Es tut mir so leid, Anna. Aber irgendwann wäre es wohl sowieso herausgekommen.« Chris nahm ihr Gesicht zwischen seine Hände. »Da stehen wir doch drüber.«

Anna sprang vom Stuhl auf und lief auf die Dachterrasse. Sie hatte das Gefühl, in der Wohnung zu ersticken. Sie spürte, dass sich seine Arme um sie herumschlangen. »Wenn uns jemand von denen hier aufspürt, dann werde ich ihnen mitteilen, dass du meine Frau wirst und dass sie uns in Ruhe lassen sollen.«

»Aber für deine Eltern … für deine Eltern wird das alles sehr schlimm werden«, schluchzte Anna mit weinerlicher Stimme.

»Wird es nicht – was soll denn schon passieren?« Chris drehte sie in seinen Armen zu sich herum. »Es wird ein bisschen getuschelt werden, und da wir dort nicht mehr wohnen, wird man das auch schnell vergessen. Sie werden es überleben.«

Die Journalisten verloren tatsächlich keine Zeit. Da das Architekturbüro eine Internetpräsenz hatte, wurde Chris schnell gefunden. Am nächsten Tag gingen schon zwei Anrufe von Reportern ein, die ihn sprechen wollten.

Er fertigte sie kurz und knapp ab, bestätigte nur, dass er mit der Exfrau von Professor Gunter liiert wäre, und verkündete direkt, dass sie auch heiraten wollten. Dann bat er sie, Anna und ihn in Ruhe zu lassen.

Was Anna Magenschmerzen bereitete, war das Gespräch mit den Kollegen. Chris hielt es für ratsamer, sie über ihre Vergangenheit aufzuklären, jetzt, wo die Zeitungen berichten würden.

Ihr war richtig schlecht, als er die Mitarbeiter des Büros darüber informierte, und sie musste sich zwingen, nicht sofort loszuheulen. Ihre Vergangenheit ließ sie einfach nicht los; diese Erkenntnis schmerzte zu stark, um sie zu ignorieren.

Doch zu ihrer Erleichterung nahm man das dort recht gelassen hin. »Macht euch nichts draus«, beruhigte Andreas Winkler die beiden. »Die Leute werden sich auch wieder abregen. Und bald seid ihr doch sowieso in den USA.«

Anna spürte die neugierigen Blicke ihrer Kolleginnen auf sich. Sie konnte sie ja verstehen, sie würde sich wahrscheinlich genauso verhalten. Anna konnte nur hoffen, dass sie ihr jetzt nicht anders begegneten als vorher.

»Mach dir nicht zu große Sorgen. Morgen steht es in der Zeitung, und übermorgen interessiert das keinen mehr«, versuchte Chris, sie zu trösten, als sie abends im Bett lagen.

»Ich habe mich schon so oft gefragt, ob ich das damals alles hätte verhindern können. Ob ich nicht aufgepasst, vielleicht einen anderen Weg nicht gesehen habe … Aber ich war so verliebt in Pico gewesen und habe ihm alles geglaubt«, flüsterte Anna.

»Anna – du warst blutjung, fast noch ein Kind, und du bist da reingeschliddert. Es ist passiert, aber jetzt ist es vorbei. Wir werden bald heiraten und vielleicht sogar eine Familie gründen. Nur das ist jetzt wichtig, hörst du?«

Anna nickte und schmiegte sich an ihn. Es klang immer so einfach, wenn Chris redete, aber sie hatte diese Unbeschwertheit nicht.

Die Artikel erschienen am nächsten Tag in Chris' Heimatstadt. Am gleichen Abend klingelte das Telefon. Jasper Morgans wütende Stimme konnte Anna bis zu sich hören.

»War es sehr schlimm?«, fragte Anna Chris ängstlich, als er das Gespräch mit seinem Vater weggedrückt hatte.

»Er hat getobt und meinte, dass er und meine Mutter jetzt das Gespött der ganzen Stadt wären.«

»Oh Gott!« Anna schlug entsetzt die Hände vor den Mund. »Das wollte ich doch nie!«

»Sie werden es überleben.« Er nahm sie in die Arme und streichelte sanft über ihren Rücken. »Und es betrifft ja nicht mehr sein ach-so-angesehenes Architekturbüro, denn sein abtrünniger Sohn hat die Stadt bereits verlassen.« Er legte einen Finger unter ihr Kinn und zwang sie, ihn anzuschauen. »Glaub mir, in ein paar Tagen ist das Schnee von gestern.«

»Ich hoffe es so sehr für deine Eltern«, schluckte Anna.

Nein, so einfach wie Chris konnte sie die Sache nicht sehen. Völlig unbeteiligte Menschen wurden mit Annas Vergangenheit in Zusammenhang gebracht und mussten jetzt unter dem Geschwätz leiden. Sie konnte ihr Gewissen deswegen nicht abschalten.

Annas Stimmung war in den nächsten Tagen getrübt. Auch wenn sie sich alle Mühe gab, es vor Chris zu verbergen, die Sache machte ihr sehr zu schaffen. Sie hatte sogar schon überlegt, zu Chris' Eltern zu fahren und sie persönlich um Verzeihung zu bitten, doch dafür fehlte ihr einfach der Mut.

Zu ihrem Glück war im Architekturbüro einiges zu tun, sodass sie von den Grübeleien erfolgreich abgelenkt wurde. Chris' Einstieg als Architekt war mehr als geglückt, ihm verdankte die kleine Firma einige lukrative Aufträge.

Annas Vergangenheit wurde nicht mehr thematisiert, und so ganz langsam konnte sie sich auch wieder etwas entspannen.

***

»Wunderschön, du bist wunderschön!« Tanja sah sie bewundernd an. »Wirklich, Anna, ich habe noch nie so eine hübsche Braut gesehen.«

»Du siehst aus wie eine Prinzessin«, pflichtete auch Karen Tanja bei.

»Danke!« Anna strahlte die beiden an, sie war so froh, dass die beiden Frauen ihr jetzt zur Seite standen, denn sie konnte sich nicht erinnern, schon jemals so nervös gewesen zu sein.

Gleich wurden sie von Oliver zur Kirche abgeholt; obwohl Chris und sie schon vor ein paar Stunden standesamtlich geheiratet hatten, war die entscheidende Zeremonie für Anna die in der Kirche. Obgleich sie nicht getauft war und auch nie den Religionsunterricht besucht hatte, fand sie diesen Ort besonders faszinierend.

Ihre anderen Freundinnen waren bereits mit einem maulenden Bräutigam vorausgefahren, Chris' Bruder, Tanja und Karen hatten Anna erfolgreich vor seinen neugierigen Blicken abgeschirmt.

»Wow – meine Güte, ich glaube, so eine schöne Frau hat mein Bruder nicht verdient!« Oliver stieß einen anerkennenden Pfiff aus, als er Anna erblickte.

»Sie ist schon Chris' Frau, also krieg dich ein!« Tanja stupste ihn rüde in die Seite.

»Hey, Schwägerin. Bereit für den großen Auftritt?«, grinste Oliver Anna an.

»Ja«, nickte Anna, doch ihre Nervosität war fast zum Greifen.

»Chris ist auch schon mächtig aufgeregt, er hat mindestens fünfmal kontrolliert, ob auch die richtige Route zur Kirche im Navi eingegeben ist«, lachte Oliver.

»Dann sollten wir ihn nicht länger als nötig warten lassen, den Armen«, gluckste Karen.

Anna staunte, als sie an der kleinen Kirche ankamen. Alles war mit roten Rosen geschmückt, sie wunderte sich, denn an die Dekoration hatte sie gar nicht gedacht. Chris wartete schon draußen, an seinen zappligen Bewegungen konnte sie erkennen, dass er ebenso aufgeregt war wie sie.

Er öffnete ihr die Autotür und hielt ihr die Hand hin, als sie ausstieg. Ein Blick in seine Augen genügte Anna, er sah sie mit so einer Liebe an, dass ihr ganz warm wurde. »Mein Gott, Anna … ich hatte mir schon ausgemalt, wie du aussehen würdest, aber du übertriffst alle meine Erwartungen, meine Schöne«, flüsterte er mit heiserer Stimme.

»Du siehst auch gut aus«, sagte sie verlegen.

»Na ja«, mischte sich Oliver frech ein. »Sagen wir mal: Er sieht okay aus.«

Was dann folgte, bekam Anna gar nicht richtig mit. Sie musste sich zwingen, Chris nicht die ganze Zeit anzuschauen, doch auch ihm schien es nicht anders zu ergehen. Als der Pfarrer die entscheidende Frage stellte und sie sein lautes »Ja« hörte, klopfte ihr Herz wie verrückt.

Als sie an der Reihe war, war ihre Stimme ganz heiser, sie kämpfte gegen ihre Tränen an, auch in Chris' Augen glitzerte es.

»Ja«, antwortete sie schließlich.

Chris beugte sich zu ihr hinüber und küsste sie zärtlich. »Ich liebe dich, Anna«, murmelte er an ihren Lippen.

»Ich liebe dich«, erwiderte sie leise.

Der Pfarrer räusperte sich; irgendwie schafften sie es, die Blicke voneinander zu lösen. Als Chris ihr den Ring ansteckte, zitterte seine Hand leicht, auch ihr fiel es schwer, ihm den schlichten Goldreif überzustreifen.

Sie atmete laut auf, als sie es geschafft hatten, und leichtes Gekicher war von den Bänken zu hören. Den Rest der Zeremonie bekam sie ebenso wenig mit wie den Anfang. Chris hielt die ganze Zeit ihre Hand fest und streichelte zart über ihre Finger.

Als sie die Kirche verließen, strahlte Anna mit der Sonne um die Wette. Sie wurden von ihren Freunden und Bekannten fröhlich empfangen. Karen und Jasmina verteilten Gläser mit Champagner, alle stießen miteinander an.

»Ich freue mich so für euch«, lachte Oliver. »Jetzt also noch einmal ganz offiziell: Willkommen in der Familie.«

»Danke.« Anna lächelte ein wenig traurig. Sie konnte es nicht verhindern, dass es ihr einen kleinen Stich gab, wenn sie an den Rest der Familie Morgan dachte, die nicht hier war. Ihretwegen.

Oliver trieb die Gäste an, zu ihren Autos zu gehen. Die Feier sollte in einem kleinen Hotel stattfinden, das idyllisch an einem See gelegen war. Anna und Chris würden dort auch übernachten, der Gedanke hatte Anna ganz besonders gut gefallen. Da das Wetter sonnig und warm war, konnte die Feier draußen im Garten stattfinden, man hatte einen schönen Blick auf den See.

Anna nahm sich eine kurze Auszeit von dem Trubel und ging ein paar Schritte zum Ufer. Sie konnte es immer noch nicht so richtig fassen, welche Wendung ihr Leben – wieder einmal – genommen hatte. Und ihr war es fast schon unheimlich, wie glücklich sie jetzt mit Chris war.

Angst mischte sich darunter. Angst, dass sie dies alles auch wieder verlieren könnte. Anna wusste nur zu gut, dass man auf alles gefasst sein musste, dass es für nichts eine Garantie gab. Schon gar nicht für Glück.

»Hey …« Zwei Arme umfingen sie; sie wurde zärtlich auf die nackte Schulter geküsst.

»Was ist los? Ist dir alles zu viel?«, fragte Chris sie und drehte sie zu sich herum.

»Nein, nein. Ich brauchte nur einen kleinen Moment für mich.«

»Soll ich wieder gehen?«, bot er ihr direkt an.

»Auf keinen Fall!«

»Du siehst sehr ernst aus«, sagte er vorsichtig.

»Ich habe daran denken müssen, wie schnell sich im Leben alles ändern kann«, flüsterte sie leise. »Und es macht mir fast ein bisschen Angst, wie glücklich wir sind.«

»Anna – das muss es nicht. Wir sind zusammen, und wir lieben uns. Und das wird sich sicher nicht so schnell ändern. Jedenfalls nicht von meiner Seite aus.«

Anna schlang die Arme um seinen Hals. »Und ich möchte dich auch nie wieder loslassen.«

»Das will ich dir auch raten – Frau Morgan«, zwinkerte er ihr grinsend zu. »Was ist? Sollen wir wieder zu den anderen gehen oder lieber durchbrennen?«

»Ich glaube, ein bisschen sollten wir uns noch um unsere Gäste kümmern.« Anna musste jetzt auch lachen.

Für den Abend wurde eine Tanzfläche aufgebaut, zu Annas Freude konnte die Feier weiterhin im Freien stattfinden.

Oliver kam mit Tanja zu dem Brautpaar. »Ich möchte euch nur noch einmal ganz herzlich gratulieren. Tanja und ich wünschen euch ganz viel Glück und hoffen natürlich, dass ihr dafür sorgen werdet, dass die Familie Morgan noch ein Stückchen größer wird.«

»Oh, dann müsst ihr euch noch ein bisschen gedulden. Anna und ich haben darüber noch nicht einmal gesprochen«, antwortete Chris.

»Na ja, SPRECHEN sollt ihr ja darüber auch nicht«, haute Oliver ihm auf die Schulter.

»Vielleicht lasst ihr uns noch ein bisschen Zeit.« Chris nahm Anna in den Arm und gab ihr einen Kuss auf die Schläfe. »Wir müssen uns doch erst mal an das Leben als Ehepaar gewöhnen, oder?«

»Ja«, lächelnd schmiegte sich Anna an ihn.

»Aber was hindert Tanja und dich denn daran, für den Familienzuwachs zu sorgen, hm?«, fragte Chris seinen Bruder. »Immerhin bist du der Ältere von uns beiden, und ich habe schon mit der Hochzeit vorgelegt.«

»Oh, wir haben dafür überhaupt keine Zeit. Meine Freundin feilt noch ein bisschen an ihrer Karriere, und ich bin so im Stress als Arzt. So was kann ein Architekt natürlich nicht verstehen«, neckte Oliver Chris weiter. »Aber damit ihr ein bisschen üben könnt, geben wir euch das hier …« Er reichte Anna einen Umschlag. »Alles Gute zur Hochzeit.«

Anna sah ihn verdutzt an.

»Na, du musst es schon öffnen!«

Anna machte den Umschlag vorsichtig auf, zum Vorschein kamen Flugtickets. »Die sind ja auf morgen ausgestellt«, rief sie verblüfft.

»Morgen Nachmittag. Bis dahin müsst ihr ausgeschlafen haben«, mischte Tanja sich ein.

Fassungslos sah Anna auf das Reiseziel, sie wusste noch nicht einmal, wo der Ort lag.

»Hawaii!« Chris pfiff anerkennend durch die Zähne. »Wie nett von euch.«

»Was? Hawaii?« Anna riss die Augen auf. »Aber … aber das können wir doch nicht annehmen!«

»Doch, könnt ihr!«, versicherte Tanja ihr. »Lasst euch nach allen Regeln der Kunst verwöhnen.«

»Und mit deinem Chef haben wir auch schon gesprochen«, nahm Oliver Chris den Wind aus den Segeln. »Der weiß Bescheid.«

Chris umarmte seinen Bruder. »Danke, danke für alles.«

»Nichts zu danken. Verwöhne deine Süße ausgiebig.« Oliver zwinkerte Anna noch einmal zu, dann ließ er sich von Tanja zur Tanzfläche ziehen.

»Ich … ich kann das noch gar nicht fassen.« Anna sah Chris entgeistert an, als sie wieder für sich waren.

»Ist doch toll, oder?« Er gab ihr einen zärtlichen Kuss. »Und das mit dem Verwöhnen werde ich sehr ernst nehmen.«

25

Anna kam sich vor wie im Paradies. Das Hotel war ein Traum und purer Luxus. Die Tage mit Chris vergingen wie im Flug; nie hätte sie gedacht, dass sie mal so etwas würde erleben dürfen.

Sie war ein wenig traurig, als sie schließlich wieder im Flieger Richtung Heimat waren. Aber sie fühlte sich so entspannt und zufrieden wie schon lange nicht mehr.

Chris hatte ihr jeden Wunsch von den Augen abgelesen, und an manchen Tagen hatten sie sich regelrecht zwingen müssen, um überhaupt das Zimmer zu verlassen. Doch die Insel mit ihrer Schönheit war dann letztendlich viel zu verlockend, und es hatte sich mehr als gelohnt, alles zu erkunden.

Und jetzt fing der Alltag wieder an. Der Alltag als Ehepaar – so richtig war es bei Anna immer noch nicht angekommen, dass sie jetzt tatsächlich seine Frau war.

Der Arbeitsalltag hatte sie schneller im Griff, als ihnen lieb war. Doch Anna war auch stolz, dass ihr Mann so gefragt war; wenn es möglich war, nahm Chris sie mit auf die Baustellen, um ihr alles zu zeigen und zu erklären.

Sie war froh über diese Abwechslung, denn auch wenn ihr der Job im Büro Spaß machte, so konnte es auch ganz schön eintönig werden. Und bald würde wieder eine Veränderung anstehen, denn bis zu Chris' Versetzung in die USA dauerte es nicht mehr lange.

»Anna, hier ist Post für dich.« Chris kam ins Wohnzimmer und legte Anna einen Brief hin.

Anna runzelte die Stirn, der Umschlag sah sehr amtlich aus, er war aus ihrer Heimatstadt. Sie fragte sich, was die Ämter von ihr wollten, es war doch alles geregelt. Schnell öffnete sie den Brief. Anna überflog die Zeilen, das, was dort stand, hätte sie eigentlich tief betroffen machen sollen. Sie war selbst überrascht, wie kalt sie der Inhalt des Briefes ließ.

»Was ist?« Chris sah sie gespannt an.

»Meine Mutter ist gestorben. Das Amt möchte wissen, ob ich das Erbe antrete«, erklärte Anna ihm ruhig.

»Deine Mutter ist gestorben?« Chris riss die Augen auf. »Das … das tut mir leid.« Er griff nach ihrer Hand und streichelte darüber.

Anna zuckte mit den Schultern. »Ich kannte sie nicht. Und das, was ich über sie weiß, trägt nicht gerade dazu bei, sie zu mögen«, lächelte sie ihm traurig zu.

»Du hast es mal erzählt, dass man dich von ihr weggeholt hat«, nickte er. »Und dass sie Drogenprobleme hatte.«

»Ja. Ich war total verwahrlost und konnte kaum sprechen«, erinnerte sie sich. Man hatte ihr später im Heim erklärt, wie alles gekommen war.

»Wann hast du sie das letzte Mal gesehen?«

»Mit drei. Sie hat nicht mehr den Kontakt zu mir gesucht.« Anna senkte den Blick. Sie konnte das alles nicht verstehen, immer noch nicht.

Damals hatte sie sehr viel geweint, als sie die Wahrheit verstanden und begriffen hatte. Es war einfach ein schreckliches Gefühl gewesen zu wissen, dass man unerwünscht und ungeliebt war. Oft hatte sie Entschuldigungen für das Verhalten ihrer Mutter gesucht, aber nie hatte sie sie wirklich gefunden.

»Na ja, das ist ja alles auch egal.« Anna stand auf und streichelte Chris durchs Gesicht.

»Was ist denn mit dem Erbe?«, hakte er nach.

»Ich kann mir nicht vorstellen, dass es etwas zu erben gibt. Aber ich werde wohl persönlich hinfahren müssen.«

»Ich werde dich begleiten, ich nehme mir frei«, entschied er sofort.

»Das musst du nicht. Du hast so viel zu tun.«

»Anna – das hier ist ja wohl wichtiger!« Chris schüttelte entschieden den Kopf.

Anna wusste, dass Widerspruch zwecklos war.

Sie fuhren drei Tage später in ihre alte Heimatstadt. Auf dem Amt wurde sie aufgeklärt, dass Simone Wagner nur Mietschulden zu vererben hatte und das, was in ihrer Wohnung war. »Die Wohnung ist in einem sehr verwahrlosten Zustand«, erklärte eine Mitarbeiterin ihnen. »Sie können das Erbe ausschlagen, dann werden wir uns an die Eltern von Ihrer Mutter wenden.«

»Mach das!«, sagte Chris sofort. »Sollen sie sich doch damit rumschlagen. Wenn sie sich schon nie um sie oder um dich gekümmert haben.«

»Nein.« Anna schüttelte den Kopf. »Ich möchte die Schulden begleichen. Ich würde es mir nie verzeihen, wenn ich dafür nicht aufgekommen wäre.«

»Anna – sie hat dich in den Abgrund geschubst!« Chris hielt sie an ihren Schultern fest. »Wäre sie eine bessere Mutter gewesen, wäre dir vieles erspart geblieben.«

»Ich möchte dafür aufkommen«, wiederholte Anna nur.

Sie fuhren in die Wohnung von Simone Wagner, die Mitarbeiterin hatte nicht gelogen. Vor lauter Müll und Dreck konnte man die

Räume kaum betreten. Chris bat Anna, die Wohnung zu verlassen. »Nicht, dass du dir hier irgendwas wegholst«, sorgte er sich.

Anna beauftragte eine Firma, die die Wohnung entrümpelte. Sie und Chris beaufsichtigten die Arbeiten, schließlich kam ein Mann mit einem Fotoalbum zu ihr. »Wollen Sie das nicht behalten?«, fragte er Anna.

Anna schaute ihn verblüfft an, dann schlug sie eine Seite auf. Überrascht entdeckte sie, dass dort Fotos von ihr eingeklebt waren. Offenbar hatte ihre Mutter es angelegt. Anna konnte kaum fassen, dass es überhaupt Bilder von ihr gab.

Chris stellte sich hinter Anna und sah das Album mit ihr gemeinsam durch. Es waren nur Babyfotos darin, Bilder, auf denen Anna älter war, gab es nicht. »Du warst ein süßes Baby.«

Anna konnte nicht den Blick von den Fotos lösen. Das war also sie selbst, es kam ihr fast schon wie ein Wunder vor, dies hier zu sehen.

»Wir nehmen es mit nach Hause. Möchtest du sonst noch etwas?«, fragte Chris sie dann.

»Nein.« Anna schüttelte den Kopf. Sie hatte keinen Bezug zu dem Ganzen hier. Zwischen dem Gerümpel gab es zwar immer mal wieder einige Dekostücke, vielleicht hatte ihre Mutter daran gehangen, aber für Anna hatte das keine Bedeutung.

Sie sorgten dafür, dass Simone Wagner ein würdiges Begräbnis bekam. Einige wenige Leute kamen zur Urnenbeisetzung. Anna musterte die Leute, es war auch ein älteres Ehepaar darunter. Sie fragte sich, ob das wohl ihre Großeltern wären, aber die Enttäuschung darüber, dass sie sie damals nicht hatten aufnehmen wollen, war einfach zu groß, als dass Anna sie hätte ansprechen wollen.

Als sie den Friedhof verließen, schaute Anna dem älteren Herrn direkt in die Augen.

Er ist es, schoss es ihr durch den Kopf. Das war ihr Großvater, in diesem Moment spürte sie dies ganz genau. Doch er sagte nichts, obwohl er mit Sicherheit wissen musste, wer Anna war, denn der Pfarrer hatte sie deutlich genug angesprochen. Schnell wandte sich der Mann von ihr ab. Anna entlockte dies nur ein bitteres Lächeln.

»Wir können gehen.« Anna hakte sich bei Chris ein.

»Wie fühlst du dich?« Chris nahm eine Hand vom Lenkrad und streichelte über Annas Gesicht.

»Sie waren da«, sagte Anna teilnahmslos.

»Wer? Wer war da?« Chris schaute kurz zu ihr herüber.

»Meine Großeltern. Sie waren eben auch auf der Beerdigung«, klärte sie ihn auf.

»Was?« Er starrte Anna fassungslos an. »Warum hast du mir nichts davon gesagt? Ich hätte denen beiden gerne mal ein paar Takte erzählt!«, schnaubte er.

»Mir ist erst im letzten Moment klar geworden, wer sie waren. Das ältere Ehepaar, erinnerst du dich?«

»Ja, die hab ich gesehen. Aber die wirkten so distanziert, dass ich niemals gedacht hätte, dass das Verwandte von deiner Mutter wären.« Chris schüttelte immer wieder den Kopf. »Was haben wir nur für Familien!«

***

»Ich kann es gar nicht glauben, wir haben doch bloß ein paar Monate hier gewohnt, woher kommt der ganze Krempel?« Chris schaute sich fassungslos die Kartontürme an, die immer noch weiter anwuchsen, weil Oliver und Tanja noch zwei Umzugskartons aufstapelten.

»So viel ist es nun auch nicht«, tröstete Tanja ihn. »Du wirst sehen, wenn ihr aus den USA wiederkommt, werden es bestimmt dreimal so viele sein.«

»Wenn wir wiederkommen! Wenn es uns gefällt, könnte ich mir vorstellen, ganz dort zu bleiben.« Er sah Anna tief in die Augen. »Aber das entscheide ich nicht alleine.«

Anna knetete nervös ihre Hände, sie freute sich auf den Aufenthalt in den USA, aber sie war auch sehr aufgeregt. Sie konnte noch gar nicht abschätzen, was sie dort erwarten würde, aber sie wusste auch, dass sie, außer ihren Freundinnen, nichts wirklich hier in Deutschland hielt.

»Zumindest ich hoffe, dass ihr wiederkommt.« Oliver legte eine Hand auf die Schulter seines Bruders. »Aber falls nicht, dann kommen wir euch sehr oft besuchen. Erwähnte ich schon, dass ich New York liebe?«

»Mehrfach, mein Lieber. Mehrfach«, grinste Chris.

»Da … da sind …« Anna schossen die Tränen in die Augen: In der großen Flughafenhalle standen tatsächlich Karen, Doro, Jasmina und Irina. Sie hielten ein Transparent nach oben, Anna blieb abrupt stehen und schaute fassungslos auf den Schriftzug.

Wir lieben dich, Anna. Werde glücklich und fang neu an!

Anna war unfähig, sich zu rühren, wie gebannt blickte sie zwischen ihren Freundinnen und dem Transparent hin und her.

»Hey, willst du nicht mal zu ihnen gehen?« Chris' sanfte Stimme drang in ihr Ohr, behutsam schob er sie in die Richtung ihrer Freundinnen. Anna nickte; plötzlich machten sich ihre Beine selbstständig, und sie rannte zu den jungen Frauen hin.

Karen zog sie stürmisch in ihre Arme, das Transparent segelte zu Boden.

Anna wurde nacheinander von ihren Freundinnen umarmt.

»Wir werden dich so vermissen, süße Anna«, schluchzte Irina laut auf. »Es war ja schon schlimm, dass du in eine andere Stadt gezogen bist, aber jetzt … so weit weg …«

»Ihr müsst mich besuchen kommen, dann werden wir New York unsicher machen«, lächelte Anna ihr unter Tränen zu.

»Wir haben auch ein großes Gästezimmer, da passt ihr alle rein«, mischte Chris sich grinsend ein. Er, sein Bruder und Tanja waren jetzt ebenfalls zu der kleinen Gruppe dazugestoßen.

»Na hoffentlich!« Doro schniefte etwas undamenhaft, dann knuffte sie Chris in die Rippen. »Behandele sie bloß gut!«

»Ja, das werde ich. Ganz sicher«, versprach er ihr brav. »Meine Güte, bei dem Tränenmeer bekomme ich ja ein ganz schlechtes Gewissen, weil ich Anna in die USA entführe.«

»Das solltest du auch!« Karen krallte sich wieder an Anna fest. »Ich wünsch dir alles Glück der Welt«, raunte sie ihr zu.

»Danke. Dir auch. Wir werden ganz oft telefonieren«, flüsterte Anna.

»So langsam müssen wir uns mal auf den Weg machen, so leid es mir auch tut«, sagte Chris nach einer Weile zerknirscht.

»Nein, warte noch!« Oliver hielt ihn am Arm zurück.

Chris schaute ihn verblüfft an, auch Anna wurde jetzt hellhörig.

»Was ist denn noch?«, fragte Chris ungeduldig.

Oliver sah immer wieder zum Eingang der Flughafenhalle. »Vielleicht … vielleicht kommt ja noch jemand …« Er fuhr sich mit den Fingern durch die Haare, eine Geste, die Anna von Chris kannte. Es war ein sicheres Zeichen dafür, dass er aufgeregt war. »Und wer sollte das sein?«, hakte Chris nach.

»Wir haben Jasper und Viktoria Bescheid gegeben, dass ihr heute abreist. Und ihnen gesagt, dass jetzt noch die Chance wäre, euch zu versöhnen und in Frieden auseinanderzugehen«, gestand Tanja ihnen zerknirscht.

»Pff, das hättet ihr euch sparen können«, zischte Chris ihr zu. »Ich kann darauf verzichten.«

Anna schaute sehnsüchtig zu den Eingangstüren. Vielleicht würden Chris' Eltern ja doch kommen? Sie würde es sich wünschen, es wäre ein schönerer Abschied für Chris, dessen war sie sich sicher.

Doch dieser Wunsch blieb unerfüllt, obwohl sie bis zu letzten Minute warteten.

Anna verabschiedete sich noch einmal tränenreich von Chris' Bruder und Tanja sowie von ihren Freundinnen, dann wurde es Zeit.

Chris legte einen Arm um ihre Schultern und führte sie zu den Sicherheitskontrollen.

»Schau nicht mehr zurück, meine Schöne«, meinte er ernst. »Wir fangen noch einmal ganz neu an. Bist du bereit?«

Statt einer Antwort fiel Anna ihm um den Hals und küsste ihn leidenschaftlich, ihr war es egal, wie viele Leute ihnen dabei zusahen.

»Ja, das bin ich«, strahlte sie. »Lass uns gehen!«

Ende

16777074R00224

Printed in Poland
by Amazon Fulfillment
Poland Sp. z o.o., Wrocław